# 17 ANS À JAMAIS

Loi n° 49-956 du 16 juillet 1949 sur les publications destinées à la jeunesse, modifiée par la loi n° 2011-525 du 17 mai 2011.
N° éditeur : 374622 / 10296667
ISBN : 978-2-09-503379-8
Dépôt légal : septembre 2024

GAËL AYMON

# 17 ANS À JAMAIS

Nathan

*Pour mes filles*

*Pour mes parents*

G.A.

## Florin – janvier 2016

Comment écrire cette histoire ? Comment la raconter ?

Je pose le bout de mes doigts sur le clavier. Le halo de l'écran crée une bulle autour de moi, repousse l'obscurité aux abords de mon lit, et tient la mort à distance. La mort qui rôde, telle l'ombre cauchemardesque du terroriste, dans les couloirs de cet hôpital devenu ma maison.

Les mains suspendues au-dessus des touches, j'ai l'impression de me tenir au bord d'un précipice. Après l'horreur et les souffrances que j'ai dû traverser, pourquoi ai-je aussi peur de me raconter une histoire à moi-même ? Je ne cours pourtant aucun autre danger que celui de me décevoir. Ou de décevoir Marthe, ce qui me semblerait pire. Mais par quoi commencer ? Quels mots seraient assez justes pour évoquer l'histoire qu'elle est venue me raconter, à moi, un inconnu ?

Peut-être simplement ceux par lesquels elle a débuté son récit ? Des mots qui me semblaient déjà parler de moi, de cette colère impuissante de m'être, moi aussi, fait voler ma jeunesse :

« On a seize, dix-sept ans, et on croit que le monde a toujours été tel qu'on l'a connu, qu'il durera toujours. On attend, impatient et inquiet. On anticipe la vraie vie qui, bientôt, va commencer, pleine de bruit, de désir, d'amour, de joies et de dangers. Et puis, tout bascule. Ton monde s'écroule en un battement de cœur. Et tes projets, tes espérances, le destin que tu t'étais rêvé, tout est effacé par la fatalité. L'impensable s'est produit, là, maintenant. La guerre vient de surgir dans ta réalité. »

# 1

**Avril 1916**

- ***Papiere !***

Marthe tressaille. Mais ce n'est pas après elle que la voix aboie. Deux gendarmes allemands sont tombés sur un ouvrier dont la casquette un peu trop de côté a dû leur déplaire. C'est leur droit. Les boches ont imposé des papiers d'identité à chaque habitant de la ville au-dessus de quatorze ans. Ils peuvent les exiger n'importe où, n'importe quand. Et malheur à celui ou celle qui est sorti sans sa carte. Des papiers pour prouver son identité, on n'a jamais vu ça ! Ceux qui ne vivent pas ces choses n'y croiraient pas, si on pouvait leur raconter. Cette fois-ci, on dirait que ce n'est pas qu'une question de casquette. Les gendarmes se placent en travers du trottoir, bloquant une dizaine de personnes dont Marthe, cabas sous le bras.

– *Papiere* tout le monde !

Échanges de regards. Chacun sort ses papiers. L'Allemand fait signe au groupe d'entrer dans une maison dont la porte est ouverte sur la rue.

– Qu'est-ce qui leur prend encore ? soupire une vieille.

Des draps sont tendus à hauteur d'homme à l'intérieur du salon bourgeois, coupant la pièce en deux comme des rideaux de théâtre. Une femme la hèle :

– Par ici, mademoiselle ! Pour les dames, c'est de ce côté.

Marthe rejoint la Française qui lui fait signe. Quatre autres femmes la suivent derrière les draps.

– Il faut vous déshabiller entièrement, s'il vous plaît ! s'excuse la Française, s'essuyant machinalement les paumes sur son tablier.

– Entièrement ?

L'autre bredouille. Ce sont les ordres. On ne garde que sa chemise. On est forcées, vous savez, la maison a été réquisitionnée. Marthe tente de garder son sang-froid. Elle sait qu'elle risque gros.

– Et lui, il reste ici ? demande une élégante, désignant le soldat qui les surveille.

La Française hoche la tête. Ravalant leur humiliation, les femmes se déshabillent devant l'Allemand, posant vêtements et chapeaux sur les chaises contre le mur. À chaque bouton de robe défait, la panique de Marthe monte d'un cran. Elle se sent prise au piège.

– *Halt* mademoiselle ! Montrez cette broche !

Tous les regards se sont tournés vers elle qui retient sa respiration. Le soldat arrache la petite cocarde de ruban tricolore qu'elle avait secrètement nouée à sa chemise, contre son cœur, comme une protestation invisible et silencieuse.

– Drapeau français interdit, mademoiselle !

– Oui… Pardon, ce n'était qu'un…

– Fouillez-la ! hurle le soldat à la femme.

Marthe entend l'élégante chuchoter : les Allemands chercheraient un espion avec des documents importants sur lui.

– Mais je n'ai rien ! se défend-elle.

– Laissez-vous faire, mademoiselle, l'implore celle qui la fouille.

Elle sent les mains moites palper son corps, sous le regard complaisant du soldat. Marthe détourne les yeux. Un miroir lui renvoie la scène. Elle se voit, blême de honte, quasiment nue parmi ces inconnus. Mais le miroir incliné lui offre aussi une image volée : l'autre côté de la pièce, où les hommes forment une file face à deux Allemands. Le premier des Français retire sa chemise par-dessus sa tête, exposant ses épaules fines et son dos nu à Marthe, jusqu'en haut des reins. Des cicatrices rose vif lézardent la peau laiteuse de ses omoplates et son échine saillante. Le jeune homme se retourne. Il doit avoir son âge, dans les seize ans. Elle n'a pas le temps de baisser les yeux, qu'il croise son regard dans la glace, rougissant brusquement sous ses cheveux blonds décoiffés.

– Allez, mademoiselle, rentrez chez vous ! Mais plus jamais les couleurs françaises. Sinon Kommandantur !

Elle récupère ses vêtements, étourdie de s'en tirer à si bon compte, sa cocarde confisquée, autant qu'elle est troublée par l'image volée dans le miroir, le bref regard et les traits délicats du garçon, cou de cygne, blessures de supplicié. Elle se rhabille très vite et regagne la rue, chassant un doux vertige.

## 2

**Sur la place de l'hôtel de ville,** l'orchestre militaire joue une musique allemande qui a le mérite de couvrir le bruit lointain du canon, incessant, assommant. Marthe sait qu'elle n'a pas le droit de s'arrêter pour écouter. Les agents font circuler les civils. Partout des boches, des écriteaux allemands dans les vitrines presque vides, et des drapeaux aux couleurs ennemies sur les façades à colombages du vieux centre. Une ville transformée en garnison militaire. Marthe a presque oublié à quoi ces rues ressemblaient quand, il y a près de deux ans, les Allemands l'ont envahie, avec l'Aisne tout entière et quasiment tout le nord de la France. Leur avancée a été arrêtée avant qu'ils n'atteignent Paris, pour s'enliser dans une guerre de tranchées dont on dirait qu'elle ne finira jamais. Depuis, les villes et les villages du Nord subissent une occupation éprouvante, coupés les uns des autres, du reste du pays, du reste du monde. Quand on parle de « la France », ici, c'est pour désigner cette zone restée libre dont on n'a plus la moindre nouvelle. C'est d'ailleurs ce qui est le plus dur, plus que la faim et les humiliations : ne rien savoir, vivre aveugles et sourds, orphelins de sa patrie, où les gens ignorent sans doute ce qu'on endure ici. Une vie dans une prison à ciel ouvert, contrôlée par les « diables verts », comme on continue à les surnommer, en dépit du fait que la plupart ont déjà troqué leurs vieux casques à pointe pour un modèle plus moderne en forme de marmite.

Marthe contient sa rage de devoir descendre du trottoir pour céder la place à des soldats, de devoir saluer respectueusement un officier qui passe en automobile. Une rage désespérée qu'elle dissimule derrière un beau sourire. C'est sa façon à elle de résister à l'emprise : un sourire comme un masque, comme si la guerre n'était pas en train de lui voler sa jeunesse.

Quand tout cela finira-t-il ? La seule certitude dans ce temps suspendu, c'est qu'on ne pourra jamais pardonner.

## 3

**Le vent s'engouffre avec elle** dans la rue de Cambrai, aux belles maisons de brique. Une petite foule en noir est déjà agglutinée devant la demeure cossue de M. Morel. La moustache brune épaisse, les sourcils en forme d'accents circonflexes, le petit homme bedonnant se hisse sur la pointe des pieds pour crier aux acheteurs qu'ils doivent encore patienter, avant de retourner dans son bureau. Son jeune neveu, Ferrand, l'ancien garçon de café de la place du marché, inspecte la file d'attente comme un maton aviné.

– À la queue, comme tout le monde ! lance-t-il à Marthe.

Sourire. Même à lui, sourire encore. Depuis la mort de ses parents, Ferrand est détesté par tous. Son père et sa mère ont été fusillés par les boches, au début de l'occupation, parce qu'ils avaient caché des armes. On murmure que Ferrand les aurait dénoncés lui-même. Bien sûr, il faut se méfier des racontars. Quoi qu'il en soit, maintenant, ce sont les boches qui emploient ce vaurien.

– Vous savez ce qu'ils ont à vendre ? demande-t-elle à une bourgeoise qui martèle le sol du bout de son ombrelle.

C'est la première fois qu'un civil français comme Morel est autorisé par la Kommandantur à participer au ravitaillement de la population affamée. Des commerçants de plusieurs petites villes sont venus dans l'espoir de s'approvisionner chez lui. Un homme hausse les épaules.

– En tout cas, y en aura pas pour tout le monde.

– Patience ! chuchote la bourgeoise avec un air de défi. Il paraît que nos soldats leur ont mis une raclée à Verdun !

– Le frère de ma voisine a entendu dire que la nièce de la boulangère de la rue de Vesoul aurait vu les Anglais à Péronne, assure un vieux, plus loin.

– D'après ce qu'on prétend, Lille sera libérée avant Pâques ! renchérit tout bas une commerçante. La guerre sera finie au plus tard cet été.

Marthe s'éloigne, imitant intérieurement ces caquètements de basse-cour qui l'insupportent. Elle n'en peut plus des rumeurs. À force de vivre dans l'ignorance de ce qui se passe ailleurs, l'imagination de chacun brode les histoires les plus invraisemblables, et on ne sait plus ce qu'il faut croire ni espérer. Autant ne rien écouter !

Elle atteint le bout de la file en même temps qu'un garçon. Il lui cède la place d'un timide hochement de tête. Leurs regards se croisent et ils se reconnaissent. C'est le jeune homme-cygne du miroir. Disciplinées à la brillantine, ses boucles sont à présent plaquées sur le côté d'une raie impeccable, qu'il découvre en retirant sa casquette. Les deux jeunes gens restent côte à côte sans oser se parler. De quoi discuter, quand la seule chose qu'on ait partagée est de s'être déshabillés devant les boches? Marthe repense avec un mélange de fascination et d'effroi aux marques sur le dos blanc du garçon. Est-ce parce qu'elle l'a vu à demi nu qu'il la trouble tant?

– Vous savez s'ils ont du sucre? finit-elle par bredouiller.

– Oh, j'espère bien, mademoiselle, car on m'envoie en chercher!

Malgré le col de chemise net et la cravate bien nouée, sa tenue et son ton légèrement rugueux trahissent une origine modeste, que sa nudité n'avait pas pu laisser deviner. De près, l'ombre d'une fine moustache blonde, presque blanche, fait de son visage un mélange inachevé d'homme et d'enfant. Après tant de mois à ne parler qu'à son père, à sa sœur et aux Allemands, Marthe ne sait plus comment mener une conversation avec un garçon, même ouvrier ou domestique. Comment bavarde-t-on sans trop se compromettre? Est-ce qu'elle l'a déjà su? Ce sont des choses qu'une mère apprend à ses filles. Comment savoir, dès lors qu'on n'en a plus, et qu'elle ne vous a rien appris d'utile de son vivant? Il ne suffit pas d'appeler «maman» la dame qui vous a mis au monde pour qu'elle tienne ce rôle.

Une femme sort de chez Morel, poussant une brouette remplie de provisions. Un vieillard l'interpelle:

– Quel prix, les pommes de terre?

– Cher, tout est trop cher! répond la femme en s'éloignant.

Un grondement mécontent secoue la foule.

– Les Allemands nous prennent tout! s'exclame une petite vieille. Les ravitaillements américain et belge nous apportent tout juste de quoi survivre, et Morel profite qu'il est le seul autorisé à vendre un complément pour se remplir les poches !

– Ceux qui s'enrichissent sur la misère des autres, on ne les oubliera pas après la guerre ! marmonne un moustachu, approuvé par les autres en silence.

Sa voisine se tourne vers Marthe en roulant les yeux, l'index dressé, et promet d'une voix de crécelle :

– On ne les oubliera pas !

Marthe se retient de pouffer. Elle se tourne pour répéter la phrase à son voisin, singeant outrageusement les grimaces et la voix de la femme :

– Oooh ça non, on les oubliera pas !

Surpris par cette imitation inattendue, le jeune homme éclate d'un rire juvénile, cachant sa bouche. Marthe glousse avec lui. Qu'il est beau, quand il rit !

– Qu'est-ce qu'ils ont à ricaner, ces deux-là ? s'offusque la femme. Ça vous amuse les misères de la guerre ?

Les jeunes gens tentent de reprendre leur sérieux, agités de soubresauts incontrôlables et essuyant leurs larmes. Ils rient bêtement, sans plus savoir pourquoi. Et Marthe se souvient que c'était aussi ça, être jeune, dans la vraie vie : rire sans raison, pour le simple plaisir de se moquer des gens, des vieux. Pour se sentir jeunes et différents d'eux.

## 4

**Le cabas plein à craquer** cogne contre ses jambes. Elle marche de travers, tirée à chaque pas vers le garçon-cygne qui tient l'autre poignée. De sa main libre, il maintient son propre sac sur son épaule.

Ils ont passé près de deux heures à faire la queue sans se parler, et c'est aussi sans rien dire qu'il est venu lui offrir son aide, quand le poids de ses commissions l'a empêchée de quitter le bureau du brasseur, et que Ferrand a voulu qu'elle rende ce qu'elle ne pouvait pas porter.

Ils approchent du quartier de Remicourt, au rythme des indications essoufflées de Marthe : « À droite », « La prochaine », « Par ici… », et finalement : « En haut de la côte. »

Le garçon pose les sacs sans prévenir. Il ôte sa casquette, épongeant dans un mouchoir son front et son cou luisants. Pour la première fois, il ose la regarder bien en face, et son visage s'illumine d'un sourire si franc et si joyeux qu'il est impossible de ne pas y répondre. Mais le plus frappant, se dit-elle, c'est l'éclat de détresse au fond de son regard, qui semble démentir sa joie et la rend plus intense. Elle y voit le reflet de son propre sourire : un masque de défi camouflant d'insondables failles.

Marthe se dit soudain qu'il faut qu'elle se souvienne de cet instant : du sourire et de la détresse. Car il y aura toujours un avant et un après cette image. Le propre de l'amour est qu'on le reconnaisse même lorsqu'on le ressent pour la première fois. Marthe sent, elle sait, que ce qui s'est éveillé, c'est bien *ça* et rien d'autre, qui ne s'explique pas et se maîtrise encore moins. Elle pourrait, comme beaucoup, l'ignorer, se mentir, ou fuir. Mais elle n'a jamais été douée pour le mensonge, et elle n'a aucune envie de fuir ce soleil, timide et froissé, qu'elle sent éclore en elle.

Des images resurgissent tandis qu'elle regarde le garçon à la dérobée : son dos nu reflété dans le miroir, si fin qu'il rendait les silhouettes des autres hommes épaisses et bovines. Le duvet surlignant sa bouche qui rendait leur moustache bestiale. Le rose lui montant aux joues, qui l'habillait d'une grâce et d'un charme presque féminins. Elle ajuste son chignon. Elle s'affole qu'il puisse peut-être, lui aussi, avoir de telles pensées.

– Vous allez pouvoir finir seule, mademoiselle ?

– Oh... Oui, bien sûr, pardon, j'ai abusé de vous ! Ce trajet a certainement rallongé votre route !

– Non, c'est rien, je vais tout près mais...

Ses yeux désignent les hommes en canotiers et les femmes à ombrelles qui circulent autour d'eux.

– Il me semble que ça ne serait pas convenable, mademoiselle... qu'un gars comme moi raccompagne une jeune dame comme vous jusque devant chez elle. Les gens pensent vite à mal...

Il a raison. Mais cela déplaît à Marthe. Elle a envie de rester avec lui encore un peu, et qu'il ait lui aussi envie de lui parler. Un « garçon comme lui », qu'est-ce que cela veut dire, à présent que tout le monde porte les chaussures en caoutchouc du ravitaillement américain, et raccommode de vieux habits démodés ? Au moins, ce garçon-là n'est pas allemand, se dit-elle.

– Ce que pensent les gens, je m'en moque ! prétend-elle, bravache.

– Eh bien moi, je ne peux pas me permettre de m'en moquer, hélas !

Et plus rien ne semble pouvoir être ajouté.

– Adieu, alors.

Le garçon tourne les talons et s'éloigne, tête basse.

## 5

**- Tu n'as pas trouvé de beurre ?**

Marthe dispose le contenu de son panier sur la table de la cuisine.

– Non, papa, tout avait été acheté quand mon tour est venu. Il paraît qu'il était à 30 francs le kilo !

Son père lève les yeux au ciel. Blanche, elle, se réjouit du morceau de savon déniché par sa grande sœur. Elle s'étonne. Comment Marthe a-t-elle pu transporter tant de farine depuis chez Morel, sans brouette ?

– Un garçon m'a proposé son aide. Il m'a accompagnée un bout de chemin.

– Quel genre de garçon ?

Sur la défensive, Marthe contre le regard soupçonneux de sa sœur d'un haussement de sourcils.

– Je ne sais pas… un garçon ! Nous avons fait la queue ensemble pendant deux heures. Un apprenti ou un domestique, sans doute. Mais très bien mis, propre, et plus poli que la plupart des hommes que la guerre nous a laissés !

– La voilà qui fréquente les fils de blanchisseuses, à présent !

– Je ne *fréquente* personne ! Il ne sait ni qui je suis, ni où nous habitons ! Tu n'avais qu'à m'accompagner, je n'aurais pas eu besoin de son aide.

– Papa ! Tu ne vas pas la laisser nous faire une réputation ?

Assis en bout de table, M. Amelin grogne comme si les cris de ses filles le réveillaient.

– Il paraît qu'à Lille, la vie devient impossible, marmonne-t-il. Si ça continue, ce sera la vraie misère, ici aussi ! Les ouvriers et les pauvres gens souffrent déjà bien plus que nous. J'aurais dû vous obliger à partir avec les rapatriés volontaires, quand c'était encore possible. Vous seriez aujourd'hui à Paris, à l'abri chez votre tante Huguette…

– La vieille baronne ? La cousine de maman qui n'a jamais admis qu'elle soit tombée assez bas pour t'épouser ? s'esclaffe Blanche. La seule fois que nous l'avons vue, c'était à l'enterrement. Elle nous considérait avec tant de mépris ! Paris, non merci ! Notre tante nous y aurait laissées dormir sous les ponts. Notre place est ici, où nous pouvons t'aider.

Le visage du père s'illumine d'un sourire satisfait. Il se décide à faire part aux filles de la nouvelle.

– Comme toi, Sybille a été scandalisée par les prix, chez Morel. Elle m'a suggéré de demander moi aussi la permission de m'occuper du ravitaillement…

Marthe plisse les narines.

– Sybille qui ?

– Jaouen ! répond Blanche avec évidence. Sybille Jaouen, la femme de M. Yves, le contremaître de papa !

Marthe se souvient maintenant du visage rubicond de cette grande femme blonde volontaire, un peu brusque mais toujours souriante, affublée de larges chapeaux à la mode du siècle dernier. C'est un visage du temps où l'usine de dentelles de leur père n'avait pas été fermée par les boches, du temps où Yves Jaouen n'était pas parti au front avec son fils, et où l'on recevait encore des gens pour le thé. Le temps de maman.

# 6

**Blanche s'est assise auprès de son père.** Elle attend la suite de ses explications.

– Tout le monde est mécontent de Morel. Il vend trop cher. Il me faudrait seulement l'autorisation de la Kommandantur. Sybille pense que nous aurions de bonnes chances de l'obtenir. Ce projet me semble utile. Et il pourrait aussi nous tirer de l'ennui mortifère qui nous est imposé...

– Mais enfin, de quoi s'agit-il ?

Marthe met souvent plus de temps à comprendre que sa sœur, son esprit fait trop de digressions.

– D'obtenir le droit d'aller dans des villes alentour, acheter un complément pour le revendre aux commerçants de la région et à la population. En pratiquant des prix plus raisonnables que ceux de Morel, notre concurrence le forcerait à baisser ses propres tarifs. Tout le monde en profiterait !

Blanche est aussi emballée que lui. Puisqu'il n'y a plus d'autre emploi que les travaux forcés pour les Allemands, s'en créer un soi-même serait une fierté ! Marthe les observe un moment. Avec leur tignasse brune et drue, leur manière un peu rigide de se tenir très droits, et leur menton carré, ils se sont toujours ressemblé. Elle en a souvent éprouvé une pointe de tristesse jalouse, dont elle se sent coupable. Assis à cette table, dans leurs vêtements défraîchis, les traits amincis par les privations des Allemands, le père et sa fille forment un tableau pathétique et touchant, et Marthe songe que la présence de leur mère les privait de la complicité qu'ils ont aujourd'hui tous les trois.

– Mais avons-nous encore assez d'argent pour acheter ces produits avant de les revendre ? interroge Blanche.

Ce « nous » révèle qu'elle se sent déjà impliquée dans l'aventure.

– Eh bien… Sybille propose de s'associer avec moi. Elle mettrait 5 000 francs dans l'affaire et s'en ferait prêter davantage par différentes relations. C'est une honnête femme qui a bien du mérite. Son fils et son mari au front, et jamais une plainte, jamais à court d'idées !

M. Amelin échange un regard pétillant avec sa cadette. C'est un homme d'action qui ne craint que l'ennui. Il a travaillé depuis ses quatorze ans et s'est construit tout seul une belle situation. Avant la guerre, la petite usine de broderie Amelin avait le vent en poupe. Même s'il doit repartir de zéro, il sait qu'il peut encore compter sur quelques-uns des ouvriers qu'il employait alors. Ces hommes seraient soulagés d'avoir un petit revenu, puisqu'ils sont au chômage. Pour la première fois depuis treize mois que les machines de son usine ont été démontées, Albert semble motivé par quelque chose. Il est déjà passé d'ouvrier à patron de petite industrie, pourquoi ne serait-il pas capable de se faire commerçant ? Ne serait-ce que pour obtenir le droit de quitter la ville de temps en temps, l'affaire en vaut la peine ! Au fond, les deux filles savent très bien que leur père s'est déjà décidé. Et comme toujours, il est prêt à engager toutes ses forces dans la bataille.

## 7

**Il n'est que 3 heures de l'après-midi,** heure allemande, celle qui est imposée. Seule dans sa chambre au deuxième, Marthe a déjà faim. Vraiment. C'est une sensation qui ne la quitte plus depuis des mois. Elle ne l'avait jamais connue avant-guerre. Elle se rend compte que ce qu'elle appelait « avoir faim », à cette époque, n'était qu'une impatience de l'estomac.

Elle ouvre la fenêtre et se penche au-dessus du jardin. Les rosiers de sa mère se couvrent de jeunes pousses. Plus loin, un chat escalade le muret, disparaissant derrière la façade de brique de la demeure des Frémont. Leurs voisins ont fui juste avant l'invasion, emportant domestiques et bagages dans leur villa du Touquet. Dès la première semaine d'occupation, leur porte a été forcée, leurs meubles volés, leurs biens pillés. Par des Français comme par des soldats allemands éméchés. Depuis sa chambre, Marthe en voit encore parfois s'introduire dans l'imposante bâtisse dévastée. Avec l'hiver, ce sont les parquets, les boiseries et les portes qui ont disparu, morceau par morceau. Il faut bien faire du feu. C'est la guerre. Le jour où les Frémont retrouveront leur maison, il n'en restera rien.

Si seulement ce bruit de canons pouvait se taire quelques minutes, le temps de se rappeler ce qu'était le véritable silence ! Le regard de Marthe accroche celui de son reflet dans le carreau de la fenêtre. Elle écarte une mèche de cheveux châtains de son front bombé. Marthe sonde ce regard bleu qu'elle tient de sa mère. Est-ce que Blanche a pu lire quelque chose dans ses yeux ? Sa sœur a-t-elle pu sentir que son cœur battait plus vite, que sa voix n'était pas neutre, quand elle a mentionné le « garçon » ?

Le garçon… Quelle chance, ne peut-elle s'empêcher de penser ! Même brève, cette rencontre, c'est enfin quelque chose de nouveau, d'inattendu, de joyeux, dans sa vie immobile. Un événement qui n'appartient qu'à elle. Comment peut-il s'appeler ? Jacques, Edmond… Raymond ? Après tout, quelle importance ? Elle se sent encore portée par cet émoi, cette impatience inquiète qu'il a fait naître en elle. Elle refuse d'avoir honte, elle se le répète encore : même « fils de blanchisseuse », au moins lui n'est pas allemand.

Son souffle embue la vitre par intermittence. Elle se sourit comme si elle était lui, comme il a dû la voir. Elle se trouve presque belle. Sous cet angle, le léger contre-jour adoucit les marques de fatigue et les ombres de la faim, comme il estompe l'arête aiguë de son nez. Se mettant dans la peau du garçon, elle lève doucement la main et la pose contre son reflet dans la vitre. Elle passe le bout de ses ongles sur la joue, les laisse doucement glisser jusque sous le menton, jusqu'à faire vaciller le sourire sur ses lèvres charnues. Hésitante, elle s'approche plus près et dépose un baiser furtif sur le carreau qui se perle de buée. Qu'est-ce qui lui prend ? A-t-elle désiré ce baiser ? Quel est ce nouveau trouble ? « Ce n'est pas convenable, les gens pensent vite à mal »... S'en moque-t-elle vraiment ? Elle se reproche d'avoir peut-être humilié le garçon, en lui montrant par sa légèreté qu'elle était plus riche, plus libre, et qu'elle avait été élevée par des parents modernes. Qu'elle se moquait de faire jaser les imbéciles, encore engoncés dans des manières du dix-neuvième siècle.

Soudain, Marthe se rend compte que la canonnade a cessé. Un calme inouï se pose sur la ville, se répand dans la chambre. Pour la première fois depuis des mois, elle s'entend respirer ! Son souffle lui semble si bruyant qu'elle préfère le retenir, parfaitement immobile. Plus rien d'autre n'existe que ce silence de paix qu'elle pensait ne plus jamais entendre.

Un peu de silence, le sourire d'un garçon... le bonheur tient à si peu de chose ! Il faudra s'en souvenir, si cette guerre a une fin.

## 8

**Quand Albert Amelin quitte la Kommandantur** en souriant, le lendemain, Marthe n'est pas avec lui. Mais il lui racontera la scène qui va suivre. Il vient tout juste d'obtenir la permission du commandant Hollweg de prendre en charge une partie du ravitaillement français. Tout en réfléchissant à une première liste de fournisseurs, il s'est dirigé vers un groupe de civils, assemblés autour d'une affiche. Les attroupements ont beau être interdits en ville, ils sont tolérés près des panneaux de communication allemands. Un notable y fait la lecture des dernières annonces à voix haute.

– ... avec interdiction à la population de se déplacer dans les rues entre 8 heures et 5 heures, heure allemande ! Il est également rappelé que la population doit obturer portes et fenêtres durant la nuit, sous peine de...

Un grondement l'interrompt. Ce grondement bien connu qui annonce le passage de troupeaux de soldats ou de prisonniers. Une marée d'hommes déboule de l'avenue de Paris, bloquant le tramway.

– Des boches... grogne une servante en bonnet de dentelle.

Les Français observent avec aigreur le passage des fantassins bottés. Albert s'habituerait presque à cette perpétuelle transhumance militaire à travers sa ville. On s'habitue à tout, c'est un des enseignements de la guerre. Pourtant cette fois-ci, il est frappé par la jeunesse de ces soldats allemands. Ils ont seize, dix-sept ans, comme ses filles ! Beaucoup s'appuient sur une canne, la tête enturbannée de bandages sales. Englués d'une boue poisseuse qui leur donne l'apparence de statues d'argile, ils se traînent plus qu'ils ne marchent, hagards et épuisés. Alors, à ce moment, bien qu'ils soient ennemis, bien qu'ils viennent peut-être de tuer un voisin ou un ami,

Albert ne peut ressentir pour eux qu'une immense pitié. Et son cœur est brisé à la vue du cortège funèbre.

– Quelle tristesse ! souffle-t-il, sans même s'en rendre compte.

Une femme lui décoche un regard acéré.

– La tristesse, c'est qu'on ne les ait pas tous tués ! La victoire, ça sera d'avoir exterminé ces boches jusqu'au dernier.

C'est un des effets de l'époque actuelle : le premier crétin a un avis tranché sur tout et veut l'imposer. Albert a appris à se taire et à se méfier de ses compatriotes autant que des Allemands. En temps de guerre, les esprits libres ne sont plus tolérés. Mais la colonne de gamins effarés a raison de sa prudence.

– Pensez aux mères qui ont élevé ces enfants, madame ! Et si la victoire était une réconciliation plutôt qu'un massacre mutuel ?

– Une réconciliation ! Alors que dans des villes françaises, les boches enlèvent les enfants ! Des jeunes filles ont été arrachées à leur famille et envoyées dans les Ardennes pour travailler aux champs ! On les a entassées dans des camps où elles sont mêlées à la pègre et aux filles de mauvaise vie !

– La victoire d'abord, la paix ensuite ! approuve un autre.

– N'êtes-vous pas patriote, monsieur ? lance à Albert le notable qui faisait la lecture.

Désirer la paix est donc devenu antipatriotique… Mais comment prétendre construire l'avenir sur de la haine ? Les badauds se rapprochent, autour d'eux, attirés par l'odeur du sang. Amelin sait qu'il s'est trop exposé. Sa cravate l'empêche de respirer.

– En tout cas, moi, fanfaronne un garçon en culottes courtes, si les boches ne nous rendent pas l'Alsace et la Lorraine, j'aime mieux que mes frères ne rentrent jamais du front !

– Parfait, sacrifions donc toute notre jeunesse ! laisse échapper Amelin.

Le dit-il, d'ailleurs ? Peut-être que ces mots ne s'adressent qu'à lui-même. Il sent qu'il perd sa foi dans tout le genre humain. Quand cela finira-t-il ?

Même le vent est contre lui quand il remonte l'avenue de Remicourt en retenant son chapeau. Quelle solitude ! Il détourne la tête en passant devant son usine, que les Allemands ont transformée en blanchisserie pour le linge des soldats. Sa chère femme a peut-être eu de la chance de mourir sans voir tant de malheurs.

Apercevant la fière façade de brique de sa maison, une des plus belles du quartier, Albert découvre un jeune sous-officier, dans les vingt ans, bagages aux pieds, debout devant sa porte. Il est grand, brun, carré, et a le teint malade.

– Monsieur Amelin? demande-t-il avec un lourd accent allemand.

Il ne manquait plus que ça ! Albert hoche la tête, saisissant le ticket de logement que le soldat lui tend.

– Je dois m'installer chez vous.

## 9

**Depuis la cuisine,** Marthe voit son père rentrer avec le soldat. Elle laisse rouler son chou-rave sur le sol et accourt dans le hall. Blanche s'est arrêtée net au milieu de l'escalier.

– Nous allons héberger monsieur l'officier pour les prochaines semaines ! annonce Amelin.

L'Allemand évalue la demeure d'un œil inquiet. Est-il tombé dans une famille honnête ? Chacun se jauge. Quel genre d'hôte sera ce militaire ? Comment va-t-on partager les lieux ?

– Lieutenant Kaempfer, j'ai des tickets pour manger ici le matin et le soir, indique l'Allemand en montrant ses bons imprimés.

– C'est que... bredouille Amelin, nous n'avons plus de domestique depuis que Thérèse, notre bonne, est partie « en France » dès 1914, avec le premier train de volontaires pour le rapatriement. Mes filles s'occupent seules de la cuisine, du ménage... Nous ferons de notre mieux mais nous n'avons plus grand-chose !

– Vous serez payés pour ça par la Kommandantur, assure le sous-officier.

– Eh bien... Allons, il faut vous trouver une place !

Marthe échange un regard rapide avec sa sœur et son père.

– Dans ton bureau, peut-être ?

Albert secoue la tête.

– Je vais en avoir besoin pour les ventes.

– Pour le ravitaillement ? s'exclame Blanche. Le commandant a accepté, alors ? C'est bien !

Mais en présence de l'inconnu, la nouvelle tombe à plat. Marthe fait un pas en avant.

– On pourrait lui aménager la salle à manger ? C'est ce qu'ont fait les Huguier pour les trois soldats qu'ils ont eus le mois dernier...

– Mais on m'a dit que vous aviez une chambre ! intervient l'Allemand, légèrement agacé.

M. Amelin évite le regard de ses filles.

– Oui, nous en avons une au premier. Avec un cabinet de toilette...

– Non, papa ! Pas dans celle de maman !

Le cri de Blanche a figé tout le monde. Elle se reprend, voyant blêmir son père.

– Pas dans celle de maman, s'il vous plaît ! répète-t-elle tout bas.

Marthe pousse un soupir et se dirige d'un pas décidé vers l'escalier qu'elle emprunte, dépassant sa sœur, avant de se tourner vers l'Allemand.

– Ma chambre est au deuxième. Je vais descendre mes affaires au premier pour vous laisser vous y installer. Si ça ne vous embête pas de gravir deux étages...

Albert n'ose plus bouger. Ses filles vont trop loin. L'Allemand a tous les droits. Il pourrait occuper autant de pièces qu'il voudrait sans qu'ils n'aient rien à dire. Le jeune homme est resté silencieux. Il ramasse son bagage.

– Bien, mademoiselle, dit-il simplement en montant derrière elle.

Blanche attend que son père la rejoigne pour les suivre dans les étages. Arrivé au deuxième, l'Allemand entre dans la pièce que lui désigne Marthe.

– Il n'y a plus ni poignée ni verrou à la porte, ni de lampe au plafond, signale-t-elle froidement. Les vôtres ont emporté tous les cuivres, les bronzes, les casseroles, les bassinoires, le téléphone, le caoutchouc, et même les cannes !

Son père lui pince le bras, profitant que le soldat ait le dos tourné. Marthe se dégage et ajoute bien fort, avec une ironie mordante :

– Nos matelas aussi, ils les ont emportés. Nous n'avons que des paillasses à mettre sur nos lits. J'espère que cela vous conviendra, *mein Herr*.

À lui, elle ne sourira pas. Le jeune sous-officier se retourne. Il la regarde dans les yeux, immobile, à la fois gauche et digne.

– La Kommandantur me fera livrer un matelas et des meubles, l'informe-t-il doucement. Prenez tout ce que vous voulez garder pour vous.

Il passe devant elle et redescend l'escalier d'un pas ferme. Dès qu'ils entendent la porte d'entrée se refermer sur lui, la famille se relâche. Amelin s'appuie au mur en reprenant son souffle. Il lance un regard noir à Marthe.

– Un jour, tu me feras mourir de peur, ma fille !

## Florin - février 2016

Quand Marthe est entrée dans ma chambre pour la première fois, j'ai d'abord voulu la mettre à la porte. Mais lorsqu'on doit tracer la moindre phrase sur une ardoise, lettre après lettre, se débarrasser d'un visiteur demande beaucoup d'efforts. J'avais renoncé, pensant qu'elle allait se lasser de mon silence et du spectacle écœurant que je donnais à voir.

Bénévole d'accompagnement, s'était-elle présentée. C'est-à-dire qu'elle donnait un peu de son temps pour que les patients les plus abandonnés, derrière ces murs, ne se croient pas tout à fait oubliés par leurs sœurs et frères humains. Nos vies comptaient encore pour quelques-uns qui, comme elle, ne venaient parler ni de santé ni de soins, mais simplement offrir une oreille à ceux que les soignants n'avaient plus le temps d'écouter.

« Quel passe-temps malsain », n'avais-je pu m'empêcher de penser ! Aujourd'hui, je répondrais : « Quelle générosité ! » Elle était si jeune. Peut-être vingt ans, mon âge. Mais sa beauté singulière, son sourire résolu et sa présence troublante donnaient l'impression qu'elle avait déjà vécu mille vies.

Rien de ce qui concernait le monde hors de ma chambre ne m'importait plus. Je ne voulais surtout pas entendre parler des attentats. La silhouette du terroriste qui m'a privé de visage me hantait jour et nuit. Mais je redoutais presque autant les banalités sur la météo et l'actualité. Alors, je lui ai écrit en grosses lettres, sur l'ardoise blanche qui me sert à communiquer : « Racontez-moi une histoire. » C'était encore le temps où l'on se vouvoyait.

– Une histoire ? s'est-elle réjouie. Quel genre d'histoire ? Une histoire vraie ?

J'ai haussé les épaules. « Longue », ai-je écrit, en effaçant des doigts la phrase précédente. Elle ne s'est pas fait prier, même si elle a fait mine de réfléchir un peu.

– Ce sera une histoire extraordinaire, alors... L'histoire de toute une vie. Celle d'une jeune fille qui aurait dix-sept ans pour toujours. N'est-ce pas un bon début ? Une jeune fille qui aurait cessé de vieillir, à cause... à cause d'un incroyable amour et d'un reflet perdu. Êtes-vous prêt à la croire ?

Je ne m'attendais pas à cette proposition. Mais, déjà, Marthe avait capté mon attention. Insensiblement, la présence invisible de mon agresseur s'estompait dans la chambre. Non seulement j'étais prêt à la croire, mais je voulais qu'elle m'emmène loin, loin du monde, de mes peurs et du mal.

– Cette jeune fille, appelons-la Marthe ! avait-elle décrété. Eh bien oui, comme moi, pourquoi pas ?

Depuis, deux fois par semaine, pendant une heure ou un peu plus, cette histoire est devenue le feuilleton qui me libère de mon corps torturé, qui me sauve de l'abîme. Et lorsque la présence d'un médecin ou une opération programmée obligent Marthe à reporter sa visite, ma détresse est telle que je finis par croire que ma vie ne tient qu'à ce récit.

Comment imagine-t-elle tant d'événements, si étranges et cohérents à la fois ? S'agit-il d'une histoire de famille sur laquelle elle broderait, du destin d'une ancêtre ? Emprunte-t-elle à des livres ? Je me souviens encore de sa réponse lorsque j'avais osé l'interroger :

– Écoutez, il va falloir choisir, Florin : soit je raconte, soit j'explique !

Imaginaire ou réelle, à présent, cela m'est bien égal. Cette histoire, qu'elle déroule sans hésitation, comme si elle racontait sa propre vie, j'ai maintenant la certitude que Marthe est venue, dès le début, pour me la raconter. Qu'elle m'avait choisi, avant que je ne le lui demande. Dans quel but ? Pourquoi moi ? Il me semble que ce n'est qu'au bout du récit que j'obtiendrai ces réponses.

# 10

**Mai 1916**

**L'avenue est envahie par les voitures à cheval.** Trente, peut-être plus, qui stationnent sous la pluie. Marthe et Blanche rejoignent Sybille Jaouen devant l'usine de leur père.

– Les voilà qui arrivent ! annonce la grande femme, son chapeau protégé par un châle.

En bas de la rue, les chevaux traînent leur chargement, s'ouvrant avec difficulté un passage au milieu des impatients. M. Amelin est obligé de faire le service d'ordre.

– Laissez-nous décharger ou personne n'aura rien !

Deux semaines auparavant, il est parti passer des commandes de marchandises à Maubeuge. La nouvelle de ce ravitaillement inespéré s'est répandue comme une traînée de poudre. Tous les commerçants des communes alentour qui ont pu obtenir un laissez-passer sont présents ce matin. Les trois femmes se précipitent pour aider Amelin et ses ouvriers à descendre le chargement.

– Seul un des wagons est arrivé en gare, s'agace le père. Nous n'aurons jamais de quoi satisfaire tout le monde !

Les ouvriers organisent une chaîne. Les sacs, caisses et cageots passent de bras en bras jusqu'au local que les Allemands ont accepté de libérer pour le stockage temporaire dans l'usine. Chacun met du cœur à l'ouvrage. Les corps se pressent, se heurtent, trempés de sueur et de pluie. Marthe n'a plus à forcer son sourire, elle s'enthousiasme de cette frénésie. Elle court vers le second véhicule pour réceptionner la caisse qu'un ouvrier en bras de chemise va décharger. Ils se reconnaissent. C'est lui ! Le garçon-cygne, le visage rosi par l'effort ! Une bouffée d'effluves de sa transpiration enveloppe la jeune fille.

– Ça alors ! Bonjour, mademoiselle.

Elle hoche la tête, saisissant la caisse, le souffle court. Elle n'a pas le temps de répondre.

– Les filles ! appelle Amelin. Accompagnez Sybille à la maison, je vais commencer les ventes. Les hommes finiront de descendre les stocks et de les apporter dans les voitures des acheteurs.

## 11

**Sybille use de sa haute stature** et de son autorité naturelle pour bousculer la file de gens qui se disputent dans l'entrée, et jusque dans le cabinet de travail du père, aménagé pour recevoir les clients.

– Patientez un instant ! Vous voyez bien que rien n'est prêt !

Elle apporte les carnets de commandes et d'achats sur le bureau Art nouveau qui trône dans la pièce. Marthe se sent encore étourdie d'avoir retrouvé le visage dont elle dessinait les traits en pensée, chaque nuit. Amelin les rejoint, s'emportant contre un homme qui se plaint de l'organisation.

– Les gens ne sont pas raisonnables ! se lamente-t-il en s'asseyant. Mais comment les blâmer ? Les besoins sont si grands…

Les ventes commencent dans une tension et un vacarme croissants. Il y a des commerçants venus de Bohain, de Guise, du Nouvion… Chacun s'estime lésé. Le père effectue les transactions, puis envoie les acheteurs régler leurs achats auprès des femmes, dans la salle à manger. Marthe, sa sœur et Sybille Jaouen comptent les liasses de billets et les bons, vérifient les factures. Trois, cinq, dix mille francs… tant d'argent donne le tournis ! Il est déjà 3 heures et la famille n'a pas fait une pause. Les esprits s'échauffent. Mme Jaouen flanque elle-même à la porte un épicier de Chauny qui fait scandale parce que sa commande n'a pas été livrée par le train. À 6 heures, on met tout le monde dehors. Les stocks sont épuisés. Il faudra retourner à la gare le lendemain, et tenter d'obtenir l'autorisation d'aller à la recherche de nouveaux fournisseurs, dans d'autres villes. Amelin se rend à l'usine, pour donner des directives à ses hommes. Pendant quelques instants, la maison sombre dans un silence profond, seulement troublé par le froissement des feuilles et des billets. Pas le temps de réfléchir ni d'être fatiguées : il faut recompter la recette, revoir toutes les factures, estimer les emprunts qui peuvent être remboursés. Le père revient en se frottant les mains.

– C'est une excellente journée, mes enfants, quel travail ! Si cela pouvait durer encore quelque temps, nous aurions réparé les dommages financiers que cette guerre nous a faits !

– Il faudrait que nous tenions jusque-là ! ironise Sybille. Vous étiez à la gare à 5 heures ce matin et nous avons encore de quoi nous occuper jusqu'au couvre-feu de ce soir. À ce train-là, l'épuisement aura notre peau avant les boches !

Le rire qui s'élève au-dessus de la table retombe d'un coup. La porte de la salle à manger s'est ouverte.

– Bonsoir...

C'est l'Allemand qui loge ici depuis plusieurs semaines. Il a forcément entendu la plaisanterie et l'emploi interdit du mot « boche ». Mme Jaouen pique du nez dans ses comptes. Chacun met un temps à retrouver une contenance.

– Est-ce possible de manger ? demande le soldat, saluant d'un signe de tête. Grande fatigue pour moi, ce soir.

Le jeune homme a les yeux rougis par le manque de sommeil. Amelin se redresse et part d'un grand éclat de rire.

– Veuillez nous excuser, mon cher Hermann ! Nous avons eu nous aussi une journée des plus fatigantes. Dans l'effervescence, nous vous avions complètement oublié !

Il ajoute d'un ton badin, pour Mme Jaouen :

– Monsieur le sous-officier prend son souper tous les soirs à 7 heures dans sa chambre.

Marthe se lève sans sourire.

– Montez, *mein Herr.* Je m'en occupe.

– Merci, mademoiselle.

Il les quitte, s'inclinant brièvement. Quand ses pas se sont éloignés, Amelin chuchote à Sybille :

– Vous n'avez rien à craindre de lui. Ce n'est qu'un étudiant de vingt-deux ans qui a le mal du pays. Il ne cherche pas les ennuis.

## 12

**Marthe sort chercher des œufs** dans le poulailler. Heureusement qu'il en reste, car les Allemands leur en confisquent sept par jour. Elle file à la cuisine et prépare deux omelettes : une grande pour Sybille et la famille, une petite pour le boche, pour laquelle elle choisit les moins beaux œufs. Elle s'active mécaniquement, profitant de ces minutes de solitude pour se remémorer le moment où elle s'est retrouvée face au garçon sous la pluie. Son regard, son odeur, sa voix. Elle voudrait pouvoir savourer le trouble délicieux, si nouveau, que tout cela provoque en elle. Mais il y a toujours tant à faire. Elle pressent maintenant combien cette guerre pourrait être tombée au plus mauvais moment de sa vie, et la priver de tous les bonheurs que la jeunesse aurait pu lui apporter. Si seulement elle pouvait arrêter la course du temps, jusqu'à la paix !

Le cœur gros, elle sert cinq assiettes, avec une portion de l'immangeable pain marron qu'on leur vend à présent. Il faudrait faire le pain soi-même, se dit-elle, puisqu'on a de la farine. Elle s'y essaiera ! Marthe apporte le repas à table. Blanche se lève pour saisir l'assiette de l'Allemand. Depuis le début, c'est elle qui lui monte son dîner, Marthe ayant toujours refusé de s'en occuper. Mais elle arrête sa sœur.

– Reste assise. Je vais le faire.

– Et pourquoi ne proposes-tu pas à ce jeune homme de venir manger avec nous, Marthe ? l'interpelle son père. Il me chagrine, à dîner dans son coin.

Un froid glacial traverse la pièce. Les sœurs dévisagent Albert sans comprendre s'il parle sérieusement. Sybille garde les yeux dans le vide, offensée. Amelin s'en aperçoit.

– C'est un garçon très bien ! Il se comporte de la meilleure des façons comme, du reste, la plupart des Allemands qui sont logés dans le voisinage. Je lui ai trouvé une bien triste figure, ce soir…

– Tant mieux, répond sèchement Sybille. Cela annonce sans doute une grave défaite pour eux !

Personne ne dit plus rien. Mme Jaouen s'installe devant son assiette, ajoutant d'une voix adoucie :

– Mon cher Albert, les Allemands ont peut-être déjà tué mon mari et mon fils dans la boue des tranchées. Vous êtes ici chez vous, mais si ce garçon mangeait à votre table, je devrais vous laisser.

## 13

**Hermann écrit, assis au bureau de Marthe.** Dans sa chambre à elle. Lui a le droit d'écrire, pense-t-elle. Pour un Français, rédiger un journal, prendre des notes ou faire des croquis peut être considéré comme un acte d'espionnage. La prison extérieure est complétée par une prison intérieure, celle de l'esprit. L'Allemand lisse sa moustache qui dessine un sourire au-dessus de sa bouche droite et sans lèvres.

– Merci, mademoiselle Marthe, dit-il d'une voix rauque tandis qu'elle pose l'assiette et le vin.

Elle jette un coup d'œil à la chambre, découvrant les meubles, la bassine et le matelas que le soldat y a fait livrer. Des meubles volés dans des maisons françaises abandonnées par leurs propriétaires. Quelle étrange expérience de se trouver seule avec un inconnu dans sa propre chambre ! Cet Allemand dort dans son lit, se lave où elle se lavait, dîne où elle apprenait ses leçons, et se regarde peut-être dans le carreau de la fenêtre où elle a embrassé son reflet. Un malaise la traverse quand elle songe que la vitre a pu garder la trace de ce baiser.

Hermann avale une gorgée de vin et la fixe, droit dans les yeux, avec un sourire froid.

– Mademoiselle, je veux vous dire quelque chose.

– Ah ?

– Votre père est un homme bon, mais il doit faire attention.

– Pardonnez-nous, *mein Herr* ! Mme Jaouen plaisantait quand elle parlait des… boches !

L'Allemand a un geste vague.

– Ce n'est pas ça. À la Kommandantur, il y a des Français qui parlent de M. Amelin. Ils disent qu'il gagne de l'argent avec la guerre, qu'il triche avec les prix des marchandises, et qu'il ment au commandant Hollweg.

Marthe marque un temps.

– Vraiment ? Et qui sont ces gens ?

– Vous connaissez le... *Braumeister* ? L'autre Français qui fait du ravitaillement.

– Le brasseur ? M. Morel.

Ils se dévisagent sans animosité. Marthe ne sait que faire de cette information, si toutefois elle est vraie. Mais remercier l'Allemand, ou même sourire, lui écorcherait la bouche. Elle hausse les sourcils avec détachement.

– On ne peut pas empêcher les mauvaises langues de dire des sottises ! Il semble même que ce soit devenu un loisir à la mode, ces derniers temps.

## 14

**Mme Jaouen se prépare à rentrer chez elle** avant le couvre-feu. Blanche efface les traces de pas boueux des clients avec une serpillière. Marthe rêvasse devant son assiette. Son père lève les yeux de son livre de comptes.

– Allons, ma fille ! Ton repas est déjà froid.

Elle mâche un peu d'omelette avant d'oser demander :

– Les hommes qui ont travaillé pour toi aujourd'hui, ce sont tous tes anciens ouvriers ?

– Ceux qui ne sont pas partis au front ou qui n'ont pas été réquisitionnés par les Allemands.

– Il y avait un jeune garçon parmi eux. C'est lui qui m'a aidée à porter les commissions depuis chez Morel, il y a quelques semaines...

Sentent-ils tous comme son cœur s'emballe, quand elle parle de lui ? Amelin cherche l'anecdote dans sa mémoire.

– Le jeune Novembre ? Ma foi, cela ne m'étonne pas. C'est un « pitau », un gosse de l'Assistance, un orphelin. Mais c'est un garçon honnête. Je l'ai pris à l'usine juste avant la guerre, pour la préparation des bobines. Je suis satisfait de pouvoir offrir un peu de travail à de bons gars comme lui. La guerre est encore plus dure pour ces malheureux que pour nous, soyez-en sûres, mes filles !

– Novembre, vous dites ? intervient Sybille, enfilant son manteau. Ah oui, je le remets bien ! Ces derniers temps, il dormait dans une grange ouverte aux quatre vents, votre « bon gars », si vous voulez savoir ! Chez des fermiers qui hébergent bien au chaud une garnison entière d'Allemands, et qui se plaignent d'ailleurs de leurs mauvaises manières.

– Vraiment ? s'étonne le père. Je croyais qu'il était logé chez la veuve Quesnoy.

– L'auberge de Mme Quesnoy vient d'être réquisitionnée pour héberger des officiers. La pauvre femme a été mise à la porte de chez elle sans préavis avec son fils Casimir. Des amis ont pu les accueillir tous les deux, mais le petit Novembre n'a pas retrouvé de place en ville.

Amelin semble désolé. Sybille en profite pour lui lancer une pique dont elle a le secret :

– Au front comme en zone occupée, nos fils et nos maris vivent comme des bêtes. Mais les soldats allemands, eux, mangent nos œufs et dorment sur un matelas de plumes dans les chambres de nos filles. Vous voudriez en plus leur faire une place à table ?

Albert fronce les sourcils, rajuste ses lunettes et se replonge dans les factures.

# 15

**- Mais qu'est-ce qu'il fait ?**

Marthe essuie ses bras blancs de farine au-dessus du pétrin avant de rejoindre sa sœur près de la fenêtre. Dans le jardin, Amelin est en train de déménager le fatras qui encombre la remise.

– Il a besoin de s'occuper ! diagnostique-t-elle, retournant à sa pâte à pain expérimentale. Je crois qu'il va devenir fou si le commandant ne lui accorde pas rapidement la permission de retourner s'approvisionner en marchandises. Tu sais bien qu'il est incapable de se reposer.

– Tu peux parler ! se moque sa sœur. Si l'une de nous tient ça de lui, c'est bien t…

Sa phrase reste en suspens. Se découvrant, Hermann vient d'entrer dans la cuisine.

– Pardon, mesdemoiselles. Je voulais… pour vous et votre père… pour remercier.

Le jeune homme pose sur la table un objet emballé dans du papier journal et sort à reculons. Après un court silence, Blanche va défaire le paquet et découvre un gros morceau de bœuf.

– Et ils prétendent qu'ils ont faim, eux aussi ! s'irrite Marthe.

– Ne sois pas bête ! s'agace sa sœur. Il l'a forcément eu au marché noir. C'est très gentil à lui. Si tu n'en veux pas, je mangerai ta part.

– Avec ce beau temps, je commencerai l'installation de mon potager aujourd'hui, marmonne Marthe pour changer de sujet.

## 16

**Avant midi, elle déboule dans le jardin,** chapeau de paille sur la tête, sa robe protégée par un sarrau gris pâle, et ses mains par des gants. Depuis le début du printemps, on voit fleurir des potagers dans les jardins des maisons bourgeoises, et même dans les cours d'immeuble, dont les habitants déchaussent les pavés. Des gens qui n'ont jamais manié autre chose que la plume et l'encrier retournent la terre, ravalant toute honte. La guerre et la faim changent tant de choses ! Grâce au troc, Marthe a pu réunir des semences de pois, de carottes et de navets qu'elle compte planter avec des pommes de terre. Elle évalue le terrain qu'elle devra défricher. Le sol est encore humide des pluies de la veille, il sera plus facile à biner. Depuis le perron, Blanche la regarde avec tristesse couper un à un les rosiers.

– Si maman avait vu ça…

– Elle aurait vu bien pire, depuis deux ans ! rétorque Marthe. Que veux-tu, c'est la guerre !

Voilà ce qu'on répond à tout, désormais. En vérité, Marthe se surprend à éprouver une fureur joyeuse en saccageant ces arbustes, dont la croissance et la santé préoccupaient davantage Mme Amelin que celles de sa fille aînée. De toute façon, cet emplacement est le seul envisageable dans le jardin. Impossible de creuser au fond, près du mur : c'est là qu'on a enterré l'or, les bijoux et les objets précieux, l'an dernier, quand les Allemands ont commencé à les confisquer. La vieille remise, les clapiers à lapins et le poulailler occupent quant à eux une autre zone du terrain. Tout comme la niche de Sentinelle, sous laquelle la pauvre bête ensevelie doit se décomposer. On a dû la tuer à la fin de l'hiver, lorsque les boches ont inventé une taxe sur les chiens domestiques. On prétend que la rareté de la viande aurait alors poussé certains à les manger. Mais on raconte tant de choses incroyables…

Aveuglée par le soleil, Marthe se retourne en entendant des voix.

– Ce n'est pas Versailles, mais avec quelques efforts et une paillasse, cela me semble habitable. En tout cas mieux qu'une grange !

Son père se tient sur le seuil de la remise qu'il vient de dégager, parlant à quelqu'un qui se trouve à l'intérieur. Il recule pour laisser sortir le visiteur. Marthe reconnaît le jeune Novembre. Il marque un temps d'arrêt en l'apercevant, avant de reprendre un air dégagé, détournant la tête. Marthe se remet au travail. Qu'est-ce qu'il fait là ? Quelle est cette nouvelle lubie de son père ? Le souffle rapide, elle déracine, coupe et arrache de plus belle. Elle se sent grotesque, en tenue de paysanne. Elle ne comprend pas pourquoi la panique la gagne. Cette présence qu'elle espérait, qui la hantait, lui donne à présent envie de partir en courant ! Elle aurait aimé que le garçon reste dans sa vie à elle seule. Que son père se l'approprie ne lui plaît guère. La voix d'Albert se rapproche dans son dos.

– Je vous présente Blanche, ma cadette, que vous avez croisée l'autre jour, à l'usine.

– Mademoiselle.

– Monsieur, répond la sœur.

– Et je crois que vous connaissez déjà mon autre fille ?

Prise au dépourvu, Marthe fait volte-face. Novembre se tient un pas derrière Albert. Il garde les yeux baissés, écarlate.

– Heu… je ne crois pas, monsieur. Nous n'avons pas été présentés.

– Comment cela ? s'étonne le père. Marthe m'a dit que vous aviez fait la queue plus d'une heure au magasin Morel !

– Ah ? Eh bien, oui peut-être… Je n'avais pas…

Ni lui ni Marthe n'osent se regarder.

– Bref, l'affaire est entendue ! conclut Amelin en remontant vers la maison. Allez chercher vos affaires et tâchez de vous installer du mieux que vous le pourrez.

Dès qu'elle est certaine que Novembre a quitté la maison, Marthe se rue dans le hall, où son père se tient face au mur. Elle se plante derrière lui, les narines frémissantes. Pourquoi ne les a-t-il même pas consultées, Blanche et elle ?

– Et toi, que vas-tu me reprocher maintenant, après les leçons de Sybille ? s'amuse Albert en se tournant vers elle. Tu ne voudrais quand même pas que je laisse ce garçon dormir sous les étoiles ?

Il tire un stylo de sa poche en ajoutant :

– J'ai besoin d'hommes pour les prochains chargements de marchandises. Les Allemands viennent d'annoncer l'embauchage de tous les ouvriers de plus de dix-sept ans, qu'ils envoient travailler en dehors de la ville. Novembre n'a encore que seize ans. C'est une paire de bras sur laquelle je vais pouvoir compter pendant quelques mois.

Avec application, il inscrit un nom sur l'affichette clouée au mur de l'entrée. Chaque foyer a l'obligation d'y indiquer l'identité de tous ceux qui habitent la maison.

– Voilà. Je vais de ce pas le déclarer aux services de recensement de la Kommandantur, et tout sera en règle !

Il sort en sifflotant et Marthe a l'impression agaçante qu'il se moque d'elle. Elle craint que son comportement n'ait laissé transparaître plus de choses que ce qu'elle voulait. Mais pourquoi, dans ce cas, son père laisserait-il Novembre dormir sous leur toit ?

Elle s'approche de la liste. L'encre de la dernière ligne brille encore. Sous « Marthe Amelin, née le 12 juin 1899 », son père a écrit avec soin : «André Novembre, né le 12 novembre 1899, ouvrier ».

## 17

**Pendant les semaines qui suivent,** Marthe se consacre tant qu'elle peut à son projet : faire pousser de quoi manger. Elle y met toutes ses forces. Elle s'y oublie, y fuit ses propres pensées. Elle ne sent plus la douleur de rester courbée sur la terre, ni ses mains blessées, ni les coups de soleil. Elle frappe, retourne, déchire.

Ce matin-là, en arrivant dans le jardin, elle se retrouve face à André. Depuis qu'il s'est installé dans la remise, ils ne se sont plus croisés, ou très vite, sans se regarder, comme par un accord implicite. Mais elle a parfois senti son regard sur elle, derrière la vitre de sa baraque, tandis qu'elle travaillait le sol.

André piétine, embarrassé, sa casquette dans les mains.

– Il n'y a pas de ventes aujourd'hui. Alors, monsieur votre père m'envoie vous aider pour votre potager. Vous voulez ?

Marthe opine nerveusement du menton. Elle noue son fichu sur sa tête et commence à biner la terre. Un ronflement que tout le monde a appris à reconnaître retentit dans le ciel. C'est un aéro qui survole la ville. Un avion allemand, plus bruyant que ceux des Alliés, et dont le moteur pétaradant attise les moqueries des Français. Aux fenêtres, dans les rues, chacun a levé les yeux. Pas Marthe, qui poursuit son travail avec entêtement, haletante et trempée de sueur.

– Vous allez rester encore longtemps à me regarder travailler ? lance-t-elle avec humeur.

André n'a pas bougé.

– Vous ne m'avez pas dit ce que vous voulez que je fasse.

Sa voix a quelque chose de si servile que Marthe comprend pourquoi l'irruption du garçon dans la maison familiale la panique. Partager le même toit les oblige à tenir leur rôle : elle la fille du patron, lui le subalterne. Des places qu'ils ne peuvent plus faire semblant d'ignorer. À contrecœur, elle lui tend le manche de son outil.

– La terre est dure ici. Si vous voulez bien biner à ma place, je pourrais m'occuper des semis…

## 18

**Ainsi, chaque jour, Marthe et André s'affairent** à quelques mètres l'un de l'autre. Souvent, il est là avant elle, et le bonjour qu'ils s'adressent trahit chaque fois un peu plus leur joie de se retrouver. Lorsqu'il n'est pas là, parce que les ventes ou d'autres tâches le retiennent ailleurs, son absence crée un vide immense. Marthe s'est si bien accoutumée à sa présence presque invisible, à la lisière de son champ de vision. Ils se sont habitués au corps, à l'odeur, aux bruissements de l'autre. Leurs respirations devenues familières s'accordent, au fur et à mesure du travail. Et tous deux ressentent un bonheur secret à travailler ensemble la terre pour faire naître la vie, tandis que partout autour les humains sèment la mort. Désormais, elle ne réfléchit plus, ne se pose plus de questions sur la façon dont il faut, dont on doit, dont il conviendrait… Mais les fenêtres de la maison sont des yeux grands ouverts sur leurs moindres faits et gestes. Alors, on évite de croiser les regards, on reste vigilant à tout ce qui pourrait donner à penser ou à croire quelque chose. Ils emploient leurs forces à la même tâche, et cela suffit à ce que chacun soit à sa juste place.

Même s'ils se parlent peu, il faut bien faire un brin de conversation au moment des pauses. Déjeunant ensemble d'une tartine de saindoux, à l'ombre de la remise, ils échangent l'air de rien quelques banalités. Marthe apprend ainsi qu'André l'avait déjà aperçue, avant leur rencontre chez Morel (de leurs reflets déshabillés dans le miroir, ils ne parlent jamais). C'était juste avant la guerre. Fraîchement embauché par Amelin, André allait sur ses quinze ans. Il était venu au cimetière avec les autres ouvriers, assister à l'enterrement de la femme de son nouveau patron. De loin, il avait observé les deux sœurs, dont l'une pleurait si fort, soutenue par son père, tandis que l'autre, Marthe, serrait tendrement la main d'Albert en regardant ailleurs. Les nuages, les vols d'étourneaux, que regardait-elle donc, s'était demandé André. Que regarde-t-on, que pense-t-on, au bord de la fosse où sa mère est couchée ? Marthe fait semblant de ne pas bien se souvenir, sourit sans lui répondre. Puis, se levant d'un bond pour reprendre le travail, elle lui confie franchement :

– Au fond, je crois qu'on ne s'aimait pas beaucoup, maman et moi.

Cela l'étonne elle-même. À lui, elle vient de dire ce qu'elle a toujours tu. Comme il semble surpris, elle explique de façon évasive que la maladie avait depuis longtemps rendu cette mère lointaine, qu'elle n'était plus si jeune, puisque ses deux parents l'avaient eue sur le tard. Tout cela faisait que, le jour de l'enterrement, Marthe avait surtout le sentiment d'être là pour consoler son père.

Voilà le genre de choses dont ils parlent ensemble, d'un air indifférent, offrant une image rassurante à ceux qui pourraient les voir depuis la maison. Des échanges brefs, des phrases simples, mais parfois si intimes qu'ils disent la confiance, l'incroyable confiance qu'ils s'accordent l'un à l'autre.

Pour lui, ces moments sont nouveaux. Jamais il n'a osé questionner quelqu'un de cette manière. Et jamais il n'a non plus été écouté comme par elle. Pour Marthe, c'est différent. Ces instants partagés lui rappellent son enfance avec Blanche, quand elles échangeaient des serments innocents, cachées sous une table, à l'abri d'un buisson du jardin, ou en prenant leur bain dans la même bassine. Avec André, elle retrouve cette proximité de cœur qui fait inexplicablement de lui une sorte de frère. Mais pas comme un frère vraiment.

## 19

**Fin mai 1916, le soleil se fait dur,** même avec un chapeau. Marthe va se rafraîchir au baquet d'eau de pluie. La fenêtre du salon lui renvoie son reflet jusqu'à la taille, auréolé d'une lumière que fait trembler l'air chaud. Derrière elle, André s'est redressé, s'accoudant à sa bêche pour reprendre son souffle. Il n'a sans doute pas vu, car il est de profil, que dans la vitre, on dirait que son bras repose sur son épaule à elle, dont la silhouette masque le manche de l'outil. La distance est faussée, et ils paraissent tout proches, alors qu'ils sont à plus d'un mètre l'un de l'autre. Discrètement, elle corrige sa position pour parfaire l'illusion, et reste à contempler le tableau formé par leur image. Ondulant de chaleur, luisant de sueur, on pourrait croire que le reflet d'André s'abandonne contre elle. Un animal confiant, yeux fermés, au profil enfoui dans le cou de la jeune fille. Le reflet d'un couple imaginaire, dans un monde sans guerre. Elle n'ose plus respirer. Elle lève lentement la main pour caresser le vide, et son reflet semble alors caresser la nuque du garçon. C'est la plus belle des images. Elle lui remue le ventre, lui donne envie de pleurer. Marthe voudrait pouvoir emporter ce reflet, le garder auprès d'elle comme un trésor.

André vient de bouger. Marthe laisse retomber sa main. Il se voit dans la vitre. À travers elle, ils peuvent enfin se regarder en face, intensément, sans tricher. Et soudain, c'est comme si le rose aux joues de leurs reflets dénudés, leur fou rire chez Morel, et leur bonjour confus sous une pluie battante, avaient depuis le début suffi à tout dire, à tout sceller.

La fenêtre s'ouvre brusquement. Le couple disparaît. Blanche se penche dehors, inconsciente de ce qu'elle vient de briser.

– Marthe, tu vas tomber malade, en plein soleil toute la journée ! Il est bientôt 3 heures !

Accroupie dans la bassine du cabinet de toilette, Marthe achève de se rincer. Les bruits d'éclaboussures qui parviennent de l'extérieur lui disent qu'André se débarbouille au-dessus du baquet auquel elle s'est rafraîchie, plus tôt. Et chaque son semble répondre à ses propres gestes.

Elle se sèche, tendant l'oreille, guettant le frottement de la serviette frictionnée sur la peau d'André, ses pas, puis le grincement de la porte de la remise. Qu'y fait-il, à présent, sur sa paillasse ? Rêve-t-il d'elle ?

Elle s'assied sur le lit de sa mère, dans lequel elle dort depuis que l'Allemand vit chez eux. Elle n'est pas à l'aise dans cette pièce. C'est la chambre d'une morte. Elle y ressent toujours à quel point c'est leur bonne, Thérèse, qui l'a véritablement élevée, qui lui manque le plus. Pas sa mère. Elle s'observe un moment dans la grande psyché en acajou, tentant de faire resurgir le reflet d'André dans son cou. Elle caresse le vide, là où elle voyait la nuque du garçon. Elle se concentre fort pour tenter de ressentir la peau encore humide d'André sous ses doigts, son souffle près de son oreille. Peut-être lui aussi rejoue-t-il la même scène qu'elle, en même temps ? Dans sa tête, elle lui murmure tout bas : « Je suis là, avec toi. »

C'est étrange. Avant André, elle ne songeait pas aux garçons. À l'époque, ses rêves étaient tournés vers les livres et les études qu'elle irait faire en Angleterre, après le lycée. Aujourd'hui, les lycées sont fermés et ces projets lui semblent être ceux d'une autre. Tandis que l'idée de connaître l'amour et de pouvoir se marier devient une préoccupation de plus en plus tenace, à mesure que la guerre la rend de plus en plus incertaine. Car comment être sûr qu'on survivra aux bombes, à la faim ou aux combats qui libéreront la ville ? Quand bien même y survivrait-on, Marthe ne sera-t-elle pas déjà fanée quand les hommes reviendront ? Et quels hommes, combien, dans quel état ? Seront-ils seulement encore capables d'aimer ? Bref, désormais, elle a André.

## 20

**Dans la bibliothèque de sa mère,** il y a ce livre qu'elle a déjà feuilleté en cachette : *Hygiène conjugale, guide des gens mariés*. Un livre transmis par sa grand-mère et dont Blanche aurait sans doute hérité pour son mariage, pas Marthe. Elle a besoin d'apprendre, de savoir tout ce qu'on tait aux jeunes filles avant de les marier. Mais, dans ces pages, il n'est question que de devoirs, de plaisirs coupables, de pouvoir, de contrainte, de soumission nécessaire et de brutalité. Et aussi d'autres mots qu'elle ne connaît pas. Tout cela ressemble à une sorte de manuel médical et moral. Marthe referme le livre. Elle n'y apprendra rien sur l'émoi que provoque en elle le souvenir des cicatrices qui zébraient le dos nu d'André, ou sa sincérité désarmante. Peut-être qu'aucun ouvrage n'a encore disséqué, étudié, répertorié ce qui se joue entre eux, parce qu'ils sont les premiers à ressentir cette confiance immédiate, cette fébrilité pleine d'espoir, cette douce douleur dans le cœur ? S'ils sont les seuls humains à avoir vécu cela, aucun livre ne peut l'avoir expliqué.

Marthe se réjouit de penser qu'ils ne devront compter que sur eux-mêmes pour inventer une histoire inédite. Ils sont les premiers êtres à s'être reconnus. Les premiers à s'aimer.

Son enjouement se fissure dès qu'elle entre dans la salle à manger. L'Allemand est assis à table, aux côtés de son père et de sa sœur ! Le soldat se lève en la voyant.

– Asseyez-vous, Hermann, s'amuse son père. Laissons de côté toutes ces cérémonies !

Marthe dévisage Blanche et Albert, tour à tour. Ce dernier l'invite d'un geste à les rejoindre.

– C'est notre hôte qui régale ce soir, ma fille ! Profitons que Sybille n'est pas avec nous pour le remercier comme il se doit sans nous attirer les foudres de notre amie.

Il adresse à l'Allemand un sourire bienveillant.

– Du reste, cher Hermann, puisque nous partageons notre toit et votre nourriture, j'aimerais que nous nous traitions autant que faire se peut en hommes, fraternellement. Je vous ai déjà exposé mes idées à ce sujet.

Hermann hoche sèchement la tête et s'assied. Marthe prend place, se sert, mais ne parvient pas à manger. Elle en veut à Albert d'avoir gâché son humeur amoureuse. Tout au long du dîner, elle fixe la nappe, humiliée. André mange seul comme un domestique, et ce boche est assis à la place de sa mère. Un Allemand. L'ennemi à leur table. *Fraternellement!* Pour la première fois, son père la déçoit. Pire, il lui fait honte!

## 21

**La lumière d'orage découpe une silhouette brisée dans l'entrée.**

– Sybille, que se passe-t-il?

Mme Jaouen fait un pas à l'intérieur, se retient au mur, et fond en larmes dans les bras d'Albert qui chancelle sous le choc.

– Enfin, qu'est-il arrivé? C'est Yves? C'est votre fils?

Marthe et Blanche se rapprochent, effrayées de voir cette femme si forte soudain terrassée. Elle hoquette, s'étranglant:

– Les deux! Les deux!!!

Ses sanglots emplissent le hall où tout s'est arrêté. Amelin bredouille des mots incohérents. Il parvient à guider Sybille jusqu'au salon. Blanche accourt avec un verre d'eau. Mme Jaouen se fait violence pour se ressaisir.

– Jamais je ne m'en remettrai. Je l'ai lu dans la *Gazette des Ardennes*: «Yves et Jean Jaouen, décédés»!

Elle se remet à pleurer, tirant des larmes à toute la famille.

– Ma chère amie, dit le père d'une voix nouée, nous serons à vos côtés dans cette effroyable épreuve.

Il se laisse tomber de tout son haut sur une chaise.

– Quel malheur que cette guerre! Quelle misère!

Il y a beaucoup de monde devant Saint-Nicolas. L'occupation allemande a provoqué un retour en masse des fidèles, alors que la pratique religieuse faiblissait depuis le début du siècle. Le malheur est un bon terreau pour la foi collective. Mais la grand-messe de ce dimanche rassemble une foule particulièrement importante. Quand Sybille entre dans l'église bondée, suivie par les Amelin, toutes les têtes se baissent, comme pour des funérailles sans corps ni cercueils. L'abbé fait un sermon poignant, rappelant à ses brebis que la paix ne pourra se faire que lorsque tous les péchés des hommes auront été lavés par leur sang versé.

En quittant l'église avec ses filles, Albert ne peut s'empêcher de marmonner pour elles :

– Décidément, le Dieu vengeur et sanguinaire de l'abbé Henry n'est pas le mien ! Il faut avoir une foi bien profonde pour conserver sa religion en écoutant de telles insanités !

Hélas, il n'a pas vu le brasseur Morel qui écoute, derrière eux.

– Vous êtes donc aussi piètre croyant que patriote ! l'accuse son rival en saisissant Amelin par l'épaule.

– Bas les pattes, monsieur !

– Oseriez-vous répéter tout haut ce que vous chuchotiez à l'instant ? le défie Morel.

– Parfaitement ! De quoi aurais-je honte ?

La foule s'est retournée au bruit de l'altercation. Les deux hommes se font face devant le porche, entourés de spectateurs, comme pour un combat de coqs. Une femme dévisage Marthe d'un air accusateur, tandis qu'elle rejoint sa sœur au bord du trottoir.

– Viens, je ne veux pas voir ça !

– Tu n'es pas sérieuse ? s'indigne Blanche.

Elle bombe le torse, défiant les regards de haine tournés vers elles. Sur le seuil de l'église, Morel exulte. Il attendait ce moment pour étriller son concurrent.

– Faites-nous part, Amelin, de vos grandes théories sur l'amour des boches…

– Sornettes !

– On dit que vous tenez des propos pleins d'originalité, dans lesquels vous oubliez que ce sont les Allemands qui nous font la guerre !

– Les dirigeants allemands, mais pas le peuple ! fulmine Albert. Tous ceux qui ont provoqué cette guerre fratricide sont criminels, monsieur, tous ! Mais pas les peuples !

Albert cherche sans en trouver un soutien dans la foule. Le teint cramoisi, il vocifère :

– Les criminels, ce sont ceux qui envoient les enfants des deux patries dans le même tombeau ! Nos politiciens aveugles, nos journaux nationalistes, et les membres de l'Action française qui ont semé la haine !

Des protestations outrées fusent. Mais Amelin continue, haranguant ceux qui le malmènent :

– On empoisonne les enfants français et les enfants allemands avec la haine de l'autre depuis le plus jeune âge ! On trompe les peuples en agitant la marionnette du patriotisme pour qu'ils se laissent envoyer docilement à l'abattoir. Mais au-dessus du patriotisme, il y a l'humanité !

Sa dernière réplique soulève des huées. Sybille fend la foule d'une démarche martiale. Tous s'écartent comme devant un spectre. Elle se plante face à Amelin, les yeux remplis de larmes, et le gifle froidement.

– Taisez-vous ! Comment osez-vous, un jour pareil ? Soutenir ceux qui m'ont pris ce que j'avais de plus cher ici-bas !

C'en est trop pour Marthe.

– Défendre les boches devant tout le monde ! Comment peut-il nous faire ça ? Je pars.

– Tu ne veux tout de même pas le laisser se faire lyncher ? proteste Blanche.

Marthe la plante sur place. Main sur la joue, écrasé de regards accusateurs, Amelin rejoint sa cadette en écartant la foule, abasourdi. Blanche le prend par le bras, bravant les insultes qui sifflent à ses oreilles.

– Allons-y, papa.

– J'ai raison, j'ai raison… ânonne Amelin d'une voix de vieillard retombé en enfance.

– Je sais, murmure-t-elle. Tais-toi, maintenant.

## 22

**La chaussée n'est plus pavée.** La jupe de Marthe soulève la poussière à chaque pas, sur la route des faubourgs. Elle continue d'avancer sans but, à part celui de mettre la plus grande distance entre l'église et elle. Elle s'enfuit, tête baissée, vibrante de colère. Elle comprend maintenant qu'on puisse mourir de honte. Elle ne sait même pas quoi penser des blasphèmes de son père. Elle sait juste qu'il vient de piétiner leur réputation par orgueil, pour se distinguer, comme s'il plaçait ses grands principes au-dessus de la vie de ses filles. Cette manie qu'ont les hommes de se mêler de la politique, d'en disserter jusqu'à se battre ! Il lui suffisait de se taire, au lieu de profaner la mémoire du père et du fils Jaouen, morts pour la France ! Les

Français doivent d'abord rester unis contre leur ennemi, si l'on veut un jour recommencer à vivre. Il sera toujours temps de réfléchir après. Si André apprend cela, que pensera-t-il d'elle et de sa famille ? Que sa sœur accepte d'assumer ces absurdités, tant pis pour elle ! Un gouffre invisible les a toujours séparés d'elle. Qu'ils restent unis, puisqu'ils se ressemblent tant ! Tandis que Blanche reste aveuglée par son amour filial, Marthe ne voit plus en son père qu'un vieil homme à qui l'occupation allemande fait perdre la raison. Elle le voit soudain tel qu'il est. Lâche. Ou simplement aveugle à la réalité la plus limpide : les boches, leurs ennemis de toujours, fusillent, déportent, pillent, violent, affament, massacrent les Français... Comment leur pardonner ? Comment oublier ? Jamais !

– *Halt !*

Elle est arrivée au carrefour de la Maison Blanche. De l'autre côté du croisement, deux soldats allemands se tiennent devant une barrière mobile qui interdit la sortie de la ville. Elle lance un regard noir à celui qui s'avance jusqu'au bord du trottoir opposé en faisant de grands gestes, ses verres ronds de lunettes rendus opaques par la poussière. Pourquoi l'arrête-t-il si loin de la barrière ? Elle s'aperçoit alors seulement que les rues sont désertes et les volets fermés. Que se passe-t-il donc ? Un grondement sur sa droite lui fournit la réponse : un cortège de prisonniers approche, soulevant un nuage terne. De l'autre côté de la route, l'Allemand lève une main autoritaire pour lui faire signe de patienter sagement. Marthe recule contre une façade de la rue évacuée. Quand la longue file de soldats atteint le croisement, elle reste pétrifiée. Ce ne sont pas des hommes, mais une armée de cadavres qui passe devant elle. Par la fente d'un volet entrebâillé, une voix lui souffle :

– Vous avez vu ça ? Ce sont des soldats russes, nos alliés. Les boches les traînent en spectacle depuis des semaines. Interdiction de les approcher. Quels sauvages !

Des Allemands font avancer les malheureux à coups de crosse. Certains blessés en soutiennent un autre, encore plus mourant qu'eux. De l'autre côté de la route, le soldat qui a fait signe à Marthe demeure impassible. Une fenêtre s'ouvre d'un coup, à l'étage d'une maison. Malgré l'interdiction, une jeune fille se penche et lance aux prisonniers une pomme et un morceau de pain. Les Russes se ruent dessus, se battant dans la terre comme des chiens enragés, dévalant jusqu'au trottoir où Marthe est arrêtée. Le spectacle est si insoutenable qu'elle doit se forcer à ne pas détourner les yeux. Mais elle veut regarder en face la barbarie allemande.

Un boche vient séparer les Russes. Il envoie sa crosse en plein visage de celui qui s'agrippe au morceau de pain sale. Le prisonnier se relève, tenant sa mâchoire fracassée, et se remet en route. Le soldat récupère le morceau de pain et le jette aux égouts en éclatant de rire. Marthe en a la nausée. Les discours de son père lui semblent impardonnables. La pomme vient rouler à ses pieds, comme un signe. Elle la ramasse et s'avance sans hésiter sur la route. Avant qu'on ait pu l'arrêter, elle court les derniers mètres pour confier le fruit à un homme sans âge, vêtu d'un haillon qui pendouille à sa taille. Son regard et son haleine la foudroient. Une bête agonisante. Un garde pousse violemment Marthe à terre. Il pointe du doigt la fille à la fenêtre.

– Vous payer amende pour ça !

– Viens donc me chercher ! le nargue la jeune Française avec un geste obscène.

Son courage impressionne Marthe. À genoux sur le sol, elle regarde autour d'elle la terre souillée de sang. Le cortège s'éloigne, abandonnant ses cadavres au milieu de la route, dans une odeur de mort qui vrille les narines. Une paire de bottes s'arrête devant elle. Le soldat à lunettes a traversé la rue pour lui tendre la main. Derrière ses verres salis, ses yeux cernés sont rouges. Marthe repousse sa main et trouve la force de se relever seule. Les boches, ce peuple infâme ! Ses jambes voudraient lâcher mais elle doit tenir. Elle n'a pas le droit de tomber ni de pleurer sur elle-même, après un tel spectacle. Elle lance à l'Allemand un regard si chargé de haine qu'il recule. Puis elle fait demi-tour, le laissant seul au centre du carrefour. Elle s'éloigne lentement, se forçant à ne pas regarder en arrière, malgré la peur. Elle peut sentir les yeux du boche plantés dans son dos. Soudain, un cri résonne, derrière une fenêtre. Marthe fait volte-face.

L'Allemand a levé son arme. Il la fixe toujours. Avant qu'elle ait le temps de réagir, il enfourne d'un coup le canon dans sa bouche. Dans une détonation sèche, une gerbe de cervelle gicle hors de son crâne. Son corps semble voler pendant quelques secondes, projeté en arrière, avant de s'effondrer sans presque faire de bruit. Un rire, des cris de joie derrière des persiennes, et une exclamation rageuse, un peu plus loin : « Bravo ! Qu'ils se tuent tous ! »

Sidérée, Marthe contemple le corps qui gît, membres tordus, comme un cadavre d'insecte torturé par un enfant sadique. Son casque a roulé jusque dans le caniveau, dévoilant un front jeune, pâle, et des cheveux blonds éclaboussés de rouge. Elle se met à trembler devant cet homme qu'elle a tué par sa haine. Elle entend à nouveau le cri désespéré de son père : « Au-dessus du patriotisme, il y a l'humanité ! » Aurait-elle dû voir l'humain, au lieu de voir le boche ? A-t-elle eu tort ? Qui a raison ? Peut-on seulement avoir raison contre tous ?

Elle revoit la main du soldat, tendue vers elle, ses yeux rougis l'implorant presque. Une main qu'elle aurait pu saisir, des yeux désespérés. Une détresse qu'elle n'a pas voulu voir, qu'elle ne voit qu'à présent. Et elle sait que ce regard restera imprimé dans sa mémoire à jamais.

## Florin - février 2016

– Tu as donné une place intéressante au père, j'aime bien ce personnage.

J'écris laborieusement ma réponse sur l'ardoise qui remplace ma bouche :

« J'ai essayé de rester proche de ton récit, mais je trouvais que le papa de Marthe manquait d'épaisseur. »

Je dois effacer la première phrase pour compléter.

« Ça ne te dérange pas ? »

– Non, c'est très bien, Florin. Tu écris cette histoire mieux que je n'aurais pu le faire. Je te l'ai dit : sens-toi libre. Je suis contente que ce projet d'en faire un roman semble te motiver. C'était une bonne idée.

Je me décide à écrire la question qui me taraude :

« Je ne comprends pas : tu avais dit que Marthe avait cessé de vieillir, qu'elle avait dix-sept ans pour toujours ! »

– Attends, tu es trop impatient ! Marthe n'a que seize ans, tant de choses vont encore se passer. J'ai de quoi te tenir en haleine jusqu'à la fin de ton hospitalisation ! À ce propos, d'ailleurs, comment tu te sens ? Tu n'appréhendes pas trop cette prochaine opération, dont le médecin m'a parlé, tout à l'heure ?

Marthe me sourit et son sourire me remplit. Comment vous expliquer ? Son sourire est sincère, d'une sincérité qui la rend plus belle que la beauté. C'est la seule personne qui me donne l'impression qu'elle me voit comme j'étais avant, comme si elle pouvait distinguer celui que la kalachnikov a défiguré. Elle me rend humain. Alors je ne réponds rien. Parce que je n'ai surtout pas envie d'évoquer toutes les opérations à venir. Je n'ai pas envie de crever cette bulle apaisante, aimante, qu'elle crée autour de nous par sa simple présence.

Marthe repose mon ordinateur sur la console roulante. Elle va s'asseoir dans le fauteuil habituel, toujours dans la même position : jambes croisées, légèrement appuyée sur l'accoudoir, la main gauche sur son poignet droit. Elle attend, triturant distraitement le médaillon de son bracelet.

Je suis prêt. S'il te plaît emmène-moi ! Elle le lit dans mes yeux. Elle me connaît si bien, déjà ! Marthe prend cette longue inspiration qui précède chacun de nos plongeons dans le flux de son histoire.

– Ça tombe bien que tu t'intéresses à M. Amelin, parce qu'il sera important dans ce qui suit...

# 23

**Juin 1916**

**Contre toute attente,** Mme Jaouen est revenue au bout de quelques jours. Sans pardonner ni demander d'excuses. On la sait brisée. Mais elle a beau ne plus sourire autant, avoir perdu un peu de son enthousiasme énergique, c'est comme si le scandale n'avait jamais eu lieu : on n'en dira rien, pas plus qu'on ne mentionne ses deux chers disparus. Sybille arrive tôt le matin et régente les achats, négocie des prêts, compte les recettes, quatre jours par semaine. Tout semble redevenu comme avant, à ceci près qu'elle rentre désormais souper chez elle.

En Marthe aussi, quelque chose s'est brisé. Sa sœur et son père lui en veulent de son départ brutal, le jour de l'enterrement. L'image qu'elle avait de lui reste abîmée par sa disgrâce publique, mais elle se sent lâche de les avoir laissés dans la tourmente. Elle repense souvent aux prédictions hargneuses : « Ceux qui s'enrichissent sur la misère des autres, on ne les oubliera pas ! » Mais qui désignera les coupables et les justes, quand l'heure sera venue ?

Le soir, elle dîne avec Albert, Blanche et le boche. Car Hermann mange tous les soirs à leur table. Ils ont même fêté ensemble les seize ans de Blanche, le 1er juin. Le soldat lui a offert un très joli bracelet ancien, avec un médaillon de nacre, qu'il a acheté pour elle lors d'une récente mission en Belgique. Souvent, après souper, les deux hommes jouent ensemble aux échecs ou au bésigue en fumant.

Marthe ne parle à personne. Elle se sent devenue une sorte d'étrangère dans sa propre famille. Elle ne pense qu'à André. Elle aurait plus que jamais besoin de le voir, lui qui soupe seul en cuisine, ou bien dans la remise. Mais André porte désormais au bras le brassard rouge, qui signale aux Allemands les hommes en âge de travailler, réquisitionnables à tout moment. Ce sont à présent tous les garçons de plus de quatorze ans qu'on vient rafler chez eux, parfois en pleine nuit. André a eu de la chance, on ne l'a pas encore envoyé travailler en Allemagne ni creuser des tranchées. Il a été affecté à la gare de triage, où il passe ses journées à nettoyer les wagons allemands revenant du front. Bien qu'il ait l'interdiction de parler de ce qu'il fait vraiment, la tâche semble terrible. Il rentre sale et puant, écrasé de fatigue. Marthe et lui n'ont plus guère de prétexte pour se voir, encore moins se parler. Leurs échanges se limitent à quelques regards furtifs, lorsqu'ils se croisent dans l'entrée. Leurs deux solitudes s'augmentent l'une et l'autre.

Le roulement du canon, le vol des aéros, les ragots, les regards, les colonnes de blessés des deux camps, les civils morts de faim, de maladie, les arrestations, les violences… tout est insupportable. Alors, dans le potager devenu son royaume, Marthe tente d'oublier le monde, d'entretenir le souvenir des jours qu'ils y ont partagés. Accompagner les pousses, heure après heure, butter les pommes de terre, dresser un treillage de branches pour faire grimper les pois, débusquer les limaces, voir se rapprocher le moment des premières récoltes, faire œuvre de patience et de persévérance… Elle cherche souvent son reflet dans la fenêtre, mais l'y trouve incomplet. Il lui manque toujours la tête du garçon-cygne, qu'elle croit pourtant sentir, posée sur son épaule. Même loin, André est avec elle dans toutes ses pensées. Et Marthe espère qu'en y pensant très fort, il pourra la sentir, lui aussi, près de lui, pendant ses longues journées d'esclavage.

– Si seulement la Terre pouvait s'être arrêtée de tourner, lorsque nous étions tous deux unis dans ce reflet ! murmure-t-elle à son image solitaire dans la vitre.

## 24

**Ce soir-là, pourtant,** en allant chercher des œufs dans le poulailler, elle trouve André assis sur le banc du jardin, fumant une cigarette.

– On dit qu'il y a une grosse offensive à Péronne.

Il a dit cela sur un ton neutre et Marthe lui en veut de lui servir une conversation aussi banale. Ce n'est pas comme cela qu'elle voulait le retrouver. Sont-ils en train de perdre ce qu'ils avaient construit ensemble ? André ne se rend-il pas compte qu'ils doivent préserver la magie qui les a réunis ? Il reprend, d'une voix lasse :

– Nos soldats ont assiégé tout le…

– Plus un mot, s'il vous plaît !

La phrase de Marthe a claqué comme un fouet. André tourne la tête en soufflant sa fumée.

– Je ne peux plus ! Je ne *veux* plus entendre parler de cette guerre ! Je veux vivre !

– Ce sont des gars comme moi qui meurent pour nous, là-bas… essaie-t-il de plaider.

– Et nous, vivons-nous seulement ? Qui sait si nous aurons même le temps de devenir adultes !

Il la regarde sans ciller, surpris par sa colère tragique.

– N'aviez-vous pas des rêves ? demande-t-elle. Ne sentez-vous pas que c'est notre vie qu'on nous vole ? Notre unique jeunesse, qui ne reviendra jamais. La jeunesse, elle sera pour les autres, pour les suivants, pour ceux qui n'auront pas connu les combats et nous trouveront amers. Notre tour sera passé. Si c'est pour parler de cette fichue guerre, alors ne parlons plus !

André baisse la tête, accoudé sur ses genoux, et Marthe se blâme d'avoir été si rude. Elle voudrait le brusquer, qu'il cesse de se comporter en domestique, qu'il ose lui tenir tête, s'il le voulait. Sans doute devrait-elle l'y aider.

– Bien, dit-il sourdement.

Il tire de son gilet une enveloppe froissée qu'il lui tend, d'un geste mal assuré.

– Aujourd'hui, monsieur votre père est venu me trouver. Il avait reçu une lettre pour moi. Tenez...

Marthe tire une feuille de l'enveloppe pour lire les quelques lignes :

*Paris, 30 août 1914,*

*Cher Monsieur Amelin,*

*Si un monsieur André Novembre travaille bien pour vous, dans votre usine, merci de lui faire savoir qu'il peut prendre des nouvelles de sa famille à l'usine-chocolaterie d'Ivry-sur-Seine. Il possède peut-être un ruban qui pourrait nous prouver son identité.*

*Sentiments distingués,*

*Monsieur Renard, contremaître*

Marthe ne parvient pas à tout saisir, tant la confidence la prend de court. Ce garçon ne ressemble à personne qu'elle ait connu avant. Personne au monde ne semble aussi touchant que lui.

– Sans cette fichue guerre, comme vous dites, j'aurais reçu cette lettre plus tôt ! s'emporte André. C'est déjà un miracle qu'elle ne se soit pas perdue, et que M. Amelin ait pu me la donner. Que puis-je faire à présent ? Comment me rendre à Ivry, ou y envoyer une réponse, puisque c'est en zone libre ? C'est peut-être déjà trop tard. Qui sait si cette adresse est toujours bonne !

Il la regarde par en dessous, redevenant timide.

– Voyez, je vous dis tout de ma vie. Vous pouvez lire en moi comme dans un livre ouvert.

– Je ne suis pas certaine de comprendre, avoue Marthe. Qui a écrit cette lettre ? Et qu'est-ce que ce ruban…

Un cri de Blanche l'interrompt brusquement depuis la maison :

– Papa, papa ! Il y a des gendarmes allemands à la porte !

– Mon Dieu, c'est peut-être pour vous ! s'inquiète Marthe, rendant sa lettre à André. Filez ! Passez par-dessus le mur des Frémont ! Je dirai que je ne vous ai pas vu…

## 25

**Mais ce n'est pas pour André.**

Dans le hall, son père se tient devant trois hommes armés. Deux boches et un Français : Ferrand, le neveu de Morel payé par les Allemands. Il a accepté de faire office de traducteur lors des perquisitions chez l'habitant, alors que beaucoup d'autres avaient refusé cette tâche.

Les trois hommes investissent la maison, retournent les pièces du rez-de-chaussée, ouvrent les placards, donnent des coups partout, à la recherche de caches creusées à l'intérieur des murs, sous les planchers… L'un va fouiller la cave, l'autre le bureau, le salon, la cuisine. On entend des récits terrifiants à propos de ces trois-là. Les gendarmes sont balourds mais le pire, c'est Ferrand, qui s'en donne à cœur joie, comme s'il éprouvait du plaisir à écraser ceux qu'il servait naguère. Il bouscule Blanche et monte l'escalier en sifflotant.

– Le joli travail que voilà ! grince Sybille pendant que le Français ouvre la porte de la chambre de Mme Amelin.

Marthe suit en courant l'un des gendarmes dehors. Ouf, André n'est plus là ! Elle peine malgré tout à apaiser sa respiration. Dégainant son sabre, l'Allemand le plante dans la terre jusqu'à la garde, le retire, puis recommence deux pas plus loin. Amelin rejoint sa fille. Il s'essuie le front, tentant de rester calme.

– Ils cherchent même dans les jardins ! s'inquiète-t-il.

– Mon potager… gémit Marthe en voyant l'Allemand piétiner ses plantations.

Son père lui prend la main. Le danger efface leur brouille. Le gendarme s'approche de plus en plus sûrement de l'endroit où sont enterrés l'or et les bijoux. Albert et Marthe évaluent la longueur du sabre. Ils auraient dû creuser plus profond ! Mais Ferrand ouvre brusquement une fenêtre et hèle depuis l'étage :

– *Karl, komm mal und schau dir das an !*

## 26

**Tout le monde gagne le palier.** En haut, Ferrand jubile. Il fait signe à Amelin d'approcher de sa chambre.

– Mon collègue a trouvé trois bouteilles de vin enterrées au fond de votre cave !

– Vraiment ? bafouille Albert. J'ai dû les oublier ! Enfin, ce n'est tout de même pas grand-chose !

Intérieurement, il est soulagé. On ne peut pas lui faire d'ennuis pour si peu. Il ignorait lui-même l'existence de ces bouteilles. Mais Ferrand lui adresse un sourire encore plus déplaisant.

– Non. Mais ça, par contre…

Il sort le bras qu'il gardait caché derrière la porte. Marthe retient un cri. Ferrand brandit triomphalement deux fusils allemands sous le nez de son père !

M. Amelin n'a pas le temps de protester. Les gendarmes se jettent sur lui, le ceinturent. Il se débat et reçoit un coup de poing en plein nez. Marthe a l'impression de le recevoir, elle aussi. Sybille presse Blanche contre son sein en se mordant la lèvre. Les deux sœurs se mettent à crier.

– Des armes ! exulte le garçon de café. Posées sur votre lit ! Vous n'avez peur de rien !

– Ce n'est pas à moi… s'insurge Albert, crachant un flot de sang sur sa chemise. Pourquoi les aurais-je laissées en vue sur…

Ferrand se campe face à lui, le nez collé au sien. Il brandit un feuillet qu'il tire de sa poche.

– Vous devriez apprendre à vous taire, Amelin. Vous vous êtes un peu trop vanté d'avoir volé ces armes. Une lettre anonyme a rapporté vos exploits à la Kommandantur !

Albert reste stupide, la bouche ouverte sur ses dents rouges. Un des Allemands se moque :

– Pas jolis, les Français entre eux !

L'autre attache les mains du père et le pousse vers l'escalier. Sybille tente de le retenir. Ferrand la gifle. Marthe bondit, repoussant tout le monde. Elle descend la première, et se précipite en travers de la porte d'entrée.

– Où l'emmenez-vous ? Qu'est-ce que vous allez lui faire ?

– Vol et dissimulation d'armes interdites, ça peut aller très loin ! lui lance le garçon de café. Mais dites-moi, Amelin, est-ce que vos filles étaient au courant, ou complices ?

Marthe se campe sur leur passage. La vague de révolte qui la soulève lui donne l'impression d'être sortie d'elle-même. Elle se jette dans les bras de son père et lui souffle à l'oreille :

– Je vais dire que c'est moi, papa ! Je vais prendre ta place !

Albert se cabre, s'arrachant violemment à son étreinte. Il plante ses yeux dans les siens, les traits déformés par la colère. Ses lèvres écarlates forment un sourire qui se voudrait vaillant.

– Tu veux me tuer, *ma fille* ?

Elle reste anéantie. Le regard de son père, rempli d'un amour immense, lui transperce le cœur. Les Allemands passent en la plaquant au mur, emmenant le pauvre homme. Sybille vient serrer les deux filles dans ses bras.

– Mais il est innocent ! sanglote Blanche. Qu'est-ce qu'ils vont faire de lui ?

Ils ont déjà envoyé des gens en Allemagne pour moins que ça, songe Marthe. Elle a l'impression qu'on lui arrache les entrailles. L'idée qu'ils pourraient faire du mal à cet homme, à ce père adoré… « Tu veux me tuer, ma fille ? » a-t-il dit, appuyant si fort sur les deux derniers mots… Elle pourrait regretter toute sa vie d'avoir eu honte de lui, de ne pas l'avoir soutenu quoi qu'il en coûte, et d'avoir oublié que jamais il n'a montré la moindre préférence entre sa sœur et elle. Pourra-t-elle seulement se racheter, lui demander pardon ?

Elle lance un regard furieux aux badauds qui se sont arrêtés sur le trottoir d'en face. Les jaloux, les lâches ! Lequel d'entre eux a pu écrire cette lettre ? Lequel a placé ces fusils dans la chambre, ou en a soufflé l'idée à Ferrand ?

– Laissez-nous ! hurle Blanche. Fichez le camp !

Marthe lui prend la main. Elle ne leur montrera pas le mal qu'ils lui ont fait. Demain, elle sourira. C'est de son père qu'elle le tient, ce sourire sanglant, à jamais invaincu, capable de dire « je t'aime » même quand il fait mal. Ce sourire qui fait d'elle sa fille.

Sybille se redresse, impériale.

– Ne pleurez pas, ne pleurez pas ! On ne va pas se laisser faire.

# 27

**12 juin 1916**

**Hermann referme la porte de son bureau.** Marthe vient d'attendre une heure dans le service administratif de la gare où le sous-officier est en poste. Il s'assied face à elle, le front barré d'une ride.

– Je n'ai pas beaucoup de temps. Voilà ce que j'ai pu apprendre : votre père était emprisonné à la Kommandantur, mais il vient d'être… heu… *verlegt* ?

Marthe ne parle pas allemand.

– Libéré ? Condamné ?

Le jeune homme feuillette un petit dictionnaire bilingue.

– Transféré ! À Roubaix.

– Roubaix ? Mais pourquoi ?

Hermann n'a pas terminé.

– D'après ce que je sais, votre père a été… (Il cherche à nouveau dans le dictionnaire, fait une grimace, cherche encore.) Il a été « interrogé » plusieurs fois. Ça n'est pas très bon.

– Ces fusils n'étaient pas à lui !

– Je sais. Mais il n'y a pas que les fusils. On a rapporté des propos qu'il aurait eus contre les chefs allemands, contre la guerre. Et la rumeur circule que le ravitaillement lui servirait pour faire de l'espionnage…

Marthe en reste bouche bée. Son cœur se serre. Elle revoit son père, seul au milieu de la foule, prête à le lapider, sur le parvis de l'église. Hermann est très nerveux.

– Ça n'est pas bon, mademoiselle. Pas bon du tout. Mais je ne sais rien de plus.

En traversant la gare, elle cherche désespérément André du regard. Elle voudrait lui raconter, qu'il la soutienne, pleurer dans ses bras, même. Mais elle n'a aucune idée de l'endroit où le jeune homme est employé, et elle est en retard.

C'est l'hiver en plein juin ! Un froid inattendu a recouvert la ville. On dirait que le temps s'est mis au diapason du cœur de Marthe. Elle arrive sur la place de l'hôtel de ville, alors que Sybille descend les marches du perron. Elle aussi a les yeux bouffis par les pleurs et le manque de sommeil.

– J'ai réussi à faire jouer une relation pour croiser Albert un court instant, tandis qu'on le faisait monter dans une voiture, souffle-t-elle, bouleversée.

– Et ?

Mme Jaouen presse ses paupières, prise de migraine.

– Il était très mal, méconnaissable ! Dieu sait ce qu'ils lui ont fait ! Il ignorait où on le transférait.

– À Roubaix. Hermann vient de me l'apprendre.

– Roubaix ? J'ai vu l'abbé Henry, mains liées, embarquer avec lui dans la voiture. Seigneur, quelle honte, quelle honte !

– Enfin, pourquoi l'abbé ? murmure Marthe.

– Les idioties d'Albert à la messe ont dû rejaillir sur lui !

Marthe encaisse le reproche à son père. Elle se retient de faire remarquer que les appels patriotiques et sanguinaires de l'abbé n'ont pas dû plaire davantage aux Allemands. Pour la première fois, elle entrevoit la terrible rancœur que Sybille a gardée de « l'incident ». Comment lui en vouloir, à elle qui a perdu sa famille et qui s'occupe à présent des sœurs Amelin comme de ses propres filles? Mme Jaouen reprend, d'un ton plus apaisé :

– Le maire m'a promis d'intercéder auprès du commandant Hollweg pour qu'il vous reçoive, afin que vous puissiez plaider la cause de votre père. Je vais m'installer chez vous tant que rien n'est réglé. Je ne peux pas vous laisser seules avec deux hommes sous votre toit! Du reste, Albert m'avait chargée de gérer ses affaires en son absence. Il avait déjà prévu certains papiers, au cas où un malheur arrive. Je ne vous laisserai pas tomber. Venez, ma fille, ne restons pas ici... Eh bien, où allez-vous?

Sans l'entendre, Marthe s'est avancée vers un attroupement, autour d'un grand panneau, à l'angle de la rue. Sur le fronton est inscrit en grosses lettres : «Voyez comme les Français traitent leurs compatriotes ! » Les Allemands y ont affiché les centaines de lettres anonymes que les Français leur envoient pour se dénoncer entre eux. Les gens ricanent d'un air entendu, en lisant les noms et les accusations malveillantes. Untel aurait caché de la laine, un autre du vin, même une automobile, un autre encore passerait la frontière belge pour faire du marché noir... Chacun de ces papiers est un crachat au visage de tous, mais les passants semblent les savourer comme des potins plaisants. Lequel de ces corbeaux a pu piéger son père et l'abbé? Marthe s'éloigne, l'estomac retourné.

– Venez, dit-elle à Sybille, tête haute. Si nous ne pouvons plus faire confiance à personne, tâchons au moins de ne jamais devenir comme ces gens.

## 28

**Quatre heures.** Les ventes de la journée viennent de s'achever. Sybille a tenu le rôle d'Albert sans faiblir, jusqu'à la paie des quelques hommes de plus de soixante ans qui ont remplacé les « brassards rouges » à la manutention. Marthe range et nettoie le bureau et la salle à manger, tandis que sa sœur termine les comptes. Un silence apathique, résigné, pèse sur la maison. Des aéros passent en nombre dans le ciel, comme un ballet bruyant.

Quand elle entend André revenir de la gare, Marthe court s'asseoir dans le jardin avant qu'il ait traversé la maison. Elle a besoin de lui, de sa présence, pour tenir. Le canon régulier tonne plus fort et plus proche que jamais. André s'arrête sur le seuil, la découvrant essoufflée sur le banc. Il est si sale et abattu qu'elle en a le cœur brisé. Les boches vont l'abîmer ! Elle voudrait pouvoir prendre sa place à son poste, au moins pour quelques jours. Elle se dit que, pour lui, elle aurait la force de le faire. Lui a déjà tant été maltraité par la vie. Après un court instant, il bredouille, d'embarras ou d'épuisement, ou des deux à la fois :

– Il me semble que… c'est votre anniversaire. Pardonnez-moi, je n'ai pas… Je n'ai rien pour…

– Laissez, André. C'est très aimable à vous. Personne n'a la tête à cela en ce moment.

– J'avais prévu quand même… Enfin, je voulais vous montrer… C'est ce que j'ai de plus précieux…

Il fouille la poche de son gilet et tend vers elle sa paume grande ouverte. À l'intérieur, repose un ruban élimé, sur lequel est brodé :

André ❖ 12 novembre 1899

Derrière eux, Blanche entre dans la cuisine, s'activant sans les voir. André cache le ruban dans sa poche et fait mine de contempler le ciel. Ils attendent que Blanche quitte la cuisine et qu'elle se soit éloignée. Alors André reprend, d'une voix basse et lourde :

– Je suis né le 12 novembre 99. Ma mère m'a abandonné le 30, avec ce ruban sur lequel mon prénom était brodé. Je ne connais ni son nom ni rien d'elle, et pourtant elle me manque. Aussi, quand vous m'avez dit que vous n'aimiez pas votre mère, ça m'a surpris, moi qui n'ai pas de parents… Je crois que je serais prêt à tout lui pardonner si la mienne voulait bien me revoir. Enfin, je ne veux pas vous juger ! C'est seulement pour vous dire…

Il marque un court silence. Marthe écoute sans ciller. Elle a tant espéré sa présence, mais elle ne s'attendait pas à ce qu'il se livre si soudainement. Elle s'empêche de répondre. Elle redoute de tout gâcher par une phrase déplacée. André poursuit à mi-voix :

– J'ai été placé à l'agence de Lille. Les garçons, souvent c'est pas des tendres, mais moi… faut croire que je l'étais ! Ça m'a pas trop rendu la vie facile. Mais on doit faire avec ce qu'on est, pas vrai ? Vous savez ça aussi, n'est-ce pas ? Parce que… vous n'êtes pas tout à fait comme toutes ces demoiselles, dans les jupes de leur mère, qui vous toisent de haut comme si elles étaient des anges tombés du ciel, et vous un moins que rien… J'ai dit que les gars sont durs, mais ces filles-là ne valent pas mieux. S'appeler Novembre… on sait bien qu'aucune femme ne voudrait de ce nom-là ! C'est comme une marque au fer sur le cuir du bétail, juste un mois de naissance qui indique à tout le monde qu'on n'a pas de famille, pas de fortune à offrir…

Marthe n'a aucune idée de ce que vivent les orphelins de l'Assistance. Personne ne s'en soucie vraiment. On leur attribue les tares héréditaires de leurs parents indignes, et ils vivent dans un monde duquel on préfère détourner le regard.

– J'ai compris qu'il fallait travailler si je voulais m'en tirer. Les gars comme moi, les pitaus de l'Assistance, on nous destine à travailler aux champs. Sauf que labourer la terre d'un paysan qui me traitait comme une bête, ça ne m'a pas plu à moi. (Marthe repense aux cicatrices.) Heureusement, j'avais obtenu mon certificat d'études avec les meilleurs résultats. Alors, M. Dargent, mon tuteur, le directeur de l'agence de Lille, pour mes quatorze ans, il a bien voulu me trouver une place à l'usine. Il savait que je préférais vivre en ville. La ville, on n'aime pas trop nous y renvoyer. On est presque tous nés à Paris, pourtant. Mais on prétend que la ville est le royaume du vice, qu'on y sera rattrapés par notre hérédité, et qu'on y reprendra vite la mauvaise pente de nos parents. Quand j'étais gosse, M. Dargent, qui est pour moi comme une sorte de père, m'a avoué que ma mère y vivait toujours, à Paris. Même si normalement, il n'était pas censé me le dire. Alors, cette lettre que je viens de recevoir, vous savez, celle que je vous ai montrée, je crois que ça pourrait bien être à son sujet. Dès que je pourrai, j'irai. J'irai la retrouver. Je lui demanderai pourquoi elle n'a pas voulu de moi, et si elle veut bien me reprendre pour fils. Si je lui fais honneur, elle acceptera peut-être qu'on redevienne une famille. En attendant, j'ai quand même eu de la chance, puisque monsieur votre père a bien voulu me prendre ! Et c'est à ça, du reste, que je voulais en venir... Votre père, mademoiselle... il ne mérite pas ce qui lui arrive. M. Amelin, c'est vraiment un homme bien. Faut pas laisser les gens vous faire penser le contraire.

Il jette un œil à Marthe qui lui sourit, touchée.

– Tout ça donc, c'est pour vous dire que ça a été ma chance, qu'il me prenne, et qu'il aura toujours ma gratitude pour ça. Surtout qu'il m'a aussi offert un toit. Mais je ne sais plus comment lui conserver ma loyauté. Il me semble que j'ai trahi sa confiance, en m'installant chez lui.

– Mais... pourquoi?

– Parce que, s'il savait mes raisons, s'il savait... tout ce qui me passe par la tête, depuis que je vis ici...

André hésite. Il reprend, plus vite, les yeux rivés au sol:

– La solitude, jusque-là, ça avait été comme une amie sur qui je pouvais compter. Je croyais qu'elle me suffirait toujours. Mais aujourd'hui, je sais que j'étais comme une plante qu'on oublie d'arroser, et qui survit quand même, mais toute sèche et fanée. Alors... Alors, je ne trouve plus de solution à mon problème: comment faire pour rester honnête avec M. Amelin en vivant sous son toit? Maintenant que j'y ai découvert ce que c'est, d'être abreuvé par l'eau qui me manquait, et dont je me sens toujours assoiffé et avide... Il n'y a plus de bonne solution!

Marthe sait qu'elle devrait combler ce nouveau silence. Mais elle se sent incapable de formuler un mot. Ses pensées s'affolent comme une nuée de mouches impossibles à attraper.

– Ne voulez-vous pas me dire quelque chose? finit péniblement par demander André.

– Je... Je ne sais pas. Que voudriez-vous... que je vous dise?

Comment peut-elle lui faire une réponse aussi stupide? Elle s'en veut tout de suite. André soupire, contrarié:

– Ça serait bien que vous m'aidiez! Je sais que, pour une demoiselle, c'est pas... Mais vous voyez combien c'est difficile aussi, pour moi, de vous parler dans... dans ma position... Vous me demandez ce que je voudrais ? Ben… Il me semble… qu'on se voudrait l'un l'autre ! Juste être tous les deux, malgré l'avis des gens. C'est bien ça qu'on voudrait, non ?

Leurs regards s'accrochent, timides et bouleversés. Mais cette fois, il l'arrête avant qu'elle puisse répondre.

– Sauf que… Sauf que maintenant, la guerre a décidé. Et si…

Sybille surgit comme une tornade dans le jardin. Impossible d'être tranquille dans cette maison ! Font-elles donc exprès de les déranger sans cesse ? Elle marque un temps d'étonnement de les trouver ensemble.

– Ah, vous êtes là, Novembre ! Allez donc vous laver, vous sentez la charogne ! Ma petite Marthe, viendriez-vous m'aider ? Je ne trouve pas où votre père range ses livres bancaires.

– Bien sûr ! s'écrie Marthe, forçant son empressement de façon peu naturelle. Je crois que je sais où il les cache.

Juste avant de passer le seuil de la maison, le cœur au grand galop, elle fait un petit pas en arrière.

– Bonsoir, André.

– Bonne nuit, mademoiselle Marthe.

## 29

**Pour célébrer les dix-sept ans de Marthe,** on a mis la nappe brodée, et cuisiné un lapin aux raisins secs avec des frites au saindoux et des laitues. Mais Sybille et les deux sœurs ont dîné sans appétit. La canonnade n'a jamais été aussi forte. Elle met les nerfs à vif.

Marthe ne trouve pas le sommeil. Elle s'assied sur le sac de paille qui lui tient lieu de matelas. L'écho de la voix d'André continue de résonner dans son crâne et de faire cavaler son cœur dans sa poitrine. Elle voudrait se rappeler chacun de ses mots et répondre à tous. Qu'aurait-elle voulu lui dire, si elle en avait eu le courage? Qu'espérait-il d'elle? Et puis, ses derniers mots, interrompus par Sybille: «La guerre a décidé...»

Dans la grande psyché, sa main caresse rêveusement la nuque du reflet invisible d'André, qu'elle imagine toujours lové contre elle. Il lui dit *Je suis là, je suis tout contre toi.* Elle se reproche d'avoir été si empotée, alors qu'elle rêvait de se confier à lui depuis longtemps, alors que tous les jours, la moindre bombe, la moindre balle, pourrait mettre un terme à leur vie.

Les vitres des fenêtres vibrent à chaque coup de canon. Et, soudain, la cloche de Saint-Nicolas sonne l'alarme. Branle-bas de combat dans le couloir et les escaliers. Sybille frappe à sa porte.

– Ma petite Marthe, vite!

Elle sort de la chambre. En bonnet et chemise, Sybille lui prend la main, tenant une lampe dans laquelle brûle un bloc de saindoux, puisqu'on n'a plus d'huile. Blanche et Hermann descendent du second en courant, elle enveloppée dans un châle, lui en caleçon et maillot de corps, tignasse ébouriffée. Tous les quatre dévalent les marches jusque dans la cave pour se mettre à l'abri. En panique, ils s'installent sur les paillasses qu'on a disposées au sol, comme il avait été recommandé de le faire.

– Et André? Où est-il?

Marthe se lève d'un bond. Malgré les protestations de Sybille, elle remonte le chercher. Mais elle ne le trouve nulle part. La remise est vide et le jardin désert. Elle finit par revenir se cacher sous terre.

– Eh bien? questionne Sybille.

– Il préfère rester dormir là-haut, ment-elle, anxieuse.

– L'inconscient!

Ils attendent en silence. Quel tableau pittoresque : homme et femmes ensemble en petite tenue, couchés dans une cave ! La peur efface toutes les convenances. Sans uniforme, Hermann semble un peu moins allemand. Il a le corps d'un jeune homme, simplement. Une puissante explosion fait trembler le plafond. Des filets de poussière leur tombent dans les yeux qu'ils ont levés bêtement. En frottant ses paupières, Marthe entrevoit la main de l'Allemand lâcher celle de Blanche. La flamme de la lampe vacille. A-t-elle bien vu ? Elle tourne son regard vers Sybille qui semble n'avoir heureusement rien remarqué.

– On dirait que c'est terminé, souffle Hermann.

– Oui, remontons ! Bonne nuit.

En quittant Blanche et le soldat sur le palier du premier, Marthe les regarde monter. Les a-t-elle bien aperçus main dans la main ? Après tout, la peur peut provoquer de tels gestes, il n'y a sans doute aucun mal à y voir. Quand bien même, elle est trop préoccupée par l'absence d'André pour y penser vraiment.

L'alarme sonne encore plusieurs fois, cette nuit-là. À peine a-t-on le temps de se coucher qu'il faut redescendre. Au troisième voyage, Sybille suggère qu'on reste dormir au sous-sol. Mais Marthe préfère remonter.

– Vous êtes folle ? Restez ici !

– À quoi bon ? se moque-t-elle. Gaby, la boulangère, est morte écrasée dans sa cave. Une bombe a traversé sa maison tout entière, du toit jusqu'au plancher. Ça ne l'a pas protégée de s'être enterrée avant l'heure. À tout prendre, je préfère mourir dans un lit.

## 30

**Où est-il ? Où est-il ?** Roulement continu du canon. Cliquetis des vitres. Des avions survolent la maison. Projecteurs, mitrailleuses et tirs de lance-bombes se déclenchent aussitôt. Les murs sont ébranlés. Marthe résiste à la peur. Elle ne descendra pas. Où peut bien être André ?

Son cabinet de toilette est la seule pièce de la maison dont la fenêtre donne sur le pignon ouest, au-dessus de la remise. Elle pousse le volet malgré l'interdiction. Qui pourrait la voir ? Boches et Français sont tous réfugiés comme des rats dans les caves.

Au loin, le ciel est illuminé d'un halo orangé. Une colonne de fumée obscurcit les étoiles. Marthe se penche un peu, sondant la nuit… Il est là ! Comme s'il l'attendait depuis longtemps, debout devant la porte de sa cahute qui gémit à chaque grondement, les yeux levés vers elle. Les plus beaux yeux. Les plus purs. Brillants de larmes. Ils se tiennent du regard comme on se tient la main, sous le fracas des bombes. Et la peur est moins grande, de se sentir chacun à un bout du même fil, d'avoir une place particulière dans le cœur de quelqu'un. Et chérir sa présence, même en ne se touchant que par le bout des cils. En temps de paix, ils ne pourraient pas se fréquenter. C'est la guerre qui a permis cela. Oui, mais pour quel avenir ?

Une ombre a bougé près d'André. Celle d'un autre jeune homme, caché dans l'embrasure. Marthe reconnaît la chevelure rousse et bouclée de Casimir, le fils Quesnoy, chez qui André logeait autrefois. D'un signe de la main, André intime à son compagnon de l'attendre. Fixant fiévreusement Marthe, il se hisse doucement sur le toit de la remise. Il vacille en se redressant sur la tôle ondulée. À présent face à elle, à peine plus bas, il pose ses mains sur l'appui de sa fenêtre, enjambe lestement la balustrade de fer forgé, et pose les pieds sur le carrelage. Marthe retient son souffle, surprise de se sentir effrayée. Elle recule lentement jusque dans la chambre. Cette fois, elle se promet de parler, de tout dire. André reste immobile sur le seuil de la pièce, alors même que tout son corps semble tendu vers elle.

– Eh bien, voilà… je pars ! dit-il.

Et plus rien d'autre ne bouge que les vitres et les murs.

– Je m'en vais cette nuit pour passer la frontière. Je voulais vous le dire. C'est la seule chose à faire. Je pars avec Casimir. On veut aller au front. On a tout préparé, avec des gars qui en ont déjà fait passer d'autres avant nous. On va profiter des combats de ce soir pour filer. On tentera de rejoindre la Belgique occupée, la Hollande et, de là, l'Angleterre. Puis la France, du bon côté du front. Si j'arrive à gagner Paris, peut-être même que j'y trouverai ma mère. Et puis, j'irai me battre. Pour vous, pour la patrie, et pour mon honneur d'homme.

– Mais vous êtes trop jeune…

– C'est la guerre. Pour combattre, il suffit de le vouloir !

Les épaules de Marthe s'affaissent. Un avion passe au-dessus du jardin des Frémont. La silhouette d'André se découpe sur le ciel de feu qui embrase le cadre de la fenêtre, derrière lui.

– Pour moi, votre honneur serait sauf, si vous restiez caché quelque part, près d'ici, où je viendrais vous voir.

– Vous, vous pouvez sans doute vous moquer de ce que pensent les autres. Vous ne savez pas ce que c'est, que d'être sans parents et de devoir toujours se défendre du soupçon du vice et de la malhonnêteté. Je ne serai pas un lâche.

Est-ce vraiment si facile d'être une jeune fille de bonne famille qui décide d'ignorer les cancans ? Mais que voulait-elle lui dire d'autre, juste avant ? À quoi bon, désormais… Elle ne ressent plus rien qu'une tristesse atterrée. André baisse le menton et ajoute tout bas :

– Pourrais-je vous écrire ?

– Si vous vous évadez, vous savez bien qu'un seul message de vous alerterait la censure, et nous compromettrait tous.

– Alors je vous écrirai sans envoyer mes lettres. Je vous les apporterai ensuite, après la guerre. Ça me fera une bonne raison de rester en vie ! Vous aussi, si vous le voulez bien, adressez-moi quelques mots, même en pensées.

Marthe hoche la tête, puis elle a une idée.

– Regardez ce tableau, accroché derrière vous. C'est un hôtel particulier appartenant à la famille de ma mère. Et là, sur le côté, voyez-vous ce panneau qui indique « boulevard de Courcelles » ? Si vous parveniez un jour jusqu'à la capitale, souvenez-vous-en. Vous pourriez y donner de vos nouvelles à ma tante, la baronne de Laroche, lui laisser une adresse, vos lettres, ou lui demander de l'aide… Lorsque la situation aura évolué, je pourrai certainement entrer en contact avec elle.

– Laroche. Boulevard de Courcelles. Bien. J'irai.

– Alors… adieu ?

– Seulement au revoir, mademoiselle. Si Dieu le veut !

Un éclair de feu fait clignoter leur reflet dans la grande psyché. Marthe s'y aperçoit, transfigurée.

– Je n'ai pas d'autres choix, vous le savez n'est-ce pas ? murmure André, brisé. On me tue au travail. Et puis, les boches nous emmèneront bientôt. Ce n'est qu'une question de jours. Ils ont déjà envoyé plusieurs gars du service, à creuser des tranchées ou à couper des arbres dans les Ardennes. Il paraît qu'on y crève de faim et d'épuisement. Ceux qui ont refusé ont été fusillés… Je ne peux plus supporter de travailler contre la France. La patrie a été mon seul parent ! Si je ne fais pas mon devoir, j'aurai honte toute ma vie. Quand la guerre sera finie, je ne veux pas qu'on puisse dire de moi que je n'ai pas été un homme. Vous comprenez ?

Marthe voudrait le supplier de rester, mais elle comprend. Elle sait que la guerre a gagné sur leurs vies. Elle aussi irait se battre, sans doute, si elle était un garçon. Ce serait dans la nature des choses. Et si son père n'était pas en danger, elle essaierait même de suivre André, dès ce soir. Mais elle se tait. Les amours de sa vie sont emportés par leur sort d'homme, et la voilà prise au piège de son rôle de femme : endurer, attendre, espérer. Et le pleurer, peut-être. Sa voix se fêle.

– Ce n'est pas juste ! C'était toi. Je sais que c'était toi.

– Oui, je sais. Moi aussi.

Une détonation terrible fait s'ouvrir les volets, qui battent dans le vide. Les projecteurs chasseurs d'avions balaient la pièce, faisant clignoter leurs deux silhouettes sur le ciel infernal, et révélant par intermittence les sillons brillants des larmes sur leurs joues. Ils se regardent dans le noir et le feu.

Les fenêtres et les portes sont secouées par une nouvelle bombe, plus proche que les autres. Les livres tressautent dans la bibliothèque. Le plancher tangue. Ils se rattrapent l'un à l'autre, après un court instant de déséquilibre. Un sifflement retentit dans le jardin. C'est Casimir Quesnoy qui s'impatiente sous les bombes.

– Je dois y aller, murmure André.

– Attends !

Elle ne peut pas supporter l'idée de le savoir seul, loin d'elle et de tout secours. Marthe fait un pas de côté, se plaçant derrière lui, face au miroir. Ils restent immobiles, s'interdisant de briser l'image qu'ils viennent de former. Marthe pose une main légère sur l'épaule du jeune homme, reproduisant de façon inversée le reflet dans le potager, ce reflet tant aimé. Elle s'est souvent sentie un peu trop grande, lui l'est moins que la plupart des garçons de son âge, et c'est très bien ainsi. Ils sont de taille égale. Comme s'ils devaient toujours être égaux en tout. Marthe ne sait plus si le plancher tremble ou si elle a le vertige. Son regard dans le sien, au travers de la glace, elle vient timidement poser son visage dans le cou du jeune homme. L'odeur, le toucher… tout est nouveau mais pourtant familier. Sur la peau d'André passent, comme des vagues, les mêmes frissons que ceux qui la parcourent. Il faudrait arrêter le temps, ne plus vieillir tant qu'ils resteront loin de l'autre, et tout reprendre ici, à cet instant, une fois la guerre terminée.

La main du garçon se pose tendrement sur sa nuque. Il déclare d'une voix blanche :

– Je veux graver dans ma mémoire cette image de nous. Si je devais l'oublier un jour, qu'est-ce qui me resterait, comme raison de vivre ?

Marthe le fixe dans le miroir, décidée.

– Alors, emporte-la ! Je serai ta raison de vivre. Emporte ce reflet, cette image de nous, pour que, où que tu ailles, tous les jours à venir, tu ne sois jamais seul.

André observe, fasciné, son visage qui s'anime.

– Dans chaque miroir, poursuit-elle, dans chaque vitre, au fond de chaque flaque de boue des tranchées, je veillerai sur ta vie. Tant que tu garderas ce reflet, ni la guerre ni la mort ne pourront nous séparer !

– C'est le plus beau des cadeaux, répond-il avec sérieux. Je vous… je *te* promets de le garder. Et je te jure de te le rendre, intact et inchangé. Je n'oublierai jamais. Tant que ton reflet veillera sur mes jours, ni la guerre ni la mort ne pourront nous séparer !

Marthe ferme les yeux en souriant, émue par ces serments auxquels elle voudrait croire. Et il lui a dit « tu ».

– Ne m'oublie pas ! la supplie André avec passion. Et promets-moi de vivre !

– C'est promis. Vis, et je vivrai.

– Jure-le !

– Je te le jure, André. Je ne t'oublierai jamais.

Et elle répète encore, d'une voix solennelle :

– La vie peut bien attendre, le temps peut s'arrêter, ni la guerre ni la mort ne pourront nous séparer.

Brusquement, une énorme explosion fait voler en éclats toutes les vitres. La psyché bascule et se fracasse. Marthe est projetée au sol, balayée par le souffle qui inonde la pièce. Des débris de miroir volent à travers la chambre, comme une grêle acérée, retombant en rafales sur son dos arqué. La porte gémit, ployant sous le poids du linteau qui s'affaisse. Le parquet se déforme. Marthe reste prostrée, mains sur la tête. Comme un monstre réveillé, la maison chuinte, les murs grondent. De grands cris parviennent soudain d'en bas. Des pas précipités résonnent dans l'escalier, des voix montent vers l'étage. Marthe jette un regard inquiet en arrière. Elle aperçoit une ombre se glisser par la fenêtre du cabinet de toilette. Elle devine le bruit des pas d'André sur la tôle ondulée. Sybille, Hermann et Blanche surgissent dans la pièce. On la presse de questions, on lui reproche son entêtement à rester sous les bombes, on la pousse à redescendre dans la cave. Et Marthe se laisse faire. Elle n'a plus de volonté.

## 31

**Le matin se faufile en haut des marches.** Perclus de courbatures, encore enveloppés de leurs odeurs mêlées, les quatre corps s'extirpent du refuge souterrain.

La maison est constellée de débris de verre et de poudre de brique. Marthe monte les marches obliques. Les éclats de miroir parsèment le lit de sa mère et le parquet bombé. Par la fenêtre arrachée, elle constate qu'il ne reste plus qu'un pignon intact de l'arrogante demeure des Frémont. Elle s'avance en toussant vers le cabinet de toilette. Le broc d'eau est souillé d'une couche épaisse de suie. Marthe se tourne vers le miroir encore intact, sur le plateau de marbre de la petite commode. Elle fronce les sourcils, se penche contre la glace, sans parvenir à saisir l'anomalie dont elle est le témoin, comme un animal incapable de comprendre son propre reflet. Son reflet. C'est bien cela qui manque ! Mais Marthe ne peut pas s'expliquer ce qu'elle voit. Essuyant la glace, elle se saisit du cadre qu'elle place face à son visage. Mais elle n'y voit rien d'autre que le décor inversé de la pièce… duquel elle est absente ! Elle baisse la tête : son corps est pourtant là. Elle tâte ses joues, ses cheveux, ses épaules, titube vers la chambre, et tombe à genoux au milieu des débris de psyché. Son regard se pose sur un morceau d'étoffe qu'elle ramasse avec soin. C'est le ruban d'André, son bien le plus précieux ! Elle le manipule aussi délicatement que si elle avait retrouvé un morceau de lui. Ce ruban usé jusqu'à la trame, dont il avait tant besoin pour retrouver sa mère, il a dû le faire tomber, lors de l'explosion. Tout lui revient subitement en mémoire : l'évasion, leurs promesses de la nuit… elle ne les a pas rêvées ! Elle retourne un à un les morceaux de verre, en s'y coupant les doigts, pour former peu à peu un miroir-mosaïque sur le sol. Elle se penche au-dessus, y colle son visage, se redresse, cherche la bonne distance. Mais pas un seul éclat ne daigne la refléter ! Elle devrait hésiter entre la peur et l'incrédulité. Étrangement, c'est du soulagement que Marthe ressent. Oui, elle est rassurée. Elle va pouvoir continuer de sourire à tous, comme si rien n'avait changé. Car André n'est pas seul, il sera protégé, veillé par l'image qu'elle lui a confiée.

Elle garde le ruban, il a pris le reflet.

## 32

**Vivre sans sa propre image,** c'est réapprendre à vivre. Marthe doit composer avec son étrange réalité. Elle ne mesurait pas à quel point un reflet permet de se sentir exister. La voilà prisonnière d'un corps qui lui est invisible. Elle est parfois terrorisée à l'idée qu'elle pourrait oublier ses propres traits, ne plus savoir qui est celle que les autres voient. Et puis, il y a tous les aspects pratiques auxquels elle se trouve chaque jour confrontée. Le matin, elle se coiffe et fait sa toilette à l'aveugle. Au cours de la journée, elle constate parfois une moue, amusée ou réprobatrice, sur le visage de Blanche, de Sybille ou d'un soldat allemand. Elle en déduit alors qu'elle a dû rater son chignon, qu'elle a un bouton sur le front, une marque sur la joue, une tache sur le col… Elle devient experte dans l'observation des autres, devenus son miroir.

Mais le plus difficile est d'apprendre à éviter tout objet qui pourrait trahir son secret et la désigner comme une anomalie. Les miroirs, bien sûr, mais aussi les vitrines, les surfaces réfléchissantes, des couverts de table en argent aux verres de lunettes. À chaque instant, Marthe doit déjouer les pièges que lui tendent la ville et la société. Il n'y a qu'au jardin, et encore, loin des fenêtres, qu'elle peut relâcher un peu sa vigilance.

Pourtant, lorsqu'elle est seule, elle résiste difficilement à la tentation de scruter le vide, dans un miroir ou une vitre. Son absence à l'intérieur du décor qu'elle peut y contempler est aussi fascinante qu'effrayante. C'est comme de regarder sa propre mort en face, tout en étant vivant.

Aussi extravagante et perturbante qu'elle soit, Marthe se sent plus forte dans cette nouvelle existence. Elle parvient à faire de toutes ces précautions une sorte de jeu, qui la distrait d'un quotidien sous cloche. La disparition de son image lui prouve la vérité de ce qu'elle a vécu avec André : son prix et sa valeur unique. Ce lien inédit qui l'unit au garçon donne un sens à sa vie qu'il transforme en destin. Il les place en dehors du commun des mortels. Marthe sait confusément qu'elle ne retrouvera son reflet qu'en retrouvant André. Mais, depuis qu'il est parti, elle ressent sa présence, comme si une part d'elle-même marchait, quelque part, aux côtés du jeune homme, tandis que l'autre continuait de vivre ici. De temps en temps, elle le sent, lui aussi, tout près d'elle. Elle se surprend à tendre le bras dans le vide pour saisir une main invisible, ou à se retourner en sentant passer un souffle dans son cou, pour ne trouver personne. Et elle l'entend, encore plus distinctement qu'avant, lui murmurer silencieusement : *Je suis là, je ne te quitte pas.*

C'est la nuit qu'elle est le plus près de lui. Dans des rêves troubles, où elle ne perçoit que des formes floues et des sons étouffés, elle croit entendre sa voix, sa respiration, ou bien ses pas. Rien n'est jamais précis mais, dans ces moments-là, elle sait qu'elle est avec lui. Là où elle s'est sentie à sa place, pour la première fois de sa vie.

## 33

**Vers le milieu de l'été 1916,** après plusieurs demandes de Sybille et de Delcroix, le maire de la ville, le commandant Hollweg daigne enfin recevoir les deux sœurs. Marthe a répété durant tout le trajet les questions qu'il leur faudra poser, les arguments et les preuves de bonne foi qu'elles pourront exposer. Mais le mutisme de sa sœur l'inquiète. Depuis l'arrestation de leur père, Blanche n'est plus que l'ombre d'elle-même.

Un soldat les accompagne dans le grand escalier de marbre blanc, sous les drapeaux du IIe Reich. Delcroix vient les accueillir devant la salle du conseil, transformée en bureau du commandant allemand. Marthe rassemble ses idées. Il faut absolument obtenir la libération de leur père ou l'autorisation d'aller le voir.

– Impossible ! Aucun laissez-passer n'est plus délivré pour Roubaix.

– Commandant, je le répète, ces deux jeunes filles affirment que les armes ont dû être déposées chez elles par un étranger. Il s'agit certainement d'un acte malveillant…

– De toute façon, M. Amelin n'est plus là-bas. Il est parti pour l'Allemagne la semaine dernière.

Abasourdi, le maire se laisse retomber sur sa chaise, face au bureau du commandant Hollweg. Marthe et Blanche lui lancent un regard terrifié. L'officier allemand consulte un télégramme, comme s'il était déjà seul. Il jette finalement un coup d'œil par en dessous aux deux sœurs, et s'adresse à elles sans ciller :

– M. Amelin a reconnu les différents chefs d'accusation qui lui étaient reprochés. Il a été transféré avec d'autres déportés dans un camp allemand. En tant que notable, soyez sûres qu'il sera bien traité. Par ailleurs...

Il envoie le télégramme dans la corbeille à papier, avant de conclure avec nonchalance :

– Sachez que l'autorisation délivrée à votre père pour le ravitaillement vous est retirée. Vous pourrez achever d'écouler les marchandises qu'il vous reste, mais vous devrez interrompre toute activité par la suite. *Auf Wiedersehen,* messieurs-dames !

## 34

**Delcroix rattrape les sœurs sur le palier.**

– Croyez-moi, mesdemoiselles, j'apprends en même temps que vous cette terrible nouvelle.

– Que pouvons-nous faire ?

– Malheureusement, il n'y a rien à tenter. Tout joue contre votre père !

Baissant la voix, il attire les jeunes filles dans une alcôve.

– Le commandant a des accords personnels avec Morel. Ils se sont entendus pour se partager une marge sur le ravitaillement français. On les soupçonne aussi d'en revendre une partie au marché noir. Votre père avait refusé ce petit arrangement. Hollweg l'aurait plusieurs fois menacé. Il était devenu gênant pour lui et pour Morel.

– Il faut faire éclater l'affaire ! s'écrie Marthe. Dénoncer le commandant à ses supérieurs ! Il paraît qu'un gradé allemand a été condamné à Valenciennes pour des faits similaires.

Le maire jette un œil inquiet par-dessus son épaule.

– Ne vous y risquez pas ! Entre l'affaire de votre père et l'évasion du jeune Novembre, dont votre famille pourrait être tenue responsable, vous seriez envoyées en Allemagne sur-le-champ ! Après la guerre, mesdemoiselles. Après la guerre, n'en doutez pas, les profiteurs de misère et les traîtres auront des comptes à rendre. Tenez bon.

## 35

**Tenir bon, c'est ce qu'elles font.** La disparition inexpliquée d'André, la même nuit que le fils Quesnoy, donne lieu à de nouvelles visites des gendarmes, heureusement en l'absence de l'ignoble Ferrand. On les interroge, on fouille, mais plus personne ne songe à sonder le jardin, où Marthe reste à attendre la fin des perquisitions, terrorisée qu'un reflet ne la trahisse face aux boches, à l'intérieur. Les sœurs tremblent toujours à l'idée qu'une arme, un uniforme ou n'importe quel autre objet interdit surgisse d'un tiroir ou de sous un lit. Plus rien ne les surprendrait.

La nourriture devient de plus en plus rare. Les gens meurent de faim, enfants et vieillards les premiers. Marthe a pris l'habitude de faire le service lors du repas unique qu'elles prennent en fin d'après-midi. Discrètement, elle augmente les parts de sa sœur et de Sybille, en prenant sur la sienne. Car elle a découvert quelque chose qui pourrait être un autre effet de sa transformation : il lui semble qu'elle n'a plus autant besoin de manger que les autres. La faim est là, bien sûr, croissant au fil de la journée, mais elle se lève chaque matin repue et reposée, avec l'impression d'avoir renouvelé ses forces. Elle a donc décidé de privilégier sa sœur, qu'elle voit s'affaiblir de jour en jour.

Un matin, Blanche rentre bouleversée, les cheveux en désordre, un bleu sur la tempe et le menton éraflé. Elle s'est rendue chez Morel pour des achats, et dit s'être disputée si fort avec son neveu, qu'elle en a oublié son cabas sur place. Dans son émoi, elle a trébuché, s'écorchant sur les pavés.

– Ferrand est pire que les boches ! s'écrie Marthe. Il faudrait se plaindre à la Kommandantur. Protégée ou pas, cette crapule ne devrait pas pouvoir faire sa loi dans la ville.

– Arrête ! la supplie Blanche. Le sort de papa ne t'a pas convaincue de faire profil bas ? Je ne veux pas que tu t'en mêles.

Marthe se plie de mauvaise grâce à la volonté de sa sœur. Mais elle est soucieuse. Blanche ne sort presque plus, elle perd l'appétit, et l'aide de moins en moins à gérer les ventes et la maison. Marthe a l'impression de devoir tenir pour deux. Sa sœur lui cache quelque chose.

Heureusement, Sybille a pris ses quartiers chez elles. Elle rythme la vie quotidienne comme les affaires avec une énergie constante, bien que d'humeur plus sombre, parfois cynique. Elle aussi a été marquée par la guerre dans son corps et son âme. Mais si la pauvre femme n'avait pas été aussi familière des paperasses et des comptes d'Albert, les ventes auraient été impossibles à solder. La famille gardera une dette envers elle quand la paix sera faite.

Dans les rues, les voisins et les passants les évitent à présent. Marthe affronte les regards, puisant ses forces dans le souvenir du sourire rouge sang de son père, qu'elle affiche sur son visage, comme un étendard par-dessus sa tristesse. Chaque jour, elle se rend seule à la Kommandantur pour tenter d'obtenir des nouvelles d'Albert Amelin. En vain. On ignore tout de son sort. Tout comme de celui d'André, considéré comme un évadé depuis sa disparition.

Marthe qui, jusqu'ici, se bouchait les oreilles pour ne pas entendre les rumeurs, les guette désormais toutes. Elle frémit en écoutant les descriptions d'une guerre devenue une gigantesque boucherie, les récits d'obus ensevelissant les soldats vivants sous des montagnes de terre, ou le périple des « fonceurs », ces fous qui essaient de traverser clandestinement la frontière, laissant leur vie accrochée dans les clôtures électrifiées, quand ils ne se sont pas fait fusiller avant. Il y a aussi ces otages revenus d'Allemagne, meurtris et affamés. Ces destins accablants : un fils mort de faim dans un camp des Ardennes, une fille emportée par une pneumonie dans les cachots de la Kommandantur... Chacune de ces histoires pourrait être celle d'André ou de papa, se dit-elle en se rongeant les sangs.

C'est pour son père qu'elle s'inquiète le plus. L'espoir est devenu la pire des tortures. Est-il en bonne santé ? En vie ? Comment le retrouver ? À ces questions, ressassées avec Blanche et Sybille, s'ajoutent celles que Marthe doit garder pour elle seule. Car elle a beau sentir la présence d'André, elle a beau entendre encore sa voix silencieuse lui répéter sans mots *Je suis là, avec toi*, deviner des images confuses de lui en rêve, elle n'a que la certitude de le savoir en vie. Mais a-t-il réussi à rejoindre l'Angleterre ou même la France libre ? Quelle est la situation, là-bas ? Que risque-t-il encore ? Et le reflet de Marthe veille-t-il bien sur lui ? Pour se rassurer, elle n'a que leur promesse : ni la guerre, ni la mort ne peuvent les séparer. Jamais elle ne doit se détourner du but de retrouver André.

## 36

**Et puis, un jour, un jour gris et pesant** d'un octobre hivernal, on sonne à la porte. C'est l'abbé Henry, que Marthe peine à reconnaître, tant il est amaigri. Une barbe sauvage dévore son visage jusque sous des orbites creuses. On le fait entrer. On lui apporte du bouillon et ce qu'il reste de pain noir. On se rassemble autour de lui. Longtemps, l'homme ne dit rien. Sa voix semble être restée d'où il est revenu. Enfin, il articule plusieurs fois un mot que les trois femmes ne comprennent pas tout de suite.

– L'Allemand ? finit par deviner Sybille. Celui qui loge ici ?

Blanche répond au hochement de tête de l'abbé :

– Rassurez-vous, il est absent. Il ne rentrera pas avant la fin d'après-midi.

L'abbé se relâche un peu. D'une main fébrile, il se met à tripoter le revers de sa manche, passant ses ongles sous l'ourlet irrégulier. Défaisant lentement la couture, il en extrait bientôt un objet gros comme un dé à coudre, qu'il leur présente. C'est un papier, plié et roulé très serré. Blanche s'en saisit. Dans un silence tendu, elle déroule le billet. Sur toute sa surface, un message est écrit en lettres minuscules, sans le moindre interstice. Blanche ravale un hoquet, prend quelques secondes pour apaiser le frémissement de sa respiration, puis elle lit :

– « Mes filles, mes deux chères filles, si vous lisez ces lignes c'est que je serai mort et cela sera bien. »

Il y a un long silence durant lequel Blanche essaie d'empêcher ses doigts de trembler. Sa voix s'est embrumée.

– « Je n'ai plus assez de courage pour vivre, quoi qu'en dise l'abbé. Son soutien ici m'aura été plus précieux qu'il n'est possible de le dire. Soyez-en à jamais reconnaissantes envers lui. Mais on m'a tué depuis longtemps. Plusieurs fois, en vérité. La douleur détruit tout. Elle nous arrache jusqu'à notre humanité. Ni les idéaux, ni même l'amour des siens, encore moins l'envie de vivre, ne résistent à la torture. Tout ce qui constituait votre identité se déchire comme un voile de fumée. La souffrance nous révèle crûment le néant de notre destinée. »

Marthe a cessé de respirer, elle n'est plus que stupeur. Blanche tourne le papier pour lire les dernières phrases, écrites sur le côté, dans une toute petite marge. Elle doit laisser couler les larmes qui lui brouillent la vue, et prend une longue inspiration avant de continuer :

– « J'aurais aimé pouvoir vous laisser de grands enseignements, des conseils pour mener à bien votre vie. Mais je ne crois plus en rien. À part, peut-être, à la seule vérité dérisoire, dont l'évidence intacte me frappe en écrivant : gardez-vous bien de faire aux autres ce que vous ne voudriez pas que les autres vous fassent ! C'est ainsi que j'ai pesé mes décisions les plus difficiles. Et ce n'est qu'en suivant ce chemin d'humilité, qu'il me semble que l'on puisse espérer ne pas devenir une trop m… »

Blanche fronce les sourcils, rapproche le papier, cherchant à décrypter l'écriture minuscule. Sa voix s'étrangle.

– « … une trop mauvaise personne. Albert, votre papa. »

L'abbé la fixe d'un regard qui semble contenir un cri. Dans le silence qui suit, il est le seul à ne pas sursauter lorsqu'on sonne à la porte à plusieurs reprises. Toutes se sont statufiées. Réagissant la première, Blanche chiffonne le message et l'avale. Sybille se décide.

– Je vais ouvrir. Pas un bruit, pas un mot…

– Non, j'y vais !

Marthe s'est précipitée, mue par un instinct impérieux, comme si un signal avait retenti en elle… un signal d'André ! C'est lui qui sonne !

## 37

**Mais c'est un homme de la Croix-Rouge** qui attend sur le seuil. Il s'excuse, tant elle a l'air déçue de le découvrir là, et lui remet une carte. Une de ces « cartes de correspondance avec les départements envahis » qui sont les seules autorisées. Sans enveloppe, chacune est vérifiée avant d'être remise à la Croix-Rouge ou conservée par la censure allemande.

Expédiée depuis la Hollande, la carte est adressée à la « Famille Amelin ». Marthe chancelle. Cette carte, elle sait qu'elle va devoir la garder secrète, cachée même de Blanche et Sybille. Elle relit plusieurs fois les quelques mots qui ne disent presque rien. Sauf qu'André est bien en vie, comme elle en était persuadée. Qu'il l'était, en tout cas, un mois plus tôt.

Alors qu'elle devrait être dévastée par le sort de son père, Marthe a honte de sentir son cœur bondir de joie dans sa poitrine. Une mort pour une vie. Son père pour André. C'est à cela qu'elle songe, soulagée malgré tout qu'on ne lui ait pas demandé de faire un choix entre eux.

Date: *Maastricht 01/09/1916*

Message:

*Votre A. se porte bien.*

*J'ai gardé le reflet.*

Votre A.

*Son* André !

## 38

**Est-ce le bruit des pas ou des pleurs qui l'ont réveillée ?** Ou bien a-t-elle rêvé ? Non, ce sont bien des sanglots qui descendent vers elle, filtrés par le plancher de la chambre de Blanche. Marthe s'assied dans son lit, ankylosée. Les plaintes étouffées de sa sœur lui rappellent brutalement la mort de leur père. La douleur immédiate dans sa poitrine est augmentée par la culpabilité d'avoir pu s'endormir et oublier, quelques heures. C'est que Blanche n'a pas le bonheur de savoir André vivant pour atténuer sa peine.

Elle monte sans faire craquer les marches qui la mènent au second. Il fait chaud sous les combles. Un rai de lumière passe sous la porte de Blanche. Il est pourtant interdit de s'éclairer la nuit. Marthe retient son souffle pour ne pas réveiller Hermann, dans la chambre voisine. Elle gratte doucement la porte de sa sœur qui s'entrouvre lentement, puisque les poignées et loquets ont été donnés aux Allemands.

Les sanglots se sont arrêtés aussi net que Marthe dans son mouvement. Dans la chambre, légèrement enfumée par la mèche enduite de saindoux qui grésille, Blanche est assise au bord du sommier, enroulée dans une robe de chambre, un mouchoir dans son poing et le visage brouillé. Debout face à elle, son uniforme boutonné de travers, Hermann s'est tourné vers la porte et tous deux la regardent comme des espions piégés.

– Reste, Marthe ! Restez aussi Hermann, je vous en prie !

Il y a comme un flottement. Marthe renonce à partir. Le visage grave, l'Allemand s'écarte du lit pour aller s'appuyer au dossier d'une chaise, devant la petite table.

– Ferme la porte. Viens t'asseoir.

Marthe laisse un espace entre elle et sa sœur sur la paillasse. La pièce sent le vomi.

– Tu m'as réveillée.

– Pardon.

– Ce n'est pas ça. Je voulais dire que Sybille aurait pu… vous entendre.

Hermann et Blanche échangent un regard accablé.

– Ne dites rien à Mme Jaouen, s'il vous plaît, mademoiselle Marthe ! murmure le soldat.

– Hermann est là parce qu'il m'a entendue, lui aussi… J'ai été malade. Il est venu pour vider ma bassine et…

Marthe secoue la tête.

– Je n'ai pas de conseil à vous donner. Mais je ne crois pas que ce soit une très bonne idée.

Il y a plus de reproches dans sa voix qu'elle ne le voulait. Trop tard, elle se laisse emporter par la colère qui monte.

– Enfin, Blanche, *ils* ont tué papa ! Et toi… Et vous…

– Mais lui me comprend ! Il nous comprend.

L'Allemand fuit le regard accusateur de Marthe.

– Hermann a appris le décès de sa mère la semaine dernière, morte de faim là-bas. Ses voisins l'ont retrouvée… (elle chuchote) dévorée par les rats ! La misère est encore pire chez eux, d'après ce qu'on entend. Crois-tu donc que papa n'aurait pas eu la moindre compassion ?

Marthe n'aime pas que sa sœur convoque le fantôme d'Albert pour plaider la cause d'un Allemand. Elle fait lentement le tri des questions qui encombrent sa tête. Elle voudrait comprendre ce qu'ils font ensemble, depuis combien de temps ils se voient ainsi, au mépris des convenances. Mais le conseil de son père, écrit sur le papier roulé, lui revient en mémoire : « Ne pas faire aux autres ce que vous ne voudriez pas que les autres vous fassent. » Elle songe à ce qu'aurait pu dire sa sœur, si elle l'avait surprise dans sa chambre avec André, la nuit des bombes, la nuit du reflet.

– Après tout, ça ne me regarde pas, soupire-t-elle en lui souriant.

Le silence les unit tous les trois dans leur peine de jeunes orphelins. Une peine sans pleurs, les larmes se font rares en temps de guerre. On les réserve pour les nuits solitaires, celles où les pensées les plus noires vous entraînent dans leurs sables mouvants, et vous replongent dans la détresse terrible d'un tout petit enfant.

## 39

**Elle prend la main de Blanche** qu'elle caresse tendrement. Sa sœur pose la tête sur son épaule, en fermant les paupières. Marthe pense à la joie que leur père avait, quand il les voyait devenir un peu moins sœurs et un peu plus amies. Son cher petit papa, supplicié par les Allemands jusqu'à en mourir. Savoir qu'il a souffert est insupportable. Elle tourne son visage vers le soldat. Hermann se tient de dos, parfaitement immobile, accoudé au dossier de la chaise, au-dessus de la chandelle. Leurs regards se cherchent dans le miroir, accroché face à lui. C'est un petit miroir rectangulaire, en trois parties mobiles qui s'ouvrent et se referment comme les volets d'une fenêtre. Le cadre en métal chromé est suspendu à un clou par une mince chaînette. Marthe l'a toujours adoré. Mais c'est à sa sœur que leur mère l'a offert. Enfant, elle aimait se tenir tout près, fermant les panneaux latéraux autour de ses tempes. Comme dans une boîte magique, un palais de glace kaléidoscopique, son visage s'y démultipliait en mille reflets, qu'elle pouvait observer sous tous les angles et jusqu'à l'infini. Dans le miroir, c'est le visage d'Hermann qu'elle peut voir à présent, sur deux des trois panneaux. L'un de face, l'autre de profil. Il la fixe intensément, bouche ouverte, figé. Alors Marthe comprend et son cœur s'emballe. Car si elle peut le regarder dans la glace, il devrait pouvoir l'y regarder aussi. Mais il ne la voit pas ! Ce qu'il doit contempler dans le reflet face à lui, sous des angles multiples, c'est un lit sur lequel Blanche est assise, seule, bizarrement penchée sur le côté, la tête appuyée dans le vide. Peut-être voit-il aussi le creux que la paillasse forme sous le poids de Marthe. Mais pas elle. Elle n'est pas dans la pièce qu'il observe, effaré !

Hermann s'est retourné. Il dévisage Marthe qui n'ose plus bouger. Un monstre démasqué. Blanche la sent se raidir, elle se redresse un peu et les observe tous deux. Marthe se lève. Le soldat ne la lâche plus des yeux. Elle se dirige rapidement vers la porte.

– Je vais me recoucher. Vous devriez en faire autant.

Elle s'arrête, se tourne vers lui et ajoute :

– Ce qui s'est passé cette nuit sera notre secret.

Hermann hoche imperceptiblement la tête en guise de réponse.

Quelle idiote ! Comment a-t-elle pu oublier la présence de ce miroir dans la chambre de Blanche ? Comment a-t-elle pu relâcher à ce point sa vigilance, en présence d'un Allemand ? Tandis qu'elle regagne son étage, prise dans ses pensées, Marthe est stoppée par le frottement d'une porte qui se ferme doucement. Suspendue au bord de la dernière marche, elle guette le silence. Et ce bruit de sommier qui grince, l'a-t-elle bien entendu, ou juste imaginé ? Après tout, Sybille a peut-être simplement bougé dans son sommeil. Et puis, qu'aurait-elle pu entendre ou voir de si choquant ? Une jeune fille montant consoler sa sœur de la mort de leur père. Rien d'interdit, en somme. Mieux vaut dormir.

## 40

**- Non, Sybille, pas Morel !**

– C'est pourtant notre seule solution !

– Non !

Sybille et Blanche se font face. Marthe entre dans le bureau.

– Que se passe-t-il ?

– J'expliquais à votre sœur que nous avons peut-être enfin un moyen d'écouler notre stock de marchandises. Au-delà du délai que le commandant nous a fixé, nous nous retrouverons à l'amende. Et vous savez que les boches feront de la moindre faute un prétexte pour nous faire des misères.

Marthe a déjà compris. Elle se crispe, reculant d'un pas pour éviter la vitrine de la bibliothèque.

– Continuez.

– Je me doute que cela ne va pas vous réjouir, mais vous devez regarder les choses de façon prosaïque. Morel serait prêt à nous racheter les marchandises que nous devions expédier à Chauny, afin de nous tirer d'embarras. C'est une offre désintéressée. Il est rongé par le remords, depuis le décès de ce pauvre Albert. Toujours est-il que cela nous permettrait de rembourser notre client et d'être en règle vis-à-vis des Allemands.

C'est le dernier gros problème qu'elles ont à résoudre : un stock de marchandises qui leur reste sur les bras et qu'elles doivent liquider au plus vite. Commandées à Albert par l'épicier de Chauny, elles sont restées bloquées de longues semaines en gare de Valenciennes. Le commerçant n'a pu obtenir de laissez-passer pour revenir les chercher. Espérant apaiser le client mécontent, Sybille s'est donc engagée à le livrer sur place. Mais c'était sans compter le rejet par la Kommandantur de toute permission pour se rendre à Chauny en voiture à cheval.

Blanche s'étrangle de rage. Elle est méconnaissable.

– Morel ne récupérera rien de ce qui est à papa ! Je ne l'accepterai jamais. Nous sommes ses héritières !

– Moi aussi, j'ai placé de l'argent dans cette affaire ! la coupe Mme Jaouen d'un ton blessé.

– Calmez-vous toutes les deux ! les supplie Marthe. Nous devons rester unies face à l'adversité. C'est ce qu'aurait voulu papa.

Marthe sent intuitivement qu'elle doit garder plus de sang-froid que sa sœur, si elles doivent s'opposer à Sybille. Car, pour elle aussi, accepter l'aide de Morel serait un crève-cœur. Elle se rappelle encore leur dernière rencontre avec le brasseur, sur le chemin de halage, accompagné de son sinistre neveu, Ferrand. Elle avait distinctement entendu les deux hommes les traiter de « princesses », ce surnom qui désigne toutes celles qu'on suspecte d'être des « filles à boches ». Blanche avait retenu Marthe. « Ne réponds pas ! Tu ne vois pas qu'ils n'attendent que ça ? » Sa sœur semblait si terrifiée que Marthe n'avait plus bronché. Sans doute Blanche avait-elle encore en tête l'image de leur père, comme une bête aux abois, livré à la vindicte de la foule par Morel. Et elle avait raison. Le brasseur aurait été trop satisfait de provoquer un nouveau scandale public, dont les sœurs seraient sorties défaites.

*C'est à moi de trancher. Que ferais-tu, André?* Essuyer les insultes sans répondre, soit. Laisser croire que Morel est un bon patriote quand il trafique avec les boches, passe encore. Mais faire affaire avec cette ordure, il n'en est pas question!

– Je vais en parler à Hermann, annonce-t-elle calmement à Sybille.

– Vous plaisantez? s'étouffe Mme Jaouen. Vous refuseriez la main tendue d'un Français pour mendier l'aide d'un boche? Est-il besoin de vous rappeler ce qu'ils ont fait de mes hommes et de ce pauvre Albert?

Marthe n'apprécie pas cette manière qu'a Sybille de parler du «pauvre Albert». Elle voudrait que l'on garde de lui l'image d'un homme droit et courageux, capable d'affronter, sans se renier, une foule furieuse, les Allemands, et même la mort, finalement. Elle tient tête à leur associée:

– Si son poste à la gare permettait à Hermann de faire livrer Chauny, ce serait plus régulier vis-à-vis de notre client. Imaginez que l'épicier aille se plaindre à la Kommandantur que nous ayons revendu à Morel des marchandises déjà à moitié payées!

Elle glisse un regard vers sa sœur qui a tressailli au nom d'Hermann. Leur intimité forcée n'a fait qu'aggraver la haine de Sybille pour le soldat allemand. Qu'a-t-elle pu entrevoir du manège ambigu entre Blanche et lui? Des ragots de voisinage auraient-ils pu trouver en elle une oreille soupçonneuse? Mieux vaut ne pas exposer davantage sa petite sœur.

– J'irai trouver Hermann, répète-t-elle posément.

Sybille s'est guindée. Elle comprend qu'elle ne fera pas plier les filles Amelin. Blessée par l'outrage dont elle se sent victime, elle les contourne, nuque raide, visage fermé, et quitte la pièce en lâchant :

– Ce sont les tombes de nos morts que vous piétinez !

# 41

**20 décembre 1916**

**L'aube filtre à peine à travers les hautes fenêtres de la gare.** Le hall est scindé en deux par des barrières délimitant une large zone, où sont parqués des réfugiés arrivés de Belgique qui dorment sur le sol.

– Vous êtes en retard ! lui reproche Hermann en rejoignant Marthe devant l'entrée.

– On a dû faire un détour. Un cortège d'une trentaine de corbillards bloquait le quartier de l'hôpital militaire qui vient d'être installé dans la basilique.

Depuis qu'ils se sont vus dans la chambre de Blanche, un mélange de réserve et d'embarras s'est érigé entre eux. Mais la présence du soldat la rassure car, ce matin, Marthe a la peur au ventre.

Sur le parvis, le vieux Guillemin achève de décharger les caisses et les sacs entassés dans sa carriole. Hermann pince les lèvres en découvrant le volume de marchandises. Ils vont devoir s'activer s'ils veulent transporter le tout jusqu'au train avant l'horaire du départ. Marthe empile les plus grosses caisses dans une brouette qu'elle a descendue de la voiture.

– Dépêchons-nous ! les presse Hermann en se chargeant de deux gros sacs de sucre. Nous allons devoir passer sur les voies. Vous pourrez pousser la brouette jusque-là ?

Les quais sont déserts. La partie la plus physique du parcours nécessite de traverser les premiers rails, encombrés de leur lourd chargement. Impossible de transporter d'un seul coup le contenu de la brouette. Marthe fera plusieurs trajets. L'effort lui fait oublier la température glaciale. Elle a quitté son manteau. Sa grande jupe évasée, boutonnée jusque sous la poitrine, l'empêche malgré tout de respirer à son aise.

Le train de marchandises qui doit apporter les fournitures à Chauny attend le long du quai opposé. Le machiniste salue discrètement Hermann, qui lui demande en allemand de patienter encore quelques minutes. Ils vont charger leur cargaison depuis la mince bande de gravier séparant les deux voies. Sacs sur les épaules, Hermann s'avance sur le sillon caillouteux, en lançant des regards nerveux à la ronde. Arrivé en queue de train, il ouvre grand la porte coulissante d'un wagon de bois sans fenêtre, à moitié vide.

– Vite, vite !

Marthe repart chercher le reste du stock, pendant qu'il charge les caisses et les sacs. Il a déjà terminé quand elle revient, trébuchant sur les rails.

– Le train va partir ! s'impatiente-t-il.

– Tant pis pour le reste. Ajoutons au moins ça…

Elle lui passe une caisse qu'il cale à l'intérieur. Au moment de récupérer un dernier sac, il se fige. Un train approche, en sens inverse. La locomotive entre bruyamment en gare, frôlant Marthe de son souffle brûlant, avant de s'immobiliser sur la voie qu'ils viennent de traverser.

Hermann pâlit, les mâchoires contractées. Ce n'est pourtant qu'un banal train de voyageurs, si ce n'est qu'il y est affiché: « *Belegt* », occupé en allemand, alors même qu'on ne distingue personne aux fenêtres de ses compartiments. Des éclats de voix fusent, tout près.

– Montez ! ordonne aussitôt Hermann en lui tendant la main.

– Qu'y a-t-il ?

– Cachez-vous !

Il s'enfonce avec elle dans la pénombre du wagon. Par la porte ouverte, Marthe distingue une sentinelle armée sur les voies entamer une ronde autour du train à l'arrêt. Hermann se presse contre elle, en retenant son souffle. Elle sent le cœur du soldat cogner fort, près de sa joue. Le contact de son uniforme la rebute.

– Et la brouette ? murmure-t-elle. Qu'est-ce qu'on risque s'ils…

– Chut !

Le souffle d'Hermann effleure son visage. Elle peut sentir son trouble à lui aussi. Marthe se dégage dès que la sentinelle se trouve hors de vue. Elle passe la tête dehors afin de s'assurer que la voie est bien libre. Un bruit insolite attire son attention. C'est comme un écoulement, un clapotis rapide. Un liquide foncé s'écoule par les portières des compartiments de l'autre train.

– Qu'est-ce qu'ils transportent, là-dedans ? demande-t-elle.

Marthe reste saisie par l'expression glacée sur le visage d'Hermann. Elle observe les graviers sous les wagons, et les voit peu à peu s'éclabousser de rouge. L'Allemand déglutit. Sa voix tremble d'une colère triste.

– Il transporte des « boches », comme vous dites. Des soldats. Pas des gradés, bien sûr ! Les autres : des paysans, des ouvriers, et aussi les très jeunes.

– Mais je ne vois personne… où sont-ils?

– Morts. Ce train est rempli de cadavres allemands! C'est leur sang qui s'écoule comme un torrent sous les portes. On les attache, nus, par paquets, avec une chaîne. On les entasse dans les compartiments, comme des poulets plumés sur un marché. Des trains comme ça, il en passe souvent. Un jour, je suis monté voir discrètement… Je savais déjà ma chance de ne pas avoir été envoyé combattre dans les tranchées, mais cette image-là… je ne l'oublierai jamais.

Il répond à la question que Marthe n'ose pas poser:

– Ils les brûleront tous à la frontière belge. Les mères et les sœurs de ces hommes ne le sauront jamais. C'est secret. Vous n'avez pas le droit de voir cela, mademoiselle. Il faut vous taire. Les chefs n'aiment pas qu'on dévoile le vrai visage de leur guerre.

Marthe est prise de nausée. Étaient-ce des trains comme celui-ci qu'André nettoyait avec les «brassards rouges»? Des trains qui laissent deviner l'horreur, à l'autre bout des rails. Aurait-il malgré tout choisi de rejoindre le front en ayant vu cela?

Un cri les fait reculer en même temps. La sentinelle revient sur la voie à pas rapides, parlant fort, cherchant quelqu'un.

– Je vous l'avais dit! gémit Marthe. Il a dû trouver la brouette!

Hermann la pousse doucement dans l'ombre.

– Restez cachée.

Il saute du wagon, main en l'air, et hèle l'autre en souriant. Elle les entend parler d'un ton badin. Elle ne comprend pas leur conversation, à part l'expression «marché noir» prononcée plusieurs fois en français. Elle se baisse derrière une pile de caisses en entendant les deux hommes s'approcher. Soudain, la porte coulisse et se ferme sur elle, la plongeant subitement dans l'obscurité. Les deux voix étouffées s'éloignent avec des rires complices. Une secousse brutale la fait basculer contre la cargaison. Les roues crissent. Le train a démarré ! Marthe est piégée.

## 42

**Combien d'heures sont déjà passées ?** A-t-elle dormi longtemps ? Elle devine que la porte du wagon n'a pas été verrouillée. Sans doute Hermann espérait-il qu'elle pourrait s'enfuir. Mais comment sauter du train en gare, ou même en ville, sans se faire arrêter par les soldats omniprésents ? Elle s'est résignée à ce que l'épicier la découvre, une fois à Chauny, en venant chercher ses marchandises, sans trop savoir comment elle rentrerait chez elle ensuite. *J'ai peur, André. Reste avec moi, s'il te plaît.*

Coup sur coup, une détonation assourdissante et des hurlements de machines ébranlent le wagon. Un frottement strident parcourt les rails. Marthe et la cargaison sont projetées à l'autre bout de la voiture. Étourdie, elle repousse un sac tombé sur ses jambes. Sa paupière gauche s'affaisse. Elle palpe son front et devine une entaille qui saigne abondamment sur son œil. La douleur monte progressivement, en retard sur le choc. Marthe presse un mouchoir contre la plaie. Plus un bruit. Rien ne se passe. Le train est à l'arrêt. Elle se redresse, s'appuyant à la cloison. Comme elle s'en doutait, le verrou n'a pas été tiré. Elle pousse de toutes ses forces pour faire coulisser la porte.

Ils ne sont pas en gare de Chauny ni d'aucun autre village. Marthe saute du wagon, aveuglée par la lumière. Aucun quai. Rien d'autre que des champs et des talus de terre, durcis par l'hiver, à perte de vue.

Plus loin, à l'avant, les rails tordus se dressent vers le ciel, de part et d'autre d'un trou d'obus en travers de la voie. Bombardé, le train a déraillé, les premiers wagons poursuivant leur course dans l'herbe, tractés par la locomotive, à présent couchée sur son flanc fracassé, dans un geyser de flammes et de fumée. Marthe se précipite. Un bras noirci dépasse de la cabine disloquée. Aucune chance que quiconque y soit encore en vie. Elle recule.

Que faire ? Même si elle trouvait un moyen de rentrer, elle serait arrêtée pour évasion, marché noir ou vagabondage. Le vent glacé ne lui laisse pas le temps d'y réfléchir. Elle doit bouger pour réchauffer ses muscles. Elle n'a aucune idée de la distance restante jusqu'à Chauny ni des étapes du trajet initial. Mais, puisque la voie a été visée par les tirs, il semble prudent de s'en éloigner. Le sang continue de couler sur son mouchoir imbibé. La plaie se double à présent d'une énorme bosse qui enfle sur son front. Traversant en grelottant des herbes hautes encore couvertes d'une rosée glacée, elle atteint l'entrée d'un chemin creux entre deux talus boisés. Elle souffle sur ses mains et chantonne tout bas pour se réconforter. Et bientôt, la peur laisse place à une sensation qu'elle avait oubliée : la liberté !

Depuis combien de temps n'a-t-elle pas pu marcher hors de la ville, seule, sans l'ombre d'un humain ? Elle avance, portée par une exaltation croissante qui magnifie chaque détail alentour : les taches de soleil blanc à travers le feuillage, la mousse d'un vert dense recouvrant les racines, emmêlées comme des doigts agrippés aux talus, un merle fouillant l'humus, une vieille souche colonisée par des grappes de petits champignons orangés. Et le bruissement paisible de ses pas, dans le silence sonore de la nature givrée. *Le ressens-tu, ce calme, André ?*

## 43

**Elle aperçoit un corps de ferme par-dessus le talus.** Elle coupe à travers champs. À l'entrée de la cour, une petite fille s'enfuit en la voyant venir. Marthe presse le pas, épuisée. Les bâtiments sont en triste état, les volets clos. La boue du sol est imprimée de sillons et d'une multitude de pas, indiquant certainement le passage récent de soldats. Elle se laisse choir sur un tas de bois, reprenant ses esprits et son souffle. Elle est désemparée. Et elle se sent faiblir.

*André, reste avec moi*, se répète-t-elle tout bas. *Ne me laisse pas si seule, toi qui as le reflet!* Elle ferme les yeux et essaie de se concentrer pour le «sentir». Où est-il en ce moment? Dans un train? En mer? Ou de l'autre côté du front, à se battre, tout près peut-être… Comme il lui manque soudain! Et comme il semble absent dans ce silence, alors qu'elle aurait tant besoin de lui. Elle presse sa main sur son cœur, là où elle a roulé le ruban brodé dans l'ourlet de sa chemise, comme l'abbé l'avait fait avec le mot d'Albert. Elle se figure le garçon, assis à ses côtés, partageant son errance, la transformant en une belle aventure, par sa seule présence. La tête commence à lui tourner. Au lieu du visage d'André, l'odeur de son propre sang fait resurgir sans prévenir des images d'une précision insupportable: la folie dans les yeux du vieux prêtre revenu de l'enfer allemand, le regard éperdu du soldat blond derrière ses lunettes sales, les flaques de sang sous le train de cadavres… Marthe a des pensées de moins en moins «patriotiques». Le sens de ce conflit lui échappe un peu plus chaque jour, à force d'horreurs sans nom. Aujourd'hui, elle sait qu'elle empêcherait André d'aller au combat. Aurait-elle dû le retenir? Espérait-il qu'elle s'y oppose davantage? Patience. *Patience, André!*

Un rire enfantin éclate derrière elle.

– Hé, petite !

L'enfant retourne se cacher dans une grange au toit éventré. Le petit rire espiègle agace Marthe. L'épuisement la gagne. Le sang coule jusque dans son cou. Elle n'a pas envie de jouer.

– J'ai besoin d'aide. Il y a un adulte avec toi ?

Dans la grange, le plafond et les poutres ont été emportés avec le toit. La petite fille se tient là, fièrement campée au centre d'un grand trou, au milieu de gravats. Elle est si jeune, à peine trois ou quatre ans. La gamine n'a qu'un sabot aux pieds, et sa jupe est aussi sale que son visage. Elle fait un pas de côté, souriant d'excitation, pour révéler ce qu'elle dissimulait, comme un trésor dont elle voulait faire la surprise. Marthe s'immobilise. Malgré la pénombre et ses connaissances médiocres en artillerie, elle sait que l'objet insolite planté dans le sol, à côté de l'enfant, est un obus intact qui n'a pas explosé en s'écrasant. Endommagé, sans doute. Dangereux, sûrement.

– Il ne faut pas s'approcher de ça, petite ! Tu risques de… Non ! Ne touch…

La déflagration emporte tout, murs, plafond, sol, et le monde entier, et la petite, et Marthe, soufflée par une bourrasque de pierres, de terre et de poutres qui s'agrègent autour d'elle. Tout va si vite, avec tant de violence, qu'elle ne reste pas consciente suffisamment longtemps pour souffrir.

## 44

**L'odeur de terre, de pierre et de brûlé.** Un goût de sang et de poussière sur la langue. Puis la douleur, par à-coups, quand la conscience refait brièvement surface. Et s'évanouir encore.

Réveils douloureux. Des bruissements partout. Et la voix, la voix d'André qui murmure des mots tendres indistincts, des paroles désolées pour la réconforter.

Dans l'obscurité totale, Marthe tente de recomposer le puzzle de ses sensations. Sa main écrasée contre sa tempe, c'est la droite. Sous ses reins, un gros bloc de pierre la force à se cambrer. Sur sa jambe gauche, un poids qu'elle n'identifie pas. Et puis il y a une poutre, odeur de bois, tout contre son visage. C'est cette poutre qui a dû ménager l'espace entre elle et les gravats, lui permettant de ne pas être écrasée, de pouvoir respirer. C'est sans doute aussi elle qui appuie si fort sur sa hanche et son sein gauche.

Froid. La main droite bouge un peu sur la tempe, cherche le front... Tiens, la bosse et la blessure ne sont plus là? C'était peut-être à gauche... Combien de temps inconsciente encore? Depuis quand est-elle enterrée? Où est la petite fille? Marthe discerne mieux les sons souterrains qui l'entourent. Des rongeurs, des insectes, les infimes vibrations de vers et de larves qui vont probablement bientôt la grignoter. Mourir à dix-sept ans... quel gâchis! Combien de temps peut-on survivre sans boire, sans manger? Mais en a-t-elle encore besoin? Et ce froid...

André est là, quelque part, qui la veille, en périphérie de sa conscience, comme hors du cadre, l'observant peut-être à travers un miroir, qui sait? Parfois elle croit sentir sa main sur ses blessures, il est tout près. Puis plus rien, le silence et le vide. Tout s'éteint.

Curieusement, c'est d'abord à sa chienne que Marthe pense, lorsqu'elle reprend conscience une nouvelle fois. La pauvre

Sentinelle, ensevelie aussi, doit déjà s'être décomposée. Le corps de sa mère a également dû se mêler à la terre depuis longtemps. Et son père, cher petit papa au sourire fracassé, jeté dans une fosse, en Allemagne. Repose-t-il en paix, ou erre-t-il lui aussi dans les limbes, comme elle en ce moment ?

Pardon, Blanche, de t'avoir laissée seule dans ce monde brutal ! Je voulais te protéger.

*Pardon, mon bel André. Garde-le pour toujours, notre si beau reflet.*

La conscience s'estompe. Froid.

Qui s'occupera du potager ?

Le train de cadavres. Le fantôme de l'abbé. Le regard du soldat. Les Russes. Le sang. Maman sur son lit de mort, la tristesse qui ne vient pas.

*André.*

Blanche dans sa robe de première communiante.

Apprendre à écrire, faire ses lignes, soigner ses pleins et ses déliés.

Le goût du chocolat.

Les traits tirés de papa qui veille inlassablement, qui veille sur ma fièvre. Papa sera toujours là.

*Et André.*

Le goût du lait au miel…

La gifle !

Enfermée dans sa chambre, elle hurle, elle se déchire la voix. La porte s'ouvre sur maman, menaçante. Marthe va la rendre folle. Elle n'en peut plus de cette fille. Première gifle. Avec la main. Les pleurs redoublent. La rage. Elle crie : « Papa, papa, je veux papa ! »

Sa voix est si aiguë, malhabile… Quel âge a-t-elle? Maman la soulève par les épaules. Elle la secoue, le visage convulsé. Si petite, si légère… deux ans, peut-être? Et puis, seconde gifle, plus douloureuse. Sans la main. Avec des mots, seulement. Maman le lui hurle: «Papa n'est pas ton père. Tu n'es qu'une ingrate, que ce pauvre Albert ne se forcera plus à aimer, si tu n'es pas sage!»

Elle revoit distinctement papa, poussé par les Allemands, sourire ensanglanté, qui l'appelle «ma fille» avec tant de fierté. Elle réentend Blanche, lisant son message rapporté par l'abbé. Un message qui débutait par: «Mes deux chères filles». Est-ce que, voyant venir la fin, il aurait voulu lui prouver qu'il ne l'avait pas moins aimée que sa sœur?

Et puis quoi? Elle délire. D'où sort ce souvenir? Son cerveau a très bien pu le fabriquer!

Pourtant… Ne serait-ce pas à cause de cette seconde gifle qu'elle serait devenue si sage, si disciplinée? Pour rendre tout le monde heureux? Ainsi, maman ne répéterait plus jamais à personne cet horrible secret, papa pourrait l'aimer, et ils continueraient à faire semblant d'être une vraie famille.

Alors voilà pourquoi Marthe était si différente de Blanche et de papa? Voilà pourquoi maman ne l'aimait pas? Voilà pourquoi. Et elle ne le comprend, elle ne s'en souvient qu'au moment de mourir! Quand rien de tout cela n'importe plus vraiment. À quoi bon?

Le jardin et les roses, au travers du voile blanc, tendu au-dessus de son berceau.

Les biberons de Thérèse.

Son chant. Elle brode tout près de moi. Ou bien ce sont les oiseaux? Ce doux chant qui s'éloigne.

S'éloigne.

Et qui se tait.

## 45

**De grands coups désagrègent brusquement la matière** avec laquelle Marthe faisait bloc.

Des voix !

Une lumière aveuglante.

– Elle bouge ! Elle vit encore !

– Attention, en soulevant la poutre !

– Cours prévenir Miss Green, avant qu'elle démarre son auto !

## Florin - mars 2016

Enterré vivant, c'est un peu ce que je suis, moi aussi. Depuis plus de trois mois, je survis hors du temps, escorté par des déesses toutes-puissantes : Sonia, ma chirurgienne, Tania, ma psy, et un escadron d'infirmières pressées et bienveillantes, qui tentent de tenir à distance la douleur, et l'ombre du monstre à la kalachnikov.

Et puis il y a Marthe.

Que devient-elle quand, après ses visites, elle passe ma porte pour rejoindre le vrai monde ? Combien d'autres patients accompagne-t-elle comme moi ? Suis-je son préféré ? Je n'ai jamais osé lui demander quoi que ce soit, de peur d'être déçu par sa réponse. Ce dont je suis certain, c'est que je suis le seul à qui elle fasse son récit déroutant. Je veux y voir une preuve de mon importance à ses yeux. Je me berce de la douce illusion d'occuper une place particulière dans sa vie. D'avoir même donné un sens à son existence, que je me plais à imaginer triste et solitaire. Je nourris maintenant l'espoir que nous devenions amis, plus tard, quand je serai sorti. Mon état ne me permet pas d'espérer être davantage. Ni pour elle ni pour aucune autre. Donc, va pour l'amitié.

Je me souviens du jour de confidences, où j'avais fini par avouer à Marthe mon rêve le plus secret : écrire et être publié. Ce rêve honteux d'enfant réfugié dans les livres. Ce rêve d'adolescent qui avait réussi à se créer de vrais amis virtuels, en partageant ses avis de lecture sur les réseaux. Ce rêve anéanti par le tir du terroriste, je le lui avais confié sur mon ardoise.

« D'ailleurs, ton histoire ferait un très bon livre ! » avais-je ajouté au feutre.

– Un livre ? Eh bien, écris-le donc !

« MAIS C'EST TON HISTOIRE ! » avais-je protesté en lettres majuscules.

– Tu peux t'en emparer. Cherche une façon de le faire qui t'appartienne sans me trahir. Ce serait un beau projet !

Elle l'avait prévu, j'en suis sûr, aujourd'hui. Elle avait espéré que la fiction me raccroche à la vie, me donne un but à atteindre. De son récit j'allais faire un véritable roman.

Marthe m'avait juste interdit d'enregistrer sa voix. Tant pis si je devais oublier des parties, changer un peu les choses. C'était sa manière de parler, son rythme, qui m'enchantaient. Mais il me revenait à moi seul de traduire les émotions qu'ils remuaient en moi.

Elle m'avait dit, sérieuse :

– Promets-moi seulement que tu me dédicaceras ton livre, si tu es publié !

C'est comme cela que tout avait commencé.

L'écouter, écrire et vivre. C'était notre marché.

## 46

**À part le lit à barreaux de fer,** tout est en bois dans la petite chambre. Les deux sièges, le bureau, la table de chevet, le sol, les murs et le plafond. Bess entre en trombe, telle une tornade souriante. Elle s'est présentée sous ce prénom dans sa voiture, juste avant que Marthe ne perde connaissance. La jeune femme retire son large béret militaire et prend le tabouret, pour s'asseoir près du lit où Marthe est allongée en chemise.

– Comment se porte notre amie ?

Marthe n'a jamais entendu un accent comme le sien. Autrichien ? Italien ?

– Je vais bien, je vous remercie… Êtes-vous une alliée des Allemands ? demande-t-elle frontalement.

Bess sourit à demi.

– Je suis américaine. Ici, vous êtes en France ! La question est plutôt : dans quel camp vous êtes, vous ?

Elle se redresse, contrainte par l'épais ceinturon de cuir qui enserre la taille de son uniforme bleu-gris à gros boutons dorés. Comment Marthe peut-elle se trouver « en France » sans avoir franchi le front ?

– Où sommes-nous ? Qu'est-ce que ce baraquement ?

– Vous êtes en zone libre. Mais je ne vous en dirai pas plus, tant que vous n'aurez pas répondu à ma question.

Son ton est plus ferme, militaire.

– Enfin, je suis française ! s'écrie Marthe. Je suis pour ma patrie !

– Pourtant, les papiers qu'on a trouvés sur vous sont des papiers allemands.

– Des… Ma carte d'identité ? Bien sûr, les boches l'ont imposée à tous les Français de la zone occupée ! Vous ne le savez donc pas ?

Comme Bess tord la bouche avec circonspection, elle s'offusque :

– Est-ce que je parle allemand ? Est-ce que j'ai l'air d'une boche ?

– Je vais vous dire franchement : les hommes qui vous ont trouvée auraient dû vous livrer à l'armée française, qui se serait chargée de vous interroger. Les règles sont très strictes. Si j'ai préféré vous amener ici, c'est parce que je sais que vous auriez pu ne pas en sortir indemne.

– C'est un comble ! Qu'aurais-je à craindre de l'armée française ?

– Qu'elle vous considère comme une espionne à la solde de l'ennemi. Tout plaide contre vous. L'armée ne prend aucun risque.

– Est-ce qu'on ignore ici ce que nous endurons dans les villes du Nord ?

Marthe reste assommée. Elle n'a tout de même pas traversé tant d'épreuves pour être exécutée par les Français !

– Depuis combien de temps étiez-vous ensevelie sous les décombres de cette grange écroulée, quand nos équipes sont venues dégager les gravats ?

– Eh bien, c'était... le 21, non le 20 ! Je suis arrivée par le train pour Chauny qui a été bombardé. Vous devez pouvoir le vérifier. J'ai échappé aux Allemands qui...

– Le 20, vous dites ? De quel mois ?

– Mais... décembre, bien sûr ! Quelques jours avant Noël.

– Décembre 1916 ?

– Évidemment ! À quoi jouez-vous ?

Bess se lève, agacée, et marche jusqu'à la fenêtre, pour aller observer les façades de bois brun d'autres baraquements, tous semblables.

– *Are you serious?* Personne ne pourrait croire cela ! Dites-moi la vérité ou je vous dénoncerai. Je suis dans ce pays pour aider les

Français, pas ceux qui les trahissent. Comment expliquez-vous que vous soyez en pleine forme, que vous n'ayez aucune blessure, si ce que vous dites est vrai ?

Marthe porte la main à sa tempe et n'y trouve aucune trace du coup qu'elle avait reçu dans le train. C'est bien vrai, elle se sent parfaitement reposée, et son corps est intact. Comme lorsqu'elle se lève chaque matin, depuis qu'André a emporté son reflet. Mais elle est sidérée qu'au lieu de lui expliquer les choses, Bess semble la suspecter.

– Vous me tendez un piège, c'est cela ? interroge-t-elle en se redressant. Vous êtes avec les boches ! Il est impossible que je me trouve en zone libre, alors qu'un front infranchissable la sépare d'où je viens.

– C'est pourtant le seul élément qui tient dans votre récit, répond Bess. En effet, les Allemands ont opéré un brusque retrait de leurs troupes jusqu'à Saint-Quentin. C'était un guet-apens, pour faire croire qu'ils fuyaient et attirer nos troupes dans une nasse. En même temps qu'ils battaient en retraite, ils ont incendié et détruit les territoires qu'ils nous abandonnaient. Sur ces terres brûlées, des villages occupés se sont subitement retrouvés en zone libre, après avoir été entièrement ravagés. C'est le cas de la ferme où l'on vous a découverte. Si ce que vous prétendez était vrai, ce n'est donc pas vous qui auriez passé la ligne de front, mais tout simplement le front qui vous aurait dépassée.

– Alors, vous connaissez mieux que moi l'explication ! Dans l'état où j'étais, comment aurais-je pu savoir tout cela ?

Bess vient s'asseoir au bord du lit en sondant son regard.

– Mais ça n'est pas possible. Cette histoire ne tient pas. Pourquoi ne me dites-vous pas, par exemple, que vous vous êtes cachée là, qu'on vous y a aidée, ou bien qu'on vous y a enterrée par la force?

Marthe ne l'écoute plus. Un visage vient de surgir de sa mémoire. Sa voix s'abaisse d'un ton.

– Avez-vous retrouvé la petite?

– La... Quelle petite? bredouille Bess, visiblement troublée.

– J'avais suivi une gamine dans la grange. Il y avait un obus, planté dans le sol, qui n'avait pas sauté. La petite est montée dessus, sous mes yeux, et j'ai...

Un long silence se fait. Marthe tente de maîtriser les tremblements de ses mains au souvenir de l'enfant et de l'explosion. Bess la dévisage, abasourdie.

– On a effectivement retrouvé le corps démembré d'une enfant, mais...

Elle fronce les sourcils.

– Mais vous ne pouvez pas l'avoir vue avant que... Vous ne pouvez pas avoir été là, avec elle, au moment de l'explosion.

– Pourquoi? C'est ce qui s'est passé!

– Parce que le corps de l'enfant n'était plus qu'un squelette disloqué quand nous l'avons découvert. Tandis que vous êtes aussi fraîche que si vous aviez passé la nuit dans votre lit. Vous ne pouvez pas avoir passé tout ce temps sous les décombres.

– Quel jour sommes-nous? demande Marthe dans un souffle.

L'Américaine l'observe attentivement et lui montre le petit calendrier posé sur le chevet.

– Nous sommes le 2. Lundi 2 mai de l'année 1917.

Elle ne semble pas plaisanter. Marthe ne parvient pas à faire le décompte des jours: 2 mai, cela ferait... 2 avril, 2 mars... trois, non... plus de quatre mois, bloquée sans boire ni manger!

– C'est impossible, murmure-t-elle.

– C'est ce que je vous répète. Mais c'est aussi ce qui me retient de vous livrer aux fusils des soldats français. Quelle espionne aurait pu imaginer une histoire… *so absurd*?

Marthe inspire lentement pour se calmer. De sa main, elle tâte le ruban. Il est bien toujours là, roulé contre son cœur. *Reste avec moi, André !* pense-t-elle. *Ne m'abandonne pas !* Car la seule certitude à laquelle elle s'accrochait jusqu'alors, c'était qu'il était vivant et l'entendait peut-être. Or, elle ne sent plus sa présence. Le fil qui la reliait à lui semble s'être rompu. Est-ce l'explosion ? Son long enfouissement sous terre ? Ou est-il arrivé quelque chose à André ? Être privée de lui, c'est comme être amputée d'une part de son âme. Marthe comprend qu'elle va devoir affronter seule les épreuves qui s'annoncent.

## 47

**Pourquoi Bess choisit-elle finalement de la croire ?** Qu'est-ce qui la décide à l'aider ? Marthe se le demandera souvent, après. Les deux jours qui suivent, toutes deux partagent le petit lit de cette chambre glacée que Marthe ne doit pas quitter. Au matin, l'Américaine disparaît pour ne revenir qu'à la nuit tombée, vive et déterminée. Marthe a pu apercevoir d'autres silhouettes de jeunes femmes, toutes en uniforme, parlant fort en anglais, et animées par une impressionnante force de vie. Elles sont huit. Des filles de très bonnes familles américaines, volontaires bénévoles pour aider les civils dans une Aisne détruite. Elles ont dû payer leur voyage en paquebot, leur tenue et leurs frais de séjour. Nouvellement installées dans des baraquements, au milieu des ruines du château de

Blérancourt, elles sillonnent la région au volant de camionnettes qu'elles doivent savoir conduire et réparer elles-mêmes. Elles distribuent des vivres, des vêtements et des soins de première urgence aux populations livrées à la misère, et qui vivent dans des tranchées abandonnées couvertes d'un bout de tôle, ou des caves à moitié effondrées. Ces Français subsistent dans des conditions inimaginables que Bess ne se lasse pas de décrire à Marthe.

– Connaissez-vous des gens à Paris? chuchote-t-elle un soir, tête sur l'oreiller. J'ai peut-être le moyen de vous y faire partir sans qu'on vous remarque.

– Paris? J'y ai une tante... Je me débrouillerai.

– Parfait. Je ne peux pas vous cacher ici plus longtemps.

Car ce qui pose le plus problème à Bess, c'est de devoir mentir à Miss Morgan, la fondatrice du comité qui l'emploie, et à qui elle voue une admiration qui frôle l'idolâtrie.

– Pourquoi faites-vous tout cela? lui demande Marthe sans cacher le respect qu'elle lui inspire. Vivre à la dure, aider des étrangers, alors que vous pourriez avoir une existence confortable, et que votre pays n'est pas en guerre. Vous vous mettez aussi en danger pour moi...

– Quels plus grands plaisirs y a-t-il dans ce monde que de se rendre utile et de vivre vraiment? s'exclame Bess. C'est une question de valeurs, de convictions. N'en avez-vous pas, Marthe? Regardez Miss Morgan: elle est sans doute la plus riche héritière de la planète. Eh bien, savez-vous ce qu'elle a répondu, enfant, quand on lui a demandé ce qu'elle pensait faire de sa vie? « Certainement pas devenir une riche idiote! » Voilà ce qu'elle a dit! Quelle femme, quel exemple pour les Américaines ! Nous non plus, grâce à elle, nous ne mourrons pas idiotes.

# 48

**5 mai 1917**

**Avant l'aube, Marthe suit sa protectrice** hors du camp endormi. Bess lui a fourni une robe simple, un châle et une paire de souliers, qu'elle a prélevés dans les stocks destinés aux civils. Elles passent sous un porche de pierre, vestige de la grandeur du château, et traversent un vieux pont, au-dessus de douves baignées de brume. Bess plisse les paupières sous son béret bleu azur.

– William étudiait la littérature en Virginie. Ici, il est conducteur d'ambulance entre l'arrière et le front, pour transporter les blessés les plus graves. Lui non plus n'a pas attendu que notre pays s'engage dans cette guerre pour venir aider les Français. Écoutez ! *Here he comes!*

Un moteur capricieux et deux phares aveuglants écartent le brouillard comme un rideau de scène. L'automobile est ornée d'une croix rouge et de l'inscription « American Field Service ». Un jeune homme en uniforme saute de l'ambulance et court vers Bess. Il dépose un baiser sur ses lèvres et se tourne vers Marthe.

– *Come over here!*

Marthe le suit à l'arrière du véhicule. Il abaisse le vantail pour la faire monter.

– Allongez-vous sur le brancard vide et couvrez-vous avec la couverture ! dit-il avec un très fort accent.

Le cœur battant, Marthe serre la jeune Américaine dans ses bras, émue, et l'embrasse sur les joues.

– *Hurry up*, mon amie ! Il faut partir.

– Merci, Bess. *Good bye!* Vous êtes une femme formidable. Je ne vous oublierai jamais.

Sans voir combien de personnes se trouvent déjà à l'arrière de l'ambulance, elle se glisse sur la civière de bois et tire la couverture rêche par-dessus sa tête.

## 49

**Est-ce une autre planète** ou le royaume des ombres ? Marthe est-elle bien vivante ? Elle ne peut s'expliquer tout ce qui lui arrive depuis l'effondrement de la grange. Le bout du nez hors de la couverture, elle regarde le paysage filer comme un cauchemar. Ces « terres brûlées » dont lui a parlé Bess. Pas un arbre, pas une herbe. Un désert noir, accidenté, saupoudré de cendres humides, que même le printemps semble avoir délaissé. Ici et là, un amas de pierrailles signale un village rasé, un pan de mur, un clocher effondré. Les rares silhouettes qu'elle aperçoit évoquent des damnés, prisonniers d'un cauchemar. Depuis la cabine avant, William lui explique, par une petite lucarne :

– Les Allemands ont empoisonné les puits avant de partir, pour ne rendre à la France qu'un territoire inhabitable.

Aussi muets et immobiles que des cadavres, les trois soldats qui sont avec elle à l'arrière ponctuent le trajet de quintes de toux sinistres. Elle peut les distinguer, assis sur des banquettes. Leurs pansements et leurs uniformes se détachent dans l'ombre de la bâche. Ces uniformes bleus ternes, elle ne les connaît pas. Les soldats français en ont changé, depuis le début de la guerre. Combien d'autres choses ignore-t-elle de ce qui s'est passé « en France » ?

Un homme est allongé comme elle sur un brancard, près du sien. Son visage est couvert d'épais bandages souillés, qui augmentent monstrueusement le volume de sa tête, comme une poupée de chiffon lugubre. Marthe a d'abord évité de le regarder, il lui faisait trop peur. À chaque cahot de la route, l'homme pousse des plaintes à fendre l'âme. C'est insupportable. Elle voudrait ne plus le voir ni l'entendre. Et puis, elle se trouve lâche. Sous ces pansements, c'est un humain qui souffre. Si elle était à sa place, ne se sentirait-elle pas abandonnée de tous, même des siens ? Le soldat a sans doute encore plus peur qu'elle, il a mal. À qui, à quoi pense-t-il ? Marthe se doit de montrer un peu de compassion. Qu'attendrait-elle de lui, s'ils échangeaient leurs rôles ?

Surmontant sa répulsion, elle glisse sa main sous la couverture du mourant. Ses doigts rencontrent un poignet osseux, une paume rugueuse et moite. L'homme s'arrête de geindre. Elle prend doucement sa main dans la sienne afin de l'apaiser. Il tourne avec lenteur sa tête de momie vers elle. Un trou ménagé dans les bandages permet à l'air de passer par sa bouche. Au-dessus, Marthe aperçoit l'éclat d'une pupille sombre, tout au fond d'un tunnel de gaze ensanglantée. Une araignée luisante, tapie dans l'ombre. L'œil la fixe, la fixe encore. Peut-il seulement la voir, dans cette pénombre ? Marthe se mord la lèvre et respire un grand coup pour garder son calme. Elle abaisse sa couverture, dévoilant son visage au soldat. Les doigts du blessé se crispent brusquement autour des siens jusqu'à lui faire mal. Il pousse un râle déchirant et se met à pleurer, hoquetant, ronflant comme une bête, son corps parcouru par des spasmes. Marthe retire sa main. Le courage lui manque. Elle se sent trop jeune, trop fragile pour affronter ce drame. Elle lui tourne le dos en retenant ses larmes. Ce qu'ont pu dire de la guerre son père, Sybille ou l'abbé s'entrechoque dans son crâne. Mais tous leurs principes s'effondrent, face au spectacle cru et concret de ce soldat français, allongé auprès d'elle. La voilà, cette sale guerre dont lui parlait Hermann: des fantômes gémissant sur une terre lunaire et des hommes qui ont perdu jusqu'à l'usage des mots!

Est-ce donc dans cet enfer qu'André est allé se jeter?

# 50

**- Vous pouvez venir à l'avant avec moi, mademoiselle!**

William arrête l'ambulance pour laisser Marthe le rejoindre. Ils ont déjà passé plusieurs barrages. Cachée sous sa couverture, Marthe a écouté pendant de longues minutes l'Américain parlementer avec des militaires, afin qu'on les laisse passer sans contrôle des blessés. Elle se hisse sur le siège passager, soulagée de se séparer des soldats blessés et de leur odeur de mort.

Ils ont quitté la zone sinistrée. Ici, les routes sont intactes, et Paris à l'horizon.

– Vous avez quelque part où aller, là-bas? demande le jeune homme.

– Oui, j'ai une adresse.

– Je devrai vous déposer avant d'entrer dans l'enceinte de l'hôpital. La zone est trop surveillée. Vous m'attendrez un peu, puis je vous emmènerai vous faire enregistrer en tant que rapatriée de la zone occupée.

Une bonne heure plus tard, le véhicule s'engouffre sous le porche de l'hôpital militaire américain, laissant Marthe un peu plus loin. Les hauts immeubles, l'activité frénétique, le ballet d'ambulances et d'autos, lui ont d'abord fait croire qu'ils étaient à Paris. William l'a détrompée. L'hôpital se situe à Neuilly, qu'elle serait incapable de situer sur une carte. Sa ville lui manque, ses rues, sa maison, sa sœur… Que vient-elle faire ici, où tout semble étranger ? Elle se dégourdit les jambes en piétinant sur place, sans savoir où aller.

Des roues crissent devant elle.

– C'est bon, montez ! l'appelle William, au volant.

L'ambulance zigzague entre les voitures à cheval et de luxueuses automobiles. L'Américain l'emmène sans parler jusqu'à la gare du Nord. Il est pressé. Sans doute prend-il des risques.

– À partir de maintenant, vous prétendrez avoir été rapatriée légalement depuis la France occupée, et venir de débarquer par le train, *via* la Suisse. On devrait arriver dans les temps pour que ça soit crédible. Préparez-vous un petit récit de voyage à raconter aux autorités.

Il lui décoche un regard soucieux avant de demander :

– Vous savez pleurer ?

– Que voulez-vous dire ?

– Ça peut toujours servir.

Le parvis de la gare évoque une fourmilière. William la guide en courant jusqu'à l'une des entrées.

– C'est là qu'il faut aller, dit-il en désignant une file de gens, devant un bureau fermé. N'oubliez pas : les Allemands vous ont laissée quitter l'Aisne, mais vous avez égaré votre autorisation de sortie des territoires occupés. Vous arrivez de Suisse où vous êtes restée quelques semaines, vous ne savez plus très bien. Et vous voulez rejoindre votre tante à Paris.

– Oui, je vais me rappeler.

– Alors adieu ! Bonne chance !

William se volatilise dans la cohue, sans même laisser Marthe le remercier. Le temps est trop précieux pour faire du sentiment, mais elle se sent soudain livrée à elle-même, noyée dans ce décor gigantesque.

## 51

**Elle rejoint un groupe de femmes âgées,** d'enfants et d'hommes malades, qui végètent devant les services administratifs de la gare. Elle se sent abrutie par la foule tourbillonnante, le brouhaha des voix et le fracas des trains. À moins que ce ne soit le voyage, ou la faim ? Un agent vient séparer les hommes des femmes, les garçons des filles, malgré les protestations éplorées de quelques mères, moins résignées que les autres. Marthe tente d'écouter les conversations de ses voisines pour se fabriquer un récit vraisemblable. Elle doit être convaincante. L'accueil réservé aux réfugiés du Nord les attriste toutes. Depuis le début de la guerre, les convois se succèdent. On s'y est habitué. Les services parisiens sont passés de la compassion à l'indifférence, puis à l'exaspération. Marthe apprend avec stupeur qu'en France libre, on les surnomme avec mépris « les boches du Nord ». Loin d'être plaints, les habitants des zones occupées sont tous soupçonnés de collaborer avec l'ennemi.

Qu'arrivera-t-il, si on ne la croit pas ? Marthe repense à ce que disait Bess du traitement sommaire réservé aux espions. « À Lyon, c'était pire, on était insultés ! » se lamente une vieille femme. Après avoir tant rêvé de retrouver leur patrie, la désillusion est terrible pour les déplacés. À demi-mot, certains regrettent déjà l'organisation irréprochable et les bonnes manières des Allemands. Combien de rancœurs et de haines entremêlées la guerre fabrique-t-elle ainsi, sournoisement, pour les années à venir ?

Marthe passe avec succès les étapes de l'inscription au registre des réfugiés, au prix de mille humiliations, d'examens médicaux intrusifs et d'interrogatoires hostiles. Elle s'invente une date de naissance qui lui permet d'avoir vingt et un ans, l'âge de la majorité, pleure un peu, comme le lui avait suggéré William, et fournit le nom de sa tante pour justifier d'un hébergement à Paris, boulevard de Courcelles. C'est ce qui lui évite d'être envoyée dans un centre d'accueil, avec la plupart des autres gens du Nord.

Profitant du désordre et de la lassitude de l'administration, elle quitte la gare sans être inquiétée. Elle repense au tableau accroché dans la chambre : l'hôtel particulier de sa tante. Et si elle y retrouvait André ?

Comme le métro l'effraie, elle décide de marcher. Le tonnerre des trams à impériale, des taxis et des bus l'épuise. Marthe peine à s'insérer dans le flux de passants affairés. Elle n'arrive pas à suivre le rythme des gens d'ici, tout semble différent. Les vitrines rivalisent de luxe et de lumière, les terrasses sont bondées de couples endimanchés, les femmes gaies et parfumées tournoient dans cette foule comme des corolles de fleurs printanières. Ce spectacle la révolte. C'est donc cela la guerre, ici ? Comment tant d'insouciance et de plaisirs sont-ils possibles, tandis que des mendiants hantent les plaines maudites, près du front, et que ceux du Nord suffoquent sous la botte des boches ? Le monde qu'elle a laissé derrière elle lui paraît être le monde réel, et celui qu'elle découvre un décor d'opérette. Elle ressent la frivolité de cette foule comme un bâillement indifférent, adressé à Blanche, à Sybille, à son père, à tous ceux qui survivent malgré l'occupation. Marthe sent monter en elle une sourde colère.

Elle devra s'habituer à ces changements, comme tous les réfugiés. Elle doit saisir sa chance et se réinventer.

Quand elle arrive enfin en vue du boulevard de Courcelles, elle reconnaît vite le bâtiment, derrière sa grande grille. Elle se place de façon à retrouver la perspective reproduite par le peintre, mais hésite longtemps à entrer dans le tableau. Quand elle sonne et que la porte s'ouvre, elle devine au regard de la bonne guindée qu'elle a une allure épouvantable et qu'elle ne sera sans doute pas la bienvenue. L'histoire de sa mère, répudiée par une famille tenant plus à son image qu'aux êtres qui la composent, lui saute à la figure. Elle se sent comme a dû se sentir sa maman, déchue et honteuse, partant pour une ville ouvrière, affublée d'un mari né trop bas dans l'échelle sociale. Pour la première fois de sa vie, elle croit la comprendre, au moins un peu. Pourtant, dans l'immédiat, Marthe n'a pas le choix.

– Bonjour, je suis la nièce de Mme la baronne de Laroche. Pouvez-vous annoncer Mlle Marthe Amelin ?

## 52

**La tante Huguette a bien vieilli depuis l'enterrement.** Marthe est tout de suite intimidée. Elle a l'impression de tout faire de travers, de devoir se surveiller. Elle perçoit combien ses manières ne sont pas celles qui conviendraient, sans être capable de les corriger. Elle reproduit malgré elle les postures soumises qu'André adoptait avec elle. Son éducation ne l'a pas préparée à évoluer dans ce monde.

L'aristocrate corsetée a les mêmes traits secs, le même port altier, que la mère de Marthe. Et sa froideur. Les rares sons qui éveillent sa demeure-tombeau sont ses ordres brefs lancés aux domestiques. Son mutisme et son regard, toujours tourné vers un horizon invisible, découragent Marthe de toute conversation. Mais l'austérité de la vieille dame présente un avantage : les miroirs sont rares chez elle, et de lourds rideaux masquent toutes les fenêtres. L'argenterie et les cuivres rutilants représentent les seuls dangers pour Marthe dans ce palais.

Deux fois par semaine, la salle à manger prend péniblement vie, lorsque la tante Huguette reçoit à déjeuner ses fils de trente-cinq et trente-sept ans, ventripotents et monoclés, qui ont mystérieusement échappé à la mobilisation. Leurs élégants costumes jurent avec la médiocrité de leur discours. Leurs épouses ont beau avoir offert quelques-unes de leurs robes et un peu de toilette à Marthe, elle lit dans les regards qu'elle n'est qu'un vilain petit canard recueilli par obligation.

Quand on lui demande de raconter le Nord, l'occupation, elle ne trouve pas les mots. La vie dure, le canon incessant, la faim, la peur, les réquisitions... Elle ne parvient pas à leur faire comprendre, ses paroles lui semblent insuffisantes, creuses, convenues.

– Mais à Paris aussi, nous avons reçu des bombes ! soupirent les autres avec un ennui poli. Nous aussi, nous souffrons !

Dès les premières semaines, elle a parcouru la capitale à pied ou en tram. Puisqu'elle se lève chaque matin reconstituée, régénérée, Marthe ne se ménage pas, durant ces déambulations. Paris est pour elle une terre d'exploration, qu'elle arpente autant pour échapper à sa tante que pour l'ivresse de se sentir libre d'aller où bon lui semble, sans un boche pour lui barrer la route. Mais une part de ses pensées reste constamment tournée vers André, et une autre vers sa sœur, qu'elle a laissée là-bas, sous les bombardements. Elle erre de parc en parc, cherche la solitude, alors même que cette solitude lui pèse. Elle ne s'habitue pas à ce monde où la vie semble poursuivre son cours, dans une valse d'ombrelles et de canotiers. Elle pense autrement que les gens d'ici. Et eux se méfient d'elle, dès qu'ils reconnaissent son accent du Nord. L'occupation allemande l'a transformée en étrangère dans son propre pays. Il faudra pourtant bien qu'on parvienne à vivre à nouveau tous ensemble, après la guerre !

Marthe a d'abord été choquée d'entendre les Parisiens appeler leurs soldats « les poilus », avant qu'on lui explique que ce terme, loin d'être insultant, était devenu un symbole de fierté. Comme tant d'autres choses, cette expression n'est pas parvenue jusque dans le Nord. Les poilus en permission, qu'elle croise un peu partout, paraissent aussi amers qu'elle, devant le spectacle d'opulence et de fête qui règne en France libre. La plupart d'entre eux noient leur dépit dans le vin, et semblent presque impatients de retourner mourir à la grande boucherie.

Finalement, pour Marthe, rien n'a changé : son reflet est absent et son avenir en suspens, comme dans sa vie d'avant. Mais pourquoi se sent-elle à présent si loin d'André ?

## 53

**Sa tante lui a dit n'avoir reçu aucune visite pour elle,** avant son arrivée. Alors, Marthe a cherché partout la trace d'André. Elle s'est rendue au siège de l'Assistance publique, où on lui a expliqué que le dossier du jeune homme dépendait de l'agence de Lille et qu'il était strictement confidentiel. Elle s'est abonnée au journal *La Recherche des disparus*, et y a fait publier deux annonces.

Elle consulte les registres des hommes partis au front depuis la capitale, tout comme les listes des rapatriés. Mais le nom d'André ne figure nulle part. Elle y a seulement découvert que ses camarades de lycée, qui avaient fui le Nord dès 1914, se sont toutes réfugiées en Normandie, ou bien à l'étranger. Aucune de ses connaissances ne se trouve dans cette ville. Et si Marthe se souvient encore du nom de M. Renard, l'expéditeur mystérieux de la lettre reçue par son père pour André, elle a complètement oublié l'adresse qu'il mentionnait. Elle n'a plus aucune piste.

– Recherchiez-vous quelqu'un d'autre ? l'interroge l'homme qui vient d'examiner toutes les listes avec elle.

– Je ne sais pas… Peut-être Errazu ? Errazu Thérèse !

Ils passent en revue les pages, longuement, une à une.

– Tenez, cette personne a été enregistrée le 24 octobre 1914 ! Elle est arrivée depuis Bâle, *via* Évian puis Lyon, par le premier train de réfugiés français.

– C'était notre bonne ! A-t-elle laissé une adresse ?

– Ici. Je vous la note ?

Hélas, Thérèse ne se trouve plus au logement indiqué. Dans la cour pavée sur laquelle se penchent les cheminées noires et la triste façade, une habitante se rappelle le bref passage parisien de la domestique.

– Thérèse ? Une amie me l'avait présentée. Gamines, elles étaient arrivées ensemble à Paname, depuis leur Pays basque. On lui a loué une chambre chez nous, pendant même pas dix jours. Et puis, elle est partie rejoindre ses montagnes, où elle avait de la famille.

Marthe se rappelle. La bonne lui parlait souvent de Saint-Jean-Pied-de-Port, que son imaginaire enfantin comprenait « pied de porc », et qu'elle se représentait comme une charcuterie à ciel ouvert. Elle regarde le bébé que la femme est en train d'allaiter, puis un second nourrisson, qui dort dans un panier.

– Ils sont pas à moi, ces petiots. Le mien, il est mort de froid, cet hiver. Depuis, je fais la nourrice pour les voisines qui vont au turbin, une à l'usine, l'autre chez des bourgeois. On se débrouille comme on peut sans les hommes. Mes voisines avaient proposé à votre Thérèse de lui trouver du travail, mais elle a préféré retourner au pays. Remarquez, je la comprends. Notre pays à nous, c'est Paname, on n'a rien d'autre. Si au moins on nous rend nos Jules, on sera vernies !

Marthe dit quelques politesses, puis part, déçue au-delà de ce qu'elle aurait cru. Son sentiment d'isolement est si grand qu'elle envisage un instant de prendre le premier train pour aller retrouver Thérèse, dans ce Pays basque dont elle ignore tout.

Elle passe les grilles du passage Thiéré, encombré par les étals des marchands de ferraille. Une horde de titis parisiens passe en la chahutant. Ici aussi, femmes et enfants habitent un décor dont les hommes sont absents. Marthe a beau être bourgeoise, et sentir les regards méprisants sur son passage, elle se sent plus à son aise dans ce quartier populaire que chez sa tante. Les empilements incongrus d'objets métalliques, les énormes cuves, cylindres et tuyaux entreposés dans les arrière-cours rappellent vaguement l'ambiance des rues ouvrières de sa ville. Mais les murs de brique du Nord étaient plus chaleureux que les hautes façades parisiennes, qui parent la misère d'une triste grisaille.

Prise d'une profonde fatigue, elle monte dans un tram, en évitant de se placer près des vitres, comme elle en a désormais l'habitude. Perturbée de le voir conduit par une femme, elle ne s'aperçoit pas qu'elle s'est trompée de direction, s'endort dès qu'elle s'assied et se réveille en banlieue, encore plus éloignée de chez sa tante qu'elle ne l'était.

## 54

**La conductrice lui indique la station** pour faire demi-tour, un peu plus loin sur le trottoir d'en face. Complètement perdue, Marthe traverse le boulevard encombré de voitures à cheval, bientôt bousculée par la cohue d'acheteuses des puces de Saint-Ouen. Elle se sent seule, si seule ! Personne ne l'attend, ne s'inquiète pour elle. Elle n'en peut plus d'être forte, de tenir. Elle fond en larmes.

– La bonne aventure, jeune fille ?

Une Gitane en guenilles et à l'odeur épouvantable se presse contre elle, lui saisissant la main. Marthe écrase ses pleurs dans sa manche et repousse la femme.

– Lâchez-moi !

– Laisse-moi te lire l'avenir, tu donneras ce que tu veux !

Marthe est si lasse qu'elle lui laisse ouvrir sa main et passer les doigts sur les innombrables lignes qui sillonnent sa paume.

Lorsqu'elle était petite, sa mère s'en moquait : ces paumes rugueuses, presque ridées, de vraies mains de singe !

La Gitane roule les yeux de façon théâtrale.

– Baro devel ! Trop de lignes !

Elle se penche, tel un érudit exalté devant un livre rare.

– L'étoile ! Celle-là, je ne l'avais jamais vue pour de vrai. Le mauvais œil ! Et la ligne de vie… coupée en deux ! Mais longue, si longue ! Et l'autre, à côté ? Deux lignes de vie ? Elles se rejoignent, là… Qu'est-ce que ça veut dire ? Vite, montre-moi l'autre !

La mendiante scrute les mains de Marthe, enfiévrée. Elle les joint côte à côte, semblant à chaque seconde découvrir des secrets. Marthe se dégage un peu. Elle a été trop faible, elle aurait dû envoyer promener la romanichelle. À présent, elle craint de s'être laissé entraîner dans un piège qui lui coûtera des forces.

– Oh, regarde : le cœur ! Il y a un garçon… Il est parti…

Facile à deviner, en pleine guerre ! Mais Marthe mord à l'hameçon.

– André.

Parler de lui est un réconfort. La femme replonge dans sa paume, satisfaite. Son sourire retombe aussitôt.

– Hélas, il est mort, ton chéri, ma belle !

Marthe se braque.

– Ce n'est pas vrai !

La Gitane lâche ses mains, effrayée. Elle secoue la tête en répétant « Mort ! », cherchant à s'éloigner. Marthe l'attrape par la manche, furieuse.

– Il est vivant, tu m'entends !

– Je l'ai vu mort. Dans des fils de fer, la boue, la nuit, des soldats tout autour…

– Tais-toi ! C'est impossible ! Il est aussi vivant que moi. Tu n'es qu'une menteuse ! D'ailleurs, tu ne sais rien, tu ne vois rien. Regarde !

Elle pousse la bohémienne contre un étalage de chapeaux miteux et saisit un miroir, sans écouter les protestations du vendeur. Marthe place la glace face à la pauvre femme qui se débat. Elle colle son visage contre le sien, en fixant le reflet. La femme se raidit en se découvrant seule dans le miroir tendu. Avec un sourire vengeur, Marthe lui murmure à l'oreille :

– Je te l'ai dit : tu ne vois rien ! Ni moi, ni lui, ni rien ! Nous nous retrouverons, nous sommes vivants ! Et toi, tu mens, tu m'entends ?

La femme s'échappe en poussant un cri et s'enfuit, terrorisée. Le vendeur interpelle Marthe. Son esclandre fait peur aux passantes. Elle jette le miroir dans un tas de chapeaux, et presse le pas vers la station de tram, le visage à demi caché dans sa main. Elle voudrait être seule. La tête lui tourne. André mort ! Ça lui a fait si mal ! Mais la mendiante mentait, elle en est sûre. André est bien vivant. Ni la guerre, ni la mort, ils se l'étaient promis. Elle veut y croire. Elle s'y accroche. Ça ne peut pas être autrement.

## 55

**27 juillet 1917**

**Une grande agitation réveille le salon de la baronne de Laroche.** Ses fils en beaux costumes, leurs femmes en robes neuves, gantées et chapeautées, ont fait venir un photographe pour tirer un portrait de famille, que Marthe pourra envoyer à Blanche et à Sybille. Les domestiques déplacent les lourds fauteuils, suivant les directives du jeune homme, derrière son attirail. On se place selon ses ordres,

Mme la baronne au milieu, ses deux fils debout derrière elle, les brus dans des bergères, de part et d'autre, et le personnel en rang au fond, juste assez visible pour montrer l'importance de la famille. Seul un siège, tout à gauche, reste vide.

– Où est notre chère Marthe ? s'étonne l'une des belles-filles. Nous n'attendons plus qu'elle.

– Constance, allez la chercher ! Elle avait terminé d'essayer les robes que je lui ai apportées, elle devrait être prête.

La bonne les laisse en proie à la nervosité. Les appareils du photographe impressionnent encore, quand bien même on s'est déjà fait tirer le portrait plusieurs fois.

Constance trouve Marthe en sous-vêtements, les robes jetées par terre.

– Je ne veux pas, explique-t-elle. J'ai une mine affreuse, ma sœur s'inquiétera si elle me voit ainsi.

– Vous avez un teint de pêche, mademoiselle ! Vous voir aussi jolie sera une joie pour elle.

La bonne cherche du regard un miroir pour prouver ce qu'elle lui affirme, surprise de n'en trouver aucun.

– De toute façon, j'ai déjà envoyé plusieurs cartes, elles ne m'ont jamais répondu.

– Il n'est pas rare que les courriers se perdent avec la guerre. Quand ils arrivent à destination, c'est au bout de longs mois, sans parler de la censure ! Pensez donc, le temps qu'il faut pour obtenir une réponse ! Allons, Mme la baronne vous attend. Laquelle de ces robes avez-vous préférée ?

Marthe se détourne en se rongeant les ongles. Elle est terrifiée à l'idée de cette séance de pose. Qu'arrivera-t-il, si elle n'apparaît pas sur la photographie ? Si elle y est aussi invisible que dans les miroirs ? Elle ne sait pas comment se tirer de ce traquenard.

– Pressons, pressons ! s'écrie Léontine, la plus âgée des deux brus, en entrant dans la pièce. Tout le monde attend après vous. Cessez donc de faire votre coquette. Vous êtes la plus jeune et la plus jolie d'entre nous, votre présence mettra du baume au cœur de Blanche. Aidez-moi, Constance, nous allons lui mettre la jupe noire et le chemisier carmin. Cette couleur vous sied à merveille, et elle affinera votre silhouette un peu trop voluptueuse. Je vais vous aider à fixer ce chignon…

Marthe ne résiste plus. Elle se laisse apprêter, rejoint le salon, s'assied. On prend la pose. Surtout pas de sourire, restez bien droits, le visage légèrement tourné de côté, voilà, comme cela, et le regard plongé dans le lointain, pas trop haut, fixez plutôt ce point sur le mur, c'est parfait, on ne bouge plus !

C'est avec sa sœur et ses parents qu'elle devrait poser, pas entourée d'étrangers. Comme elle se sent mal ! Comme les souffrances des siens lui pèsent ! L'effervescence s'envole, sitôt le matériel rangé. Les fils et leurs femmes se volatilisent dans un au revoir pressé, les domestiques remettent les meubles en place, Marthe a rendu les robes. En un instant, le salon redevient le vaste tombeau silencieux qu'il était.

## 56

**– Quand pourrons-nous voir cette photographie ?**

– Bientôt. J'enverrai Ghislain la chercher à la boutique, dès que Dourdan nous aura fait prévenir.

Marthe repose sa cuillère à côté de l'assiette de bouillon, le ventre noué. Si elle était seule, elle n'aurait pas besoin de se forcer à manger. À sa gauche, en bout de table, la tante Huguette se tient droite comme un I, dégustant lentement, sans produire le moindre bruit de couverts ni de bouche.

– Ma sœur et Mme Jaouen doivent se faire un sang d'encre. Elles me croient sans doute morte. Je ne veux pas rester une charge pour vous. Si elles pouvaient me faire parvenir de l'argent…

– L'argent n'est pas un souci, répond sèchement sa tante.

– Peut-être, ose Marthe. Mais ma présence, par contre, ne semble guère vous enchanter.

– C'est un fait.

La franchise de cette femme l'indispose. Elle décide d'être aussi directe qu'elle.

– Pourquoi ne nous aimez-vous pas, ma tante ?

– « Nous » ? De qui parlez-vous, au juste ?

– Eh bien, ma mère semble avoir beaucoup déçu sa famille, en épousant Albert. Bien qu'issu d'un milieu modeste, papa avait de grandes qualités d'âme. Il a su nous élever bien au-dessus de sa condition. Alors, si mon père…

– Qui ne l'était pas.

La phrase provoque un blanc. Marthe porte la main à sa joue, malgré elle. *La gifle*… La gifle de maman ! Elle reste suspendue au va-et-vient régulier de la cuillère entre l'assiette creuse et les lèvres de sa tante.

– Qu'avez-vous dit, pardon ?

– Que votre père ne l'était pas, ma chère. J'ai toujours trouvé stupide que l'on vous cache ce secret de Polichinelle. Une volonté de ce pauvre Albert, paraît-il. Il suffisait pourtant de vous voir côte à côte pour que cela saute aux yeux !

– C'est Blanche qui lui ressemble, effectivement. Moi, je tiens de maman.

La vieille aristocrate étouffe un rire narquois.

– Croyez-moi, vous tenez bien plus de votre géniteur ! Regardez-moi… Oui, c'est tout à fait son visage que je retrouve en vous. Cette bouche charnue, ce menton, et surtout votre nez aquilin… Il ne vous manque pour ainsi dire que sa moustache !

Sa tante a beau n'avoir aucune sympathie pour elle, elle ne ferait pas l'effort de lui mentir. Et puis, il y a cette gifle, revenue en mémoire… Au fond, Marthe a toujours su ce que la baronne vient de lui révéler. Elle l'a toujours senti. Mais elle ne doit pas lui montrer qu'elle l'a blessée, sa tante serait trop heureuse. Marthe remue les bulles grasses à la surface du bouillon, refoulant toutes ses émotions, avant de reprendre d'une voix qu'elle voudrait neutre :

– Allez-y, je vous écoute.

## 57

**La baronne de Laroche a posé ses deux mains sur la table.** Elle semble s'être figée comme un buste de marbre. Sa voix est sèche, son regard implacable.

– C'était un domestique. Un jeune rustre que votre grand-mère avait engagé, malgré son absence de recommandations. Un soir, ce voyou s'est trouvé seul avec votre jeune mère. Elle n'était plus si jeune, d'ailleurs ! Bien moins que lui. Ses parents s'inquiétaient de ne jamais réussir à la marier. Mais elle était sans défense, et… Eh bien, il l'a forcée.

Elles attendent que Constance ait débarrassé les assiettes.

– Savez-vous ce qu'il est devenu? demande Marthe, encaissant ce nouveau choc.

– Quelle importance?

– Comment, quelle importance?

– Eh bien oui! Amélia est tombée enceinte, le valet a été renvoyé, mais la réputation de sa famille, dont elle était l'enfant unique, était faite.

– Ils auraient pu ne pas garder le… Ne pas *me* garder.

La baronne hausse un sourcil réprobateur.

– Certes. Elle aurait ainsi pu mener une existence convenable, comme tant d'autres avant elle! Mais Amélia s'y est refusée, contre la volonté de tous. L'enfant d'un viol, d'un domestique lubrique! En agissant ainsi, elle se déshonorait, et sa famille avec. Sa vie était perdue.

– Pas tout à fait! Elle a survécu à ce drame. Elle a épousé mon… épousé Albert. Et puis, ils ont eu Blanche…

– Sornettes!

La tante a interrompu Marthe d'une main autoritaire. Elle semble s'absorber dans la contemplation du Jésus en croix, accroché face à elle.

– Elle s'est perdue, et vous le savez bien! De toute votre vie, avez-vous jamais connu votre mère heureuse?

Marthe accuse mal le coup. Chacune des répliques de sa tante est d'autant plus blessante qu'elle n'est ni cruelle ni injuste, mais vraie. Le rejet que Marthe a toujours ressenti de la part de sa mère s'explique effectivement très bien par l'amertume d'avoir laissé cette fille non désirée gâcher son existence. Marthe, dont le visage devait rappeler chaque jour à Amélia celui du domestique, son viol, sa déchéance… Et papa, ou Albert, comment doit-elle l'appeler, maintenant ? Il l'a aimée, pourtant, elle aussi, Marthe en est sûre. Il l'a aimée ! Elle ne supporterait pas d'apprendre que cet amour ait pu être un mensonge. « Mes deux chères filles » : elle s'agrippe à ce souvenir comme à une bouée.

– Quant à ce pauvre Amelin… soupire la tante. Affublée d'une grossesse de plus en plus visible, Amélia a dû céder aux avances du premier venu pour échapper au couvent ! Lorsqu'il l'a emmenée dans sa ville d'usines et de fumées, tout le monde ici s'est senti soulagé. Hélas, votre grand-mère n'a pas survécu longtemps à cette humiliation !

Cette pique était gratuite. Marthe n'a pas connu ses grands-parents, mais elle sait qu'ils sont tous les deux morts de la même maladie que sa mère, quand elle était petite. Rien à voir avec le désespoir ni la honte.

Dans son cadre argenté, l'austère portrait en noir et blanc du père de tante Huguette, en rouflaquettes de l'ancien siècle, la regarde sévèrement, comme s'il jugeait sa condition. Au moins, Marthe sait, désormais. Mais qui d'autre était au courant ? Blanche ? Sybille ? La ville entière ?

– Et pourtant… fait doucement remarquer Marthe, ce n'est pas ma mère, c'est moi. C'est moi que vous n'aimez pas. Qu'est-ce que je vous ai fait ?

La tante hausse les épaules, exaspérée.

– Que feriez-vous donc de mon affection ? Croyez-vous que votre famille soit pour nous un objet de fierté ? Vous avoir sous mon toit me rappelle des souillures que nous avons mis longtemps à effacer.

– Savez-vous au moins comment s'appelait mon… père ? Ce qu'il est devenu ?

– Que voulez-vous que j'en sache ? s'esclaffe la baronne. Qu'il soit allé au diable et qu'on ne m'en parle plus ! Mais n'oubliez pas, par contre, d'où vous venez, jeune fille, et quelle est votre place. Ne croyez pas profiter de la guerre et de votre situation pour prétendre à quelque droit sur nous ni sur nos biens. C'est tout ce que je peux vous dire ! Et puis…

La tante plisse les paupières.

– Et puis ? répète Marthe.

– Il y a aussi ce vice, que vous portez en vous et qui me dégoûte… Ce vice social dans vos veines.

– Vous m'aviez jugée avant même que je sonne à votre porte.

– En effet. Car il y a eu ce garçon. En le voyant, j'ai su que, dans votre famille, la débauche était une tare héréditaire.

Marthe ouvre des grands yeux, sa tante s'explique :

– Après tout, pourquoi vous le cacher ? Je n'ai rien à y perdre. C'était un ouvrier, et des plus misérables ! Il est venu ici, en octobre dernier. Je ne sais sous quel prétexte. Je n'ai pas eu besoin de l'écouter, il ne parlait que de vous, avec ces yeux transis et ces manières grossières… Et j'ai compris que vous aviez conservé le goût de votre mère pour… la racaille.

André. André est venu jusqu'ici !

– Qu'a-t-il dit ? Vous a-t-il laissé quelque chose pour moi ?

– Je ne l'ai pas reçu et il ne s'est heureusement pas permis de revenir. Cette conversation devient très déplaisante. Je ne prendrai pas de café.

Le lustre en cristal tinte doucement, agité par la brise que laissent entrer les grands volets mi-clos. Marthe s'empare de la carafe d'eau et l'envoie se fracasser contre les rouflaquettes de l'ancêtre encadré. Elle se rue dans sa chambre. André, éconduit, humilié, après sans doute tant de fatigue et tant d'efforts pour arriver jusqu'ici ! Elle enrage contre sa tante. Comment quitter ce lieu ? Que fait-elle chez ces gens ? Elle va devenir folle ! C'est le caniveau qui l'attend, si elle passe la porte. Elle voudrait revoir ses parents, qu'ils se disent tout et qu'ils soient de nouveau heureux ensemble.

# 58

**Debout dans sa baignoire en fonte,** elle essuie la buée sur le miroir. Elle ne s'y voit pas, et c'est tant mieux. Tant que les miroirs restent vides, c'est qu'André est en vie. Elle a beau ne plus l'entendre et ne plus le sentir, voilà ce qu'elle se répète, tout en plongeant dans l'eau le ruban abîmé. Du bout des doigts, de peur de l'endommager, elle le frotte doucement avec un peu de savon et le rince tendrement. Les lettres rouges s'illuminent peu à peu, se détachant clairement sur le blanc ravivé :

André ❖ 12 novembre 1899

*Où es-tu, André ?* Marthe songe qu'il aura bientôt dix-huit ans. A-t-il changé ? Son duvet blond s'est-il transformé en moustache ? Se réveille-t-il lui aussi chaque matin, frais et reconstitué ? Pourquoi ne sent-elle plus sa présence ? Elle passe le tissu mouillé sur ses lèvres, puis le colle sur la peau humide de son cou. Et, bêtement, elle se sent coupable. Elle aussi, comme sa mère, avec un domestique ! A-t-elle donc le vice dans le sang ? Serait-ce héréditaire ? Elle se souvient de ce que lui disait André, des gosses de l'Assistance, dont on prétend qu'ils auraient les mêmes tares que leurs parents. Elle secoue la tête. Tout ça est si stupide ! De quelle faute sa mère était-elle coupable ? D'avoir été violée ? Quant à André, il n'a rien de grossier. Il est sain et sincère. D'une sincérité qui ferait pâlir toute l'hypocrisie du monde. L'aimer, c'est s'élever, pas s'abaisser.

Comment le retrouver ? Pourrait-il être arrivé à Paris sous une fausse identité, et y être resté pour y chercher sa mère, au lieu d'aller au front ? D'ailleurs, on n'envoie pas de garçons de dix-sept ans au combat. Mais Marthe sait bien que de nombreux jeunes hommes y sont allés, en mentant sur leur âge, attirés par la gloire, ou par les mensonges des recruteurs, des journaux ou des politiciens.

Elle s'allonge sur le couvre-lit de dentelle. Elle doit partir. Elle ne veut rien avoir à faire avec cette sombre famille. Sa famille, c'est Blanche, c'est l'amour de papa, oui *papa*. Il l'a appelée « ma fille », juste avant qu'on l'arrache à elle, la bouche en sang. Elle restera fière d'eux. Cette guerre doit finir. Elle retrouvera André.

## 59

**17 août 1917**

**Lorsque le chauffeur apporte le cliché du photographe à la baronne,** la bonne vient de lui remettre un courrier que la vieille dame ne prend pas le temps d'ouvrir. Faisant appeler Marthe, elle s'assied près de la fenêtre et sort la photo de sa pochette gaufrée.

Marthe entre dans le salon. Elle ralentit le pas en découvrant le visage défait de sa tante, penchée sur le tirage. Son secret a-t-il été révélé par la photographie ? Comment va-t-elle se tirer d'affaire, à présent? Elle s'approche, retenant son souffle, jusqu'à se tenir debout derrière le grand fauteuil. Sa tante lève vers elle un visage contrarié.

– Il est hors de question que Dourdan me fasse payer un portrait raté !

Marthe ne peut retenir un cri de joie qui fait sursauter la baronne. Pour la première fois depuis plus d'une année, elle se voit ! C'est bien elle, sur le côté, avec l'air d'un chaton apeuré, la posture maladroite ! Elle est surprise de se redécouvrir. Elle s'était oubliée. Fascinée, elle s'absorbe dans l'étude de chaque détail visible de son visage, un peu surexposé, pour se le réapproprier. Elle se sent de nouveau exister.

– Gardez-la si vous voulez, pour moi elle est bonne à jeter ! conclut sa tante, cinglante.

Alors seulement, Marthe comprend. Ce n'est pas elle, le problème. La baronne a bougé au moment de la prise de vue et son visage est flou, dédoublé, donnant l'impression qu'un spectre trône au centre de la photo.

– Quel dommage ! soupire-t-elle, sans parvenir à faire retomber sa joie.

Mais la vieille aristocrate ne lui prête déjà plus attention. Elle a ouvert le courrier remis par la bonne, et commence à le lire. Marthe sent comme un malaise.

– De mauvaises nouvelles ?

– Cela dépend, ma chère ! lâche froidement Huguette. En tout cas, vous n'aurez pas besoin d'écrire à votre sœur, puisqu'elle vous devance…

Elle se lève, posant la lettre sur un guéridon, et s'éloigne. Marthe s'empare du feuillet, si vivement qu'elle le froisse. C'est un courrier de Blanche, envoyé depuis la Suisse ! Quel jour de chance, deux bonnes nouvelles d'un coup !

Sur le papier à en-tête de la Croix-Rouge sa sœur a écrit :

*2 juillet 1917*

*Ma chère tante,*

*Je me tourne vers vous dans la plus grande détresse. Me voici alitée à l'hôpital de Bâle, en bien mauvaise santé, après avoir été évacuée de la zone occupée par le train, contre ma volonté. Ma sœur Marthe et mon père ont été emportés par ce conflit sans fin et vous êtes aujourd'hui mon unique famille. On me dit que je suis hors d'état de voyager. Je vous appelle donc à mon secours.*

Blanche en détresse ! Le ventre de Marthe se tord d'inquiétude. Sa sœur ignore même qu'elle se trouve à Paris. Les cartes qu'elle a envoyées ne sont-elles jamais arrivées ? Ou bien Blanche avait-elle déjà quitté le Nord ? Marthe poursuit sa lecture.

*Pour moi, vous ne pourrez rien, je le crains. Mais je vous prie de sauver mon bébé du sort qui le guette, si je viens à disparaître en pays étranger. Car c'est à l'orphelinat qu'il serait envoyé.*

*Notre mère a toujours loué vos sentiments chrétiens. Je ne doute pas qu'ils puissent réveiller en vous les liens de sang qui nous unissent encore, malgré les brouilles.*

*Je vous supplie de faire venir quelqu'un pour mon fils.*

*Je place tous mes espoirs en vous. Je vous embrasse.*

*Votre nièce, Blanche Amelin*

Un enfant… Un fils. Mais de qui ? Le 2 juillet… Déjà plus d'un mois que Blanche a rédigé cet appel au secours ! Comment s'est-elle retrouvée en Suisse, sa petite sœur, toute seule, mère à dix-sept ans ? La baronne s'est rapprochée de Marthe, sans montrer la moindre émotion.

– Je dois m'y rendre, ma tante ! Je ne peux financer les billets sur-le-champ, mais je vous promets que nous n'oublierons pas votre aide, après la guerre.

– Nous vous donnerons de quoi prendre le premier train et rester là-bas autant qu'il vous plaira. Mais je vais être claire : je ne veux pas d'un enfant naturel sous mon toit. Si Blanche a suivi, elle aussi, l'exemple dépravé de votre mère, il n'est rien que vous pourrez attendre de moi dans cette affaire.

# 60

**Septembre 1917**

**On ne s'étonne plus, en temps de guerre,** de voir une jeune fille voyager seule. Le train, la gare, la ville, tout est si propre, clair, confortable ! Le calme ouaté de la Suisse lui rappelle que le conflit n'y a jamais fait irruption qu'à travers le passage de trains de réfugiés. Le sentiment de liberté qui l'envahit, en regardant les paysages par la fenêtre du wagon, ou en cherchant son chemin dans les rues préservées de la folie du monde, atténue son angoisse. Même si ces nouveaux lieux sont une source infinie de reflets imprévus, et lui demandent une attention constante. Elle évite les regards, se camoufle, ne parle à personne, tenaillée par des questions terrifiantes. Arrivera-t-elle à temps ? Au-devant de quoi marche-t-elle à présent ?

Au guichet de l'hôpital, on l'adresse à un autre service, au bout d'un second hall, vaste et aéré, parcouru par de grands anges blancs. Elle se présente dans une salle jaune pâle aux boiseries laquées.

Trop tard.

– Votre sœur est décédée il y a quinze jours, d'une forme rare de grippe. Elle était arrivée extrêmement affaiblie.

C'est comme si une enclume lui tombait sur le crâne. Marthe sent ses jambes se dérober sous elle. Elle peine à respirer.

– Nous n'avions pas la moindre nouvelle de sa famille, poursuit l'infirmière d'un ton neutre. Elle a été inhumée sous une croix de bois marquée à son nom, dans le carré du cimetière réservé aux réfugiés. On vous indiquera le chemin à l'accueil. C'est tout près. Attendez, je vais voir si des effets ont été conservés…

Marthe se retient au mur, incapable de s'offusquer de la froideur de la femme qui disparaît derrière des étagères. Elle sursaute quand l'infirmière agite la main devant ses yeux.

– C'est la seule chose de valeur que votre sœur avait sur elle. Tenez.

Elle lui donne le bracelet qu'Hermann avait offert à Blanche pour ses seize ans. Le médaillon monté sur la chaîne d'argent semble cassé. Mais non, Marthe s'aperçoit qu'il peut s'ouvrir, dévoilant une petite cache, comme les piluliers ou les bagues à poison des temps anciens. Elle rajuste le fermoir, et le passe à son poignet. Léger et froid, le bijou semble une si dérisoire trace de sa sœur adorée !

Elle remercie, s'étonnant du ton formel et poli qu'elle parvient à employer, comme si la vie qui continuait de se dérouler autour d'elle était détachée de cette nouvelle réalité : un monde sans Blanche, sans la revoir jamais, sans avoir été à ses côtés alors qu'elle devait traverser les pires souffrances, dans la plus grande solitude… Rien de tout cela ne serait arrivé si elle n'était pas montée dans ce train avec Hermann. Pourra-t-elle jamais se le pardonner ? Ses mots butent lorsqu'elle demande enfin :

– Et… l'enfant ?

L'infirmière fait un geste vague.

– Il a été confié à une institution qui s'occupe des orphelins nés de père… inconnu.

– Ma sœur n'a donc pas dit qui était le père ?

– Mademoiselle, soupire l'infirmière, vous savez bien qui sont les pères de la plupart des nouveau-nés, dans les territoires occupés…

– Elle ne l'a pas dit ? insiste Marthe, ignorant le sous-entendu.

Elle pense « Hermann », bien sûr. Blanche a-t-elle désiré ce bébé ? Dans sa lettre, elle disait vouloir le sauver… Mais qu'est devenu Hermann ?

– Non, reconnaît l'infirmière. Les femmes que les Allemands nous envoient enceintes portent le poids d'une honte qu'aucun camp ne pourrait tolérer. Coupable ou forcée, votre sœur ne souhaitait sans doute pas mentionner une relation qui faisait d'elle une traîtresse.

– Je veux voir cet enfant !

– L'avenir de ce bébé sera sombre, même après la guerre. Ce n'est qu'un nourrisson de cinq mois à peine. Là où il est, avec d'autres comme lui, il sera éduqué sans que votre famille n'ait à porter cette lourde charge.

Marthe n'a pas bien entendu tous ces mots. Pendant que la femme en blanc lui parlait, elle pensait au petit André, seul dans un dortoir, et aux yeux embués du jeune homme, quand il lui racontait son espoir de retrouver sa mère. Elle a aussi pensé à sa mère à elle,

Amélia, dont la famille aurait volontiers empêché sa propre naissance. Enfin, elle pense à Albert, qui s'est proposé de devenir son père, alors qu'elle était le fruit d'une union « coupable ». Le cadeau d'une vie.

Quelle serait la pire charge ? L'enfant d'un boche que sa sœur voulait sauver, ou celle de savoir qu'elle a privé d'amour un bébé innocent, comme l'a été André ?

– Pourquoi mon neveu devrait-il payer une faute imaginaire ? lance-t-elle avec colère, décidée à faire perdre son arrogance à l'infirmière. Cet enfant est français. Il est ma seule famille. Je veux l'emmener.

## 61

**C'est un bébé qui ne ressemble ni à Blanche,** ni à Hermann, mais juste à un bébé. Sa mère l'a appelé Albert, quelle drôle d'idée ! Chaque fois qu'elle nommera son neveu, Marthe risque de penser à la mort de son père. Mais ce qu'elle sait, lorsqu'elle vient le trouver dans ce centre pour orphelins nés de père allemand, c'est qu'elle doit le sauver de cet endroit où la misère, la peur et la violence suintent par tous les murs. Elle emporte l'enfant aussi vite que possible, pour ne pas croiser les regards de tous ceux qu'elle va y laisser.

Il est si menu, si fragile, comme un petit animal ! Il ne tient pas assis et n'a encore qu'une seule dent. *Le croirais-tu, André ? Me voilà mère, désormais !* Comment faut-il le prendre ? Marthe n'a aucune expérience des enfants mais, puisque tout le monde manque de tout, elle se dit qu'un si petit bébé pourra se satisfaire d'une maman dilettante. Elle essaiera de réparer la mort de sa sœur en aidant son fils à grandir. Elle va l'aimer. Blanche, ma douce

Blanche, toi qui étais toujours la plus calme et la plus raisonnée de nous deux, toi avec qui j'ai tant de souvenirs que plus un seul ne me revient à présent… Quelle injustice ! Comme tu vas me manquer !

Elle repart pour Paris. La baronne l'a prévenue : elle ne l'accueillera pas avec un fils de boche. Pas d'enfant naturel ! « Enfant naturel », « union coupable », « parents indignes », « fille déshonorée »… C'est étrange comme certains mots peuvent salir les êtres !

Mais Marthe sait où aller. Elle y a réfléchi. Dans la courette pavée du quartier des ferrailleurs, elle retrouve la nourrice qui avait logé Thérèse. Elle s'appelle Suzanne et accepte de lui louer une chambre. Le lendemain, Marthe fait la connaissance de Jeannette, l'une des deux voisines dont Suzanne garde le bébé. L'ouvrière présente aussitôt Marthe à ses patrons, et la fait embaucher dans l'usine de grenades qui l'emploie. Avec ce qu'il lui reste des sous avancés par sa tante pour son séjour en Suisse, Marthe achète des biberons et divers ustensiles qui faciliteront la tâche de Suzanne, puisqu'elle garde maintenant trois bambins.

Levées avant le jour, Jeannette et elle parcourent chaque matin la moitié de Paris pour aller travailler. Elles passent près de dix heures dans le bruit des machines, au cœur d'une galerie d'acier, d'huile et de foudre. Les reflets ne manquent pas, à l'usine, mais qui aurait le temps de les observer ? En salopettes bouffantes, chaussées de bottes, cheveux relevés, les munitionnettes n'ont pas une minute à elles, et c'est parfait.

Quand elle rentre le soir, Marthe ne peut accorder autant d'attention à son neveu que celle que lui prodigue patiemment sa logeuse, qui l'a presque adopté. Albert remplace un peu l'enfant que Suzanne a perdu. Marthe se sent, bien sûr, un peu coupable, mais elle est si fatiguée ! Elle n'a plus ni journées, ni loisirs. Tout tourne autour de leur survie, à elle et lui. Le quotidien des femmes du peuple, en somme. Si ce n'est que son corps à elle retrouve chaque nuit la vigueur de sa jeunesse.

Marthe est vite repérée par les autres ouvrières comme une bourgeoise déchue, à cause de son vocabulaire, de sa façon de placer sa voix, et d'un port de tête que ses camarades jugent altier. Elle ne maîtrise aucun des codes ni le langage du peuple. Plutôt que de chercher à les singer, elle décide de se faire respecter pour ce qu'elle est, et non pour ce que les autres voudraient qu'elle soit. Cette méthode, qu'elle a appliquée à l'occupant allemand comme à la baronne, elle l'applique aussi à ses collègues. De son côté, elle veille à ne pas juger les autres trop vite, à ne pas se plaindre et à toujours sourire, sourire comme papa, comme elle le fait depuis longtemps. Ce n'est pas difficile. Les boches lui ont déjà mené la vie dure.

Jeannette, elle aussi, est issue d'une bonne famille, mais connaît la misère depuis plus longtemps. Un matin, en chemin, elle lui raconte comment elle a été jetée à la rue par ses parents, lorsqu'elle a refusé le mari à qui on voulait l'unir, pour sceller un accord commercial entre leurs deux familles. Livrée à elle-même, elle s'est vite retrouvée enceinte d'un homme à peine adulte, que la guerre a fauché dès la première semaine. Pourtant, la guerre n'a pas tout pris à Jeannette. Car elle a aussi ouvert aux femmes les portes des usines et des ateliers. Donc la possibilité d'un salaire et d'une indépendance.

– Cinq francs la journée, tu te rends compte ? répète-t-elle avec entrain. À l'atelier de bonneterie, avant-guerre, je ne touchais pas la moitié ! Fabriquer des engins de mort, ça paie !

– Mais tu sais que Jacquot et Alain gagnent le double ? lui rappelle Marthe. Et pourtant, ils travaillent sur les mêmes machines que nous ! Ils font les mêmes gestes, portent les mêmes charges…

– Tu ne serais pas communiste ? se moque son amie. Profite au lieu de comparer ! Moi, je ne veux pas finir sur le trottoir. Et nos postes, il faudra les rendre aux hommes, quand ils reviendront. Une fois la paix faite, si on se trouve un gentil gars qui nous accepte avec le gosse d'un autre, on aura bien de la veine !

Prise dans la cadence d'une vie qui lui fait traverser l'hiver comme dans un long tunnel, Marthe parvient à ne plus penser à sa sœur et son père, enterrés loin de leur pays, ni à son reflet disparu. Ni même à son André, envolé avec lui. Ou alors seulement au cœur de courtes nuits, lorsque le petit Albert brise son sommeil par des pleurs incessants. Là, berçant un enfant qui n'est pas le sien, Marthe ressent cruellement le manque de tous ceux qu'elle a perdus.

## 62

**Les semaines, puis les mois s'enchaînent,** étrangement semblables. Quelles que soient sa fatigue, la dureté du travail ou la rigueur de l'hiver, Marthe se sent chaque matin d'humeur et de santé égales, entièrement ressourcée, tandis qu'elle voit ses camarades se flétrir, s'épuiser. Toutes s'étonnent à voix haute de la santé de Marthe. Elle constate d'ailleurs aussi cela dans le regard des hommes. Ceux qui ne sont pas au front n'ont pourtant que l'embarras des conquêtes, dans cette cité de femmes. Or, Marthe attire les sifflets et les gestes de très nombreux galants, qu'elle apprend à réprimander avec plus ou moins de succès. C'est insupportable ! Jamais, dans sa vie d'avant, elle n'aurait cru devoir affronter autant de goujats.

C'est pourtant un homme qui va lui permettre de mieux prendre conscience de ce qui lui arrive. Car 1918 commence avec le retour dans l'immeuble d'un certain Gwendal Coriou, que tout le monde appelle Gwen. C'est un petit gars coriace de vingt-huit ans, crâne rasé, affublé d'un accent breton aussi brut que sa mâchoire carrée, poinçonnée d'une fossette profonde. Gravement blessé à la hanche, il a été démobilisé après de longs mois de combats qu'il refuse d'évoquer. Il boite terriblement et s'appuie pour marcher sur une canne qu'il a sculptée lui-même dans les tranchées, et qui se termine par un sabot de bouc.

Avant, Gwen étudiait aux Beaux-Arts. Il aurait pu devenir un grand peintre, se dit Marthe. Depuis son retour, il s'est remis au dessin, seul dans sa chambrette. Mais il n'a désormais plus de rêves de carrière. Il ne dessine que pour fuir ses souvenirs de guerre, que le vin rouge ne parvient plus à noyer. Est-ce le manque de matériel qui l'oblige à inventer les couleurs ? Qu'il peigne, crayonne, ou mélange les encres, Gwen Coriou brosse à grands traits vifs des portraits et des natures mortes audacieux de modernité. Ses esquisses les plus enlevées, presque abstraites, sont pourtant saisissantes de vérité.

Quand elle en a le temps, Marthe lui sert de modèle. Il le lui a demandé, un soir qu'elle rentrait de l'usine. Entre eux, une belle entente se tisse, sans aucune équivoque. Car Gwen n'a jamais désiré que des hommes et, depuis les tranchées, il prétend même qu'il ne désire plus rien ni personne. C'est la première fois que Marthe côtoie un *inverti*. Sans doute l'aurait-elle fui, dans son ancienne vie. Mais elle est de moins en moins prompte à donner des leçons de morale, et plus curieuse des différences qui constituent chaque être humain, pourvu qu'il soit sans haine et sans armes.

C'est sans doute leur solitude qui les lie, et plus intimement, leur sensibilité. Brouillé avec un père très riche, le jeune homme, qui manie parfois un argot incompréhensible, mène une vie amorale. Il boit, d'après ses dires, encore plus depuis qu'il a connu l'enfer des tranchées, et conserve de ses années étudiantes de fort mauvaises fréquentations. De très jeunes garçons aux allures de voyous viennent cogner à sa porte, à toute heure de la nuit. Des réfractaires se cachent chez lui des traques de la police. Et quelques créatures, dont Marthe est incapable de deviner le sexe, montent parfois jusqu'à sa masure, dans des robes miteuses de comtesses de carnaval.

Tandis qu'il fait son portrait, tous deux parlent de tout, mais jamais de la guerre. Un jour, elle a vu Gwen se mettre dans la pire des colères, à la lecture d'un article de presse qui vantait la victoire de poilus sur des forces ennemies.

– Qu'on ne me parle plus de bravoure ni d'héroïsme ! Ces mots sont des bobards !

Une autre fois, elle lui a demandé :

– As-tu jamais croisé la route d'un jeune André, près du front ? André Novembre.

Gwen avait secoué la tête avec humeur.

– Il n'y a aucun homme là-bas ! Rien que des charognes et des soldats ! J'ai choisi de ne me souvenir ni des uns ni des autres.

Marthe a senti la faille et n'a plus rien tenté. Mais lui l'a questionnée sur ce garçon qu'elle cherchait et, pour la première fois, elle a confié à quelqu'un son amour pour André. Gwen était fasciné par son histoire, il demandait toujours plus de détails, s'enthousiasmait lorsqu'elle le décrivait, comme s'il retrouvait, à travers son récit, le souvenir éteint d'anciens amours à lui.

Elle ne lui a rien dit du reflet, mais elle a raconté tout le reste : la voix d'André, ses regards, son passé d'orphelin. Et les yeux de Gwen brillaient intensément lorsqu'elle lui parlait de la quête éperdue du jeune homme pour retrouver sa mère.

Ainsi, entre des journées de travail et des nuits à veiller le fils d'une autre, Marthe s'est installée dans une nouvelle vie, où ses voisines et l'artiste sont une seconde famille.

Mais Gwen se lasse peu à peu de l'avoir pour modèle.

– Il m'emmerde, ton visage ! On peut changer la lumière ou la pose, t'es toujours pareille, comme qui dirait… immuable ! Avec toi, j'ai l'impression de reprendre sans cesse le même dessin.

Et lorsqu'il lui montre les dizaines d'esquisses qu'il a faites d'elle, Marthe constate aussi ce qui le trouble, ce qui trouble Suzanne et tous les autres, et qu'elle est seule à ne pouvoir observer : elle est toujours semblable à la jeune fille de dix-sept ans qu'elle a vue pour la dernière fois dans la grande psyché, il y a presque deux ans. La même aussi que sur la photo de famille offerte par sa tante, qu'elle a emportée avec elle. Et cela, après avoir survécu plusieurs mois enterrée, sans boire ni manger, après avoir souffert, manqué de sommeil, perdu ceux qu'elle aimait, travaillé à l'usine…

Marthe le ressent de l'intérieur : son corps a cessé de s'altérer, de fluctuer. Depuis sa blessure à la tempe, disparue sous les décombres, elle ne compte plus les coupures, les griffures ou les bleus dissipés en une simple nuit. Ses cheveux et ses ongles ne semblent plus pousser, ses menstruations se sont taries. C'est comme si les aiguilles de sa vie s'étaient arrêtées de tourner le jour où André est parti. Et lui, change-t-il ? Est-il en vie ? Pourquoi ne le sent-elle plus près d'elle ? Sa présence l'a désertée jusque dans ses rêves. Il lui avait pourtant promis de vivre. Il avait juré qu'il reviendrait lui rendre son reflet, intact et inchangé, qu'il n'oublierait jamais.

Pour le moment, elle sait que les gens n'ont qu'une impression diffuse de son absence de changement. C'est encore trop discret. Mais elle pressent que si cela devait durer, elle sera condamnée à fuir, un jour ou l'autre, tous ceux avec qui elle partagera un bout de route, avant qu'ils ne s'alarment de ne la voir ni vieillir, ni changer.

Le temps reprendra-t-il sa course, lorsqu'elle aura retrouvé, ensemble, l'amour et son reflet ?

## Florin - mars 2016

La souffrance m'annihile, m'absorbe tout entier.

Un lambeau de peau a été prélevé sur ma cuisse pour tenter de reboucher le trou sous mon menton, mais cette nouvelle greffe ne prend pas. Mon corps est un puzzle monstrueux aux mains de docteurs Frankenstein rassurants.

Je refuse toute visite. Sauf celle de l'infirmier pourvoyeur de morphine, seul à me soulager, et que je considère presque comme un demi-dieu. Je ne suis capable de me consacrer à rien d'autre qu'à ma propre survie. La présence de mes parents ou de mes amis me coûte. Leur douleur d'assister à la mienne ne fait que l'augmenter. Nous ne pouvons plus rien les uns pour les autres.

Marthe n'est pas venue depuis plusieurs semaines. Elle non plus ne peut rien. Et je n'ai rien écrit.

Je suis trop loin du monde.

# 63

**mai 1919**

**Debout dans le couloir de son deuxième train,** Marthe regarde défiler les paysages du Nord. Ils n'ont plus rien de ceux qu'elle a connus jadis, ni de ceux qu'elle a traversés en ambulance, deux ans plus tôt.

La guerre s'est achevée depuis six mois déjà, dans un bruit tonitruant de victoire, de fête et d'épuisement. Mais la plupart des exilés n'ont pas encore pu retourner dans les zones libérées. Certaines villes, sur la ligne de front, ont été entièrement rasées par les combats. Leur reconstruction commence à peine. Des maires dirigent leur municipalité à distance, depuis Paris, et recommandent à tous d'attendre, avant de revenir sur ces terres minées, saignées. Attendre que la région soit sécurisée pour redevenir habitable. Mais comment patienter? Lassés d'être des «boches du Nord», la plupart veulent voir leur pays de leurs propres yeux, et sauver des pillages leurs biens abandonnés. Beaucoup se sont donc mis en route à leurs risques et périls. Dont Marthe. Confiant le jeune Albert à Suzanne, elle a obtenu de son patron quelques jours, dont elle sait qu'ils ne suffiront peut-être pas.

À son poignet gauche, elle n'a cessé de porter le bracelet d'argent, hérité de sa sœur. Dans la petite cache, derrière le médaillon de jade, dont elle a fait réparer le fermoir par un ouvrier de l'usine, elle transporte avec elle le ruban d'André, roulé très serré, transformant ce bijou en amulette protectrice.

Rien que le premier trajet jusqu'à Lille a pris plus de trente heures, à somnoler debout, tassée dans la masse de voyageurs groggys. Les rails s'enfonçaient dans la terre retournée par les bombes. Les passagers sont désormais moins nombreux, à mesure que le train dessert des gares de plus en plus petites. Comme eux, Marthe redoute ce voyage autant qu'elle l'a espéré. Qu'est devenue Sybille, dont elle n'a jamais reçu de réponse ? Que reste-t-il de sa ville, de sa maison, de la tombe de sa mère et de sa vie passée ? Elle a failli renoncer. Si elle fait ce chemin, c'est surtout parce qu'elle garde le fol espoir de retrouver André, malgré tout. André qui l'attendrait, assis sur le banc du jardin, veillant leur potager, une cigarette à la bouche et un rayon de soleil sur la nuque. Aura-t-il changé ? Il lui racontera les épreuves qu'il a traversées. Il lui rendra son reflet. Et tout rentrera dans l'ordre, puisque la guerre a cessé.

Cet espoir s'amenuise dès qu'elle descend sur le quai, aménagé hors de la gare. Du bâtiment de brique, il ne reste que des murs éboulés. Plus rien du toit ni des verrières qui faisaient sa fierté.

La vieille valise de cuir prêtée par Jeannette à la main, Marthe traverse avec sidération les ruines de la Grand-Place. Elle ne reconnaît pas les quelques immeubles encore debout, ni les façades surplombant des trous béants qui lui barrent la route. Les habitants qu'elle croise sont maigres et fatigués. Pas un de ces visages prématurément vieillis ne lui est familier. Elle se sent comme une Parisienne préservée par le sort. *Ce n'est plus notre ville. Ce n'est même plus une ville.* Seule une agence bancaire flambant neuve présage le retour à la vie normale. Le commerce et l'argent repoussent plus vite que l'herbe, sur une terre morte.

Quand elle approche enfin de son quartier, dans le dédale des rares rues praticables, les dégâts semblent moindres. Mais deux années loin d'ici ont changé Marthe. Ce qui faisait son monde, elle le découvre à la lumière crue de son nouveau regard. Tout lui semble petit, sale. L'odeur crasse des usines, qui couvre celles des cendres et de la poudre, lui agresse les narines, elle qui travaille pourtant tous les jours au milieu des machines. Comment a-t-elle pu supporter ça, avant? Même la couleur des briques, autrefois chaleureuse à son cœur, a quelque chose de sinistre, comparée aux grands immeubles blancs éclatants de lumière de Paris. Les décors de sa vie passée sont comme désenchantés. André pourrait-il lui aussi lui être devenu étranger? Sa respiration se fait de plus en plus oppressée, à mesure qu'elle approche du quartier de Remicourt.

# 64

**Voilà, elle y est.** Ou plutôt, elle devrait s'y trouver. Mais il n'y a plus rien. De l'avenue, ne reste que trois ou quatre maisons inhabitées, une partie de l'usine et un réverbère, planté incongrûment au milieu des décombres. La maison Amelin n'est plus qu'un tas de briques, mélangées à celles des demeures voisines. Marthe ne comprend que maintenant les recommandations de ne pas revenir qu'on lui avait faites. Où va-t-elle loger?

Un trou large et profond de cinq à six mètres a avalé la moitié du jardin: la tombe du chien, le potager, la remise, et leur banc, sur lequel elle imaginait retrouver André. La vue dégagée permet d'apercevoir les ruines de la maison des Frémont. Tout est si méconnaissable qu'il est difficile de croire qu'on a vécu ici toute une vie. Cela semble irréel. Elle s'assied sur sa valise, contemplant avec douleur les gravats de son enfance. Cette fois, elle est vraiment seule, sans plus aucun passé!

Des voix étouffées résonnent quelque part. Un passage a été dégagé dans les éboulis de la maison, jusqu'à quelques marches qui s'enfoncent dans le sol. Marthe met un moment à reconnaître l'escalier de leur cave, dont la porte du bas a été remplacée par une plaque de tôle. Une silhouette féminine, dans une robe sans couleur, apparaît sur le seuil, clignant des yeux pour regarder dehors. Elle marmonne quelque chose par-dessus son épaule. Deux enfants sales la rejoignent, suivis par un vieil homme qui fixe Marthe avec une déférence inquiète.

– Je suis Mlle Amelin. Cette maison appartient à mon père. C'était… c'est chez nous.

– On n'est pas des pilleurs ! répond la femme, sur la défensive. Les boches ont volé tout ce qu'était pas cassé !

Le vieil homme la fait taire d'un geste intransigeant.

– M. Morel nous a donné le droit de nous installer ici, en attendant que cette canaille de maire fasse construire les préfabriqués qu'il a promis pour reloger les gens !

– Morel ? répète Marthe, un peu abasourdie. Le brasseur ?

– Il a dit qu'on pouvait s'installer, mam'zelle ! C'est chez Morel, ici !

Marthe balbutie des mots incohérents, coupée par l'exclamation d'une femme, derrière elle :

– Je reconnais cette voix ! C'est bien la fille Amelin ?

## 65

**Marthe règle son pas** sur celui de la veuve Quesnoy, lui tenant le bras. La vieille femme est emmitouflée dans un manteau d'hiver malgré la douceur du climat. Son visage semble irrémédiablement fermé. Ses pupilles sont si pâles que Marthe n'arrive pas à déterminer si elle est complètement aveugle.

– On vous croyait morte, ma petite ! On disait que votre boche vous avait embarquée dans un train pour l'Allemagne et que vous aviez été tuée là-bas, sous les bombes.

– Mon boche ? Vous parlez d'Hermann ? L'Allemand qui logeait chez papa ?

– Le vôtre ou celui de votre sœur, est-ce que je connais son nom ! réplique Mme Quesnoy.

Marthe encaisse le coup. Elle a besoin de cette femme, elle se sent si perdue.

– C'est faux. Qui racontait cela ?

– Oh… tout le monde ! C'était juste avant que ce boche ne parte pour le front russe.

Le front russe ? C'était la sanction que les soldats allemands redoutaient par-dessus tout, se souvient Marthe.

– Pourquoi le lieutenant a-t-il été envoyé là-bas ?

– Parce qu'il avait tué Ferrand, pardi ! Le jeune Ferrand, vous vous rappelez sans doute ? Le neveu de M. Morel. Un vaurien, tout le contraire de son oncle, mais enfin… Il était garçon du café de la place du marché, avant l'invasion…

– Oui, oui, je me souviens. Que s'est-il passé ?

– Les boches n'avaient pas besoin de raisons pour nous tuer. Mais, en pleine rue, comme ça, et d'une balle dans la tête, j'imagine que c'était trop voyant au goût de sa hiérarchie. Au moins, celui-là aura payé ses crimes.

Ferrand tué par Hermann…

– Quand ma sœur est-elle partie pour la Suisse ? Savez-vous ce qui s'est passé, et ce qu'est devenue Mme Jaouen ? Et pourquoi ces gens, tout à l'heure, m'ont-ils parlé de…

– Prenons plutôt par là ! l'interrompt la veuve. Cette rue-ci est devenue dangereuse, depuis les bombardements de la libération.

Elle ne dit plus rien. Ses lèvres sont pincées, son regard tourné vers des pensées sombres, tandis que les nouvelles se décantent dans le crâne de Marthe. Contournant des éboulis, elles descendent lentement la rue en pente, vers l'auberge que tenaient les Quesnoy, avant-guerre.

– J'avais prévu de vous rendre visite, reprend Marthe, tentant de rompre le mutisme de sa compagne. Je voulais prendre de vos nouvelles, ainsi que de votre fils.

– Casimir s'était déjà évadé avant votre disparition, répond la veuve d'une voix blanche. Il voulait combattre de l'autre côté du front, pour libérer nos villes… J'aurais dû l'en dissuader. Nous serions aujourd'hui tous les deux loin d'ici.

– Vous ne savez rien de ce qu'il est devenu ? Je crois savoir qu'il était parti avec André Novembre. Vous savez, ce jeune employé de l'usine de papa, que vous aviez logé un temps chez vous.

Mme Quesnoy referme son châle. Son visage se chiffonne.

– Le petit Novembre ! C'était un bon garçon, un pitau mais pas méchant pour un sou. Casimir n'aurait jamais dû lui monter la tête ! Entraîner un si jeune gosse, et si chétif, dans cette folle aventure… Qui sait ce qu'il a pu devenir !

Elle s'arrête devant chez elle. La gorge serrée, Marthe lève les yeux vers la façade lézardée.

– Votre maison est encore debout, s'oblige-t-elle à dire. Cela au moins vous a été épargné !

– C'est que j'ai beaucoup prié, répond la veuve.

Comme elle a vieilli, se dit Marthe. La guerre, le départ de son fils, la solitude dans une ville en ruine…

– Quoi que chacun ait fait, ma fille, votre famille n'a pas mérité ce qui lui est arrivé. Oublions le passé. Nous n'avons pas le choix, il faut nous entraider. Je peux vous héberger ce soir, ou plus longtemps. Mais si vous tenez à en savoir plus, sur toutes les choses qui ont pu se passer pendant ces années noires, allez voir M. Morel. Il pourra vous expliquer.

– Je ne comprends pas, pourquoi Morel... ?

– Il saura vous aider. C'est un saint homme ! L'un des rares à n'avoir jamais abandonné la ville. En plus de s'être montré exemplaire pendant toute la guerre, il a été le premier à revenir, après l'évacuation. À présent, il secourt tous ceux dans le besoin qui viennent le trouver. On ne peut pas en dire autant de cette crapule de maire, et de tous ces gros bonnets qui festoient à Paris, sans se soucier de nous ! Savez-vous que c'est M. Morel qui s'est démené pour obtenir l'installation prochaine de baraquements, en lisière de la ville, afin de permettre à nos exilés de revenir participer à la reconstruction ?

– S'il ne se fait pas élire maire avec tous ces exploits ! ironise Marthe, amèrement.

Elle baisse les yeux, retenant une grimace de dégoût.

– Les Morel reçoivent jusqu'à tard en soirée, insiste Mme Quesnoy. Laissez-moi votre valise et allez les voir vite ! Ils vous raconteront tout ce que ma mémoire a déjà effacé.

Elle lui prend son bagage sans croiser son regard, et Marthe acquiert la certitude qu'elle a perdu la vue. La veuve ajoute avec tristesse :

– C'est pour Casimir que je suis restée. Pour qu'il retrouve quelqu'un, à son retour. Je sais qu'il reviendra ! Je le demande au

Seigneur chaque jour. Vous aussi, ma fille, priez ! Priez pour lui et pour le petit Novembre !

## 66

**Le ciel vire au rose** au-dessus des logements démolis, pillés, ou occupés par des miséreux. En bas de la rue en pente, la maison de Sybille est presque intacte, mais les fenêtres sont condamnées par des planches et le clocher de Saint-Nicolas s'est écroulé devant sa porte.

Marthe apprend par une femme au visage vaguement familier que l'abbé Henry est mort le mois dernier. Il a succombé à la grippe espagnole, maladie à la mode qui pousse les citadins à sortir avec un masque sur le visage. Certains prétendent qu'elle ne serait qu'un rhume inoffensif, que tout cela est très exagéré. Il est pourtant vraisemblable que ce soit ce virus qui ait emporté Blanche. Pressant le pas, Marthe ne croise bientôt plus personne.

Le quartier du Faubourg Sainte-Catherine n'a presque pas été touché par les combats. Des réverbères s'allument sur le passage de Marthe. Ni la rue de Cambrai ni la maison de Morel n'ont souffert. Elle le ressent comme une injustice. Delcroix avait assuré qu'après la guerre, les profiteurs de misère auraient des comptes à rendre. Visiblement, ce n'est pas ce qui s'est passé.

C'est devant cette haute façade qu'elle et André se sont parlé pour la première fois. Sa casquette, le duvet au-dessus de sa lèvre, son rire, tout cela semble appartenir à un rêve lointain. Et pourtant, la douleur de l'absence est réelle. Elle caresse le médaillon du bracelet, de ses doigts nerveux. *André, je t'en prie, fais-moi au moins un signe !* Marthe sonne. Que va-t-elle dire ? Que vient-elle demander ? La porte s'ouvre sur une servante.

– Mademoiselle ?

– Amelin. Je voudrais voir Mor… *monsieur* Morel.

La jeune femme la fait asseoir dans le couloir où trois chaises sont alignées. Marthe a l'impression qu'on la fait patienter dans l'antichambre d'un roi. Quelle comédie ! Et quelle humiliation ! Elle entend la servante l'annoncer en haut de l'escalier. Des bruits de couverts s'interrompent, un échange de voix, basses et inaudibles, lui parvient, suivi d'un long silence. Des pas se rapprochent dans le couloir, là-haut, précipités. Des pas d'homme. *Ne me laisse pas seule, André !*

## 67

– **Bon sang, c'est vous** ! Quelle émotion, quelle… surprise !

Morel descend vers elle, fébrile. Il porte un costume neuf grotesque. Marthe s'est levée. Une haine irrépressible la saisit à la vue du brasseur. C'est lui qui devrait être couché sous une croix, à la place de son père et de sa sœur. Ni l'un ni l'autre ne prennent l'initiative de se saluer.

– Eh bien, oui. Qui vouliez-vous que ce fût ?

– C'est que, nous avons cru… J'ai pensé à votre sœur, quand on m'a annoncé une demoiselle Amelin…

– Blanche ? Je l'ai retrouvée en Suisse. Trop tard. Elle était morte.

– Bonté divine !

Il ne bluffe pas, il l'ignorait. Mais le brasseur a déjà retrouvé un peu de son arrogance. Son regard suffisant la fait sentir comme une gamine que le loup va croquer. Que peut-elle lui dire, et que doit-elle cacher ? Elle choisit de ne pas mentionner l'existence du jeune Albert. Elle annonce, d'une voix un peu trop aiguë :

– Je compte faire exhumer sa dépouille, tout comme celle de mon père, si on la retrouve. Je veux qu'ils reposent ici, près de ma mère. Chez nous.

– Vous venez de dire que vous l'aviez retrouvée « trop tard ». Votre sœur n'a donc pas pu vous parler avant de mourir ?

Ça y est, elle en a déjà trop dit. Elle le devine à l'air rassuré de Morel.

– Hélas, votre pauvre Blanche a péché par naïveté, après votre départ, vous l'ignorez sans doute ? Elle était si jeune. Elle a cru pouvoir gagner la protection des boches en s'offrant à celui qui dormait sous son toit. Chacun sait pourtant que ces barbares n'ont pas plus de respect que nous pour les filles qui se vendent. Évidemment, votre bon ami allemand, à qui elle s'était donnée, s'est empressé de déclarer sa grossesse à la Kommandantur, dès qu'il l'a constatée. Il fallait qu'on fasse évacuer au plus vite ce ventre embarrassant. Les boches l'ont mise de force dans le dernier train de rapatriés. Les temps étaient durs, ils ne tenaient pas à nourrir la moindre bouche inutile. Mais, pardon, je vous ai peut-être brusquée ? Vous n'étiez donc pas au courant ?

– Je n'avais pas de « bon ami allemand », corrige Marthe, sa colère rentrée.

– Ah ? J'avais cru comprendre…

Sa sournoiserie n'a pas tardé à surgir derrière ses simagrées. Marthe le retrouve tel qu'elle le connaissait. Le brasseur reprend ses insinuations :

– C'est incroyable comme vous n'avez pas changé ! On pourrait croire que vous avez échappé aux privations de l'occupation ! Que vous est-il arrivé ? Et qu'est-ce qui vous amène chez moi à cette heure si tardive ?

– Je comprends votre surprise, se moque Marthe. On avait dû vous dire que j'avais fui en Allemagne, et que les bombes m'y avaient rattrapée.

– On racontait cela ? Il est vrai que certains avaient laissé entendre vous avoir vue à la gare avec cet officier. Mais je n'ai jamais écouté les médisances. On prétendait tant de choses, à l'époque !

– Oui, c'est à se demander qui avait intérêt à faire circuler ces rumeurs ! Quoi qu'il en soit, je venais vous entretenir de la maison de mon… de *ma* maison. Et de l'usine.

Le regard du brasseur s'aiguise comme une lame.

– Si vous saviez dans quel état les combats ont laissé…

– L'usine est encore debout. La maison est détruite, mais le terrain demeure. Vous savez comme moi que les régions anciennement occupées vont recevoir des aides de l'État pour reconstruire. Il va falloir monter des dossiers et apporter des preuves, ce sera long. Mais je compte revenir vivre ici, dès que notre maison aura été rebâtie. Les affaires reprendront. Je dirigerai l'usine. J'ai bien assez goûté à la misère pour me sentir capable d'une telle entreprise et je…

Morel l'arrête d'un rictus mauvais. Son humeur n'est plus à la plaisanterie.

– Allons ! Vous, vivre ici ? Ignorez-vous comme les gens ont peu de compassion pour les filles qui se sont données aux boches ? Certaines taches sont tenaces.

– Comment osez-vous ?

– Écoutez, le terrain et l'usine… tout cela m'appartient désormais.

– Tiens donc ! Par quel prodige ?

– Lorsque votre père, votre sœur et vous-même avez achevé de dilapider ce qui restait de l'honneur de votre famille, éclaboussant de honte l'infortunée Sybille et la laissant criblée de dettes, il se trouve que c'est moi qui ai tiré d'affaire la malheureuse, en rachetant les biens du vieil Amelin ! Et je les ai payés au-dessus de leur valeur !

– Sybille, criblée de dettes ? s'étrangle Marthe, l'index menaçant. Que faites-vous des recettes des ventes de l'approvisionnement ? J'en ai tenu les comptes moi-même ! Et cette fameuse prime de l'État pour la reconstruction, vous pensez sans doute la réclamer pour notre maison ? Vous avez réussi à acheter ou à berner Sybille, mais vous n'avez aucun droit sur nos biens ! Vous n'en aurez jamais !

– Tout doux ! On ne peut pas trahir sa patrie sans y laisser des plumes. Les papiers sont en règle. Tout a été signé depuis belle lurette. Vous pourrez consulter les registres en mairie ou chez notre notaire.

– Je ne vous crois pas ! Je vous ferai payer pour ça !

Marthe se sent envahie par une rage trop longtemps refoulée. Morel reste stoïque face à elle, prête à le frapper. Son visage s'éclaire d'un sourire sadique.

– Venez donc le constater par vous-même ! J'ai les doubles à l'étage. Tout a été fait dans le respect des lois. Vous pourrez en juger.

Il l'invite à le suivre dans l'escalier, attendant à mi-hauteur qu'elle se soit décidée. Marthe monte derrière lui, sans cesser ses menaces.

– Comment pourriez-vous acheter à Sybille les biens de *ma* famille ? C'est à moi qu'ils reviennent.

Elle vacille une seconde sur la dernière marche, car Morel s'est retourné, lui bloquant le passage, l'air mauvais.

– *Votre* famille? Allons, toute la ville sait qu'Albert n'était pas votre père!

Marthe veut le gifler mais Morel intercepte sa main et lui tord le poignet. Elle se retient à la rampe en poussant un cri sourd. Le brasseur lui empoigne l'épaule, la bousculant.

– Que faites-vous?

La peur se déverse dans son corps. Il cherche à la faire tomber dans l'escalier! Il est plus fort qu'elle. Elle lutte, perd l'équilibre. D'un coup de genou, il lui fait lâcher la rampe. Marthe s'agrippe à lui pour ne pas basculer en arrière. Le brasseur l'enserre d'un bras et l'attrape par les cheveux avec son autre main. Suffoquant dans la lutte, elle voit soudain le visage écrevisse du gros homme se figer de stupeur. Il relâche son étreinte une toute petite seconde, sous le coup de la surprise. Marthe saisit sa chance et plonge entre ses jambes pour atteindre le palier. Morel se contorsionne, attrape sa cheville. Marthe lui donne des coups de pied, rampant sur le parquet. Elle se sent tirée en arrière, se retient à la rambarde. L'homme perd l'équilibre, la lâche subitement, et pousse un cri. Dans un fracas du diable, le corps du brasseur dévale les marches, roulant comme un tonneau. Chaque choc de son crâne sur le sol fait tressaillir Marthe. Il s'écrase dans l'entrée.

Alors seulement, elle aperçoit le grand miroir en pied, trônant sur le palier. Elle comprend: Morel y a découvert son reflet, luttant seul contre une Marthe invisible. C'est ce qui lui a fait desserrer son emprise. C'est ce qui l'a sauvée!

Des bruits de talons pressés se rapprochent dans le couloir. En bas, la servante surgit et se met à hurler, apercevant Morel inanimé.

Marthe réagit comme une bête aux abois. Elle dévale l'escalier, enjambe le corps du brasseur, bouscule la domestique et s'enfuit dans la nuit, tandis que des cris s'élèvent :

– Je l'ai vue ! C'est la demoiselle ! Amelin ! C'est elle qui l'a tué !

## 68

***J'ai tant besoin de toi.*** *Pourquoi n'es-tu plus là, comme tu l'avais promis ? Pourquoi es-tu parti ?*

L'obscurité est telle qu'elle a failli tomber cent fois dans des trous en traversant la ville. Elle dérouille ses jambes ankylosées et passe la tête par la fenêtre sans vitre. Deux heures qu'elle attend, cachée dans les ruines de la maison Frémont, vibrante de colère, de peur et de dépit. Le silence est complet. Retrouvant les habitudes de l'occupation, comme si elles étaient restées gravées en elle, elle se surprend à guetter le bourdonnement des aéros allemands, le tambour des canons. Quelle étrange mécanique que le cerveau humain ! Le décor est le même mais une page de l'Histoire s'est tournée.

Elle gravit le muret éboulé qui sépare le jardin des Frémont de ce qui reste du sien, une tuile cassée à la main. Elle compte s'en servir pour creuser. À tâtons, craignant à chaque mouvement d'éveiller la famille qui dort dans la cave, elle évalue l'endroit où l'or et les bijoux étaient enterrés. La plupart de ses anciens repères ont disparu, à part un petit poirier taillé en espalier, resté accroché au mur. C'était tout près. Elle s'agenouille et dégage les premières pelletées de terre compacte. Heureusement qu'il a plu la veille, sinon elle n'aurait jamais pu entamer le sol. La tâche est si longue et si pénible qu'elle pense un moment s'être trompée d'endroit, ou que quelqu'un a déterré le trésor avant elle. Mais la tuile fendillée rencontre finalement un morceau de toile épaisse. Elle se félicite elle-même de sa persévérance. Elle vient de mettre la main sur une chose que Morel et la guerre ne lui auront pas volée.

Le sac était pourri mais son contenu intact. Marthe l'a transvasé dans sa petite valise, qu'elle était allée récupérer chez la veuve Quesnoy, avant que la nouvelle de la mort de Morel ne s'ébruite. À présent, commence la partie la plus risquée de son parcours. La police est peut-être déjà à sa recherche et la gare surveillée. Elle compte emprunter le premier train pour Lille, au petit jour. Une fois là-bas, il sera plus facile de se perdre dans la foule. Si elle atteint Paris sans encombre, elle pourra réfléchir au moyen de s'en tirer. Apercevant les contours de l'usine Amelin, qui obstrue un morceau de ciel étoilé, elle murmure tout bas :

– Ce n'est pas ma faute, papa. C'était Morel.

Et elle sait que son père lui pardonnerait, qu'il comprendrait et que son amour resterait tout entier. Marthe se faufile dans la rue, pensant à l'autre Albert, son neveu, qui l'attend. Un « bâtard », lui aussi. Comment Morel savait-il pour elle ? Est-ce que tout le monde savait ? C'est ce qui ferait le plus mal. Plus que d'avoir tout perdu. Qu'elle ait été la seule à le croire, quand Albert les appelait « mes deux chères filles ». Que les gens en aient peut-être ri dans son dos, toute sa vie. La duplicité humaine n'a pas de limite.

Sa marche est si entravée par l'obscurité qu'elle parvient aux abords de la gare alors que pointe l'aube. Se sentant traquée sans pourtant se faire remarquer par quiconque, elle voyage dans un wagon de troisième classe, s'endort longuement sur un banc en gare de Lille, enchaîne des heures debout, puis assise sur le sol, à bord du dernier train.

Quand elle quitte la gare du Nord sans avoir été inquiétée, elle se sent plus légère. Elle sait que, malgré ses vêtements maculés de terre et froissés par le voyage, son visage doit être aussi frais et reposé que si elle avait dormi dans un lit. Elle ne ressent déjà plus la faim ni la fatigue. Et cela doit sans doute la rendre moins suspecte.

## 69

**Albert joue à la balle avec Émile,** le fils de Jeannette. Les deux garçonnets courent sur leurs petites jambes, tressautant sur les pavés de la rue comme des jouets mécaniques. En le voyant de loin, rire innocemment, le ballon dans les mains, Marthe sent son cœur se gonfler de gratitude pour cet enfant. Une silhouette surgit brusquement d'une porte d'immeuble, en travers de sa route. L'homme l'enserre dans ses bras, la pressant contre lui.

– Embrasse-moi ! chuchote-t-il très vite.

Marthe résiste, s'affole. Il ajoute :

– Les flics sont là. Paraît que t'aurais descendu un gars. Donc on se bécote l'air de rien, et après tu me suis. Ça te va ?

Ses lèvres attrapent les siennes. Il sent le tabac froid, la sueur et l'eau de toilette. Elle se laisse faire, sidérée, cherchant à reconnaître le visage sur le sien. L'homme lui fait faire demi-tour, son bras fermement arrimé à ses épaules, et l'entraîne d'un pas vif.

– Mon neveu ! murmure-t-elle.

– Gwen s'en charge. Va surtout pas attirer l'attention sur lui ! On te l'amènera ensuite.

Elle scrute en vain le profil canaille du jeune homme, la casquette vissée de travers, jusqu'aux sourcils. Elle ne le connaît pas. Mais s'il est envoyé par Gwen… Marthe s'abandonne à lui sans poser de question.

## 70

**Gwen a tout organisé.** Il lui a trouvé un refuge dans une ancienne maison de maître isolée, tout près de Saint-Chéron, laissée inhabitée depuis de longues années par des aïeux oubliés. Posée entre bois et champs, au cœur de la Seine-et-Oise, c'est une bâtisse au toit vieillissant et aux murs de pierres décrépis, encore imprégnée de l'odeur des vieillards qui l'ont longtemps occupée. Il n'y manque qu'un peu d'aération et un grand coup de balai. Gwen y a déposé Albert deux jours après l'arrivée de Marthe. Il s'est aussi chargé d'échanger une partie de l'or et des bijoux qu'elle a rapportés de chez son père, afin qu'elle ait de quoi vivre dans un premier temps. Elle insiste pour lui payer un loyer. Elle ne veut rien lui devoir.

Gwen a promis de passer mais ne vient pas souvent, puis plus du tout, préférant informer son amie par courrier des turpitudes de sa vie parisienne. Telle qu'il la décrit, la capitale est une fête permanente. La guerre est oubliée, le bonheur et la joie reprennent le pouvoir, par la force et avec beaucoup d'artifices. Marthe se sent loin de cette course à l'amnésie frénétique. Elle comprend qu'on puisse vouloir extraire l'horreur des mémoires, au forceps. Mais pour elle, oublier la guerre serait oublier André.

À Saint-Chéron, le temps suit un cours lent et immuable. Elle s'y fait appeler Mlle Marthe Derain. Encore une idée de Gwen, ce patronyme de peintre ! Située à un peu moins de trois kilomètres de la maison, la petite ville est calme et plaisante, les gens y sont discrets. Elle s'y rend d'abord à pied, puis sur une bicyclette d'un modèle ancien, lourd et solide, que lui vend le facteur.

Albert et elle n'ont pas à se plaindre, chacun a sa propre chambre sous les combles, et Marthe investit le terrain abandonné d'un projet potager. Elle se dit qu'elle va pouvoir saisir cette occasion de rattraper le temps qui lui a échappé, de mieux s'occuper de son neveu. Elle ne lui a jamais caché la vérité : elle est sa tante, sa vraie maman est morte pendant la guerre, et Marthe ignore qui est son père. Elle n'a pas été jusqu'à mentionner Hermann. À quoi bon encombrer un enfant de ce lourd héritage ? Albert l'appelle « Mamarthe », surnom resté de ses premiers babillages.

À force de pratique, Marthe est passée virtuose dans l'art d'éviter les reflets. De toute façon, à part quelques grands bourgeois qu'elle ne fréquente pas, personne n'a de miroir. Bien des gens, même aisés, n'ont aucune idée de leur image en pied. La toilette quotidienne se fait dans la chambre ou bien dans la cuisine, sans se voir soi-même. Marthe n'a donc pas trop d'efforts à faire pour vivre en paix et éviter qu'Albert ne remarque son « anomalie ».

De temps en temps, elle lui demande son avis sur sa coiffure ou sa toilette. Et quand elle est assaillie par de nouvelles crises d'angoisse, durant lesquelles elle s'imagine devenir, d'un coup, vieille et méconnaissable, il a déjà appris les mots qui la rassurent : non, elle n'a pas changé, elle est toujours Mamarthe. Albert va sur ses trois ans. Comme la plupart des mamans, Mamarthe est la plus belle dans son regard d'enfant. Pour lui, il est normal qu'elle lui laisse sa part de leurs maigres repas, sans avoir besoin de manger. Il joue en liberté dans les champs alentour, et leur vie en binôme ronronne, comme les chats errants devenus ses compagnons.

Marthe se tourmente au sujet de la maison familiale, de l'usine, de Sybille. Elle envisage plusieurs fois de se rendre sur place, mais Gwen l'en dissuade. Impossible pour elle de retourner déjà dans le Nord. Le meurtre de Morel a achevé de faire de lui un héros, là-bas. Trouvée par la police dans sa petite chambre parisienne, la photo de la criminelle a été publiée par la presse de toute la région. On l'y voit, à côté d'une tante floue et de cousins opulents. Non, le Nord, pour elle, ce serait la prison ou la peine capitale. Alors Marthe renonce. Que deviendrait Albert ? Dans des lettres, elle ose pourtant demander à Gwen s'il pourrait effectuer des recherches et des démarches à sa place. Il élude ses demandes. L'aider avait quelque chose d'excitant quand il s'agissait d'aventure, mais pas pour des paperasses. Marthe se reproche d'en avoir trop demandé à cet ami. Et Gwen la délaisse, se jetant dans la folle vie de bohème que la paix lui rend enfin possible.

Mais le pire des silences, c'est celui d'André, dont elle pourrait douter qu'il soit toujours en vie. Le fil qui les reliait s'est rompu depuis trop longtemps. Pourtant Marthe s'entête. Leur promesse est sacrée. Il reviendra lui rendre son reflet, elle le sait. En attendant, sa vie semble arrêtée.

En août 1919, l'école communale cherche une institutrice pour une classe de garçons. Le jeune directeur, pas encore trentenaire, qui enseigne aux filles, se réjouit de voir Marthe postuler pour l'emploi. Elle commence à l'automne, ravie de s'activer. Elle confie Albert à la gardienne de l'école, qui le laisse jouer dans la cour ouverte sur les prés. Une autre vie commence.

# 71

**À son poste, Marthe** se sent enfin utile et fière. Dans la classe, elle doit tenir tête à près de quarante garçons, entre sept et treize ans, qui se malmènent entre eux avec une rare violence. Elle choisit donc d'abord de se montrer sévère. La plupart des élèves viennent en sabots, depuis des fermes situées à plus de dix kilomètres. Comme le petit Gustave Colombe, douze ans, qui ne rentre chez lui qu'à la nuit tombée. Les absences répétées du garçon ont d'ailleurs poussé Marthe à convoquer son père, dès les premières semaines. Le fermier s'est présenté un soir, à la sortie de l'école. Elle l'a reçu avec Gustave, lui exposant la situation avec la fermeté qu'elle croyait appropriée. Mais le père s'est tourné vers le gosse.

– T'es qu'un vaurien ! Si tu passes tes journées à dormir dans une grange au lieu d'aller t'instruire, t'iras aider à la ferme, comme ta sœur, maintenant ! Voilà pour le temps que tu nous fais perdre, à moi et à Mlle Derain !

Gustave s'était jeté en boule sur le sol, mains devant le visage, et son père avait commencé à le rouer de coups si brutaux que Marthe avait dû s'interposer, tremblante d'émotion.

– Ça suffira, monsieur Colombe ! Je crois qu'il a bien compris la leçon. N'est-ce pas, Gustave ?

Réfugié dans ses bras, le garçon était resté à la serrer très fort, le visage enfoui dans son épaule, respirant son parfum, comme s'il était son oxygène. À partir de ce jour, Gustave n'a plus jamais manqué la classe, que l'été soit brûlant ou qu'il gèle à pierre fendre. Et Marthe a appris à considérer autrement ses élèves, dont les conditions de vie lui étaient si étrangères. Est-ce parce qu'elle a laissé transparaître une tendresse nouvelle, que ses élèves semblent tous amoureux d'elle? En tout cas, ils redoublent à présent d'efforts pour lui plaire et elle s'attache à eux.

À la lumière de ces enfances rudes, Marthe envisage mieux celle des orphelins, certainement plus pénible. Elle se rend compte qu'elle n'avait pas conscience du gouffre social qui la séparait d'André, ni des épreuves que leur couple aurait à surmonter s'ils se retrouvaient. En aidant à grandir ces gamins abîmés, c'est un peu l'enfance d'André qu'elle voudrait réparer.

## 72

**Justin Lacour,** le directeur, est satisfait de sa nouvelle recrue. Si satisfait, qu'il lui fait vite des avances polies. Marthe se laisse approcher avec une facilité inattendue. Après tout, même si elle prétend en avoir plus, elle vient d'avoir vingt ans, six de moins que lui, et elle n'a rien vécu de sa jeunesse. La présence robuste de Justin est rassurante. Célibataire et athée convaincu, bon vivant et blagueur, le jeune homme la fait beaucoup rire, ce dont elle n'avait pas eu l'occasion depuis longtemps. Et si, comme bien des hommes ayant fait la « Grande Guerre », il en est revenu avec un sérieux penchant pour la bouteille, personne ne songerait à le lui reprocher. Car c'est par le pinard qu'on a fait tenir ces messieurs, dans l'enfer dont ils refusent de parler.

Décidément, cette guerre aura fait prendre à la vie de Marthe des directions inattendues ! Les plus grands des élèves ne perdent pas une miette du petit manège de leurs enseignants, et la rumeur que M. Lacour et Mlle Derain forment un couple se répand rapidement. Justin vient de plus en plus souvent la voir chez elle, il se montre patient. Et Marthe cède lentement. Elle s'ennuie tant ! Son existence ressemble davantage à celle d'une princesse de conte, cloîtrée dans sa tour, qu'à celle d'une jeune fille moderne du vingtième siècle. Combien d'années André se fera-t-il encore attendre ?

Justin s'y prend bien mieux avec elle que son célibat n'aurait pu le faire craindre. Mais cela ne veut pas dire qu'elle se donne toute à lui. Ils ne font que se rendre plus agréables le temps qui passe si lentement, leur vie monotone. S'il lui fait découvrir le plaisir, le jeune directeur ne peut pas pour autant rivaliser avec André ni le faire oublier. D'ailleurs, il n'y a entre eux aucun serment, aucune promesse. Justin Lacour n'exige de Marthe ni son âme, ni son cœur, qu'André a emportés avec son reflet, la nuit des bombes. Et, chaque soir, Justin rentré chez lui et le petit Albert endormi, Marthe tire le ruban brodé du médaillon de nacre, le déroule et le presse entre ses mains jointes, comme une relique, formulant une prière païenne qu'elle n'adresse qu'à lui. C'est ce qui donne un sens à son étrange vie, malgré l'isolement, malgré Justin, malgré l'ennui.

Au printemps, lorsqu'elle cueille les premiers légumes de son potager, elle s'imagine la joie qu'ils auraient eue, de récolter ensemble ce qu'ils avaient patiemment cultivé, dans leur jardin d'Éden. Cela lui lézarde le cœur. C'est comme si leur amour ne devait jamais porter le moindre fruit. Mais elle garde en tête sa promesse : vivre et le retrouver. Tant que les miroirs sont vides, c'est qu'elle peut espérer. *Reviens, reviens André !*

Ce qui la retient de tout quitter, de partir à sa recherche, ce n'est pas Justin, c'est son neveu. Albert, si petit, sa seule famille, à qui elle doit offrir la vie que Blanche lui aurait souhaitée. Comment pourrait-elle le sacrifier ? Les Allemands lui ont appris la patience.

Le temps est son meilleur allié, puisque Marthe ne semble plus vieillir ni changer.

## 73

**Pourtant, au fil des mois,** les choses vont se gâter.

Car, comme un marcheur égaré retrouvant sa route, Marthe sent de nouveau la présence d'André, chaque jour plus palpable ! Elle l'entend de plus en plus distinctement dans ses rêves. Elle croit parfois sentir les battements d'un autre cœur doubler les siens, des mots, des caresses invisibles, délivrés par le vent. Il semble revenir de si loin ! Qu'était-il arrivé ? Marthe se gonfle d'impatience, guettant perpétuellement un nouveau signe de lui, néglige un peu Albert, et délaisse Justin qui s'assombrit.

Le directeur de l'école s'agace de cette distance, distraite et irritable, que Marthe érige entre eux. Plus elle lui échappe, plus il la veut à lui. Et aussi, sans qu'il le comprenne tout à fait, il est dérangé par quelque chose en elle. Il a l'impression de connaître chaque trait de son visage, chaque expression, chaque mèche de ses cheveux, chaque mimique. Comme s'il la fréquentait depuis déjà un siècle. Elle ressemble à ces poupées de cire, effrayantes à force de fixité. Et moins elle lui paraît humaine, plus il la considère comme un objet, dont il devrait pouvoir disposer.

Justin boit un verre de plus à table, puis un autre, et puis un verre de trop. Sa frustration et son désarroi l'étouffent, débordent, pour finalement se déverser sur elle. Il commence à frapper. Ce n'est pas difficile. On ne se pose pas beaucoup de questions à cette époque. Tant de gens s'accordent sur le fait qu'un homme doit corriger sa femme, au moins de temps en temps. Il frappe pour la punir, pour tenter d'altérer ce visage immuable.

Impuissante, Marthe voit le piège se fermer sur elle. Elle est seulement rassurée de constater que les bleus et les marques, comme la douleur, disparaissent en une nuit, comme effacés à l'éponge. Au moins, pense-t-elle, le petit Albert ne les verra pas. Mais elle ne tarde pas à comprendre que l'absence de traces encourage Justin à la frapper plus fort. Et bientôt, le regard craintif et fuyant de son neveu lui révèle qu'il en sait sans doute déjà bien assez. Elle se sent perdre pied. La charge du petit garçon lui paraît soudain trop lourde, qui la contraint de rester, au lieu de partir sur les routes pour retrouver André. Elle a l'impression de se sacrifier pour lui. Comment échapper à Justin, alors, puisque personne ne lui viendra en aide? C'est si commun, un homme qui se défoule sur sa compagne. Surtout qu'ils ne sont même pas mariés, alors... Ce n'est pas l'existence qu'elle voulait se construire. Ça ne peut pas être cela, sa vie!

Décembre 1922 arrive, froid et pluvieux. Justin a beaucoup bu, dès l'aube. Il s'endort devant ses élèves pendant l'après-midi, et ne cesse de vociférer contre Marthe. Quittant hâtivement l'école, elle file s'enfermer chez elle avec Albert. Cette fois, Justin cuvera son vin en plein air, qu'il vente ou qu'il neige. Elle ne lui ouvrira pas.

Quand il se met à frapper à la porte, puis à tous les volets, elle hésite pourtant. Lui interdire d'entrer ne risque-t-il pas d'augmenter sa colère? Soûl comme il est, il s'endormirait vite... Mais l'air terrorisé d'Albert la persuade de ne pas revenir sur sa résolution. Elle monte avec lui s'enfermer dans la chambre du petit garçon. Le vacarme y est moins terrible et ils parviennent même à s'endormir.

Mais, dans la nuit déjà dense, un fracas les tire de leur demi-sommeil. Marthe descend, un dérisoire couteau de table à la main, tandis que des chocs terribles ébranlent la porte. Justin est en train de l'attaquer à coups de pied et de divers objets !

– Je vais te tuer, hurle-t-il.

Elle lui crie d'arrêter, elle ne sait plus quoi faire. Si seulement des voisins habitaient plus près ! Où trouver de l'aide ?

– André, reviens ! Reviens-moi, s'il te plaît ! murmure-t-elle très vite en pressant le médaillon du bracelet contre son sein, comme pour invoquer sa protection.

Un éclat de bois traverse la pièce comme une flèche. Marthe recule, se prend les pieds dans la première marche de l'escalier, se rattrape. Subitement, les coups s'arrêtent et Justin se met à pousser un hurlement atroce. Mais ce n'est plus un cri de rage. C'est de la terreur. Il appelle au secours, semble suffoquer. Est-il devenu fou ? S'est-il blessé ? En entendant ses gémissements, Marthe ramasse le couteau qu'elle avait laissé échapper en tombant, puis va déverrouiller la porte, le souffle court, lame en avant.

## 74

**Allongé sur le ventre,** sous les trombes d'eau qui se déversent du ciel, Justin se convulse dans une mare de boue. Marthe s'agenouille près de lui et découvre son visage entaillé d'une énorme balafre qui lui ouvre la joue droite, de la commissure des lèvres jusque sous l'œil ! Marthe sonde la nuit noire pour déceler une présence. Personne. Le malheureux tente de refermer la plaie d'où s'échappe le sang qui coule dans les flaques.

– Qu'as-tu fait ? Qu'as-tu fait ? lui dit-elle, hébétée.

Elle veut poser sa main sur son épaule, mais Justin se cabre. Derrière elle, Albert s'approche, les yeux exorbités. Il fixe la lame dans la main de Marthe. Elle jette le couteau loin d'elle, comme s'il l'avait brûlée. Que va-t-il imaginer ?

– Cours trouver le père Henriot ! lance-t-elle au petit garçon. Qu'il appelle un médecin ! Cours vite !

Albert met ses galoches et file dans la nuit, effaré. Marthe tourne sur elle-même, ébranlée par un choc brutal. Il est là ! Il est tout près ! André. Elle en est sûre. Elle cherche les traces de pas dans la boue. Elle voudrait chasser la pluie, rallumer le soleil, faire tomber tous les arbres qui l'empêchent de le voir. Elle se met à crier, face à la nuit hostile :

– Où es-tu ? Montre-toi ! Pourquoi tu m'abandonnes ?

Justin s'est recroquevillé sur le flanc, la fixant d'un regard fou. Il se met à chuinter, d'une voix déformée par l'horrible blessure et par l'alcool :

– Le diable ! C'était le diable !

– Ne dis pas de sornettes, je t'en prie ! Tu devrais avoir honte de l'état dans lequel tu t'es mis…

– C'est toi qui l'as appelé !

– Arrête, Justin, tu délires ! Tu n'as jamais cru au ciel ni à l'enfer.

– Pas avant de te connaître.

Elle hausse les épaules, scrutant l'obscurité dans laquelle Albert s'est enfoncé. Si vraiment Justin ne s'est pas fait cela lui-même, au-devant de quel danger a-t-elle envoyé l'enfant ? Et pourquoi a-t-elle la certitude d'avoir senti André ? Pourquoi se cacherait-il d'elle, lui qui avait promis de revenir ? Elle veut traîner Justin jusque dans la maison mais il pousse un grand cri. Sur son ventre, le sang imbibe sa chemise d'une large tache. Alors Marthe renonce et reste voûtée sur lui, le dos martelé par le déluge.

Quand Henriot et son fils aîné, les plus proches voisins, arrivent finalement, ils les trouvent collés l'un à l'autre par la pluie, frissonnants.

– Je ne l'ai pas touché, se défend-elle. Je suis restée enfermée avec Albert. Il est capable de s'être fait ça tout seul ! Il est ivre.

Henriot examine les plaies du visage, puis ouvre la chemise du mourant tandis que son fils observe les alentours.

– C'est sûrement un coup des carriers du Bois des Roches. Y a encore eu des vols dans plusieurs fermes, entre Jouy et Souzy. Toujours des immigrés bretons ou italiens...

Justin désigne Marthe, faiblement.

– C'est elle... Le démon...

– Calmez-vous, intervient le père, apercevant la porte de la maison à moitié défoncée. Tout ça ressemble fort à une querelle de ménage que le vin aura fait mal tourner. Pour ça, soyez-en sûr, les hommes n'ont pas besoin du démon !

– Je vous dis que c'était le diable !

– Ce sont des sacrilèges que vous proférez, monsieur le directeur !

– Allez vous réfugier chez nous, mademoiselle, conseille le fils à Marthe. Ma mère garde votre garçon, et mon plus jeune frère est parti quérir le médecin. M. Lacour aura cuvé sa vinasse, le temps qu'on ait soigné ses vilaines blessures.

– Je vais vous accompagner, approuve le père Henriot. Antoine, reste donc ici attendre le docteur.

Marthe le repousse doucement, se penchant sur le corps de Justin, qui a cessé de frissonner. L'image d'un cadavre au crâne explosé tombé dans la poussière, en uniforme allemand, percute celle du jeune homme, défiguré et noyé dans son sang.

– Il est mort ! dit-elle en claquant des dents. Il est mort, je crois bien.

# 75

**Juin 1925**

- **Non mais sans blague,** c'est pas pour cette masure qu'on a fait toute cette route en chaudière ?

– Tu peux pas lui dire de la fermer, Novembre, à ta pouliche ?

– Laisse pisser le mérinos, mon Jeannot, et va plutôt frapper ! Pour sûr, Babette, on peut dire que tu nous rases ! Bouge un peu tes fesses et descends le phono !

Le trio d'élégants saute de l'automobile, assommé par la canicule. Quand elle ouvre la porte, Marthe a un mouvement de recul animal.

– Alors quoi, ma chérie, c'est comme ça que tu accueilles ton peintre préféré ?

Elle peine à le reconnaître. Gwen lui claque la bise en entrant, suivi par ses deux acolytes qui la saluent à peine. Ils investissent la maison en pinçant les narines.

– Mazette, mais c'est dans un pire état que quand je t'ai amenée ici avec ton gosse ! s'exclame son ami.

Il surjoue la gouaille faubourienne de façon irritante. Ça doit être la mode, dans son milieu. Gwen prend Marthe par le bras et l'attire dehors en boitant. S'appuyant sur sa canne patte de bouc, il la dévisage.

– T’as pas changé, c’est dingo ! Qu’est-ce que tu fais jeunette ! T’as quoi, vingt, vingt-deux ans ?

– Vingt-six.

– Mazette, l’âge de Bab ! Seulement huit de moins que moi ! Si tu t’attifais un peu mieux, il faudrait pas grand-chose pour qu’on te donne dix-sept piges, sans blague ! Je crois presque te retrouver du temps de ma petite chambre, tu te souviens ? Mais moi, alors, t’en as mis du temps à me remettre ! J’ai donc vieilli tant que ça ?

– Non, enfin un peu. C’est juste que... Enfin, tout ça...

Elle fait un geste flou englobant la casquette de golf, l’ample costume trois-pièces, la cravate à rayures, les mocassins bicolores, et l’impressionnante Delage bleu et jaune électriques garée près d’eux, dont la surface polie reflète dangereusement.

– T’as vu ce bijou ? s’enorgueillit-il en allumant une cigarette. Une six-cylindres ! Plus confortable qu’aucun pieu dans lequel tu dormiras jamais !

– En parlant de pieu, crie la femme depuis l’entrée, c’est où qu’on va crécher ? *Because* moi, j’suis rincée par le voyage !

## 76

**Gwen entre dans la maison.** Malgré ses beaux habits, le peintre a une allure de gangster : main dans la poche, épaules rentrées et bassin en avant. Marthe le suit, étourdie par tant de bruits, de mouvements, par leur langage.

– J’te présente Bab, lui dit-il. Ma Babette, parigote jusqu’à la moelle mais qu’est une plus chic fille que tu pourrais croire...

Cheveux courts et accroche-cœurs plaqués sur ses joues humides, robe droite au-dessus du genou, sans ceinture ni corset, couverte de bijoux, la jeune femme lève les yeux au plafond en soufflant sa fumée d'un air impatient.

– Et lui c'est Jean, Jeannot pour les intimes, qu'est mon « homme à tout faire ».

– Déconne pas! proteste le garçon aux yeux bleus dont la mâchoire virile se contracte. J'suis bien plus que ça, tu peux lui dire. Ou bien t'as honte de moi, parce qu'on est chez les ploucs? J'vais vous l'dire: je suis son mec, à Novembre! Enfin, comme qui dirait.

Marthe reste appuyée contre le chambranle, sourcils froncés.

– Novembre?

– Eh mais, tu sais donc rien? s'étonne Gwen. Novembre, c'est mon nom de vedette! Celui que je me suis choisi pour signer ma peinture.

D'un grand geste, il déplie un journal qu'il tenait roulé dans son veston, et se met à lire avec emphase:

– « Là où les réactionnaires n'ont vu que des bariolages, l'avant-garde a reconnu un génie. Novembre manie les couleurs comme des fusils-mitrailleurs déchargeant de la lumière. Plus vivante que la vie elle-même, sa peinture n'est que mouvement et sensualité. Faisant fi du scandale, ridiculisant l'académisme comme les faux modernes, le peintre touche au sublime! »

Il jette nonchalamment le journal, bouffi d'orgueil.

– Gwen Novembre, ça sonne bien, non? Ça te fait plaisir?

– Eh bien…

– T'as donc jamais entendu parler de moi?

– Tu ne m'as pas donné beaucoup de nouvelles.

– Peut-être, mais tu lis pas les journaux? Y a rien qui parvient jusque dans ton patelin? Dis, Jeannot, ouvre les fenêtres! Excuse, princesse, mais ça chlingue, dans ton palais.

Marthe le toise froidement.

– Vraiment? Depuis que tu es rentré, je suis asphyxiée par ton eau de toilette!

– Eh mais c'est un parfum! «Jouir», de chez Fioret. Tu connais pas, bien sûr!

– Un parfum de femme, lance Babette d'un ton blasé. Z'allez pas vous fâcher à peine qu'on arrive, non? Après toute la route qu'on a fait...

– Elle a pas tort. On a plein de choses à se dire! Mais toi, d'abord, raconte!

## 77

**– T'as vraiment pas un seul fichu miroir chez toi?**

Bab revient s'asseoir avec les autres à table, dans la fraîcheur de la maison. Tout en fouillant une volumineuse trousse de maquillage, elle fixe Marthe, attendant une réponse. Jeannot clôt la question.

– Ton miroir, Marthe en a pas l'usage. Tu peux te peinturlurer la tronche autant que tu veux, on croira jamais que vous avez le même âge. Sans tricher, elle pourrait passer pour ta fille!

Bab lui envoie sa houppette à la figure. Jean l'esquive, dans un éclat de rire aigu et enfantin. Marthe observe Bab. Toutes les jeunes Parisiennes arborent-elles ce nouveau style, ou passe-t-elle pour une extravagante, dans les rues de la capitale? Cette coiffure de garçon empêcherait en tout cas Marthe d'être à la mode, même si elle le voulait. Depuis qu'elle a perdu son reflet, non seulement ses cheveux ont cessé de pousser, mais lorsqu'elle a voulu les couper plus court, elle les a retrouvés le matin suivant à la longueur exacte qu'ils avaient avant. Elle est condamnée à toujours redevenir celle qu'André a quittée il y a neuf ans.

Gwen lui ressert un verre du blanc qu'ils ont apporté.

– Faut pas le gâcher, ce vin-là, il coûte un bras !

Marthe a la tête qui tourne un peu, sans doute d'avoir tant parlé, elle qui ne parle à plus grand monde. Elle leur a raconté ses premières années à Saint-Chéron, Albert qui a maintenant huit ans, qui se rend à l'école à pied et qui ne devrait d'ailleurs plus tarder à rentrer. Le meurtre de son « bon ami », aussi, sans trop le détailler, bien que cette aventure passionne son auditoire. Elle leur a ensuite fait le récit de son lent isolement, des rumeurs la transformant en objet de scandale, malgré une enquête de police bâclée qui n'a mené à rien. Un « crime passionnel », imaginez ! Elle a enfin évoqué la douloureuse perte de son poste d'institutrice, ses adieux aux élèves, et sa vie de recluse, à éviter les gens, à regarder son monde se réduire peu à peu au potager, aux clapiers à lapins, aux poules et à toutes les tâches qu'il faut bien assumer, qui remplissent les journées. Enfin, l'argent qui commence à manquer, même si on vit de pas grand-chose à la campagne.

Ce qu'elle ne leur confie pas, par contre, c'est son impression terrible d'avoir semé la mort partout où elle allait. Au point de redouter de se lier à quiconque. N'est-ce pas d'ailleurs sa faute si Albert, cet enfant sans amis, au regard d'adulte, est devenu si dur, s'il semble toujours se méfier d'elle, et si tous ses silences paraissent l'accuser du meurtre de Justin, d'être une sorte de monstre ? Quelque chose s'est irrémédiablement brisé entre elle et lui, malgré tous ses efforts.

Et puis, il y a cette angoisse qu'elle ne peut partager avec personne : son corps qui persiste à ne pas vieillir. Cette jeunesse perpétuelle n'est-elle pas devenue compromettante ? Trop de gens ne commencent-ils pas à s'en intriguer ? Albert le premier. Elle craint qu'on ne l'affuble bientôt de noms de sorcières. Elle en est sûre, c'est déjà son étrangeté qui a fait perdre la tête à Justin. La nuit, elle le réentend invoquer le diable en mourant. Oui, elle l'a rendu fou ! Que deviendra son neveu, en grandissant près d'elle ? Voilà pourquoi, au fond, elle a cessé de vivre parmi les humains.

La seule chose qui l'anime paraîtrait sans doute encore plus folle au trio parisien. Car elle ne se sent pas seule. Ce quotidien lancinant, elle a l'impression de le vivre sous le regard d'André. *Je suis là, avec toi*, lui dit-il de loin. Marthe aime guetter les instants fugaces où elle croit sentir sa main dans la sienne, sa nuque près de sa joue, lorsqu'elle reproduit seule la position de leur reflet. Il est diffus, comme l'air ou la lumière. Il l'encourage d'un souffle, la console d'une caresse invisible, qui ne l'a pas oubliée, qu'elle n'oubliera jamais. Cela ne lui suffit pas, bien sûr. Le manque la dévore, la frustration la ronge. Elle voudrait le serrer tout contre elle, le sentir, l'entendre, le voir, savoir s'il va bien. Mais le pacte qui les unit ne laisse aucune place au doute, plus fort que la mort même. Son absence de reflet le lui rappelle chaque jour. Tant que les miroirs restent vides, la vie, le ciel et même l'enfer devront l'attendre !

Comment les trois joyeux lurons qui ont débarqué chez elle pourraient-ils entendre ces folies ? Et quoi de mieux, pour les en détourner, qu'un fait divers macabre et croustillant : un amant violent qui picole, un crime abominable.

## 78

**- Les flics, c'est tous des bons à rien!** grogne Babette, en tartinant de fard bleu l'immense espace entre ses cils et ses sourcils redessinés. S'ils ont pas été fichus de trouver qui a tué ton mec, c'est qu'ils avaient pas envie de chercher.

Gwen rigole, déjà bien éméché.

– Maintenant, mes chéris, vous voyez pourquoi j'l'aime, ma Marthe? Avec elle, y a jamais moyen de s'ennuyer!

– C'est pourtant pas tout à fait ce qu'elle vient de dire, le corrige Jeannot. T'appelles ça une vie d'aventures? À ta place, j'aurais filé à l'autre bout du monde, ou bien je m'serais pendu!

– On n'aurait rien perdu!

– Ta gueule!

Marthe repose son verre vide. Elle doit faire attention. Si elle boit un peu plus, elle risque de trop parler. Mais ces zouaves l'amusent et la distraient, comme elle ne pensait plus cela possible. Elle a déjà pardonné à Gwen son inconstance et sa si longue absence.

– On ne se pend pas quand on est responsable de la vie d'un enfant, répond-elle en souriant.

– Tiens, ben le v'là justement qui rentre, ton écolier! Mazette, je l'aurais pas reconnu! C'est qu'il est grand, maintenant!

Albert s'est arrêté sur le seuil. Il regarde avec une mine ahurie cette figure de cinéma le prendre dans ses bras.

– Alors quoi? Tu remets pas tonton Gwen, celui qui t'a sauvé des pattes des poulets?

Des pattes de poulet? Le garçon se gratte la tête, avec une grimace qui fait rire tout le monde. Albert salue les autres de loin, intimidé, et file dans l'escalier.

– Qu'il est vilain, ton gosse ! glousse le peintre penché sur Marthe. J'ai jamais vu un p'tiot si peu appétissant ! Oh, je blague, te fâche donc pas ! En plus, c'est même pas le tien...

Marthe souffre d'entendre dire tout haut du mal de cet enfant qu'elle ne parvient même plus à faire sourire. Albert lui fait de plus en plus peur. Lui aussi a peur d'elle. Il l'évite, et semble juger chacun de ses gestes, chacune de ses pensées. Elle se sent épiée. Elle redoute qu'il n'ait découvert son « étrangeté ».

## 79

**- Tiens, Bab, va donc chercher le cadeau pour Marthe !**

– Rhô, tu m'enquiquines, j'ai pas fini mes cils !

Au lieu de lui crier dessus, comme il semble en avoir l'habitude dès qu'il n'est pas obéi, Gwen sort fouiller lui-même la malle de la Delage. Il revient, mains dans le dos, fier comme un coq, le sourire illuminé par une douce ivresse.

– Pom-pom-pom-pom ! chante-t-il triomphalement en déposant sur la table une lourde chemise en cuir ficelée, sur laquelle est tamponné : « 1899 – N à P ».

– Encore une farce ? s'inquiète Marthe.

– Ah non, on ne plaisante plus ! fait mine de se fâcher le peintre en roulant des gros yeux. Cette farce, mââââdame, c'est les archives des gosses de l'Assistance de l'année 1899, que Mlle Babette, ici présente, a extorquées à un bureaucrate de l'agence de Paris !

Pendant qu'il parle, Marthe défait les nœuds.

– En vrai, j'ai juste chipé le dossier de ton chéri, mais le pauvre bougre n'aurait rien remarqué si j'avais emporté toutes les archives !

pouffe Babette. Il était trop pressé d'avoir sa récompense ! Et j'avais déjà filé quand il s'est réveillé.

Le dossier en question est bien dans la chemise, rempli de feuillets et d'enveloppes. Sur le rabat, une écriture en pleins et déliés indique : « Novembre André, enfant trouvé ». Marthe a le souffle coupé. Elle se tourne vers Bab qui a baissé les yeux, soudain pudique.

– Mais… comment tu as fait ?

– Rhôôô ! répond-elle, des larmes lui montant aux yeux devant l'émotion de la jeune femme. Y veulent tous la même chose, les Jules !

– Pas tous, ronchonne Jean, qui aurait bien voulu avoir un rôle dans la surprise.

Gwen pose sa main sur l'épaule de Marthe et lui dit tendrement :

– Ton gars, quand tu m'parlais de lui, et puis de votre amour, c'était si beau que, pour un peu, j'étais jaloux ! De toi, hein, pas de lui ! Tu te souviens, je voulais toujours en savoir plus, que tu me le décrives. Bref, j'avais le béguin.

– Pour André ? Sans l'avoir rencontré ?

– Qu'est-ce que tu veux que je te dise ? Tu dois avoir un talent pour raconter ! J'en ai rêvé de ton gars, à cette époque. J'ai même fini par emprunter son nom, en souvenir des émois qu'il m'avait procurés. Hé, fais pas la choquée, fallait pas te confier à un dégénéré !

Il se ressert un verre qu'il vide d'un trait.

– Donc, quand un de mes chéris m'a parlé d'un type qui pouvait nous permettre d'en savoir plus sur le bel André, j'ai pensé à ta joie. *Happy birthday*, poulette !

– Happy… ? Mais… Ce n'est pas mon…

– Ferme un peu ton clapet, tu vas nous faire chialer ! Allez, les gars, ça vous dit qu'on aille s'en déboucher une autre sous les arbres ? J'ai envie d'écouter les p'tits zoziaux chanter. On va laisser la belle en tête à tête avec son Dédé.

Les deux autres se lèvent presque au garde-à-vous. Marthe bredouille, émue :

– Vraiment, les amis… vous êtes chics, comme vous dites à Paris !

# 80

**Elle a disposé toutes les pièces** du dossier sur son lit, dans l'ordre chronologique, et elle sent son cœur battre jusque dans sa gorge. Elle s'est lavé les mains, elle ralentit ses gestes. Elle entre dans le passé d'André doucement, sur la pointe des pieds, effrayée de violer son histoire sans son consentement. Elle presse entre ses doigts le médaillon de nacre contenant le ruban, pour convoquer sa présence auprès d'elle. Pourrait-il deviner, à distance, ce qu'elle est en train de découvrir de lui ? *Tu veux bien, dis, André ?*

Les premiers feuillets sont des comptes rendus administratifs sans fioriture. André a été déposé à l'agence de Paris le 13 novembre 1899, envoyé à celle de Lille dès le 12 décembre, avant d'être placé en nourrice dans une ferme de la Somme, à l'âge de quatre ans. Il allait à l'école dans un petit village, situé près de Péronne. Et il est resté là jusqu'à son placement dans l'usine Amelin, la veille de la guerre, à quatorze ans.

Maintenant, Marthe s'empare des enveloppes décachetées, pour en sortir les lettres. La plupart sont d'André, adressées à M. Dargent, le directeur de l'agence de Lille. Découvrir l'écriture appliquée du garçon lui remue le ventre. Elle croit presque l'entendre, lisant ses mots. L'une date de 1909, André avait dix ans :

*Vous qui avez toujours été pour moi un véritable père, je vous supplie de me trouver une autre place. Madame me crie dessus et me tape fort, alors que je m'applique de mon mieux pour agir selon vos recommandations, en honnête garçon. J'ai faim tout le temps, car on ne me donne que très peu à manger. On me fait travailler comme un chien, et coucher dans la paille avec la jument. J'aimerais mieux mourir que de rester ici. Si celle qui m'a donné la vie me voyait dans cette triste famille, elle me reprendrait sûrement. Personne ne devrait rester insensible devant un sort pareil. S'il vous plaît, changez-moi de maison !*

Les années suivantes, dans plus d'une dizaine de lettres, André implore son tuteur de lui donner l'adresse ou le nom de sa mère :

*Maintenant que vous m'avez dit qu'elle est toujours en vie, comment voulez-vous que je m'en contente sans rien vous demander de plus, alors que vous devez bien savoir ce qu'elle est devenue ?*

Dans une autre :

*Rien ne pourrait me réjouir davantage que de la rendre fière de moi et lui demander de bien vouloir me reprendre. Je suis sûr qu'elle le ferait, si elle savait comme je suis devenu travailleur et honnête, grâce à l'éducation que vous m'avez donnée. Et si elle était gênée de me reprendre parce qu'elle se trouvait dans le besoin, je lui offrirais mon soutien comme un fils doit le faire. Et même si, par malheur, elle ne voulait pas de moi, au moins je le saurais. Ne rien savoir c'est pire que tout, Monsieur.*

## 81

**Marthe essuie une larme.** C'est comme le retrouver, intact : sa voix, ses cicatrices, la souffrance dans ses yeux, lorsqu'il lui parlait de sa mère…

Les quatre dernières enveloppes ne sont pas d'André. Elles ont été adressées par M. Dargent, le directeur de l'agence de Lille, à celui du bureau central de Paris. Datées de 1904, 1905 et 1912, elles renferment chacune une seconde enveloppe, que Dargent a transmise à l'administration parisienne après l'avoir ouverte.

Dès les premières lignes, Marthe comprend qui a écrit ces lettres.

*Monsieur,*

*Dites à mes pauvres petits que je ne les oublie pas. Que, comme vous le savez, ma décision a été douloureuse, mais que je n'avais pas le choix. Il m'était impossible d'élever seule, sans logement, des jumeaux qui méritaient mieux qu'une malheureuse fille-mère. Mais soyez assuré qu'il n'y a pas un jour sans que je pense à Pauline et à André. Le remords me ronge nuit et jour et je voudrais qu'ils sachent que je les ai confiés à vous mais pas abandonnés, que je souhaite les reprendre, dès que j'aurai trouvé un bon ami pour m'aider et une meilleure situation financière. Ce n'est pas pour tout de suite, malgré tous mes efforts et beaucoup de travail, fort mal payé, je vous jure. Mon cœur saigne. Vous êtes sans doute mécontent que j'aie réussi à savoir que mes enfants avaient été placés chez vous, dans votre agence de Lille, car je n'ai pas reçu de réponse à ma lettre précédente. Ou peut-être qu'elle s'est égarée et que vous ne l'avez pas lue ? Je vous donne encore une fois l'adresse du café où vous pourrez m'écrire.*

*Je vous supplie, Monsieur, de me donner au moins de leurs nouvelles, que je sache s'ils vont bien. Je devine que vous ne voudrez pas me laisser les revoir pour leur baiser le font, mais promettez-leur pour moi que nous serons bientôt de nouveau réunis. J'espère qu'ils me pardonneront tout le mal que la misère m'a forcée à leur faire.*

*Germaine Guéno*

Marthe lit toutes les lettres de la mère d'André, puis les relit encore. Pendant des années, cette femme a cherché à retrouver *ses* enfants ! Car André a une sœur, une sœur jumelle ! Le savait-il seulement ? Une évidence s'impose de plus en plus sûrement : l'administration, le directeur, cet homme qu'André considérait « comme un père », savaient depuis toujours où sa mère se trouvait, et qu'elle désirait le revoir. Mais ils ont prétendu le contraire. Ils ont gardé secrètes ses tentatives de se faire connaître de lui, tout comme ils n'ont jamais donné de réponse à ses suppliques. Marthe est saisie par une rage immense. Cette révolte devant les vies volées est en elle depuis toujours, elle s'était seulement assoupie pendant quelques années. Mais la douleur est trop forte quand il s'agit d'André.

## 82

**Posé sur une souche,** près d'un tas de bûches que Marthe a fendues cet automne, le phono-valise joue une chanson qu'elle ne connaît pas. La voix aigrelette s'élève sous les chênes, transformant l'atmosphère du jardin familier. Babette somnole, adossée à un tronc. Marthe traverse le pré, au fond duquel Gwen s'est allongé, torse nu, en plein cagnard, sur une couverture. Il mâchonne un brin d'herbe, la musculature de son buste trapu luisant sous les poils. Jean dort pesamment, la tête sur les pieds de son amant, évoquant à Marthe l'image pathétique d'un jeune chien fidèle. Elle s'assied près d'eux sans oser les regarder.

– Merci, Gwen. Merci. Je ne sais pas encore comment, mais je suis sûre que cela va me servir pour le retrouver. Il est temps que je reprenne sa piste. C'est le signe que j'attendais.

Le peintre entrouvre les paupières et secoue ses jambes pour en chasser Jeannot sans ménagement.

– Hé toi, dégage ! Laisse-nous, on doit parler.

Le garçon s'éloigne sans protester. Gwen se tourne vers Marthe.

– Pas la peine de rêver, les boches l'ont refroidi en août 1916, ton André.

Elle ne comprend pas. Elle s'est statufiée.

– Y a pas de corps, pas de tombe où tu puisses aller déposer des fleurs, mais il est mort. Sur les lignes électrifiées de la frontière hollandaise. Il y avait des témoins. Son nom a même été gravé sur le monument du cimetière de ta ville. J'savais pas comment je pouvais te l'annoncer. Ce dossier, ces paperasses, je te les ai apportés pour que tu saches, mais aussi pour que t'acceptes d'oublier et de tourner la page. Faut qu'tu passes à autre chose, bébé, c'est ce qu'André voudrait pour toi, je peux te l'assurer !

Tout cela ressemble étrangement au récit de la bohémienne qui avait lu les lignes de ses mains. Mais Marthe refuse de s'effondrer. Car, non, ça n'est pas vrai. Elle l'entend lui parler depuis si longtemps. Elle n'est pas folle.

– C'est impossible. André a rendu visite à ma tante à Paris en octobre 1916, elle me l'a dit !

– Tu vas te faire du mal. Comment sais-tu qu'il s'agissait bien de lui ? Un autre a pu se présenter à sa place. Ou ta tante te mentir…

– Il m'avait écrit une carte de Hollande, en septembre de cette année-là. La frontière, il l'avait donc passée !

Sur cette carte, elle le sait, seul André pouvait avoir écrit : « J'ai gardé le reflet. » Gwen est devenu fébrile, comme s'il craignait d'avoir relancé une quête perdue d'avance. Ou bien, lui cache-t-il quelque chose ?

– Écoute, des gens ont témoigné de sa mort, sans quoi il aurait été porté disparu. Aussi bien, il a été abattu en voulant repasser la frontière, dans l'autre sens. Il aura cherché à revenir en France parce que tu lui manquais et que la gloire des tranchées lui paraissait moins belle… On le saura jamais. Mais faut laisser tomber !

– Ça n'a aucun sens. Il n'est pas mort !

– Tu sais combien y a eu de macchabées en uniforme français, pendant ces quatre années ? Entre un et deux millions, je crois, alors…

Marthe renonce à le convaincre, mais pas à son but.

– As-tu idée de ce qu'a pu devenir cette femme, sa mère ? Je pourrais la retrouver… André avait reçu la lettre d'un contremaître d'une usine qui voulait le rencontrer. Il lui disait que…

– C'que t'es butée ! Je te dis de laisser tomber ! La mère non plus, tu la retrouveras pas. Elle est morte en 14. Avant même que t'aies commencé à t'amouracher de son fils. J'ai mené mon enquête. Tu penses bien que je me suis dit, en lisant toutes ces lettres : « Si j'apportais à Marthe la mère avec le dossier, ça l'épaterait ! » Mais ç'a été vite vu. Autant ça avait été facile pour les archives de Paris, autant à Lille… J'avais ce gars dans l'administration, qui me le devait bien. Il s'est rendu dans l'agence du Nord, pour chercher le dossier « André Novembre », et son livret de pupille. Mais il a fait chou blanc. Figure-toi qu'il y a à peine trois ans, en 22, l'agence a reçu une visite nocturne. Toutes les archives ont été retournées et un classeur volé : celui qui contenait les dossiers des gamins entrés là en 99… et dont les noms commençaient par un N ! Si ça c'est pas dingo !

– Mais la sœur ? Il a aussi une sœur !

Gwen l'interrompt, index levé, perdant patience.

– Tu commences à m'enquiquiner ! Alors écoute : la sœur a pas été placée à Lille, et on n'a pas trouvé où, vu qu'ils lui ont pas donné le même patronyme qu'à son frère. Sans compter qu'aujourd'hui, elle doit porter le nom d'un mari. Alors, pour dénicher cette gamine, autant chercher une aiguille dans une meule de foin !

La mort d'André, Marthe l'a déjà imaginée de mille façons. Elle a essayé de s'en persuader. Mais elle n'est pas prête à avaler la première fable qu'on lui servira sans preuve. Quand il ne faudra plus espérer, elle le saura, elle le sentira bien. Personne ne la croirait, si elle racontait qu'il a emporté son reflet ; et pourtant c'est bien vrai ! Elle regarde Gwen fixer énergiquement le col et les manchettes de la chemise qu'il vient de renfiler.

– Ce n'est pas parce que tu as échoué que j'échouerai, dit-elle. D'ailleurs, je ne suis pas sûre que j'aurais aimé que ce soit toi qui le trouves en premier.

– T'as pourtant rien à craindre, se marre le peintre. Ce que j'ai fait, c'était pas par espoir de le mettre dans mon lit, c'était pour toi, ma douce ! Tu sais, j'aurais vraiment aimé qu'elle ait une fin heureuse, ton histoire !

Marthe lui sourit franchement.

– Alors, tu es quelqu'un de bien.

– Ouh là, détrompe-toi ! L'bonheur, ça m'ennuie. J'aime rien mieux que de le foutre en l'air, le mien comme celui des autres ! Et surtout, emmerder la bien-pensance. Quelqu'un de bien, pour moi, c'est une insulte !

– Moi, je crois que tu joues un personnage auquel tu n'arrives pas à croire toi-même.

– Tu as tort ! Demande-leur aux deux autres, ils te l'diront aussi.

– Pourtant, tu me viens toujours en aide !

Gwen soupire, agacé de devoir se justifier. Il passe la main sur son crâne rasé que le soleil fait briller, puis remet sa casquette.

– Si y a un mensonge que les bourgeois voudraient nous faire gober auquel je croirai jamais, c'est ce qu'ils appellent l'amoûûûr ! À part… quand tu venais dans ma chambre, et que tu me racontais, pour toi et ton André. J'avoue que j'arrivais pas à me moquer, ni à vous détester. Pour une fois, j'aurais presque pu y croire. Tu veux pas m'expliquer encore un peu, pour voir si tu peux me persuader ?

Il lui a lancé ça comme un défi. Marthe le considère longuement. Quel étrange ami ! Comment ont-ils donc pu se trouver l'un l'autre ? Il devrait lui déplaire ou lui faire peur, mais elle ressent pour lui une tendresse de sœur, ou de mère indulgente. Elle veut être sincère.

– Ça ne doit pas être la même chose pour tout le monde. On ne peut pas le définir. L'amour ne s'explique pas… Il se ressent !

Gwen pouffe bruyamment.

– Pfff ! Ça y est, là, j'ai cessé d'y croire !

Elle hausse les épaules, son regard se perd dans le vague. Elle se passera de Gwen s'il ne veut plus l'aider. Elle est bien décidée à remuer ciel et terre, maintenant que toutes ces lettres lui ont remis le pied à l'étrier. Le peintre se relève, faisant crânement craquer les articulations de sa nuque robuste, puis ajoute, songeur :

– Quand même, mon pote avait glané une drôle d'histoire, à l'agence de Lille. À propos du tuteur de ton André, celui qui a jamais répondu à la mère, tu sais… Comment qu'il s'appelait ?

– Dargent ?

– Voilà ! Il paraît que le type s'est jeté en pleine nuit par la fenêtre de son bureau, en 22, à peine quelques jours après le vol des archives. Quand les secours l'ont ramassé sur le pavé, il avait une balafre qui lui ouvrait la bouche et la joue jusqu'à l'œil. Un truc bien dégueulasse. Avant qu'il passe l'arme à gauche, ils ont demandé à Dargent qui lui avait fait ça, parce que c'est quand même pas en faisant un plongeon qu'on se défigure de cette manière. Tu devineras jamais qui le type a accusé !

– Le diable ?

– Ah ça, c'est épatant ! Mais comment t'as deviné ? Est-ce que je suis déjà tellement rond que je me souviens plus te l'avoir raconté ?

Le jardin semble s'être assombri. Marthe s'agrippe au sol comme si elle avait peur de tomber. Au loin, Babette appelle, se plaignant d'avoir faim. Marthe retient Gwen par la main.

– Il y a une petite auberge au village, qui doit avoir des chambres à peu près décentes. Bien sûr, je peux vous accueillir, si vous voulez. Mais j'ai peur que ce ne soit pas le confort auquel vous êtes habitués. En tout cas, j'aimerais bien que tu… que vous restiez un peu. La solitude me pèse.

Gwen la dévisage comme si elle avait dit la chose la plus stupide du monde.

– Mais ma chérie, on va pas rester, on t’emmène avec nous, c’est ça qu’est décidé ! Tu comptes pas qu’on te laisse dans cette crasse ? Toi et ton avorton, c’est moi qui vous héberge ! On enverra des gens pour prendre vos affaires. J’ai des moyens, tu sais. Et même, parfois, des moyens honnêtes ! Tu pourras constater si je suis « quelqu’un de bien » en te coltinant mes vices au quotidien ! Et puis, tu vas pas me croire, mais la célébrité rend pas la solitude facile. J’ai besoin de quelqu’un près de moi, sur qui je pourrai compter pour de vrai. En plus, j’ai eu le temps d’oublier ce que c’était ennuyeux de dessiner ton minois… Je pourrai réessayer !

## Florin - mai 2016

– Allez, mon Florin, courage. On est rassurés de te voir comme ça, tu sais.

– Baisse pas les bras, bonhomme ! T'es un guerrier, mon fils.

Je laisse mes parents embrasser ma joue intacte, et les regarde passer la grille en se tournant encore vers moi plusieurs fois. Chacune de leurs visites me fait du bien et du mal en même temps. La douleur que je lis dans leurs yeux, quand ils essaient de ne pas fixer mes cicatrices, leur douleur de parents à qui on a défiguré un fils, me fait sentir coupable. Ils souffrent à cause de moi, et c'est insupportable. Heureusement, je souffre trop moi-même pour pouvoir longtemps me soucier de ce que vivent les autres. Je n'ai pas le choix. Pour m'en sortir, je dois être un peu égoïste. Comme tous les résidents.

Depuis un mois que j'ai été transféré aux Invalides, cet endroit est devenu ma maison, mon château, mon refuge. Je fais demi-tour, longeant les haies de buis, les pavés sous mes pas, et je lève la tête vers le grand dôme dont le soleil enflamme les dorures. Aveuglé, je plisse les paupières en marchant vers la porte.

C'est là que je découvre Marthe. Elle a l'air surprise, puis soulagée, pour finir par rougir. Je m'avance. Mon cœur s'emballe. Elle aurait pu rencontrer mes parents ! J'aurais pu la leur présenter, la voir à leurs côtés... On s'adresse un sourire. Le mien n'est bien sûr qu'une grimace, mais elle sait depuis longtemps comment l'interpréter.

– Tu vas bien ? me demande-t-elle, émue, sans faire semblant de ne pas observer ma bouche rapiécée.

Je secoue affirmativement le menton. Grâce aux autres patients, dont certains ont perdu bien plus que moi, j'ai appris à ne plus me plaindre.

– C'est beau, ici ! Tu me fais visiter ?

C'est la première fois que Marthe vient me voir au Foyer des Invalides. Et ça veut dire beaucoup. Ça veut dire que je suis important pour elle, puisqu'elle me rend visite en dehors de son bénévolat à l'hôpital, où elle était venue me voir pendant quatre mois. Et ça veut aussi dire que nous allons devoir définir une nouvelle relation. Sur ce point, on risque de tâtonner. Je l'avais idéalisée, depuis mon lit de souffrance. Marthe me semble plus humaine, plus normale, hors de notre cocon. Là-bas, toutes ses visites avaient le même cadre : chacun à la même place, sous le même angle, comme chez le psy. En marchant à ses côtés, je la trouve plus petite, et bien moins assurée.

Je la guide jusqu'au jardinet où mes camarades et moi avons nos habitudes, depuis le retour des beaux jours. Je savoure en secret l'idée qu'on puisse nous croire en couple. On s'assied sur deux chaises près de la vieille fontaine. Marthe observe discrètement les gens que j'ai salués en passant. Léger, le soldat de mon âge dont un bras est resté au Mali, discute avec « le commandant », héros de la Résistance. Seul sur son fauteuil roulant, à l'ombre des grands arbres, Denis somnole. Il a perdu toute sa mobilité en sautant sur une mine en Afghanistan, et ne peut plus bouger que le cou et la tête. Il y a aussi Agathe, mutilée à Auschwitz, au bras d'une jeune visiteuse qu'elle raccompagne sans doute à la grille. Je reviens à Marthe, m'apercevant que c'est moi qu'elle regarde à présent.

– C'est bien, ça avance... diagnostique-t-elle d'une voix experte. La cicatrice est plane. Ils t'ont refait la lèvre ? Est-ce que tu as tes dents ?

Je fais « Non » de la tête et « Plus tard » de l'index. Elle me fixe longtemps. Contrairement à mes parents, et à tous ceux qui viennent me voir, elle n'a jamais semblé éprouver de difficultés ni de dégoût à scruter mes plaies. C'est ce qui rend les choses si faciles avec elle. Elle me regarde comme je suis, sans rechercher le visage d'avant sous les blessures, puisqu'elle ne l'a jamais connu. J'ai du mal à ne pas baisser les yeux. L'espoir et la douleur se disputent en moi. Je l'aime. Je le sais. Je suis éperdument tombé amoureux d'elle. Mais toute sa compassion suffirait-elle à la faire m'aimer en retour ? Marthe hésite.

– Est-ce que... Est-ce que tu parles ?

C'est ce que je redoutais. Lui faire entendre cette voix que j'ai moi-même du mal à reconnaître. J'ai peur de l'horrifier, qu'elle me fuie. Il faut pourtant que j'affronte cette épreuve. Je prends une profonde inspiration et j'articule lentement :

– C'est pas très facile !

Ou plutôt, c'est ce que je veux dire. Mais les coassements qui sortent de moi ressemblent plutôt à un « Hé-ha-rrrrhê-A-hi » humiliant. Je détourne la tête pour essuyer le filet de bave qui accompagne chacune de mes syllabes. Marthe n'a pas changé d'expression. Elle ne juge pas, ne semble dissimuler aucun embarras. Et je comprends alors, avec tristesse, qu'elle continue de me voir à travers son regard bienveillant d'accompagnante. Un regard dans lequel elle ne s'implique jamais vraiment. D'ailleurs, je ne sais rien d'elle.

Je tire mon bloc-notes de la poche arrière de mon pantalon et j'écris :

« Ça me fait très plaisir que tu sois venue ! »

Elle sourit. J'écris encore.

« Tu es très belle. »

Son sourire n'a presque pas changé mais je sens qu'elle ne veut pas répondre. J'ai honte de mes yeux qui doivent trop briller. Qu'attendais-je qu'elle me dise : « Toi aussi, tu es beau » ? Je me sens ridicule. Cuisant échec.

– Ça va, Florin ?

Je lève les yeux vers elle. Son ton inquiet me fend le cœur. Je fais « Oui ».

– Et… tu as écrit ?

Je soupire lourdement. J'espérais que l'écriture ne serait plus notre unique lien. Mais c'est peut-être la seule chose qui la retienne près de moi. Je cache mon amertume et hoche la tête : « Oui ».

*

Marthe a l'air contrariée. Elle a gardé les sourcils froncés pendant toute sa lecture, et refait maintenant défiler le texte à l'envers sur l'écran de mon portable. La voir assise sur mon lit me trouble intensément, dans cette pièce qui ressemble davantage à un petit chez-moi que l'impersonnelle chambre d'hôpital d'avant. Elle ferme l'ordinateur.

– Je ne comprends pas. C'est bâclé ! Tu as supprimé des années entières, des pans complets de l'histoire. C'est la première fois que je ne m'y retrouve pas ! Tu as pourtant eu du temps...

Elle est fâchée. Mais moi aussi. Je griffonne très vite et lui tends mon carnet d'un geste brusque :

« Tu avais dit que c'était MON histoire ! »

– Mais c'est la mienne aussi ! Je veux dire, tu crois qu'elle ne représente rien pour moi ? Il y a des choses qui me semblaient... Je t'avais donné toute ma confiance en t'offrant ce récit...

« Si c'est mon histoire, c'est moi qui décide comment la raconter. »

J'arrache plusieurs pages d'affilée, les lui jetant à mesure que j'écris.

« Être fidèle, ce n'est pas tout raconter. Il y a des choix à faire. »

« Sinon, on n'aura jamais le temps d'aller au bout ! »

« Je veux aller au bout »

« Je serai peut-être encore transféré ailleurs, après »

« Et je finirai par sortir »

« Et tu ne viendras plus »

Je réfléchis un instant, avant d'écrire encore :

« Pour que ça soit MON roman, il faut que je trouve ce qui parle de MOI dedans. »

Marthe rassemble les feuillets sur ses genoux en une pile bien rangée.

– Je comprends. Tu as raison, sans doute. Je suis juste surprise par les choix que tu as faits...

Je m'assieds à côté d'elle. Ma respiration tremble, ma mâchoire me fait mal. Je reprends le stylo, épuisé par l'intensité de notre échange, et j'écris plusieurs phrases :

« Pour moi, le sujet, c'est l'amour et la guerre. »

« C'est ce qui me touche le plus dans ce que tu racontes. »

« C'est ce que j'ai à dire. Ce qui parle de moi ! »

Marthe me regarde, étonnée.

– La guerre, ça parle de toi ? Mais... pourquoi ?

Pourquoi ? Pourquoi ! Avec fureur, je montre mes cicatrices puis, d'un geste du bras, le bâtiment où je vis enfermé : la chambre, les toits de l'hôpital militaire, et le grand dôme gris et or, par la fenêtre. Marthe baisse la tête. Ses yeux se perdent dans les motifs du couvre-lit. J'imagine qu'elle repense à tous les mutilés qu'elle vient de croiser, dans les couloirs du labyrinthe où je la guidais, telle la Bête faisant visiter son château à la Belle pour la première fois. Cette image me frappe. C'est bien cela, je suis la Bête, incapable de se faire aimer !

Je regarde Marthe en coin, si proche d'elle que j'en suis bouleversé. Je ne croyais plus possible de ressentir du désir. Je ne sais plus si c'est son histoire ou simplement elle qui m'a raccroché à la vie. Et j'ai peur de perdre espoir, si elle cessait de venir me faire son récit.

Elle rouvre l'écran et relit le dernier chapitre. Ses lèvres bougent en silence. Elle ne m'avait jamais semblé aussi jeune et fragile. Elle se tourne vers moi, son visage près du mien, et sourit, résignée :

– D'accord, tu as raison.

# 83

**1er juillet 1939**

**Le taxi s'arrête devant l'impasse** de la petite banlieue ouvrière. Marthe descend en jetant un œil à l'horodateur extérieur du véhicule et demande au chauffeur de l'attendre. Les rues grises d'Ivry renforcent l'illusion qu'on est resté coincé quelque part entre hiver et automne. L'été 39 est pourri. Dans son tailleur-pantalon, avec son turban sur la tête et ses talons qui soulèvent la poussière des rues sans pavé, Marthe sait qu'elle détonne.

Le porche de l'usine Pierrot-Gourmand s'ouvre à l'angle du grand bâtiment. Une odeur lourde et entêtante de cacao grillé plane sur tout le quartier. Un groupe de jeunes filles en cheveux fait la quête devant l'entrée. Marthe passe en secouant la main avant même d'être sollicitée. Pas question d'être retardée dans sa mission. Depuis le temps qu'elle remontait la piste de la sœur d'André ! Elle va questionner un gardien, occupé à régler le passage des camions sous l'enseigne de la marque.

– Je cherche une ouvrière, Jacqueline Printemps. J'ai su qu'elle travaillait dans cette entreprise.

Le bonhomme la dévisage, mains sur son ceinturon.

– C'est qu'il y en a des ouvrières ! Dans quel service, mam'zelle ?

– Aux emballages. Elle doit avoir à peu près mon âg… Pardon, je veux dire qu'elle doit avoir la quarantaine !

Elle s'est corrigée à temps. Elle a beau tout faire pour se vieillir, elle paraît toujours n'avoir que la moitié de ce qu'elle a vécu. Le gardien apostrophe un grand homme à casquette portant un tablier :

– Robert ! Tu connais une Printemps, qui serait aux emballages ?

L'autre fait oui de la tête.

– La demoiselle voudrait lui parler.

– Va falloir attendre la fin du turbin. Les travailleurs sortiront dans quelques minutes. Attendez là, je vous la montrerai.

Elle recule pour laisser passer un convoi de grosses voitures, évitant les reflets dans leurs vitres. Une des jeunes quêteuses en profite pour l'alpaguer avec un grand sourire.

– Maintenant, vous avez peut-être un petit instant, mademoiselle ? Pour les enfants d'Espagne !

## 84

**L'adolescente secoue son urne** métallique pour y faire tinter les pièces. Sous la banderole de l'Union des jeunes filles de France, les autres militantes communistes l'observent, derrière des piles de boîtes de lait concentré qu'elles collectent.

– Je pense bien que vous n'avez pas de lait dans votre sac, mais quelques francs, ça serait pas trop vous demander pour des enfants ?

Marthe cherche avec impatience son porte-monnaie tandis que la gamine récite son petit discours :

– Vous ne pensez pas que notre gouvernement ferait mieux de défendre le peuple espagnol qui se bat pour les valeurs de la République, plutôt que de faire des courbettes au dictateur Franco et à tous les fascistes ?

– Je ne sais pas, répond Marthe en glissant deux pièces dans l'urne. Je n'entends rien à la politique !

– Vous devriez vous y mettre ! Ce qui se passe aujourd'hui en Espagne, en Allemagne ou en Italie, c'est ce qui nous attend, si on se voile la face !

– Nous avons eu assez d'une guerre, je crois. Pourquoi tenez-vous tant à monter notre pays contre ses voisins ?

– Mais on ne veut pas la guerre, vous n'y comprenez rien ! Nous, on veut l'empêcher ! Passez donc écouter nos débats au foyer, vous verrez !

– Denise ! lui crie une camarade plus âgée. Tu ne vois pas que la demoiselle est de la bourgeoisie ?

– Et alors ? Le foyer est ouvert à toutes ! L'Internationale, c'est la lutte de celles qui veulent s'en emparer. Si vous me permettez, mademoiselle, on est de la même génération, vous et moi, celle qui va changer le monde !

– Votre amie a raison à mon sujet, dit Marthe, embarrassée. Et puis, je ne suis pas sûre que les femmes devraient se mêler de tout cela.

– Et le Front populaire, en 36, ça a été inutile pour les femmes ? s'écrie la fille. Dans cette usine, il fait parfois jusqu'à cinquante degrés, l'été ! Les ouvrières font des malaises. Alors, les quinze jours de congés payés, la journée sans travail qu'on a obtenue par semaine, et les dix heures quotidiennes au lieu de onze, est-ce que ce n'est pas du mieux de gagné, pour toutes et tous ?

– Eh bien... Oui, sans doute mais... je ne fais plus vraiment confiance aux politiciens. Ils sont tous corrompus.

– Comment pouvez-vous en être sûre, sans vous intéresser à la politique ? Tenez, lisez ce tract ! Les filles ne devraient plus suivre les idées de leur père ou de leur mari. On écrira l'avenir, nous aussi !

Qu'une adolescente lui fasse la leçon, alors qu'elle a connu l'occupation allemande à son âge, et vécu bien des choses, cela agace Marthe ! Les communistes français sont très mal vus, tout le monde sait qu'ils sont aux ordres de Moscou. Pourtant, le discours de cette Denise a touché quelque chose en elle, malgré sa défiance. Elle n'a pas cessé de se sentir proche de la jeunesse, et elle est toujours intéressée de découvrir combien celle-ci change avec les époques, combien elle bouillonne d'idées nouvelles. Elle hésite malgré tout à répliquer – elle le fait de moins en moins – qu'elle n'est pas si gamine qu'elle en a l'air, et qu'elle a une expérience de la vie qui vaut autant que les idéaux à la mode. Une sonnerie retentit soudain, couvrant le vacarme des machines.

Une foule d'ouvriers et d'ouvrières se déverse dans la cour, par les portes de tous les bâtiments. L'homme en tablier lui fait signe de se ranger à ses côtés, près du porche. Les regards des hommes et les rires des femmes qu'elle attise sont déplaisants. Mais les voix, le bruit, la sueur, lui rappellent ses journées passées à l'usine avec Jeannette, dans une autre vie, il y a si longtemps. Elle scrute les visages des jeunes filles, se surprenant à espérer reconnaître sa compagne d'alors. C'est stupide ! Jeannette doit maintenant ressembler aux ouvrières les plus âgées, abîmées par le travail, pas à ces gamines ! Elle sursaute, s'apercevant que l'homme l'interpelle depuis un bon moment. Il a fendu la marée humaine pour accoster une grande femme brune en blouse, le front encore marqué par le filet qui enserre ses cheveux toute la journée.

– Voilà, c'est vot' dame !

– Merci, monsieur.

– À vot' service.

# 85

**Heureusement que la capote** est ouverte au-dessus de la banquette arrière du taxi, car les effluves de cacao sucré que dégage l'ouvrière sont écœurants ! Cette femme est sa dernière piste. En quelques mois, Marthe a retrouvé l'usine évoquée dans la lettre qu'avait reçue André. Cette lettre dont l'expéditeur avait un nom si facile à retenir : M. Renard. Hélas, le contremaître était mort au front, et la sœur d'André avait quitté l'usine depuis plusieurs années quand Marthe y a téléphoné. Ce n'était en effet pas la mère d'André, mais sa sœur jumelle, qui travaillait à la confiserie. Et c'était sans doute d'elle que M. Renard voulait parler à André.

Finalement, à force d'enquêter, de maisons ouvrières en administrations, le nom de Jacqueline Printemps, une collègue de la sœur, avait été glissé à Marthe. Cette ouvrière pourra peut-être lui fournir de nouvelles informations.

– Je me nomme Marthe Amelin. On m'a dit que vous connaissiez une personne que je recherche : Pauline Guéno. Elle se serait mariée à un certain M. Flandin.

Jacqueline l'observe avec une méfiance et un mépris de classe évidents.

– Qu'est-ce que vous lui voulez ?

– C'est la sœur d'un de mes amis. André.

– Elle est partie, Pauline. Elle a suivi son nouveau mari, avec son grand fils, qu'elle a eu d'un premier homme, un sacré alcoolique. Ils sont allés refaire leur vie aux environs d'Alger.

– Alger ? Vous avez une adresse ?

– Vous n'êtes pas la femme que vous me dites !

– … Pardon ?

– Amelin, c'est pas vous. Pourquoi vous me mentez ?

Marthe hésite. Elle ne doit pas se tromper, au risque de faire s'envoler son seul témoin. Elle comprend subitement : c'est sa jeunesse apparente qui pose problème à l'ouvrière.

– Vous connaissez Marthe ? Quelqu'un vous aura sans doute parlé d'elle ?

– Vous ne m'avez pas répondu sur ce que vous voulez à Pauline et sa famille.

Tentant le tout pour le tout, Marthe improvise un mensonge bancal :

– Je pense qu'il y a confusion. Vous me trouvez sans doute trop jeune pour être Marthe Amelin, n'est-ce pas ? Mais il se trouve que je porte le même prénom que ma mère. Nous nous appelons toutes les deux Marthe ! Maman a effectivement le même âge que Mme Guéno et que mon am... que *son* ami André.

– Alors pourquoi ne vient-elle pas me trouver elle-même, votre mère, si elle cherche Pauline ?

– ... Elle ne peut plus bouger. Un accident... Pourriez-vous nous aider à entrer en contact ?

L'ouvrière regarde passer les gens dans la rue, réfléchissant longuement. Calée le plus possible derrière le siège du chauffeur, Marthe a des sueurs froides à l'idée que l'ouvrière puisse découvrir son absence dans les rétroviseurs. Jacqueline ouvre la portière et descend de voiture.

– Revenez demain, dit-elle. Vous pouvez ? Vers 16 heures. Dans le parc, derrière l'usine.

– Mais...

La femme s'éloigne déjà. Le chauffeur tapote son volant. Tordant le cou en arrière, il lui lance, impatient :

– Et où est-ce que je vous emmène maintenant, mademoiselle ?

## 86

**Elle entre, retirant son turban** et lançant son sac sur une console Art nouveau, que son mari vient sans doute de dénicher chez un amant antiquaire. Gwen est dans le salon. Elle s'empresse de filer. Il hurle en l'entendant s'enfuir dans le couloir :

– Ton rejeton est encore venu me demander du fric ! Je ne veux plus le voir ici, c'est compris ?

– Ce n'est pas mon rejeton.

– C'est toi qui l'as élevé, et mal ! réplique Gwen en même temps qu'elle claque la porte de sa chambre.

Marthe se laisse tomber sur son lit. Elle va tendre le bras vers le téléphone, puis renonce. Demain peut-être. Elle ne se sent pas la force d'essuyer une nouvelle dispute avec Albert. Est-ce qu'à vingt-deux ans, les enfants sont encore censés peser sur leurs parents ? N'y a-t-il pas un âge où ils volent de leurs propres ailes ? Elle s'allonge, envoyant voler ses chaussures dans la pièce. Elle voudrait être seule et ne plus voir personne de la soirée. On frappe.

– Fiche-moi la paix !

– Madame, je vous sers votre repas dans la chambre ?

Marthe se redresse.

– Pardon, Mina. Je croyais que c'était monsieur… Non, je ne vais pas dîner.

Gwen pointe le nez derrière la domestique.

– Tu vas l'appeler ? Je ne filerai plus rien à ce parasite !

Elle se détourne et plonge la tête dans l'oreiller, espérant le faire partir sans avoir à lutter. Elle n'en peut plus de ces scènes quotidiennes !

– Et, dis, quand est-ce que tu comptes te préparer ? insiste-t-il en entrant dans la chambre.

Marthe soupire, les mains pressées sur ses oreilles. Le matelas s'affaisse quand il s'assied près d'elle. Elle ne va pas lui échapper.

– T'as tout de même pas oublié, pour ce soir ?

Elle rouvre un œil fatigué.

– Le bal de Lady Mendl ! Tu te souviens ? Tu vas me faire peur, bébé !

La villa Trianon ! Non seulement elle l'avait oubliée, mais c'est le dernier endroit où elle voudrait se rendre. Un endroit rempli de grandes verrières, de miroirs et de gens qui scrutent le moindre faux pas.

– Tu ne peux pas me laisser tomber ce soir ! plaide Gwen. C'est important. Elsie doit me commander une fresque pour les plafonds de sa galerie. Il y aura tout le beau monde.

Et tous les beaux garçons, songe Marthe. Devant le mutisme de son épouse, Gwen va fouiller le dressing. Il jette avec humeur une robe sur le lit.

– On a un contrat ! fulmine-t-il à présent. Je dois te le rappeler ?

Surtout pas ! Pas tant qu'elle aura ce mal de crâne ! Son contrat, elle aimerait le lui faire avaler et qu'il s'étouffe avec. Leur union de façade l'a brièvement amusée. Jouer l'épouse d'un artiste notoirement homosexuel mais soucieux des apparences semblait être une expérience divertissante quand il lui avait présenté la chose. C'était après leurs premières années bohèmes à Paris, lorsqu'elle était devenue son modèle le plus emblématique. Les journaux parlaient alors de « muse ». Elle avait imaginé obtenir, par ce statut d'épouse, un peu d'indépendance financière. Mais la réalité est tout autre. Maintenant qu'elle est mariée à Gwendal Coriou, plus connu sous le nom de Gwen Novembre, elle lui appartient. Car, malgré ses idées libertaires, Gwen a toujours refusé à sa femme le droit d'avoir son propre compte en banque, ou qu'elle puisse travailler. Et même si, depuis peu, elle a décidé de ne plus porter son alliance, elle continue de dépendre entièrement de lui, qu'ils se soient mis d'accord ou pas sur les règles du jeu.

Marthe n'en peut plus des représentations publiques de leur couple fantoche, des dîners, des galas, ni des amants de Gwen qu'elle doit cacher dans la voiture en rentrant de soirée. Sa voix, sa simple vue, les attitudes de gangster d'opérette qu'il continue de se donner, alors qu'il n'est qu'un artiste mondain et embourgeoisé, tout en lui l'horripile.

– Dis-leur que je suis malade ! Tu peux y aller sans moi. Tu sais que je ne sers à rien.

Gwen cherche quelque chose du regard, la main sur son nœud papillon blanc.

– Cette manie de ne pas avoir de miroir ! peste-t-il en partant. Ouvre au moins ces rideaux, on croirait qu'il fait nuit. Mina, aidez madame ! Rendez-la présentable, on part dans moins d'une heure.

## 87

**La villa est située en bordure du château de Versailles.** Devant le bâtiment d'aspect banal, une salle de bal a été montée pour la soirée, sous un pavillon de toile rayée verte et blanche où se pressent les invités. Un orchestre joue devant une grande bannière : « Lady Mendl's Circus Ball ». En queues-de-pie, les hommes ont les cheveux gominés et coiffés en arrière. Des barrettes de brillants attirent les regards sur les ondulations sensuelles des permanentes des femmes, vêtues de robes au dos dénudé.

Son épouse à son bras comme un simple accessoire, Gwen s'avance en boitant dans l'allée de gravier au bout de laquelle la Rolls vient de les déposer. Il porte des talonnettes et défend à Marthe de mettre des talons hauts lorsqu'elle l'accompagne, pour ne pas mettre en évidence sa petite taille. Il s'arrête à chaque pas pour saluer de nouveaux convives, à qui il présente « Mme Novembre », mi-sérieux mi-amusé. Pour l'état civil, Marthe est désormais Mme Coriou, née Derain, mais on n'est plus à un mensonge près, ni à une identité. Pour devenir vraiment Mme Novembre, c'est André qu'elle aurait dû épouser, se dit souvent Marthe. Ce nom, Gwen le lui a volé. Et il l'a aussi souillé, avec son succès tapageur. Du jeune homme, il ne reste à Marthe qu'un souvenir au visage de plus en plus flou dans sa mémoire, un ruban roulé dans un bracelet de nacre, et des rêves embrumés qui la réveillent chaque nuit. Mais c'est encore assez.

Marthe n'écoute pas les banalités que les gens lui adressent. Elle fait quelques courbettes, autant que sa robe décolletée de soie corail le lui permet. Dans la foule, elle repère avant Gwen un jeune homme au corps de danseur, dont elle devine aussitôt qu'il sera celui pour qui son mari l'abandonnera ce soir. Elle connaît ses goûts en la matière.

Trois minutes plus tard, déjà seule, elle erre au milieu des canapés de satin blanc sur lesquels s'entassent des personnes sûrement très connues qu'elle ne connaît pas. Ces grandes fêtes sont des lieux où elle doit redoubler de prudence. D'instinct, elle détecte les miroirs dans chaque pièce. Cette demeure en est pleine. Rester à l'intérieur est beaucoup trop risqué, elle ressort en vitesse, étourdie par l'odeur des cascades de lys qui recouvrent les murs.

Un barman en spencer blanc se tient derrière un comptoir circulaire, construit autour du plus grand arbre du parc. Marthe s'adosse au bar, sans se soucier des convenances, et ouvre son sac à main pour en tirer son appareil photo. C'est un petit LeCoultre Compass, à peine plus grand qu'un paquet de cigarettes, qu'elle s'est acheté il y a quelques années. Elle a passé du temps à apprendre comment l'utiliser, mais ce jouet coûteux est devenu son hobby préféré. Elle a même demandé à un photographe de lui installer un déclencheur à poire, afin de se photographier elle-même, commandant à distance l'appareil, posé sur un petit trépied.

Marthe étudie son cadrage, effectue quelques réglages, et tire le portrait du barman qui vient lui présenter un cocktail rose laiteux.

– Le fameux *Pink Lady*, inventé par Elsie ! souffle une voix féminine à l'accent américain. Vous n'aurez pas le choix, on ne nous servira que ça, tant que le champagne n'aura pas été annoncé par notre hôtesse !

Marthe se tourne vers la femme, une quinquagénaire étrangement laide, engoncée dans une robe brune qui lui donne une allure de tonneau. Elle pose sa main gantée sur le bar, effleurant celle de Marthe, et lui adresse un clin d'œil appuyé. Boire en solitaire l'a sans doute fait passer pour une cocotte ! Marthe s'explique sans ambages :

– Permettez-moi de vous dire que je ne suis pas intéressée par les propositions. Je suis ici avec mon mari.

L'autre s'esclaffe, sans se vexer :

– Oh je sais, très chère ! Aucun des personnages de cette soirée n'a de secret pour moi ! Mais Novembre ne m'a jamais semblé convaincant dans son rôle de mari, si je puis me permettre.

– Eh bien, vous vous l'êtes permis.

Marthe sait qu'elle peut désarçonner les importuns par un aplomb qu'ils n'attendent pas d'une « si jeune femme ».

– M'expliquerez-vous, poursuit l'autre sur le ton de la confidence, pourquoi Novembre s'embarrasse de vous, quand la moitié des invités est au courant de ses préférences pour les hommes, étant donné qu'ils sont eux-mêmes homosexuels ? N'y a-t-il pas là une grande hypocrisie pour un artiste autrefois si… moderne ?

– J'appellerais plutôt ça de la lâcheté. Mon mari ne tient pas à être associé aux mœurs libérées que certains artistes affichent aujourd'hui. Il pense que la roue de la tolérance pourrait tourner encore. Gwen a été, je crois, terriblement impressionné par le récit des persécutions que ses amis anglais, réfugiés à Paris, ont subies à Londres.

La cancanière sourit, séduite par son franc-parler.

– Mais je suis trop cruelle, rectifie Marthe. Peut-être n'est-ce que par goût pour l'originalité. Rien ne plaît tant à Gwen que d'être un clandestin. Il a besoin d'être dans l'interdit pour se sentir exister.

– Quel dommage que vous ne sembliez pas partager son goût des expériences…

– En effet. Excusez-moi, je vais le retrouver. Je vous laisse le cocktail, j'ai horreur du gin.

## 88

**Entouré par une dizaine d'élégants,** Gwen la voit traverser le parc pour le rejoindre. Elle lui fait signe de venir.

– Qui est cette langue de vipère ? lui chuchote-t-elle, dès qu'il l'accoste.

– Laquelle ? Tous les invités sont des serpents, ce soir !

– La petite bonne femme en marron, là-bas. Américaine, je crois…

– Esther Berman ? C'est une chroniqueuse mondaine des plus célèbres ! Il faut lui pardonner, sa langue de vipère est son gagne-pain. Monnayer les secrets du beau monde lui permet de s'offrir les jolies nanas que sa laideur lui rendrait inaccessibles. Mais viens plutôt, je veux te présenter à des gens épatants...

Tous les yeux se tournent vers elle quand il l'introduit dans le cercle. Marthe reconnaît le jeune homme au corps de danseur, sur lequel Gwen a fondu dès leur arrivée.

– Chers amis, messieurs dames, voici donc ma moitié !

Elle sourit bêtement, on n'en attend pas plus de sa part. Gwen l'attriste. Il est si occupé à se regarder lui-même qu'il est le seul à ne pas voir que, dans le regard des autres, son épouse semble être sa fille ! S'il porte virilement ses presque cinquante ans, elle ressemble toujours aux portraits tant célébrés qu'il a faits d'elle, une décennie plus tôt. Marthe le sait. Car depuis quelques mois, elle se prend régulièrement en photo, toujours dans la même pose, afin de vérifier ce que les miroirs ne peuvent plus lui montrer. La démocratisation de la photographie a bouleversé sa vie en lui rendant un semblant de reflet.

Une femme mince et raffinée s'adresse à elle :

– Nous parlions d'Hitler. Que pensez-vous des Allemands, vous qui n'avez pas dû connaître la dernière guerre ?

– Détrompez-vous ! s'écrie Gwen. Marthe a vécu mille vies !

Tout le monde prend sa remarque pour une plaisanterie. Marthe répond très vite :

– Il me semble que le peuple allemand doit être constitué d'individus aussi variés que le sont les Français. Faire des généralités à leur propos n'est-il pas aussi vain que de vouloir faire rentrer tous les hôtes de cette fête dans un même moule? Voyez comme nous n'avons, vous et moi, pas grand-chose en commun!

Venant d'une jeune femme qu'on croirait tout juste sortie de l'adolescence, la remarque impressionne. Marthe n'est pas fâchée de pouvoir prendre ainsi ses interlocuteurs par surprise. Mais personne ne relève sa réplique. C'est l'aspect de sa jeunesse apparente qui lui pèse le plus: son avis ne compte jamais vraiment. Des gens qui s'imaginent plus mûrs qu'elle se permettent de la corriger sans l'avoir écoutée. Personne ne prend la jeunesse au sérieux.

La coquette qui l'a interpellée reprend, avec une condescendance prévisible:

– Selon moi, les Allemands sont un peuple bien plus uniforme que nous ne le sommes devenus! Depuis 36, la France s'est enjuivée au point de ronger les racines de notre société...

– Et sa culture! complète le danseur, serrant le poing avec affectation, sous le regard brûlant de Gwen.

– Hitler a beau s'agiter comme un pantin, il a su nettoyer son pays et mettre fin au désordre démocratique libéral, approuve un sexagénaire à lorgnon.

– Pour ma part, je considère que les juifs ne sont supportables qu'à dose homéopathique! plaisante d'une voix criarde une jeune femme au chignon blond platine, vêtue d'une robe surannée. Trop de juiverie contamine toute la société!

L'expression décontractée de la haine des juifs, si banale dans ces années 30 agonisantes, inspire à Marthe une sourde inquiétude. Elle qui se sait différente, anormale, ne peut que redouter qu'on se mette à trier les humains par catégories, qu'on décrète que certaines vies valent moins que d'autres. Elle lance un regard consterné à la jeune femme. Elle repense à Denise, la petite communiste. Comme la jeunesse d'une même époque peut présenter des visages différents ! Celui qu'elle voit ce soir lui plaît beaucoup moins.

Le pingouin qui tenait la blonde platine par la taille applaudit sa réplique. Mais la coquette en noir la retoque avec verve :

– Gardez-vous de faire les mêmes amalgames que le chancelier allemand, ma chère ! Il faut savoir faire la différence entre ces effroyables youpins qui gangrènent notre pays et les Israélites, qui sont très fréquentables, et dont certains aiment sincèrement la France.

– Qu'on l'apprécie ou non, réplique le danseur, Hitler est le dernier rempart contre le péril judéo-bolchevique !

– Et contre quoi votre Hitler sera-t-il un rempart, s'il nous déclare la guerre ? lance Marthe d'un ton sec, écœurée par ce chapelet d'âneries débitées sur un ton trivial.

Elle n'en peut plus de devoir avaler sans broncher autant d'horreurs, uniquement pour préserver les intérêts financiers de son mari. Le jeune homme la dévisage avec incrédulité, et bafouille :

– Mais qui parle de guerre, à part les communistes ? Qu'on laisse Hitler tranquille ! Montrons-nous conciliants et nous aurons la paix ! Il bluffe, il n'en veut qu'aux Anglais. Moi, je suis pacifiste. Et je veux bien serrer la main de cet Hitler, si cela doit nous garantir la paix ! Il veut la Tchécoslovaquie, qu'il la prenne ! Et qu'il la nettoie aussi bien que son pays ! Et s'il veut la Pologne, en quoi cela nous concerne-t-il ? Croyez-vous que les Polonais se soucieraient de nous, si nous étions envahis ? Seule la patrie compte, pour les vrais patriotes !

– Quelle belle leçon vous me faites ! réplique Marthe, le cœur serré. Mais monsieur, au-dessus de la patrie, il y a l'humanité !

Un terrible malaise s'abat sur le groupe, heureusement balayé par la jeune femme au chignon qui s'exclame brusquement :

– Écoutez, cette musique ! Grand Dieu, c'est formidable !

Une fanfare s'avance dans le fond du jardin, éclairée par une procession de porteurs de lampions en habits de cirque. L'assemblée tout entière se précipite dans leur direction. Marthe retient Gwen par le bras.

– Je t'en prie, partons ! Ces gens sont épouvantables.

– Tu plaisantes ? Que tu joues la provocation devant mes amis, passe encore, mais tu voudrais me faire rater Elsie ?

## 89

**- Adressez-vous directement à moi,** la prochaine fois que vous mènerez une enquête à mon sujet.

Elle reconnaît sans se retourner la voix de la chroniqueuse. Esther s'est approchée aussi silencieusement qu'un félin à l'affût.

– Je croyais vous avoir découragée de me faire la conversation, répond Marthe.

– C'est que vous êtes, pour moi, la seule curiosité de cette fête ! Je connais déjà les secrets de tous les autres. Tandis que vous… L'absence d'informations fiables sur votre personne ne peut que m'intriguer.

Marthe sent le danger que cette curiosité représente pour elle. Elle tente de changer de sujet.

– Pardonnez-moi si je n'ai pas été très aimable. J'ai horreur des mondanités et… je trouve les propos de ces gens abominables.

– Vous pourrez entendre toutes sortes d'opinions, ici, même les plus opposées ! Ce ne sont pas les idées qui nous réunissent, mais l'unité tacite sur laquelle reposent nos privilèges.

– Je suppose que vous n'auriez pas de difficultés à me dire qui étaient ces gens, avec qui je discutais à l'instant ? l'interroge Marthe, intéressée. Mon mari n'a pas pris le temps de me les présenter.

Esther se réjouit de faire la démonstration de ses talents. Elle observe le groupe en question, qui rejoint l'attroupement.

– Attendez voir… Eh bien, ma chère, belle compagnie ! Il y avait la grande Coco…

– Coco ?

– Chanel, bien sûr ! Et puis Serguei Farli, de l'Opéra de Paris. Vous savez, c'est lui que votre cher époux va ramener ce soir dans son lit…

Marthe pince les lèvres. Rien n'échappe à cette femme !

– À côté, ce sont les Rochefoucault, les Stanford, le vieux Douglas, directeur de la maison Galinet. Et enfin ce jeune couple, attendez… Ah oui, ce sont les Fritsch ! Des parvenus.

– Allemands ?

– Non, lui est alsacien, un de ces nouveaux riches de l'industrie automobile. Quant à elle, avec le chignon et cette robe tellement provinciale, c'est l'héritière Morel, une fortune industrielle du nord de la France.

– Vous avez dit Morel ? Quelles industries ? Où ça ?

– Dans le textile, il me semble. Le drap ou la dentelle. *Oh dear*, la voici ! Venez, venez vite ! Ne manquez pas l'arrivée d'Elsie. Vous qui êtes photographe, il y a toujours de beaux clichés à prendre.

Esther court sur ses petites jambes pour rattraper la foule applaudissant à tout rompre. Marthe se sent chanceler. Morel… Le souffle coupé, elle s'appuie contre un arbre.

## 90

**Les convives sont rassemblés** autour d'une piste de cirque, dressée sur la pelouse. Un impressionnant cortège d'acrobates, de clowns et de danseuses fait son entrée. Au coup de fouet d'un dresseur en livrée, quatre chevaux blancs se cabrent pour former une haie devant l'arène. Sous un air de fanfare orientale, un petit éléphant blanc sort de la nuit et s'avance lentement vers le public. Juchée sur le pachyderme, Elsie Mendl salue ses convives avec coquetterie. Elle porte une robe brodée de papillons d'argent et une longue cape turquoise. Un diadème étincelant couronne sa chevelure blanche teinte en bleu électrique. Le public se pâme, frappe des mains et pousse des hourras. Marthe tente de cadrer l'incroyable scène dans son objectif. Elle en oublie d'observer la jeune « héritière Morel ». Un vieil aristocrate vient aider la fée électrique à descendre de sa monture, et lui baise la main.

– C'est Sir Charles Mendl, souffle Esther, de nouveau collée à Marthe. Comme le vôtre, leur mariage n'est que platonique… et intéressé !

La diva gracile passe devant ses invités, distribuant à chacun des baisers soufflés. Quel étrange visage, aussi rigide qu'un masque !

– N'est-elle pas formidable ?

– Ou plutôt ridicule ? répond Marthe, consternée. Enfin, quel âge a-t-elle ?

Esther ne sourit plus. Son ton acide est dénué d'humour, quand elle rétorque :

– Et vous, ma chère, quel âge cela vous fait, depuis toutes ces années que l'on vous voit au bras du vieux Novembre ? Vos artifices sont sans doute moins grossiers que ceux d'Elsie, mais ils ne dupent personne. En tout cas, pas le regard de femmes avisées.

Ignorez-vous qu'on parie sur votre âge réel, dans la bonne société ? Les pronostics oscillent entre vingt-cinq et trente-sept ans, sans qu'aucun de ces âges ne paraisse crédible.

Marthe détourne la tête, acculée. Mais Esther n'a pas terminé.

– Je sais apprécier les cancans mais vous comprendriez, si vous osiez me regarder en face, que je n'admette pas que l'on s'attaque au physique des gens. Elsie est mon amie. Sans doute refuse-t-elle de paraître son âge. Sans doute a-t-elle été abîmée par ses chirurgiens esthétiques. Mais j'espère être là pour entendre les sarcasmes dont vous serez l'objet, lorsque à votre tour, le temps vous aura rattrapée !

Marthe se reproche d'avoir tendu la perche à Esther. C'est la deuxième fois, aujourd'hui, qu'on lui fait la morale comme à une gamine écervelée. Ses propres cauchemars savent lui rappeler combien vieillir est effrayant. Mais doit-on vouloir rester jeune à ce prix-là ? se demande-t-elle soudain. Contrairement au visage de Marthe, qui a toujours dix-sept ans, celui de cette femme, raboté et sculpté, n'est qu'une pathétique imitation de la jeunesse. Heureusement, toutes ces opérations sont sûrement hors de portée, la plupart des femmes ne pourront jamais se faire défigurer ainsi !

Teinte et peinturlurée, Elsie passe devant elle. Marthe se réfugie derrière son appareil miniature, immortalisant la femme qui lui décoche une œillade séductrice.

– Oui, lui confirme Esther, elle *en* est, elle aussi !

Elsie s'éloigne, accompagnée par la foule. Marthe et Esther sont seules, devant la piste vide où un jeune valet ramasse les bouses de l'éléphant.

– Pardonnez ma colère, s'excuse la chroniqueuse. Il est si facile de se moquer des autres femmes lorsqu'on est, comme vous, une beauté sans rides. Mais qu'avez-vous fait de votre vie pour pouvoir la juger? Pendant la Grande Guerre, Elsie a rassemblé des fonds américains pour mettre en place un service d'ambulances en France, entre le front et l'arrière. Elle s'est engagée comme infirmière militaire, et a ensuite aidé la célèbre Miss Morgan, notre compatriote, à venir en aide aux populations dévastées du nord de votre pays. N'a-t-elle pas suffisamment donné de sa personne à de nobles causes, pour pouvoir goûter à la frivolité? Ce n'est pas votre faute, si vous êtes trop jeune pour avoir entendu parler de ceux à qui la France doit sa paix d'aujourd'hui. Mais pensez à tourner sept fois votre langue fourchue dans votre jolie bouche, quand vous voudrez lancer des anathèmes.

Anne Morgan! Marthe avait oublié ce nom, mais pas ceux de Bess et William, qui lui ont permis d'échapper aux interrogatoires et aux bombes, à bord d'une de ces ambulances. Qu'ont-ils pu devenir? Elle se sent soudain si vieille, porteuse d'une histoire que seuls des gens âgés ont pu vivre, mais avec qui elle ne peut pourtant rien partager. Elle redresse le menton et répond fermement:

– Merci pour la leçon, Esther, je tâcherai de la retenir. Je vous demanderai seulement de vous l'appliquer à vous-même, en ne me jugeant pas sans me connaître, comme vous venez de le faire un peu trop rapidement.

## 91

**Assis dans les fauteuils,** les convives assagis admirent des couples en costumes Belle Époque réaliser un pot-pourri des danses d'avant-guerre. Marthe se tient sur le seuil d'une porte-fenêtre. La véranda est décorée d'un grand mur de miroirs qui lui interdit d'entrer, même si la fumée des cigarettes rend l'air presque opaque. Elle ne parvient plus à apercevoir le couple Fritsch-Morel, installé tout au fond.

Soudain, l'orchestre se tait. Un valet met le gramophone en marche, faisant retentir le dernier succès de Ray Ventura. Les danseurs se lancent dans un *one-step* endiablé, sous les applaudissements frénétiques des spectateurs, dont les plus jeunes viennent rejoindre la piste. L'euphorie est totale, chacun reprend le refrain en chœur: «Qu'est-ce qu'on attend pour être heureux? Qu'est-ce qu'on attend pour faire la fête?» Marthe se laisse gagner par l'ambiance, ébauchant quelques pas sur place. Un bel homme l'aperçoit et vient pour l'inviter.

– Non, non, je ne sais pas danser ça!

– Moi non plus, quelle importance? Vous dansiez déjà seule!

– J'étais prise par le rythme mais je suis fatiguée.

L'homme n'insiste pas. Il lui adresse un sourire goguenard.

– Quelle chouette musique, hein? Et c'est pourtant de la musique de juifs!

Marthe recule, recule encore, jusque dans le jardin, poussée par un malaise qui grandit en elle depuis le début de la soirée. Depuis plus longtemps, même. C'est comme une fumée nauséabonde, toxique et invisible, qui se répandrait partout, jusqu'à asphyxier le pays. La bêtise et la haine sont devenues «à la mode»! «Danser sur un volcan», voilà l'expression qui lui vient subitement, en regardant les fêtards se trémousser gaiement. Cette foule lui rappelle celle, vociférante, prête à lyncher son père, il y a déjà, combien… plus de vingt ans!

Mue par une émotion trouble, elle se glisse sous le chapiteau qui tient lieu de vestiaire, afin d'y récupérer son manteau et son sac. « Serrer la main d'Hitler si c'est pour faire la paix »… Est-ce que papa aurait pu dire ça, lui aussi ? Que penserait-il aujourd'hui, lui qui ne craignait pas d'être anticonformiste ? Ne pas faire aux autres ce qu'on ne voudrait pas qu'on vous fasse, c'est un joli précepte. Mais jusqu'où tient-il, quand l'agression menace de toutes parts ? Devrait-on laisser sans broncher Hitler et Mussolini dévorer toute l'Europe, avant qu'ils se partagent la France avec Franco et Metaxás, ou devrait-on se défendre ? Si seulement elle pouvait en parler avec son père chéri ! Comme il lui manque soudain.

Perturbée par des débats intérieurs qu'elle se sent incapable de trancher, elle remonte l'allée à la recherche de leur voiture. Le chauffeur l'aperçoit et vient pour lui ouvrir.

– Merci, Benjamin. Cette soirée me fiche le cafard. Pouvez-vous me ramener ? Vous reviendrez chercher monsieur plus tard, s'il vous plaît.

– Bien, madame.

## 92

**Ses vêtements par terre,** Marthe retire les épingles de ses cheveux. Au moins, pour se déshabiller elle n'a pas besoin d'aide. Devoir appeler Mina dès qu'il faut s'apprêter ou se coiffer est pénible. Quand inventera-t-on des vêtements élégants qu'on pourrait mettre seule et sans miroir ? Elle aurait dû s'en tenir à sa résolution de fuir les fêtes. Gwen pouvait tout à fait aller à ce bal sans l'avoir à son bras !

Pourtant cette soirée a été le révélateur de peurs qui l'agitent profondément. Partout, elle reconnaît les mêmes frémissements qui avaient précédé la Grande Guerre. Comme la plupart des Français, elle aimerait se voiler la face et continuer à danser au bord de l'abîme. Mais elle voit bien qu'une poignée d'apprentis tyrans a de nouveau le pouvoir de lui voler sa vie et celles de tous les autres. Comment peut-on se retrouver, tel un agneau qu'on mène à l'abattoir, sans autre choix que de suivre le troupeau vers un grand bain de sang ? Que faire, que penser, qui pourrait empêcher ce mouvement ? Comment savoir qui a raison au-dessus de la mêlée ?

S'effondrant sur une chaise, dans son déshabillé, elle découvre un papier froissé, posé sur son chevet. C'est le tract que lui avait donné la jeune communiste, tout à l'heure. Mina l'a sans doute retrouvé sans oser le jeter. Marthe lit le texte tapé à la machine :

***CONTRE LE FASCISME, REJOINS LE MOUVEMENT DES JEUNES FILLES DE FRANCE !***

« Il n'est désormais plus possible à la femme de se désintéresser des problèmes politiques, économiques et sociaux. Pour elle, la conquête du bonheur est liée au progrès social. »

**Danielle Casanova, secrétaire générale**

Ce message semble comme un appel, après toutes les horreurs qu'elle a dû écouter. Elle repense au visage franc et honnête de la jeune communiste. Est-ce que Marthe n'aurait pas dû lui accorder une chance, elle qui cherche des opinions à contre-courant ? Pourtant, les slogans pleins de certitudes lui ont toujours fait peur. Comment font donc tous ces gens, pour être si sûrs de détenir la vérité ? Marthe, elle, doute de tout, et d'abord d'elle-même. Est-ce parce qu'elle ne vieillit pas ou, au contraire, parce qu'elle a trop vécu ? Elle se demande tout haut ce qu'en penserait André. Quel genre d'homme est-il devenu? Quelle est sa vision de la vie, aujourd'hui? Elle se dit qu'elle l'aimerait, de toute façon.

Il est tard quand, réfugiée dans son boudoir qu'elle a transformé en laboratoire photo, Marthe est dérangée par la sonnette de la porte d'entrée qui retentit de façon répétée. Les pas de Mina traversent le couloir. La porte claque, des cris résonnent, suivis de nouveaux pas précipités. Marthe abandonne à contrecœur le développement des clichés de sa soirée. Mina frappe à la porte de sa chambre en sanglotant.

– Madame? Vous dormez, madame? C'est encore M. Albert qui vient pour tout casser!

## 93

**Marthe déboule dans l'entrée,** enfilant sa robe de chambre japonaise, la bonne cachée derrière elle.

– Où est-il passé?

– Il était très fâché. Voulez-vous que j'appelle Victor ou Benjamin?

– Non, c'est inutile.

Albert a laissé dans son sillage une odeur de tabac et des objets renversés. Un remue-ménage attire les deux femmes jusqu'à l'atelier. Marthe pousse la double porte.

– Albert, tu m'entends?

Un vase explose contre le battant, tout près de son visage.

– Madame, n'y allez pas! Je vais appeler la police!

– C'est ça, c'est ça! Appelez les flics, qu'ils viennent fourrer leur nez dans notre belle « famille »!

Nœud pap à pois de travers, des épis luisants de gomina tombant devant ses yeux, le jeune homme s'avance vers sa tante, poing serré. Marthe ne bouge pas d'un cil, même quand le visage d'Albert vient se coller au sien. Elle fixe la jugulaire qui frétille sur le cou du jeune homme, perlé d'une sueur âcre.

– J'aimerais ça, tiens, que les flics viennent attendre avec nous le retour de l'homme de la maison, soûl comme un porc, avec son gigolo du soir ! Je pourrais en profiter pour leur expliquer la mort de Justin, et puis celle de Morel…

– Albert, rentre chez toi !

Il a toujours fouiné partout et écouté aux portes, mais comment a-t-il entendu parler de l'affaire Morel ?

– Madame… bredouille Mina.

Albert pousse un cri de dément, levant les bras vers la pauvre femme, qui s'enfuit en pleurant. Marthe referme la porte de l'atelier et s'avance dans la pièce, seule avec lui. Tout a été retourné, comme par un ouragan.

– Albert, qu'est-ce que tu cherches ?

C'est quand il est comme ça, qu'elle doit convoquer le souvenir de Blanche pour ne pas trop trembler. Elle s'est promis de continuer à faire ce qu'elle pourrait pour remplacer sa mère. Et même si le découragement et la peur ont failli plusieurs fois la faire renoncer à ces grands principes, elle s'interdit d'abandonner ce garçon à lui-même. Elle connaît la douleur de ne pas être aimé par un parent.

– Des sous ! Il me faut des sous ! éructe-t-il en envoyant valser un tabouret.

– Gwen t'en a donné, pas plus tard que ce soir…

– Je me les suis fait voler ! J'ai… Oh, et puis à quoi bon ? Qu'est-ce que ça peut vous foutre ? Il en a pas assez, ton peintre ?

– Albert, Gwen t'a offert les meilleures écoles, payé des études que tu as abandonnées, il règle le loyer de ta garçonnière, en plus d'une rente que tu dilapides en…

– Je casse tout si tu me donnes pas du fric !!!

Elle se rapproche de la fenêtre et évalue l'état du jeune homme, attentive aux symptômes de sa crise qu'elle a appris à reconnaître : son agitation croissante, les spasmes involontaires qui contractent régulièrement ses muscles. Le manque d'héroïne devient de plus en plus aigu.

– Vas-y, je t'en prie, casse tout. Moi, je ne te donnerai rien. Je n'ai pas d'argent à moi, tu le sais bien.

Albert se rue sur des toiles, entassées contre un mur. Il les crève à coups de poing, une à une.

– Voilà ce que j'en fais, de la merde de ce pédé !

Marthe a le cœur brisé. Pas pour les peintures. Pour lui, son neveu. C'est sa faute à elle. Elle l'a abîmé avec son étrangeté. Elle était trop jeune. Elle n'a pas su l'élever. Que dirais-tu, ma Blanche ?

Albert vient de débusquer de vieux portraits de Marthe, de la période fauve de Gwen, sa préférée à elle.

– Ah, voilà ta sale gueule !

Il vient placer le portrait rouge et bleu à côté d'elle, comparant la peinture au modèle. Marthe le regarde sans frémir. Il va bientôt faiblir. Alors, elle pourra l'aider. Albert vacille et se rattrape à elle. Ses genoux flanchent sous lui. Sa voix devient gutturale.

– Tu te souviens de ce qu'il avait dit, Justin, ce soir-là ? Le diable… c'était toi ! C'est toi, hein, qui l'as tué ?

– Tu me l'as déjà fait jurer cent fois. Je ne vais pas…

Il l'enserre brutalement. Ses mains compriment les fesses de Marthe à travers son kimono de soie verte, son corps pressé contre elle. Il bave dans son oreille.

– Une diablesse…

– Albert, qu'est-ce que tu fais ?

– Eh quoi, t'es même pas ma mère ! T'es qui, d'ailleurs ? Ce petit visage sans âme… T'as presque l'air plus jeune que moi, maintenant… T'es personne ! Une diablesse qui s'est vendue à un dégénéré !

– Arrête ! Tu es fou ! Albert, arrête !

– Mamarthe ! Ma Marthe !

Plus elle se débat, plus il l'étreint.

– Ça ne te manque pas, un homme, un vrai ? J'vais te faire chanter plus fort que les poulettes qui…

Marthe le gifle violemment, révoltée.

– Lâche-moi ! Tu es un monstre !

Albert lui rend sa gifle. La porte s'ouvre soudain.

– Vite, monsieur, vite ! crie Mina, paniquée.

Gwen se rue sur eux, suivi par le danseur. Albert se recroqueville subitement sur le sol, comme un enfant qui va se faire corriger. Comme le petit Gustave devant son père, il y a si longtemps. Gwen se met à le cogner, à coups de poing de boxeur. Marthe et le danseur s'interposent, luttant pour l'empêcher d'achever le garçon.

– Gwen, je t'interdis ! Vous êtes tous les deux des brutes !

Le costume du peintre est déchiré en plusieurs endroits, son faux col relevé, et sa chemise ouverte. Visage en sang, Albert repousse Marthe qui l'aide à se relever.

– Me touchez pas, bande de dégénérés !

Il trébuche au milieu de la pièce, essuyant son nez dans sa manche.

– Vous me faites gerber, vautours !

Gwen s'avance, poings serrés, retenu par l'autre homme.

– C'est toi, le merdeux, qui nous fait la morale ? J'te préviens, si tu dégages pas d'ici dans la seconde, j'te dézingue ! Personne ira pleurer ta carcasse !

Albert s'éloigne à reculons, agité de convulsions. Il passe la porte, tend le bras très haut, et lance en sanglotant :

– Un jour, vous verrez… on vous nettoiera tous !

# 94

**2 juillet 1939**

**L'ouvrière a dû lui poser un lapin.** Marthe se lève du banc où elle ne parvient plus à tenir en place et traverse le parc. Un garçonnet en béret et culottes fait des bulles de savon avec une pipe. Des fillettes aux cheveux courts se chamaillent pour les attraper. Les immeubles modernes en brique d'Ivry rappellent un peu les façades du Nord. Mais qu'ils sont déprimants ! Marthe se dirige doucement vers une allée de platanes d'où s'élèvent des éclats de rire féminins.

Huit jeunes filles ont sorti du lycée voisin une table de ping-pong, autour de laquelle elles disputent une partie tournante. Elles courent en s'esclaffant.

– Zut, je l'ai manquée !

– Sors, Denise ! Christine, c'est toi qui sers…

Marthe reconnaît la joueuse qui sort du cercle, essoufflée. Denise l'aperçoit et lui fait un signe.

– Bonjour ! Vous vous êtes décidée à nous rejoindre ?

– Bonjour, non, j'avais rendez-vous. Mais j'ai trop attendu.

Marthe s'est habillée plus simplement pour mieux se fondre dans le décor de cette banlieue ouvrière, mais elle se rend compte que sa jupe et sa veste à manches courtes la font paraître aussi jeune que Denise. Elles regardent les autres tourner à toute vitesse en se renvoyant la balle.

– Je croyais que vous vous réunissiez pour parler politique ? s'étonne Marthe.

– Pas seulement. On se voit aussi juste pour se voir, en dehors. Et puis, le dimanche, ou pendant l'été, le foyer organise des jeux, des sorties…

Une façon classique d'embrigader les jeunes, pense Marthe. Mais elle aime l'énergie sans chichis de la jeune fille. Elle est follement moderne.

– Que pensez-vous de ce qui se passe en ce moment en Europe, dans votre foyer ?

– Nous pensons toutes la même chose. C'est qu'il faut combattre le nazisme et le fascisme ! Les femmes ont tout à perdre avec ces dictateurs. Ils veulent nous renvoyer aux fourneaux et aux biberons. Tu n'es pas d'accord ?

Ce tutoiement soudain surprend Marthe. Autant qu'elle est surprise d'avoir plus d'intérêt à cette conversation qu'à toutes celles qui bourdonnent autour d'elle, dans les rues et les salons. Elle décide d'affronter la jeune fille.

– Présenté comme cela, évidemment ! Mais les communistes français ne sont-ils pas aux ordres de Staline ? Je n'ai aucune sympathie pour lui !

– Tu préfères Hitler ?

– Eh bien non, mais… Doit-on choisir entre la peste et le choléra ?

– Tu parles comme une vieille ! s'esclaffe Denise, troublant Marthe. Ne pas se mêler de politique, c'est laisser faire les autres. L'avenir, c'est la révolution !

Marthe n'a jamais cessé de côtoyer la jeunesse. Loin de la lasser, la proximité qu'elle peut continuer d'entretenir avec les adolescents l'a toujours passionnée. Mais c'est la première fois qu'elle rencontre ce genre de spécimen ! Bien qu'il lui semble naïf, le discours de Denise la réjouit, lui redonne de l'espoir. Elle se sent presque l'envie d'assister à une de leurs réunions politiques, pour voir.

La partie s'est achevée par la victoire d'une petite blonde gracile, qui lève triomphalement les bras au ciel. Denise l'acclame :

– Bravo Hannah !

Elle se tourne vers Marthe.

– Tu veux jouer avec nous, ou tu as peur de devenir une rouge par contagion ?

– Moi, je n'ai peur de rien ! la prévient Marthe en se levant.

Les trois parties suivantes achèvent d'épuiser les joueuses. La jeune Hannah remporte tous les matchs, et Marthe les perd tous. Qu'importe, elle s'est tellement amusée !

Elle reprend son souffle, et va boire de grandes goulées d'eau fraîche à la fontaine, étourdie de rires et d'excitation. Elle n'avait pas autant ri depuis… longtemps. Rire comme une gamine avec d'autres gamines. Elle n'a pas eu le temps de vivre ça non plus ! Cette seconde chance est sans doute à saisir. D'ailleurs, ses compagnes de jeu lui sont sympathiques. Elle a beau se méfier des bolcheviques, elle perçoit dans le communisme un vague héritage de la pensée de son père. Peut-être est-il mort d'avoir été trop en avance sur son temps ?

Cigarette au bec, Denise l'interpelle de loin :

– Marthe ! Y a la dame qui te cherche !

# 95

– **Pardon, je vous avais oubliée !**

– C'est moi qui suis en retard, s'excuse Jacqueline Printemps. Vous avez bien raison de vous amuser, à votre âge. J'ai cru que vous étiez repartie, je ne voyais pas de taxi devant le parc.

– Je suis venue en métro.

L'ouvrière et Marthe s'éloignent du groupe pour s'asseoir sur un banc en ciment, échoué sur une mer de pigeons.

– Excusez-moi de vous avoir fait revenir. Mais si vous êtes bien la fille de Marthe Amelin, je devais rentrer chez moi pour chercher quelque chose…

Elle tend à Marthe une enveloppe qu'elle hésite à lâcher.

– Avant de partir pour l'Algérie, Pauline me l'a laissée en disant : « On ne sait jamais. » On avait vécu beaucoup de choses ensemble. On était toutes les deux des filles de l'Assistance…

Marthe l'avait supposé à son nom : Printemps, comme Novembre, était un indice.

– On était devenues des sœurs, en sorte. Donc c'est à moi qu'elle a demandé de garder cette lettre, que son frère lui avait confiée.

– André ? Elle l'avait rencontré ? Mais comment se sont-ils retrouvés ?

Marthe est sous le choc. L'ouvrière hausse les épaules.

– Ce garçon avait reçu une lettre de M. Renard, notre contremaître à l'usine. C'était un type bien, Renard. Il avait le souci des filles qui travaillaient pour lui. C'est lui qui avait entamé des recherches pour aider Pauline à retrouver sa famille. Il avait découvert que sa mère était morte, mais aussi qu'elle avait un jumeau. Un frère abandonné avec le même ruban brodé que celui de Pauline, et qui avait été envoyé dans une agence d'une autre région. Il a remonté la piste de votre André, qui était employé dans le Nord, à l'époque. Et il lui a écrit sans prévenir Pauline. Il voulait éviter qu'elle tombe dans les griffes d'un gars malhonnête. Il préférait faire l'intermédiaire et juger par lui-même. Mais bon, la guerre a fichu en l'air tous ses plans. Renard a été parmi les premiers soldats tués au front, en 14.

– Mais alors… Comment André et Pauline se sont-ils retrouvés ?

– C'est lui qui est venu à l'usine, vers l'automne 1916. Je crois qu'il ignorait son existence, à vrai dire. Il espérait rencontrer sa mère, et il a découvert une sœur à la place ! Pauline s'y attendait pas non plus. Ça lui a fait tout drôle, imaginez, de rencontrer un frère, elle qu'avait toujours été sans famille !

– Et vous, vous l'avez vu ?

– Non, je ne vivais pas encore avec Pauline, mais on était amies. C'est plus tard qu'on s'est installées dans la même chambre à Ivry, plus près de l'usine. Mais je sais qu'André lui avait parlé d'une fille de la haute, qu'avait son âge et qu'il fréquentait, dans le Nord. C'était Marthe, votre mère. Il avait promis de lui écrire mais, avec la censure et la guerre, c'était impossible. Il s'inquiétait pour elle. Comme il voulait aller se battre contre les boches, il a demandé à Pauline de garder cette lettre pour sa chérie, au cas où il ne reviendrait pas. Pauline pensait la faire parvenir à Marthe après la guerre, si jamais André était tué au combat, mais… la vie suit son cours, et les ennuis s'amassent. Elle a dû oublier. Et son frère n'est jamais revenu lui rappeler de le faire, alors… Quoi qu'il en soit, cette lettre revient à votre mère, même si c'est un peu tard !

André a parlé d'elle à sa sœur… *Tu es bien passé par Paris, comme l'avait dit Huguette. Tu n'es pas mort en franchissant la frontière hollandaise, je le savais !* Marthe doit continuer de se fier à ce qu'elle seule peut sentir.

Sur l'enveloppe un peu chiffonnée, à l'encre délavée par le temps, est écrit : « Mademoiselle Marthe Amelin ». Le passé tout entier semble contenu dedans : l'amour, les rêves de lendemains, mais aussi les remords, les regrets. Tout cela résumé en quelques lignes soignées et sans fautes d'orthographe, que Marthe trouve aussi naïves que sublimes :

*2 octobre 1916*

*Chère Marthe, me voici à Paris. Je n'ai pas pu parler à votre tante. J'espère que vous vous portez bien et que je vous donnerai moi-même cette lettre un jour. En attendant, je préfère la confier à la seule personne en qui j'aie confiance, ici : ma sœur. Le croirez-vous ? J'ai une jumelle, je viens de le découvrir !*

*Je dois vous dire encore merci pour le reflet. C'est lui qui me garde en vie tous les jours, avec tout l'amour que je lis dans ses yeux, et qui fait de moi le plus chanceux des hommes. Je le contemple dans chaque miroir, dans chaque vitre, et je suis sûr qu'il sera au fond de chaque flaque de boue des tranchées pour me réconforter. Que ne vous ai-je laissé le mien ! Vous avez dû me trouver bien ingrat.*

*Je me porte bien, malgré mon inquiétude de vous savoir prisonnière des Allemands. Il paraît que la moustache me va bien, je me demande ce que vous en penserez. Quand vous me reverrez, je serai devenu un homme.*

*Cette guerre, on pourra dire qu'on lui aura sacrifié notre jeunesse ! Mais quand on voit les affreuses choses dont les gens sont capables, dans de telles circonstances, je me demande qui osera encore nous blâmer de vouloir être ensemble, une fois la paix venue ! Il faudrait inventer une façon rien qu'à nous d'être à deux, et ne plus jamais se soucier des donneurs de leçons.*

*À bientôt, ma chère Marthe.*

*Je ~~vous~~ t'embrasse.*

*Ton André*

Ces mots semblent surgir d'un autre temps, d'un autre âge. Ces « chère Marthe », ce « tu », ce « Je t'embrasse » audacieux, lui font sauter aux yeux la pureté et la candeur de leur amour. Comme tant d'autres amours empêchés par la guerre, le leur aurait pu lentement se diluer, ne laisser dans sa mémoire qu'une douce douleur, que le temps aurait peu à peu atténuée. C'est ainsi que les gens s'aiment, ainsi qu'ils vivent. Mais pas eux. Marthe n'a pas le droit de laisser s'éteindre ce premier grand amour. Cette histoire qui aurait dû finir sans avoir commencé tient sa vie en suspens, et exige d'exister. Grâce au reflet.

Mais comment faire ? Elle a tout essayé. *Où es-tu donc, André ? Te reconnaîtrais-je seulement, si je te croisais dans la rue par hasard, toi qui sembles changer, moi qui reste la même depuis nos dix-sept ans ?*

Jacqueline la regarde pleurer.

– Vous pensez qu'elle fera plaisir à votre mère, cette lettre ? Parfois, il vaut mieux ne pas trop remuer le passé.

Marthe se mouche.

– Au contraire ! Elle lui fera plaisir. Merci, madame.

– Tenez, voici l'adresse de Pauline, en Algérie française. Si votre mère voulait tenter de la contacter…

– C'est une très bonne idée, merci encore.

La jeune Hannah s'est approchée du banc, faisant s'envoler les pigeons en pagaille. Elle tord sa petite bouche aux lèvres fines.

– Pardon si je dérange. Dis, tu prends le métro ? Je suis de Paris, moi aussi. Mon père n'aime pas me voir rentrer seule. Ça t'embête qu'on fasse la route ensemble ?

## 96

**– C'est chouette de ta part de faire ce détour pour moi.**

– Ça ne me dérange pas, je rentrerai à pied. J'aime marcher.

Marthe et Hannah quittent la bouche de métro pour se jeter dans la cohue de voyageurs, de trams et de voitures du boulevard Montparnasse. Il fait lourd.

– Tes parents t'autorisent à te promener toute seule ?

– J'ai une famille moderne, répond simplement Marthe.

Ce genre de répliques suffit en général à satisfaire la curiosité des gens.

– Toi aussi, on dirait ? ajoute-t-elle, intéressée par le caractère à la fois précoce et simple de sa nouvelle amie.

– Mon père a peur dès que je mets le pied dehors ! plaisante Hannah. Mais les Jeunes filles de France passent avant le reste.

Marthe sourit. Hannah est un mélange si touchant de légèreté et de maturité. Deux garçons à peine pubères la sifflent en les croisant. Hannah s'accroche à son bras, intimidée ; Marthe hausse les épaules. Depuis quelques années, elle constate que son type de beauté est redevenu à la mode. Elle attire bien plus de regards et de compliments dans la rue que durant les années 20. Ces Roméos la trouveraient-ils aussi plaisante, si elle paraissait son âge véritable ? À vrai dire, Marthe n'a pas la tête aux frivolités, ni même à écouter sa nouvelle camarade. La lettre d'André l'obsède. Aux questions habituelles, s'est ajoutée une autre, dérangeante, puisqu'il parlait de « tout l'amour » qu'il lisait dans ses yeux : de quelle façon son reflet apparaît-il au garçon ? Au « garçon » ! Elle continue de l'imaginer comme un jeune homme alors que, s'il est bien vivant, il aura quarante ans en novembre ! Porte-t-il encore la moustache dont il parlait fièrement ? Mais vieillit-il, seulement ?

Hannah retient brusquement Marthe par la main, juste avant de traverser un passage piéton. Elle plaque ses boucles indisciplinées sur le côté, ajustant sa barrette, avant de s'expliquer :

– Mon père est assis là-bas, en terrasse ! Il y passe sa vie, avec ses amis exilés. Regarde, il me fait signe !

La jeune fille traverse le labyrinthe de clients, assis au coude à coude sur des chaises en osier, à la terrasse du Dôme. En chapeaux et cravates, huit hommes d'âges variés trinquent autour de deux petites tables, des journaux à la main. Depuis le trottoir, Marthe regarde Hannah la désigner à un homme qu'elle voit de dos. La jeune fille lui fait signe de les rejoindre. Son père se tourne et son sourire disparaît aussitôt. Il manque de tomber de sa chaise, rattrapé par Hannah, sous les éclats de rire de ses compagnons. Lui ne rit pas du tout, les yeux fixés sur la jeune femme qui s'approche.

– Papa, je te présente Marthe, une amie qui m'a raccompagnée depuis Vitry.

Il faut un peu de temps à Marthe pour comprendre, puis pour être sûre de ne pas se tromper. C'est la sidération dans les yeux de l'homme qui la convainc tout à fait. Tant de choses le rendent méconnaissable : ses lunettes rondes, sa moustache taillée, ce costume sobre, ces rares cheveux blancs serpentant dans ses boucles châtaigne… et, surtout, vingt-deux années de plus ! Mais, malgré toutes ces différences qu'elle pourrait chercher au jeu des sept erreurs, Marthe a fini par reconnaître Hermann.

## 97

**- Enchanté, mademoiselle.**

– Monsieur.

L'accent allemand est moins prononcé qu'en 17, mais c'est bien sa voix. Quel vertige ! Il a tellement changé ! Qui a-t-elle devant elle ? Un jeune officier allemand déguisé en homme mûr ? L'homme qui l'a sauvée ou celui qui l'a séparée de sa famille ? L'amant de Blanche ou celui qui l'a trahie ? Le père d'Albert ?

L'air semble si lourd, encombré des effluves de transpiration de cette foule masculine compacte, mêlés d'eaux de toilette et de la fumée de dizaines de cigarettes. Les amis d'Hermann les regardent tour à tour, intrigués par leur comportement. Il éponge une goutte de sueur sur sa tempe, fait tomber son mouchoir, serre les poings pour empêcher ses mains de trembler. Il balbutie, la fixant presque avec frayeur :

– Pardonnez-moi, mais… J'ai comme l'impression de vous connaître ?

– Je ne crois pas, monsieur, répond-elle en s'alignant sur son ton courtois. Je vis tout près d'ici, nous nous sommes peut-être déjà croisés sans nous parler.

Il ne l'a pas crue. Il devine qu'elle a peur. Mais il ne peut s'expliquer ce qui arrive.

– Vous êtes donc inscrite au foyer de Vitry ? interroge l'un de ses compagnons, avec un fort accent des pays de l'Est.

– Pas tout à fait. Je suis… une amie de Denise, qui en fait partie.

– Eh bien, merci, mademoiselle, conclut Hermann en se levant roidement. C'est très aimable à vous d'avoir raccompagné ma fille.

Il lui serre la main avec un peu trop de force.

– Au revoir, monsieur. Au revoir, Hannah.

– Tu viendras au foyer ?

– Peut-être. Je n'en sais rien.

– Jouer au tennis de table, au moins ? As-tu un téléphone ? Ça me ferait plaisir de te revoir.

Pendant qu'elle inscrit son numéro sur un bout de papier, ni Hermann ni Marthe n'osent se regarder. Elle doit s'y reprendre à deux fois, tant sa main est fébrile, et tant son cœur qui cavale est incapable de lui dire si c'est de peur ou de joie.

## 98

***Je suis là. Avec toi.***

Il y a d'abord cette odeur de pluie. Puis celle de la peau et du coton mouillés. Elles charrient avec elles l'image d'un visage, posé sur son épaule, abandonné. Puis la sensation délicieuse d'une main, douce et caressante, qui se pose sur sa hanche. Mais le reflet se brouille. Car c'était un reflet. Dans une grande psyché, qui se met à trembler, comme la surface d'une eau frémissant sous la brise, le visage se transforme. Ou bien Marthe s'était-elle trompée ? Ce n'est pas celui d'André qui la regarde à présent, posé tout près du sien, mais celui d'Hermann ! Il porte un uniforme qu'elle n'a jamais vu, une sorte d'assemblage de plusieurs. La main presse son ventre avec avidité. Elle veut se dégager de l'étreinte, mais son corps refuse de bouger, sa bouche de crier. Elle lutte intérieurement, sans effet. Son reflet reste immobile et son visage paisible, sous les caresses forcées du jeune Allemand. Car il est jeune. Il a vingt ans. Ce qui est impossible. Alors… ce n'est qu'un rêve, quel soulagement !

La joue sur l'oreiller, Marthe ouvre les paupières sans bouger, puis les referme. Quel rêve dérangeant ! C'est comme si Hermann s'était introduit dans ses songes à la place d'André, plus audacieux, plus concret que lui. En elle, un émoi coupable résiste à la réalité. Elle est pourtant bien dans sa chambre, rien de tout cela ne s'est réellement passé.

Marthe retient sa respiration, aux aguets. Elle sent une présence. Et cette fois, elle sait qu'elle est bien éveillée. Sur le flanc, face au mur, elle ne peut voir la pièce. Mais elle en est certaine : il y a quelqu'un. Quelqu'un dont l'odeur de pluie et de coton mouillé se mêle au bruit d'une respiration rapide, étouffée mais si proche, juste au-dessus d'elle. Le rêve qu'elle vient de faire s'immisce au réel. C'est stupide, ça ne peut pas être Hermann ! Et si c'était Gwen, tout simplement ? Ivre, qui vient lui confier ses tracas amoureux, comme il le fait encore de temps en temps. Cette idée la révulse. Elle décide de faire semblant de dormir jusqu'à ce qu'il se décourage. Elle lui en veut même d'avoir troublé son rêve.

Une goutte d'eau s'écrase sur sa tempe. Marthe se retient de ciller et demeure immobile. Serait-ce de la sueur, une larme ou de la pluie, que Gwen vient de laisser tomber sur son visage ? Derrière elle, un mouvement vif, des pas rapides s'éloignent. La porte se referme. Marthe finit par bouger. Tout ça n'est pas dans les habitudes de son mari. Mais qui d'autre ? Une sourde appréhension monte en elle. Elle doit en avoir le cœur net !

Elle se lève et enfile son kimono d'un geste précipité.

# 99

**Affalé dans sa chaise longue de bambou,** au centre de son atelier, Gwen tire sur un cigare dont les braises mordent la pénombre. Marthe s'approche en silence, encore troublée. Elle découvre une collection de gravures, en noir et blanc, que Gwen a exposée devant lui, contre le mur du fond, sous la lumière d'une petite lampe. Elle n'avait encore jamais vu ces œuvres. C'est une série d'eaux-fortes qui représentent des scènes de guerre dans les tranchées. L'atrocité des images, leur crudité, le style à la fois brut et réaliste, tout est frappant. Entre fascination et dégoût, Marthe tourne la tête vers Gwen. La lueur de son cigare révèle des larmes sur ses joues. Elle s'étonne à mi-voix :

– De quand ça date ?

Il hausse les épaules. Il n'a pas l'air trop soûl et, en le voyant si mélancolique, elle se reproche de lui avoir tourné le dos, dans la chambre, à l'instant. Gwen expire longuement sa fumée.

– Ça faisait des lustres que je ne les avais pas regardées.

Elle s'avance pour mieux détailler ces témoignages macabres et accablants de la déshumanisation des poilus.

– Voilà la guerre ! dit Gwen. L'œuvre du démon.

– C'est ce que tu as fait de plus fort, murmure Marthe, bouleversée. Pourquoi les cachais-tu ? Tu devrais les montrer.

– J'ai peint pour conjurer la folie, pas pour exposer. C'est trop dur.

– Pourtant, tu les as ressorties.

– J'ai eu de la visite et… Laisse tomber, tu veux bien ?

Elle revient près de lui, profondément touchée.

– Mais, Gwen, ces images sont plus puissantes que tout ce que tu as fait depuis tellement d'années ! Pourquoi produire des commandes niaises et convenues, suivre toutes les modes jusqu'à y perdre ton âme, alors que tu as cela à dire au monde ? Montre-les !

– Assez, ferme-la ! s'emporte le peintre en jetant son mégot. Jamais elles ne quitteront l'atelier, plutôt crever ! T'y comprends que pouic. Pour comprendre vraiment, il faut l'avoir vécu. Va te coucher.

Quelle tristesse. Voilà bien le gâchis de leur trajectoire ensemble, résumé en peinture : ils sont devenus des images lisses et agréables, effaçant tout ce qui pouvait faire leur singularité. Comment leur relation a-t-elle pu pourrir ainsi, l'affection et l'amitié se changeant lentement en haine et en mépris ? Elle le sait pourtant. C'est lui. Lui qui s'est pourri, à force d'opportunisme. Lui qui s'autodétruit, la détruisant avec lui.

– Alors pourquoi es-tu venu me trouver dans ma chambre ? demande-t-elle.

Gwen part d'un petit rire.

– Tu te fous de moi ? Tu viens m'emmerder en pleine nuit, et tu prétends que c'est moi qui t'empêche de dormir ?

– Enfin, tu es bien venu me voir, il y a cinq minutes ?

– Qu'est-ce que tu jacasses ? J'ai reçu des clients ! Tu m'as trouvé ici, à chialer sur le passé ! Y a donc pas moyen d'être tranquille, dans cette baraque ?

Marthe quitte l'atelier et traverse le couloir de l'entrée. Elle connaît assez Gwen pour savoir qu'il va devenir de plus en plus insultant. Elle croise Mina en bonnet de nuit, qui revient de la cuisine.

– Ah, bonsoir, madame ! Ces messieurs vous ont-ils dérangée ?

– Je ne sais pas, peut-être. Il n'est pas habituel qu'on reçoive aussi tard dans la nuit.

– Les clients de monsieur nous ont quittés il y a un quart d'heure à peine. Ils vous auront sans doute réveillée. Je les ai laissés repartir sans les raccompagner, car monsieur me réclamait d'urgence à boire et à fumer.

Marthe se souvient de la respiration, tout près de son oreille, et de la goutte d'eau tiède s'écrasant sur sa tempe.

– Monsieur n'a donc pas bougé de l'atelier ?

– Pas depuis plusieurs heures.

– Mina, êtes-vous certaine que ses visiteurs ont bien quitté la maison ?

– Mais oui, madame ! répond la bonne en riant doucement. C'étaient des messieurs qui ne passaient pas inaperçus, bien mis, avec de gentilles manières, mais en fort mauvaise santé. Ils ne seraient pas allés se cacher dans un de nos placards !

Devant l'air affligé de sa patronne, elle efface son sourire et ajoute, plus sérieusement :

– Voulez-vous que je fasse un tour de l'appartement ? Vous semblez bien inquiète…

– Laissez, c'est inutile. Je vais boire un peu d'eau. J'ai dû faire un cauchemar.

# 100

**8 juillet 1939**

- **Allô, madame Novembre ?** C'est Chapelain ! Comment allez-vous donc ?

– Bonjour, monsieur Chapelain. Assez bien, et vous-même ?

– Parfaitement ! J'ai de bonnes nouvelles, au sujet de l'enquête que vous m'avez confiée ! Puis-je vous en entretenir par téléphone ? Je sais que vous ne teniez pas à ce que…

– Allez-y, vous pouvez. Mon mari n'est pas là.

– Eh bien, j'ai pu vérifier les informations que vous teniez de cette Esther Berman. L'usine et la maison Amelin ont effectivement été reprises par un certain Maurice Morel. Une fois devenu propriétaire des terrains privés et de l'usine, après-guerre, M. Morel a renoncé à son activité de brasseur pour créer, en moins d'un an et avec un succès fulgurant, différentes usines textiles, aux productions de plus en plus variées : draperie, tissage, dentellerie… On peut dire qu'en plus d'avoir le sens des affaires, il a su rebondir ! En 18, la bière était une boisson associée aux Allemands, la France ne jurait plus que par le vin. La plupart des brasseries du Nord ont dû fermer. La sienne avait d'ailleurs lourdement souffert des bombardements. Bien que M. Morel soit décédé avant d'avoir pu profiter de tous ces succès, sa famille s'est bâti ce qu'on pourrait appeler un joli petit empire, en quelques années seulement !

Par quel tour de passe-passe, quel complot, Morel a-t-il pu mettre la main sur tout ce qui leur restait ? Imaginer ce rustre prendre possession de leurs murs pour s'y bâtir « un empire »… Marthe en a la nausée ! Elle serait presque contente d'avoir aidé à sa chute mortelle. Elle demande :

– Avez-vous découvert comment Morel a pu racheter les biens d'Albert Amelin ? Qui les lui a vendus ?

– Oh, cela a été très simple ! M. Morel n'a pas eu à faire la moindre offre d'achat. Il a tout simplement hérité d'Albert Amelin !

– Morel, héritier d'Amelin ? Mais c'est impossible ! Albert Amelin avait deux filles…

– L'une morte durant la guerre, l'autre portée disparue, qui se prénommait comme vous, pour l'anecdote !

– Mais enfin… Il n'y avait aucun lien entre les deux familles !

– Je suis formel, nous avons eu accès aux actes notariés. Attendez que je relise… Ah, pardon, au temps pour moi ! C'est la femme de M. Morel qui avait été désignée comme héritière d'Amelin.

– Sa femme ? Morel s'est marié ?

– Tout à fait, en 18. C'est d'ailleurs son épouse qui continue de gérer leurs affaires, depuis qu'il a été sauvagement assassiné. Il me semble que j'avais aussi ce papier… Ah, voilà ! Sybille Morel, née Lemasson, épouse en premières noces d'un certain Yves Jaouen, mort pour la France. Elle s'est mariée à Maurice Morel avant la libération de la ville par les Alliés. M. Amelin lui avait légué tous ses biens par testament, au cas où aucune de ses filles ne survive à la guerre.

– …

– Madame ? Vous êtes toujours avec moi ?

– Oui… Oui, monsieur Chapelain.

– Ah, bien ! J'ai cru que nous avions été coupés.

– Non, je… je réfléchissais. Ce testament est forcément un faux.

– Un testament apocryphe ? Il a pourtant été enregistré par l'administration, tout semble en règle.

– Vous savez dans quelle confusion les mairies du Nord étaient plongées, à la libération. M. Morel semblait parti pour devenir maire de sa ville… Je suis persuadée que la signature de M. Amelin a été imitée par des gens ayant accès à ses comptes. Il n'a pas pu rédiger ce testament !

– Ce ne serait pas une mince affaire de prouver une telle accusation ! Si Mme Morel…

– Vous avez donc bien dit que… Sybille Jaouen était la femme de Morel ?

– C'est exact. Et ils ont eu une fille ensemble : Geneviève Morel. En plus d'une belle part des entreprises que sa mère continue de gérer, la gamine a aussi hérité du sens des affaires de ses parents, bien qu'elle ne semble guère s'intéresser à l'industrie. À tout juste vingt ans, elle vient d'épouser Alexandre Fritsch, un baron de l'automobile alsacien, réputé aussi terrible en affaires qu'il est joli garçon. La jeune femme réside dans leur villa du sud de la France, et y vit de ses rentes… Allô ? Décidément, je ne vous entends pas bien, madame ! Allô ? Vous me recevez ?

# 101

**26 août 1939**

**– Tu en fais une tête,** toi qui souris tout le temps ! C'est à cause du pacte ?

Marthe fait la bise à Hannah en cherchant quelle excuse elle pourrait bien donner à sa mauvaise humeur. Elle ne dort quasiment plus, depuis l'appel de Chapelain.

– Quel pacte ? interroge-t-elle.

– Quoi, tu n'es pas au courant du pacte avec Staline ? s'écrie la jeune fille. Tu ne lis pas les journaux ?

Marthe pousse un soupir de soulagement. Il ne s'agit que de politique ! Un instant, elle a pensé qu'Hannah était au courant de quelque chose, à propos du serment qui l'unit à André, ou de Morel et Sybille. Ces visages l'obsèdent jour et nuit. Non, elle ne sait rien des derniers exploits de Staline, et elle n'est pas certaine de vouloir savoir.

Elles s'éloignent de l'établissement scolaire où Marthe est venue chercher sa jeune amie. Hannah agite les bras avec emphase.

– Hitler et Staline viennent de signer un pacte de non-agression ! Tout le monde est au courant !

– L'Allemagne et la Russie marchent ensemble, maintenant ?

– Tu imagines ce que ça veut dire ? C'est une tragédie pour tous les militants. On n'y comprend plus rien.

Depuis quand est-ce étonnant que les chefs trahissent et trompent les gens qu'ils gouvernent ? Marthe est secrètement satisfaite que la jeune communiste doive remettre en question son idolâtrie pour le dirigeant russe. Pourtant, Hannah s'entête.

– Staline sait sûrement ce qu'il fait, il doit avoir un plan. Mais s'allier à Hitler d'un seul coup, sans prévenir… Tout le monde va accuser les communistes français d'être des agents de la guerre !

Des cris retentissent. Les deux filles tournent la tête. Sur l'autre trottoir du boulevard Montparnasse, un vendeur ambulant du journal *L'Humanité* vient d'être pris à partie par un homme en costume. Les badauds ralentissent devant l'altercation. Un groupe de jeunes hommes accourt précipitamment dans leur direction. L'un d'eux hurle :

– À mort les salopards !!!

Tous se jettent sur le vendeur de journaux, le rouant de coups de matraque d'une violence inouïe. La foule s'éparpille. Hannah fait demi-tour, mais Marthe la retient.

– Attends !

– Où vas-tu ? Le Parti communiste français va être interdit à cause du pacte. On n'a plus le droit de vendre *L'Humanité*. Ces types d'extrême droite sont dangereux, tu es folle !

Marthe fonce, à contre-courant des gens qui s'éloignent de la bastonnade. Elle est certaine d'avoir bien vu. Elle marche droit vers le plus jeune des agresseurs, en train d'envoyer des coups de pied dans le ventre de l'homme roulé en boule.

– Albert, qu'est-ce que tu fais ?

Son neveu fait volte-face, écarlate. Les autres s'arrêtent de frapper pour regarder Marthe. Elle s'agenouille au-dessus du vieil homme inconscient.

– Dégagez, ou vous allez aussi en prendre une ! l'avertit un des garçons.

Autour, la foule s'agite. Marthe défie Albert.

– Tu es devenu un monstre !

– Tu t'es regardée, toi et ta bande d'artistes ? crache-t-il. Des déchets de la société qui la bouffent comme des vers : par l'intérieur ! C'est à cause de vous que notre pays est en train de sombrer !

Elle en a entendu, des discours de cette sorte, qui lui rappellent toujours l'occupation allemande. Cette haine s'insinuait dans toutes les cervelles. Mais dans la bouche d'un être qu'elle a vu grandir, ces mots lui semblent particulièrement obscènes.

– Il faut purger la France ! proclame Albert, encouragé par les autres, de plus en plus menaçants. Dehors les métèques ! Dehors les bâtards !

Marthe se lève d'un bond, sans se soucier des matraques dressées au-dessus d'elle.

– Les bâtards? siffle-t-elle. Tu me donnes envie de vomir. Comment peux-tu dire ça, toi, le fils d'un boche?

Le temps se fige une toute petite seconde. Albert se décompose. Marthe saisit toute l'horreur de ce qu'elle vient de lui jeter à la face.

– Qu'est-ce que tu dis? Répète!

– Pardonne-moi, Albert! Oublie ces bêtises! Je voulais...

– Alors, c'est ça? bégaie-t-il, les yeux brillants de larmes et de haine. Mon père était... ? Et toi... toi, tu savais!

Un gars la pousse brutalement à terre. Un autre siffle entre ses doigts.

– Tirons-nous, v'là les flics!

Marthe reste prostrée au sol, dans un tourbillon de poussière et de paires de chaussures. Elle fixe le visage inerte du vendeur de journaux.

– Monsieur? Monsieur, vous m'entendez?

Une main la saisit par l'épaule.

– Allons, viens vite! la presse Hannah. Tu vois bien qu'il respire. Ne restons pas ici!

Elle s'est tordu la cheville et boite douloureusement quand elle s'éloigne au bras de la jeune fille. Hannah la guide dans les rues, avec mille précautions. Marthe se laisse emmener. Elle suit son amie jusqu'à la rue Cels, et passe avec elle la porte d'un petit immeuble blanc.

## 102

**Il fait une chaleur insupportable** dans cet appartement. Le salon est sobrement meublé : un coin cuisine, dont l'évier et l'appareil à gaz sont cachés derrière un paravent, une machine à écrire, un piano droit sur lequel se penche un bouquet fané. La moindre surface plane disparaît sous des piles de livres, journaux, papiers, photos… Un désordre que Marthe trouve tout de suite rassurant. Hannah dégage un coin de la petite table, et lui sert un verre d'eau. Hermann se tient sur une chaise, face à elle, blême.

– C'est épouvantable, dit-il, la tête entre les mains.

– Il faut faire confiance à Staline, répond sa fille sans cesser de s'agiter dans l'appartement. Il veut sauver la paix, j'en suis sûre. Attendons les instructions.

– Hannah, pense un peu par toi-même ! s'agace le père. Moi, j'ai connu la guerre et je la hais ! Mais nous nous contentons de fermer les yeux très fort, en priant pour qu'Hitler ne s'attaque qu'aux autres ! C'était dès le début qu'il fallait réagir. Montrer aux nazis, aux fascistes, qu'on ne leur laisserait pas le champ libre. Maintenant, c'est trop tard. Nous allons servir de dessert à Hitler et Mussolini. Tout ça parce qu'on a livré la Tchécoslovaquie aux nazis, qu'on a laissé massacrer les républicains espagnols par Franco, les Grecs par Metaxás, avec une unique obsession : « Tout sauf les communistes ! » Si aujourd'hui, même eux se couchent devant le fascisme, tout est perdu, vraiment !

– Les communistes défendent la paix, un point c'est tout ! proteste sa fille.

– Et moi, je te dis qu'un matin les Français se réveilleront dans le même cauchemar que celui qui a emporté ta mère et qui nous a fait fuir notre propre pays. Ce jour-là, ne viens surtout pas pleurer !

Hermann prend une longue inspiration. La tension est trop forte.

– Pardonnez-nous, mademoiselle. Nous sommes déboussolés.

Elle garde les yeux posés sur son verre vide, sans regarder cet homme mûr dont les traits ont encore quelque chose du jeune sous-officier qui leur apportait des morceaux de viande, dont elle a peut-être élevé le fils, et qui a peut-être violé Blanche, avant de l'abandonner, enceinte, aux intrigues de Morel et Sybille.

Hermann ne l'observe que furtivement, avec nervosité, derrière ses fines lunettes rondes. Ils continuent de jouer les parfaits inconnus. L'âge invraisemblable de Marthe les empêche de se parler franchement devant Hannah. Marthe se doute qu'il est moins troublant pour elle de le retrouver vieilli, que pour lui de la revoir telle qu'il l'a quittée deux décennies plus tôt. Elle a quasiment l'air d'avoir le même âge que sa fille, à présent.

– Comment va ta cheville? l'interroge Hannah pour revenir à un sujet moins sensible.

– Mieux, merci. Tu es gentille.

– Ces sauvages vous ont frappée, vous aussi? s'indigne Hermann.

– Juste un peu bousculée.

– Si je tenais ces lâches!

– Je sais! s'écrie Hannah, toujours vive. Je vais descendre demander son onguent contre les douleurs à la voisine!

– Ne te dérange pas, je te dis que je...

Mais Hannah bondit déjà dans l'escalier, les abandonnant face à face. Le silence est pesant. Hermann lance un regard vers la porte, restée ouverte sur le palier, avant de chuchoter:

– C'est bien toi... Marthe?

Elle garde la tête baissée.

– Alors, tu es en vie! soupire-t-il. J'y ai tellement pensé...

– Et à Blanche, vous y pensiez aussi ?

– À Blanche ? Mais... oui ! Je porte chaque jour le poids de ces années.

– C'est un juste retour, grince Marthe entre ses dents pour ne pas crier. Blanche a dû porter seule le poids de son enfant. Elle en est même morte, puisque ça vous intéresse !

– Morte ? Mais quand ?

– Et c'est moi qui ai élevé son fils !

– Qu'est-ce que tu dis ? Quel âge a-t-il ?

– L'âge de votre séjour chez nous, dans le Nord. C'est aujourd'hui un homme. Un de ces « sauvages » qui bastonnent les communistes en pleine rue. Un fasciste. Quelle ironie que ce soit justement votre fils !

Hermann reste abasourdi, ses lèvres remuent en silence comme dans un film muet. Marthe reprend, peinant à se calmer :

– Hannah est une chic fille, je ne lui ferai pas de tort. Et puis, vous m'avez sauvé la vie, autrefois. Mais le mal que vous avez pu faire à ma sœur, jamais je ne vous le pardonnerai.

Elle se lève d'un bond et quitte l'appartement, boitant douloureusement. *André, donne-moi la force !* Elle file dans l'escalier, fuyant le bruit des pas d'Hermann qui veut la rattraper. Marthe se jette dans la rue, aussi vite que sa cheville foulée le lui permet. Il la hèle depuis le trottoir :

– Ce n'est pas moi !

Elle se retourne, s'immobilisant à cinq mètres de lui. La voix d'Hermann est désespérée.

– Marthe, qui t'a raconté ça ?

Levant les yeux, elle aperçoit Hannah, penchée à la fenêtre du salon qu'elle vient de regagner. L'adolescente les observe sans comprendre, un peu inquiète. Hermann la découvre à son tour et reprend contenance.

– Il y a… il y a erreur, mademoiselle. Je vous assure qu'on vous a trompée.

Marthe hoche la tête comme s'ils avaient échangé des paroles banales. Elle agite maladroitement la main en direction d'Hannah, et reprend son chemin en boitillant. Comment Hermann va-t-il expliquer à sa fille ce qui s'est passé entre eux, pendant les quelques minutes de son absence ?

## 103

**28 août 1939**

**Ils se sont donné rendez-vous** dans un troquet discret qui sent le renfermé et poisse de vin séché. Les voix des clients tonnent, les obligeant à parler plus fort qu'ils ne le voudraient. Tous deux sont tendus et méfiants, sur la réserve.

– Je l'ai trouvé en Suisse, dit Marthe. C'est là-bas qu'il est né.

– Blanche avait été évacuée ?

– Contre son gré, disait-elle dans la lettre qu'elle avait envoyée à notre tante. Enceinte, elle devenait une bouche inutile à nourrir pour les bo… pour l'occupant. Elle l'a nommé Albert, mais il ne ressemble pas du tout à papa. À vous non plus d'ailleurs.

– Bien sûr que non !

Le patron les interrompt en apportant deux verres de rouge. Hermann la fixe nerveusement.

– Je n'arrive pas à croire que tu sois…

– C'est bien moi.

Il hésite, traquant sur son visage d'invisibles traces du temps. Marthe a réfléchi, depuis leur dernière conversation. Une idée terrible est née dans son esprit, dont elle aimerait pouvoir se débarrasser vite.

– On m'a dit que vous aviez tué Ferrand, le neveu du brasseur. Que c'était pour ça qu'on vous avait envoyé sur le front russe.

Il hoche la tête imperceptiblement, le regard fuyant. Marthe avale sa salive avec difficulté. Face au visage marqué de l'Allemand, elle ne peut s'empêcher de se demander si André a pu vieillir autant. Ou bien est-il, comme elle, préservé par le temps ? Elle pense à l'âge qu'aurait Blanche, aujourd'hui, si elle avait pu vivre. Et elle se remémore de nombreux événements du passé, jusqu'à de simples détails, qu'elle interprète soudain d'une tout autre façon. Elle revoit, par exemple, sa sœur, visage blessé et cheveux en bataille, rentrant de chez Morel bouleversée. Elle se souvient du mutisme et de l'isolement de Blanche, les jours suivants, de sa peur, de sa tristesse. Puis de cette nuit où elle a été réveillée par ses pleurs et… ses vomissements ! Albert est né en avril 17, il a donc été conçu entre juillet et août de l'année précédente : bien avant qu'Hermann ne soit envoyé sur le front russe. Mais aussi bien avant que Marthe ne se retrouve enfermée dans le train pour Chauny ! C'est la tante Huguette et l'infirmière suisse qui ont, les premières, laissé entendre que Blanche avait certainement couché avec un Allemand. C'est à cause d'elles que Marthe n'a plus hésité qu'entre deux versions de l'histoire : l'une où Hermann aurait violé sa sœur avant de l'abandonner, l'autre pariant sur un amour contrarié entre eux deux. Car après tout, Blanche a voulu garder ce bébé et le protéger d'un avenir trop sombre. Elle devait donc l'aimer.

Ce n'étaient pourtant pas les deux seules versions plausibles. Marthe décide de se lancer.

– Est-ce que Ferrand aurait… Est-ce qu'il pourrait être le père de cet enfant ?

Le visage d'Hermann s'est encore assombri. Il s'allume une cigarette et souffle quelques bouffées avant de pouvoir répondre.

– Elle m'avait parlé de ce qu'il lui avait fait. C'était la nuit où tu nous as surpris dans sa chambre. Elle venait de comprendre qu'elle était enceinte, et elle m'a raconté comment Ferrand l'avait forcée, dans l'arrière-boutique de son oncle. Elle était dans un état… terrible. Mais elle m'a demandé de ne rien faire contre lui. Elle avait peur. La suite lui a donné raison. Ferrand était protégé. En tant qu'employé de l'armée d'occupation, bien sûr, mais aussi par les accords entre son oncle et la Kommandantur.

Marthe porte la main à son front. Après tant d'années, elle vient de traiter Albert de « bâtard boche », alors qu'il est en fait le fils d'un Français ! Que va-t-elle lui expliquer, désormais ? Quelle vérité sera la pire ? Hermann souffle un long nuage de fumée vers le plafond.

– J'avais prévenu Blanche et Mme Jaouen que tu avais été piégée dans ce train. Nous cherchions des moyens de te tirer d'affaire, quand nous avons appris que la ligne avait été bombardée et qu'il n'y avait aucun survivant. On a fini par croire que tu avais été tuée. Puisque tu étais considérée comme une évadée, nous avons été interrogés à plusieurs reprises, tous les trois, et Ferrand faisait partie des hommes qui se sont présentés chez vous pour cette tâche. Je suis rentré un jour, alors qu'il quittait votre maison. J'ai trouvé Blanche inconsciente, sur son lit. Il l'avait de nouveau maltraitée, la rouant de coups, pour tuer le bébé dans son ventre. J'ai perdu mon sang-froid. J'ai couru pour le rattraper et je lui ai tiré une balle dans la tête, à bout portant, en pleine rue. Sans cet acte stupide, j'aurais peut-être été là, quand ils l'ont envoyée en Suisse, quand elle a accouché… Elle ne serait pas morte.

Hermann vient de boire leurs deux verres de vin sans s'en apercevoir, et en commande un autre. Son visage se tord en une triste grimace.

– À l'époque, j'aurais préféré être fusillé qu'envoyé sur le front russe. Mais j'ai eu de la chance. La guerre touchait à son terme et je m'en suis tiré. J'ai souffert, si tu savais ! Puis, il a fallu reconstruire notre vie en Allemagne. Se relever. Je n'ai plus jamais eu de nouvelle de ta famille, par la suite.

Comme lui, Marthe est gagnée par l'émotion. Elle serre sous sa paume droite le médaillon de nacre, convoquant la présence d'André pour la soutenir. Hermann reconnaît le bracelet qu'il avait offert à Blanche et se met à pleurer. Marthe lui prend la main, qu'il retire brusquement de la table, comme si ce contact l'avait brûlé. Elle essaie de rassembler ses idées.

– Si c'était lui le père… pourquoi a-t-elle gardé ce bébé ? Et pourquoi lui avoir donné le prénom de papa ?

Albert serait le fruit d'un viol, comme elle ! C'est pourtant vrai, son neveu n'a jamais ressemblé à Blanche ni à Hermann. Et il ressemble de plus en plus à Ferrand, à mesure qu'il devient un homme !

– D'après ce que tu m'as dit de lui, il tient de son père ! marmonne l'Allemand. Frapper sur les plus faibles, c'est sans doute dans son sang !

– Non, s'oppose Marthe, c'est trop facile de condamner un enfant à une hérédité soi-disant indélébile. Si Albert est devenu ce qu'il est, son sang n'y est pour rien. C'est ma faute, à moi seule. J'ai tout raté. Je n'ai pas réussi à remplacer sa mère.

Hermann se rallume une énième cigarette, comme s'il en avait besoin pour respirer. Il dévore Marthe des yeux, longuement, avec fatalisme.

– Je t'avais envoyée à la mort et j'avais été incapable d'aider Blanche, dit-il un ton plus bas. Avoir causé votre perte à toutes les deux a été dur à supporter. Blanche était… C'était une amie. Elle me comprenait. Je lui avais confié mon histoire : Milly, ma fiancée allemande, dont l'amour me semblait parfois n'être plus qu'un souvenir ancien, la mort de mes parents dans cette guerre absurde… On était réunis par nos deux solitudes. Toi, tu avais André…

Marthe lisse compulsivement les motifs de sa robe jaune.

– C'était plus qu'un ami, finit-elle par murmurer.

Hermann la fixe par en dessous, d'un regard tragique, enfiévré.

– Je le sais. J'ai soupé quelques soirs avec lui, dans votre cuisine. Il ne parlait que de toi, l'air de rien, de façon détachée. Mais ça crevait les yeux. Et moi… Je peux bien te l'avouer, Marthe, si ta sœur était devenue une amie… toi, je te désirais ! Éperdument, jusqu'à la douleur ! Au point de ne plus savoir si je voulais encore de ma vie en Allemagne !

Marthe a un brusque mouvement de recul sur sa chaise.

– Rassure-toi, tout cela est du passé, soupire-t-il en se levant très vite. Te revoir si semblable a ravivé de pénibles images. J'espère simplement que tu pourras me pardonner de n'avoir pas su vous protéger.

Jetant de la monnaie sur la table, il part, laissant Marthe ahurie par ces aveux.

# 104

**Elle a une boule au ventre.** Elle marche sous la pluie tiède.

Elle a fait le trajet jusque devant chez elle, mais elle a continué sans s'arrêter. Elle a erré sans but, se perdant dans les rues autant qu'à l'intérieur d'elle-même, désespérée. L'univers ne renferme-t-il aucune justice ? Elle s'est trompée sur tout le monde, elle a perdu la plupart de ceux qu'elle aimait, et souvent par sa faute. Et elle n'a plus aucun être auquel se raccrocher, face à l'effondrement de toutes ses illusions. Personne autour d'elle n'a vécu ces temps lointains, peuplés de douloureux fantômes. Personne pour comprendre.

Elle vagabonde encore, certaine de s'égarer. Jusqu'à ce qu'elle reconnaisse la petite façade blanche, sans être surprise d'y être revenue. Elle monte l'escalier jusqu'au deuxième et dernier étage. *André, tu es toujours là ? Tu me vois faire cela ?* La sonnette ne fonctionne pas. Elle écarte ses cheveux mouillés de devant ses yeux et essuie son visage. Puis elle frappe à la porte. *Je t'en prie, laisse-moi. Laisse-moi un peu, seulement.*

Après quelques instants, des pas précipités résonnent dans l'appartement. En bras de chemise et bretelles, une serviette de toilette à la main, Hermann lui ouvre. Lui non plus n'a pas l'air surpris. Il s'efface pour la laisser entrer, comme s'il l'attendait. D'un coup d'œil, elle s'assure qu'il est seul, et vient en frissonnant se serrer contre lui. Il accueille sa tête sur son torse, posant doucement la main dans son dos. La serviette tombe sur le parquet avec un bruit très doux, tout près de ses pieds nus. Il l'étreint à son tour.

Elle n'avait rien prévu, rien imaginé. Mais ce qui se déroule semble avoir été écrit. Hermann n'a pas la même odeur que dans son souvenir. Elle dépose un baiser sur son menton, sur sa moustache courte, puis sur ses lèvres si fines qu'elles semblent toujours pincées. Elle saisit à deux mains le visage d'Hermann, sentant des larmes chaudes s'écraser sous ses paumes. Tout cela est fou, irrépressible. Il se laisse lentement glisser contre le mur, comme si ses jambes se dérobaient sous lui, entraînant Marthe dans sa chute, à genoux sur lui. Il détourne la tête, lui refusant sa bouche, luttant contre lui-même.

– Attends ! Ce n'est pas possible !

Il la regarde encore, tiraillé par des pulsions opposées.

– Je ne peux pas, Marthe ! Tu… tu es trop jeune !

– Tu sais que ce n'est pas vrai ! Je t'en prie, je ne suis pas une gamine ! Tu me connais. Nous avons quasiment le même âge. J'ai quarante ans ! Nous avons vécu des événements dont plus personne ne se souvient. Tu me reconnais bien ? Dis, tu ne le vois pas dans mes yeux ? Nous avons ce passé en commun. Nous avons tout perdu, nous sommes les derniers…

Mais Hermann se dégage. Il se lève et s'éloigne. Il passe dans le coin cuisine pour faire réchauffer du café dans une casserole, sans dire un mot de plus. Marthe le suit. La frustration entrave chacun de leurs mouvements.

– C'est impossible. Tu n'as pas du tout changé.

– Non.

– C'est le reflet ?

Il n'a pas oublié. Marthe se sent incroyablement soulagée de pouvoir parler de son secret. Elle hoche la tête. Hermann cherche les bonnes questions sans les trouver. Il renonce. Elle s'approche à nouveau, tout près. Elle l'effleure.

– Tu me crois, n'est-ce pas ? Tu sais que c'est bien moi ? Donne-moi une chance de vivre enfin !

Il plonge son regard tout au fond de ses yeux.

– Oui. Je te reconnais.

Hermann appuie son front contre celui de Marthe. Elle agrippe ses deux mains dans les siennes. Et il la fait lentement reculer vers la chambre.

## Florin - juin 2016

– Recommence, une dernière fois !

Je m'exécute docilement, malgré la douleur et malgré la fatigue. Toutes les prescriptions de Stéphanie sont des ordres auxquels je consens à obéir. Avec elle, je me suis découvert une nature de bon petit soldat. C'est une kiné exceptionnelle, qui me répare autant le visage que l'âme. Nous sommes peu nombreux dans le gymnase du Centre de réhabilitation post-traumatique, ce matin. Seuls deux autres pensionnaires exécutent résolument leurs exercices de rééducation.

– Je sais que c'est difficile, Florin, m'assure Stéphanie tandis que je reproduis pour la vingtième fois les mimiques et étirements de la mâchoire qu'elle m'a montrés. Mais tu as déjà tellement progressé, ne laisse pas tomber ! Est-ce que tu as essayé de parler avec des gens, comme je te l'avais demandé ? Parler vraiment, pas écrire. C'est important, la pratique.

Je secoue la tête. J'ai honte. Non, je n'ai pas osé. Tout le monde est bienveillant ici, chacun des pensionnaires a souvent vécu des choses plus terribles que moi. Mais je n'arrive pas à me résoudre à leur faire entendre ma nouvelle voix. Stéphanie est fâchée. Elle interpelle le vieux monsieur dont un kiné masse le moignon, sous sa prothèse de jambe.

– Dis-moi, Gérard, j'ai un rebelle entre les mains. Tu veux bien t'occuper de le faire discuter, d'ici sa prochaine séance ?

– À vos ordres, mon capitaine ! plaisante Gérard, en faisant un salut militaire. Nous aurons les moyens de le faire parler.

J'esquisse une forme de sourire, sans savoir s'il est compris comme tel. J'ai déjà croisé Gérard dans les couloirs. C'est une des célébrités de notre famille d'éclopés. Les soignants sont unanimes pour vanter son courage et sa joie de vivre. Le vieil homme s'exclame, en désignant la porte :

– Hélas, voici venir une concurrence bien déloyale ! Je m'incline, jeune homme. Sachez que ce n'est que partie remise, mais je ne peux pas lutter contre votre petite fiancée.

Marthe s'est arrêtée à l'entrée du gymnase. Elle lance un bonjour amusé à la cantonade. Mon cœur s'emballe. Stéphanie doit sentir mon émoi. Marthe vient jusqu'à nous.

– Fini pour aujourd'hui ! déclare ma kiné. Je vous le laisse. Faites-le parler !

– Bonjour, Florin.

– ...onjourrrr ...arrrthe.

Une fois dans le couloir, je peine à déchiffrer l'expression de reproche ou de mécontentement sur le visage de Marthe. Elle triture le bracelet à son poignet, comme elle le fait toujours lorsqu'elle est nerveuse, et soupire avec embarras :

– Écoute, Florin... depuis quelques semaines, j'hésite de plus en plus à venir te voir.

Comme je hausse les sourcils, elle me montre ses oreilles pour me forcer à lui répondre par des mots. La séance m'a épuisé, mais lui plaire est encore plus important que de plaire à Stéphanie. Je m'exécute.

– ... ourrrquoi?

Elle ne prend pas de gants, ce n'est pas son style.

– Je crois que tu es en train de trop t'attacher à moi. Même si ce sont les autres qui m'appellent ta fiancée, je vois bien l'effet que ça te fait. Tout le monde le voit! Et je ne peux pas te laisser imaginer des choses impossibles.

Je me détourne. Mes émotions sont compliquées à maîtriser, et celles qui viennent de me tomber dessus sont terriblement douloureuses. J'ai beau savoir que c'est irrationnel, entendre Marthe me remettre à ma place me décourage, au point d'avoir envie de tout abandonner. À quoi bon guérir, à quoi bon vivre? Elle vient de détruire tout ce qui me faisait espérer.

Elle l'a compris. Elle me force à la regarder en face.

– On a vécu des moments forts, toi et moi. On partage une forme d'intimité incomparable. Tu sais que je t'ai donné ma confiance et je sais que tu en as fait autant. Mais je ne veux pas que tu espères autre chose de moi.

La colère remplace la tristesse en un instant. Je n'essaie même pas de la contenir. Je crie, de ma voix monstrueuse:

– Alorrrs, ...ourrrquoi... tu rrre...iens?

Pour la première fois depuis que je la connais, son masque bienveillant se fissure devant moi, dévoilant sa détresse.

– Parce que j'ai une dette envers toi, Florin.

Nous restons silencieux, laissant passer deux soignants qui se rendent au gymnase.

– Et puis, il y a ton livre, notre histoire ! me dit-elle doucement. C'est cela que nous avons à partager, toi et moi.

Je hausse les épaules avec emportement. Cette histoire ! Comment pourrais-je m'en contenter, vraiment ?

# 105

**2 septembre 1939**

**Ils sont allongés l'un contre l'autre,** dans une mer de draps et de tendresse.

– Tu ne le retires jamais, ce bracelet ?

– Non.

– C'est pour Blanche que tu le gardes ?

– Non. C'est pour André… C'est pour lui que… que je n'ai pas changé.

– Tu veux bien m'expliquer ?

C'est la troisième fois qu'ils se retrouvent ainsi, pendant qu'Hannah est en cours, sans savoir ce qu'ils pourront faire de cette relation, mais sans y renoncer pour autant. Hermann lui demande beaucoup de raconter ses vingt dernières années à elle. Comme si cela l'aidait à oublier le corps et le visage trop jeunes de sa compagne, qui le dérangent encore.

– Non, cette fois, c'est ton tour ! Raconte-moi, s'il te plaît.

– Quoi donc ? Tu sais que je n'aime pas trop parler.

– Comment es-tu revenu en France ? Hannah, et tout le reste… Allez !

– Eh bien… J'ai fui l'Allemagne en 33, avec elle. Elle avait quoi, neuf ans ? D'abord pour l'Autriche, et puis Paris. Certains de mes amis y avaient déjà émigré, avant l'arrivée d'Hitler au pouvoir. Mais Milly et moi avions décidé de rester.

– Milly, c'était ta femme ?

– Oui. On pensait qu'il était plus utile de lutter de l'intérieur contre le fléau nazi. On était tous les deux membres du Parti communiste allemand, qu'Hitler avait interdit. On était sur les listes des traîtres à la patrie et, en plus de tout ça, Milly était juive. Nous étions inconscients !

– Parle-moi d'elle.

– Milly... On s'était rencontrés à l'université, avant 14. Elle écrivait dans des journaux étudiants. À mon retour de France, en 1919, on s'était mariés. Elle m'avait présenté ses amis, elle m'avait converti à ses idées. J'avais été tellement abîmé par la guerre... Le communisme m'a sauvé du dégoût de l'humanité. À la place, il m'a offert un idéal. Je suis devenu journaliste parce que j'écrivais bien et qu'il y avait un poste à pourvoir, au journal dans lequel elle travaillait. C'est là que les nazis sont venus la chercher un matin. Ce jour-là, j'ai fini par comprendre l'ampleur du danger. J'ai quitté le pays en catastrophe, avec le sentiment terrible d'abandonner ma femme pour sauver notre fille. On n'a jamais revu Milly. J'ai appris bien plus tard qu'elle avait été tuée le lendemain de son arrestation.

– C'est terrible...

Marthe écoute le cœur d'Hermann battre fort dans sa poitrine. Elle ressent sa douleur d'avoir perdu sa femme, qu'elle imagine brillante et belle. Est-ce qu'elle aurait réussi à vivre, si André était mort ? André... Elle se mord la lèvre. *Tu me comprends, n'est-ce pas ? Tu sais que je ne t'oublie pas. J'ai besoin de vivre, de me sentir aimée, de me blottir au chaud. L'attente est trop longue et, toi, tu te dérobes.* Elle n'a pourtant pas l'impression de le trahir. Il lui semble qu'André aurait choisi Hermann pour elle. Parce qu'il est aussi fiable que lui, qu'ils viennent du même passé, mais qu'il est différent.

– En arrivant en France, je me suis promis qu'on ne resterait pas. Ce pays était lourd de souvenirs pénibles. Mais on a été accueillis si chaleureusement, en tant que résistants de première ligne à la folie hitlérienne ! On nous considérait comme les héros de la démocratie. Les temps changent vite ! L'opinion publique est une girouette. Des camarades exilés ont permis à Hannah de reprendre sa scolarité à Paris. Elle a progressé à la vitesse de la jeunesse. Voilà six ans que nous sommes ici, et elle parle à présent mieux français qu'allemand ! Elle parle bien, n'est-ce pas ? Elle n'a même plus d'accent.

Il a dit cela avec un brin de fierté. Marthe aime sa voix calme et grave, jamais dans l'émotion, qui lui donne curieusement l'impression d'être enfin rentrée « à la maison ». Elle lui sourit. Elle écoute, hypnotisée par les mouvements de ses lèvres, qui disparaissent derrière sa moustache poivre et sel taillée avec soin. À évoquer ainsi le passé avec quelqu'un de sa génération, elle se sent comme remontée dans le train de la vie. Et elle sent aussi combien les années qu'elle a vécues lui ont apporté d'expérience et de maturité. Son âme n'a plus dix-sept ans depuis longtemps.

À Paris, Hermann a rejoint une association de journalistes émigrés, proscrits par les nazis. Il travaille pour le *Pariser Tageblatt*, un quotidien en allemand créé par eux. Ensemble, ils essaient de préparer le retour de la démocratie dans leur pays.

– Vraiment, se désole-t-il en s'allumant une nouvelle cigarette, j'ai peur que nous ayons prêché dans le désert !

Marthe sursaute subitement.

– Quelle heure est-il ? Hannah va rentrer !

– Pas avant une heure.

– Je préfère tout de même m'habiller.

## 106

**Marthe vérifie qu'aucun indice** ne pourrait trahir son passage dans l'appartement, puis elle rejoint Hermann, en train de se rafraîchir derrière le paravent qui sépare le coin cuisine. Il se recoiffe soigneusement devant un petit miroir, pendu au-dessus de l'évier.

– Tu veux bien que je te prenne en photo ?

Elle s'approche. Hermann interrompt son geste, peigne en l'air. Il observe, déconcerté, son reflet solitaire dans la glace. Réfrénant sa peur, Marthe s'avance un peu plus et le met en joue avec son appareil, décidée à rester naturelle. Elle le cadre serré, saisissant son malaise dans le miroir.

– Tu es si beau comme ça, à mi-chemin entre l'homme et l'amant…

Il entrouvre la bouche, hésite, puis renonce à poser des questions. Il reprend le tracé minutieux de sa raie sur le côté, comme si de rien n'était. Marthe lui en est infiniment reconnaissante. En la prenant telle qu'elle est, il lui permet de vivre un rare moment de normalité. Pourtant, elle se détourne et s'éloigne. Le reflet d'Hermann a fait resurgir celui d'André. Ça n'était pas une bonne idée. Elle a l'impression qu'il les épie, de loin, qu'il l'observe et la juge, qu'elle le fait souffrir. Mais que peut-elle donc faire ? Elle n'a reçu aucune réponse aux nombreuses lettres qu'elle a envoyées en Algérie, à sa sœur, Pauline. Elle est arrivée au bout des dernières pistes, sans succès.

Marthe cherche à chasser ces idées sombres. Elle voudrait de la musique.

– Tu n'as pas de poste ?

– De radio ? Surtout pas !

Elle reste interloquée. Hermann passe la tête de l'autre côté du paravent.

– C'est l'invention du diable ! Un formidable outil de propagande et de désinformation. Sans ce qu'on appelle « le progrès », la voix d'Hitler n'aurait jamais porté assez loin pour hypnotiser une nation entière.

Ne pas vouloir de radio semble aussi excentrique que de ne pas avoir de miroir. Elle sourit et s'assied au bord d'une chaise, contemplant le minuscule appartement. Elle a déjà tenté de fixer ce décor si charmant sur pellicule, mais elle y manque de recul. Elle se sent bien ici. Elle aime ce qu'Hermann est devenu. Il est doux, il écoute. Elle trouve ses idées originales. Et surtout, il sait pour le reflet. Il sait depuis longtemps et ne demande rien. Ce qui change tout. Hermann pourrait être une fenêtre vers la nouvelle vie qu'elle envisage depuis quelques années. Une nouvelle identité, maintenant que le physique sans âge de Marthe Coriou-Novembre commence à poser problème, après quatorze ans de vie avec Gwen. Elle sait qu'elle va de nouveau devoir repartir de zéro, redevenir une autre. Pourquoi pas avec un journaliste exilé ? Hermann lui ressemble bien plus que Gwen. Ils se comprennent, ils ont vécu ensemble une période déjà si lointaine. Ils ont souvent plaisanté de la mode d'alors, des horribles chaussures à semelles de caoutchouc, livrées aux Français de la zone occupée par le ravitaillement américain. Ils se sont amusés à comparer les chansons qu'on leur apprenait à l'école, enfants. Des refrains sur les méchants Français, ou sur les cruels Allemands, les ennemis de toujours. Ils se sont souvenus de la vie sans téléphone, sans automobiles, des avions de guerre antiques, et des uniformes ridicules des tout premiers pilotes, qui leur semblaient pourtant si modernes, à l'époque.

Elle se prend à rêver d'une famille, où Hermann et Hannah partageraient son secret sans en prendre ombrage ni poser de question, où ils vieilliraient à ses côtés, sans souffrir de la voir rester jeune. Des gens capables de partager sa vie, sans être affectés par sa différence. Sans que cela les rende fous. Hannah deviendrait-elle sa fille ou son amie ?

Mais Marthe se souvient vite que rien de tout cela n'est possible. Vivre normalement, même construire quelque chose lui est interdit. Tout volerait en éclats, sitôt que lui seraient rendus André et son reflet. En se prêtant serment, ils se sont condamnés l'un à l'autre, elle le sait.

– Tu as peut-être raison, lui dit Hermann, tu ferais mieux de partir. Hannah est rentrée plus tôt, ces derniers jours.

Il chausse ses lunettes rondes à monture d'acier, signe distinctif des prolétaires instruits, par opposition aux montures d'écaille bourgeoises. Marthe se place face à lui.

– Mes cheveux, mes habits, ça va ?

Hermann réalise qu'elle ne peut vérifier elle-même son apparence. Il replace une boucle derrière l'oreille de Marthe, défroisse un peu le haut de son chemisier, du revers de la main. Puis, comme elle s'apprête à passer la porte, il la retient avec une soudaine inquiétude.

– Eh bien, qu'as-tu ? s'amuse-t-elle.

– Pardon, c'est... L'image de ce wagon de train se refermant sur toi, sans que je puisse rien faire... Chaque fois que je te vois quitter une pièce, j'ai peur de te perdre de nouveau à jamais.

– Ne sois pas si superstitieux ! La vie nous a déjà joué assez de mauvais tours !

# 107

**8 septembre 1939**

**« Les troupes allemandes envahissent la Pologne ! »**, «Tous les hommes français valides de 20 à 48 ans sont mobilisés», « L'Angleterre et la France entrent en guerre avec l'Allemagne ! » Voilà, depuis une semaine, ce que titrent tous les journaux.

La guerre ! Elle n'y croyait pas vraiment, elle se forçait à regarder ailleurs. Mais ça y est, encore, malgré tous les « plus jamais ça ». Paris semble assommé. Les passants marchent d'affiche en affiche, hagards, prenant connaissance des règles du black-out et des recommandations en cas d'attaque aérienne. Albert a répondu à l'appel sans un au revoir. Marthe a tout fait pour le retenir. Elle était persuadée que son instabilité l'aurait fait réformer. Mais même les petits délinquants ont vu leurs peines suspendues pour aller grossir les rangs de l'armée. Tout semble improvisé ! L'idée de voir les hommes autour d'elle disparaître à nouveau sous les bombes lui tord le ventre. Gwen n'est pas concerné. Sa boiterie et ses quarante-neuf ans le préservent du front. Mais il a prévenu Marthe : si on vient le chercher, il se fera sauter la cervelle. Hermann n'est pas français. Il ne doit rien risquer. Elle n'a pas pu le revoir depuis que le monde semble avoir basculé.

La liesse patriotique de la Première Guerre est bel et bien éteinte. Les malheureux survivants de 1918 qui doivent aller au front une seconde fois, parfois accompagnés de leurs fils, n'ont plus la fleur au fusil ni le sourire aux lèvres. Tous partent résignés. De toute façon, ce fameux grand enthousiasme dont témoignent les plus anciens, Marthe ne l'avait pas connu non plus, à l'époque. Dans son Nord envahi, on s'était retrouvé sous la botte des Allemands sans avertissement, sans avoir eu le temps de rêver à de glorieux combats.

Cela, plus personne ne semble s'en souvenir. Tout ce qu'on a voulu retenir de la guerre précédente, c'est la victoire.

Au moins, aujourd'hui, Marthe est du bon côté du front, loin des frontières. Les Allemands n'arriveront jamais jusqu'à Paris.

## 108

**Elle retrouve Hermann** à la terrasse du Dôme, entouré par quelques amis. Elle et lui ont convenu de ne pas se montrer ensemble en public. Alors, elle fait mine d'attendre quelqu'un, observant le petit groupe à distance. Ils sont allemands ou autrichiens et ont la mine sombre. Ils s'expriment en français, par peur, c'est évident. C'est inutile, se dit Marthe, car leur accent attire encore plus l'attention sur eux.

– Messieurs, pour tous les Parisiens, nous sommes devenus des ennemis de la France !

– Enfin, c'est ridicule ! Nous avons fui Hitler, nous luttons contre lui ! Moi, je suis prêt à aller me battre avec les soldats français !

– Il faut agir, c'est certain. Mais comment ? Nous sommes considérés comme des traîtres ou des espions dans tous les camps. Nous sommes pris dans une nasse !

Hermann aperçoit Marthe. Il se lève, refermant son veston et roulant un journal dans sa poche.

– Je vous retrouve ce soir. D'ici là, tenons-nous sur nos gardes, mes amis. La guerre ne s'embarrasse pas de nuances, nous le savons bien.

## 109

**Ils sont nerveux.** Marthe et Hermann marchent d'un même pas, le front soucieux.

– L'impréparation de la France est totale ! se désespère Hermann. Voilà des années qu'on alerte sur les risques d'un pacifisme naïf ! Sais-tu que des hommes sont partis au front sans chaussures ni chaussettes, car il n'y en a pas assez pour tous ? Les stocks de fusils sont insuffisants, certains mobilisés n'ont reçu aucune formation militaire...

Il baisse la voix, inquiet.

– Et il y a autre chose. Un pogrom discret se met en place contre la gauche et tous les étrangers. On parle d'arrestations nocturnes en masse de communistes, mais aussi de juifs et d'immigrés. Ceux qui ont combattu pour la république contre Franco. Les Autrichiens, les Allemands... Nous sommes tous considérés comme des agents de l'ennemi.

– Mais vous êtes contre Hitler ! s'indigne Marthe. Il a fait assassiner ta femme, et tu écris pour un journal allemand d'opposition. Comment pourrais-tu être un espion ? De quoi t'accuserait-on ?

– C'est une vieille recette. Le gouvernement a besoin de boucs émissaires pour détourner la colère et la panique du peuple, depuis la déclaration de guerre. Dans ce rôle, les étrangers ont toujours été les meilleures cibles.

Il se tourne vers elle, indécis.

– Je crois que je vais m'engager volontaire dans l'armée française. C'est la seule façon de prouver que je suis du bon côté...

– Mais tu es fou ? Que deviendrait Hannah ?

– Je ne sais pas... Que penses-tu que je devrais faire ?

Il a l'air si perdu. Marthe n'a pas de réponse. Elle sent qu'on veut encore leur arracher les rares bonheurs de leur vie. Qu'importent les existences individuelles, quand les nations se jettent les unes contre les autres ! Tout devient grand, trop grand, un immense tourbillon dans lequel les êtres ne sont que de minuscules fourmis, dont la mort n'a plus qu'une valeur numérique. Elle se sent coupable, marchant aux côtés d'Hermann, de s'inquiéter davantage pour André : est-il protégé de la tempête qui gronde ? Ils ne peuvent quand même pas le renvoyer au front, pas lui, pas encore ! S'il pouvait au moins lui faire un signe… *Ni la guerre ni la mort, on se l'était promis. Tu t'en souviens bien, dis ?*

En arrivant chez Hermann, ils n'ont pas eu le temps de retirer leur manteau que de grands coups sont frappés à la porte. Tous deux s'immobilisent au milieu du salon. On frappe encore.

– Ouvrez, c'est la police !

# 110

**Deux hommes entrent brusquement.** Leurs roulements d'épaules et leur regard buté laissent entendre qu'ils ne comptent pas faire usage de délicatesse.

– Possédez-vous des armes ou de la littérature subversive ? demande le plus petit des deux, d'un ton tranquillement menaçant, tandis que l'autre commence à fouiller l'appartement comme s'il cherchait à créer le plus de désordre possible.

– Puis-je savoir ce que vous me voulez ?

– Vous êtes ressortissant allemand et communiste, M. Kaempfer. Vous allez devoir nous suivre au commissariat pour quelques vérifications.

Le policier aperçoit Marthe. Il se campe face à Hermann.

– Vous avez vos papiers ?

– Bien sûr, voici ma carte…

– Et votre fille ?

Hermann referme son portefeuille, échangeant un bref regard avec Marthe, dans lequel chacun d'eux cherche la réponse à la même question : doivent-ils leur dire qui elle est ?

– Elle n'a que quinze ans… tente-t-il.

– Elle m'a plutôt l'air d'en avoir vingt !

– Les étrangers résidant dans ce pays ont l'obligation de posséder une carte d'identité, quel que soit leur âge, intervient plus calmement l'autre policier. Mademoiselle a-t-elle des papiers en règle ?

Marthe est française, elle n'aura rien à craindre, dès qu'on découvrira sa véritable identité, pense-t-elle. Si on l'arrête, Gwen ira la chercher au commissariat et fera un scandale. Hermann vient de lui parler des arrestations d'étrangers. Elle ne peut pas laisser Hannah être livrée à ces hommes. Elle s'avance vers Hermann et lui dit avec assurance :

– Je crois que c'est toi qui as ma carte, papa.

– Ta… ? Oui, c'est vrai ! Mais je… Tenez, la voici…

Le policier s'approche de Marthe, et compare la photo d'Hannah aux traits de son visage. Il fronce les sourcils. Marthe ne ressemble pas du tout à la fille d'Hermann. Elle parvient à lire les dates inscrites sur les papiers d'identité.

– Cette carte est encore valide jusqu'à l'année prochaine, mais j'ai beaucoup grandi depuis 1937 ! fait-elle remarquer.

Hermann détourne l'attention en lançant ironiquement au second policier :

– Notre concierge a été efficace, dites-moi ! Nous n'avons pas eu le temps de nous déchausser qu'elle vous avait avertis de notre retour ! Il ne faudra pas que j'oublie ses étrennes pour récompenser son zèle patriotique !

– Elle ne fait que son devoir de collaboration avec la police française ! rétorque le flic en rendant la carte d'Hannah à Marthe. Vous allez devoir nous suivre, monsieur. Je vous laisse le temps de prendre quelques affaires.

– Des affaires ?

Hermann et Marthe font mine de ne pas s'inquiéter. Elle va docilement chercher le rasoir de son amant et sa brosse à dents, pour les glisser dans la petite mallette qu'il remplit à la va-vite. Leurs doigts tremblants se frôlent.

– Tiens, dit-elle, tu en auras besoin, si cela devait durer un peu plus que prévu.

Une goutte de sueur glisse sur la tempe d'Hermann.

Un taxi les attend dans la rue. Avant de suivre le policier sur la banquette arrière, Hermann prend fébrilement Marthe dans ses bras, imitant l'étreinte d'un père.

– Tu vois, la France ne veut même pas de nous comme chair à canon ! La seule contribution qu'on nous demande, c'est de nous laisser enfermer derrière des barbelés.

– Quels barbelés ? Ne dis pas de sottises, tu seras de retour avant ce soir !

– Sois bien prudente, Hannah ! souffle Hermann en la regardant droit dans les yeux. Va trouver Marthe et demande-lui de s'occuper de toi, le temps que je revienne. Tu veux bien ? Qu'elle ne s'inquiète pas. Ni toi, surtout !

Marthe serre fort les dents, torturée de devoir cacher son émotion.

– Je n'ai pas peur, dit-il. Quand on a survécu aux violences nazies, les passages à tabac et quelques dents cassées par la valeureuse police française ne sont que de simples formalités.

Elle voudrait au moins le serrer contre elle, l'embrasser. Mais ils ne peuvent plus rien. Marthe hoche doucement la tête, réfrénant sa terreur.

– Ne t'en fais pas pour moi non plus, murmure-t-elle. Marthe sera contente de pouvoir m'aider. Elle ne nous laissera pas tomber.

L'automobile s'éloigne. Marthe revoit le jeune Hermann, penché sur elle, dans la pénombre d'un wagon de train. Le jeune Hermann derrière son bureau de la gare, l'informant des maltraitances que la police allemande avait fait subir à son père. Le jeune Hermann entrant pour la première fois chez eux, ses bagages à la main. Leur histoire se rejoue en marche arrière et en vitesse rapide, en même temps que le véhicule disparaît. Dans son dos, elle sent le regard de la concierge, à travers son rideau de dentelle. Il n'est pas temps de pleurer, ni de se lamenter. Elle range dans sa poche la clé de l'appartement. Mon Dieu, que va-t-elle raconter à Hannah? Elle y réfléchira en chemin.

# 111

**Hannah pose sa valise sur le tapis persan** en essuyant ses larmes. Marthe demande à Mina de rajouter un couvert et de préparer la chambre d'amis. Gwen arrive de son atelier.

– Qu'est-ce que tu nous ramènes? grogne-t-il.

Marthe referme la porte derrière elles, après avoir rentré deux dernières petites malles. Il fait nuit. Elles ont attendu tout l'après-midi, puis Marthe s'est rendue seule au commissariat. Elle n'en menait pas large. Mais elle n'a pas obtenu la moindre information. Hermann a disparu. Elle prend Hannah par l'épaule pour la réconforter, et répond à son mari, en forçant un sourire :

– La famille s'agrandit ! Tu avais besoin d'une épouse pour ton image, eh bien maintenant, tu as aussi une fille !

– Qu'est-ce que c'est que ces noises ?

– Ne t'inquiète pas, Hannah, il n'est pas méchant, seulement égocentrique.

Marthe pousse la jeune fille vers le couloir, en chuchotant à Gwen :

– Son père a été raflé. C'est un indésirable !

Elle sait que cet argument peut le séduire. Malgré tous ses défauts et toutes les apparences qu'il dresse autour de lui, le peintre a une fascination pour ceux que la société rejette, les anticonformistes, les clandestins, les bannis... autant qu'il méprise la tiédeur et la normalité.

Dès le lendemain, la plupart des journaux révèlent la création d'un camp provisoire à l'intérieur du stade Roland-Garros, où tous les étrangers ont été internés. Les articles se réjouissent que le nombre de crimes et de cambriolages aurait chuté, depuis qu'on a raflé ces « sales métèques », « la lie de l'humanité ».

Marthe n'en dit rien à Hannah. Il faut la protéger.

Elle reconnaît ce moment, cette bascule en elle où tout semble évident. Elle qui doute si souvent, se sent solide, guidée par son instinct. Dans de telles circonstances, les discours ne servent à rien, ni les règles ou les dogmes, pour agir dignement. Comme lorsqu'elle a couru pour offrir une pomme à un prisonnier russe, lorsqu'elle a découvert le bébé de sa sœur dans un orphelinat, ou lorsque la police l'a prise pour Hannah, ce qu'elle doit faire lui paraît aussi clair qu'impérieux. Après avoir accompagné la jeune fille en cours, en voiture, elle va vérifier le courrier chez Hermann, puis d'une voix décidée, annonce à Benjamin :

– Emmenez-moi à Auteuil.

## 112

**Les abords du stade sont interdits** par des barbelés. Hermann avait vu juste. Marthe questionne plusieurs gardes sans succès. Elle peut, si elle le souhaite, déposer un colis de nourriture qu'on remettra à la personne désignée, mais les visites sont interdites. Sa présence, parmi quelques femmes inquiètes et des curieux, agace fortement. Trois cars de police débarquent bruyamment. Ce sont de hautes voitures noires découvertes, dans lesquelles des réfugiés, noirs de crasse, sont alignés sur une dizaine de bancs. Baïonnette au canon, un agent est posté à chaque coin du véhicule. Un garde vient contrôler le premier.

– Livraison de déchets ? plaisante-t-il avec le conducteur.

Marthe s'est approchée discrètement. Elle accroche le regard d'un des « déchets » humains et lui souffle très vite :

– Sauriez-vous où se trouve M. Hermann Kaempfer ? C'est un ami.

Un agent l'interpelle de loin. Elle s'approche encore, aimantée par le visage de l'homme, assis dans la voiture. Il articule des mots sans voix, les yeux embués de larmes. Marthe est frappée par l'odeur des corps entassés sur les bancs. Elle se souvient combien la guerre et la misère peuvent rendre les êtres puants. L'homme s'est mis à pleurer. Il l'implore du regard.

– Je suis médecin ! sanglote-t-il. Médecin !

– Avez-vous croisé Hermann Kaempfer ? Pourriez-vous le trouver à l'intérieur ?

D'autres prisonniers secouent la tête, effrayés que Marthe ne semble pas voir le garde marcher vers elle d'un pas martial.

– Je ne suis pas sale ! poursuit l'homme comme s'il pensait devoir la convaincre de le sauver. Mais ils nous ont fait dormir trois nuits dans une cave à charbon…

– Je comprends, souffle Marthe, prise à la gorge par tant de désespoir.

Un des agents enjambe les bancs pour l'atteindre. L'homme se met à parler avec précipitation :

– Non, vous ne comprenez pas ! Vous ne pouvez pas comprendre parce que vous me trouvez sale ! Mais ils nous ont salis volontairement, pour nous donner l'aspect qu'ils veulent montrer de nous à la population ! Qui plaindrait de tels crasseux, qu'on balade comme des bêtes de foire ? Mais moi, je suis médecin ! Je n'ai rien à voir avec ces sales juifs ! Je suis…

Sa phrase est interrompue par le poing de l'agent qui s'écrase sur sa nuque. Marthe crie, violemment bousculée. Des gardes la repoussent. Leurs uniformes aussi puent la transpiration. Piétinée dans une cohue sans nom, elle n'entend ni leurs insultes, ni la voix de son chauffeur, venu à son secours. La haie de badauds se referme sur elle, en même temps que Benjamin l'entraîne vers la voiture.

Quand elle se retrouve assise derrière la vitre, roulant vers le Trocadéro, elle ne sait pas comment elle est arrivée là. Son cerveau était resté prisonnier d'une boucle, dans laquelle le fantôme d'un soldat allemand, plus jeune qu'elle à présent, la fixait derrière des lunettes rondes, avant que son crâne explose, sous son regard froid et indifférent.

## 113

- **Hier, on les accueillait comme les héros** de la démocratie, et aujourd'hui, ils seraient devenus des traîtres, des bolcheviques, des nazis, ou tout ça à la fois, tant qu'on y est ? J'ai honte de mon pays !

La main de Marthe s'abat sur la table en faisant tressauter les verres à moitié pleins. Gwen l'observe avec un sourire inspiré. Cela faisait longtemps qu'il ne l'avait pas vue si exaltée. Il est tard. Hannah dort déjà chez eux depuis plus d'une semaine. Pour expliquer son couple à la jeune fille, Marthe lui a raconté qu'elle partageait la vie de ce peintre pour fuir une famille qui voulait la marier de force. Elle lui a demandé de ne pas trahir ce secret auprès de leurs amies du foyer. Ce destin romanesque, qu'elle a tiré du souvenir lointain des confidences de Jeannette, a séduit la jeune communiste. Mais si Gwen apprécie Hannah, ce n'est pas réciproque. Il ne leur faut guère plus de quelques minutes pour que toute conversation entre eux dégénère en dispute. Hannah reproche à Gwen ses compromissions avec la bourgeoisie et le capitalisme, jusque dans son art, ainsi que sa perversion homosexuelle qu'elle lui conseille de faire soigner. Chez les communistes non plus, on n'aime pas les « invertis ». Aux yeux d'Hannah, Gwen représente l'exact contraire du père idéalisé pour lequel elle se ronge les sangs. Leurs altercations s'achèvent lorsque la jeune fille s'en prend à un vase, une assiette, ou un carreau de fenêtre, qu'elle fracasse avec rage, comme si elle s'attaquait au gouvernement de banquiers et de militaires qui lui a pris son père. Ce soir encore, elle a fini par aller se coucher après une de ces crises, qui épuisent autant Marthe qu'elles amusent le peintre. Il se penche vers son épouse, soufflant la fumée d'un reste de cigare.

– J'avais oublié comme la colère t'allait bien! Je pourrais presque avoir encore envie de te peindre.

Marthe lui adresse un regard courroucé.

– Enfin, c'est tout ce que tu me réponds? Toi et tes peintures, encore? Je te parle d'innocents sacrifiés, du père de cette gamine! Tu n'as aucune pitié? Je ne suis même pas sûre que les colis que j'ai déposés pour lui n'aient pas atterri dans le garde-manger des flics!

– Te fâche pas contre moi, juste quand je t'appréciais! Elle est chouette, ta gosse. Je l'aime bien, tu sais. Mais c'est pas une raison pour que tu te mettes comme elle à faire de la politique, c'est tellement barbant! Je suis d'accord pour qu'elle reste ici, à casser ma vaisselle, autant qu'il faudra pour qu'on retrouve son père. Parce qu'on le retrouvera, crois-moi. Avec mes relations...

– Pour ce qu'elles ont donné, jusqu'à présent! Ce n'est pas un jeu, Gwen! Chaque minute compte! Quand je pense à ce qu'il doit subir...

– Ça viendra. Chapelain m'a promis de te tenir au courant de son enquête.

Gwen est déjà passé à autre chose. Il va faire tourner sur le gramophone un succès de Mistinguett qu'il se met à chantonner en roucoulant:

– *Un p'tit boy, c'est gentil,*

*Ça fait perdre la cervelle*

*Et mon désir grandit*

*Quand ils sont en ribambelle...*

– Tiens, tu as un nouveau béguin? soupire Marthe, blasée.

– Deux ! Comment t'as deviné ?

– Tu me rebats les oreilles avec ce vieux refrain, dès que tu fais une nouvelle conquête ! Deux ? De mieux en mieux...

Elle vide le fond de son verre d'une traite et se détend un peu.

– Moi aussi, parfois, je t'aimais bien, avoue-t-elle, un peu pompette. Il aura fallu la guerre pour que je m'en souvienne !

– Je l'ai toujours dit : la guerre a du bon ! Il faut juste rester dans le bon camp : celui des vivants.

– Ça commence toujours par les autres. Mais que diras-tu, le jour où les flics viendront te chercher aussi ?

– Moi ? Mais je suis français, mâdâme !

– Les nazis pourraient la gagner, cette guerre-ci !

– Alors quoi ?

– Imagine qu'ils décident de rafler les homosexuels...

Gwen éclate de rire.

– Voyons, ma chérie, il n'y a que les Angliches pour être aussi barbares ! Ce clown d'Hitler voue un culte à la virilité. Comment peux-tu imaginer qu'il veuille du mal aux homos ? Que les femmes sont aveugles, quand il s'agit de sexe !

Marthe pince les lèvres. Décidément, elle a trop bu. Cela vaut sans doute mieux que de vraiment comprendre ce que dit son mari. Elle s'appuie des deux mains sur la table pour se lever lentement. Sa tête tourne.

– J'avais aussi failli oublier comme ton cynisme est agaçant ! dit-elle en lui souriant.

– Souviens-toi quand même que tu vis à mes dépens, et que je vous ai sauvé la mise à plusieurs reprises, à toi, ton bâtard et « notre fille » !

– Je ne l'ai pas oublié.

Comme elle n'oubliera pas que c'est lui qui la tient sous sa domination financière, et qui lui impose ce qu'il considère être une belle vie. Mais la guerre remet chacun face à ses priorités. Plus jamais elle n'acceptera de dépendre si totalement de quelqu'un. Marthe sauvera Hermann, avec ou sans Gwen. Elle lui rendra sa fille, puis elle retrouvera son reflet où qu'il soit, à Alger, à Pékin, ou sur la lune.

## 114

**Octobre 1939**

**Il y a foule dans la rue de Belleville.** Les pavés sont glissants d'eaux usées et de détritus. Alors qu'elle s'apprêtait à traverser pour rejoindre un immeuble de guingois, au-dessus d'un bar-tabac glauque, Marthe recule vivement. Elle vient d'entendre un cri redouté.

– Vitrier ! Viiitrier !

Le vieil homme à casquette remonte lentement la rue en s'annonçant. Sur son dos, il porte un haut châssis de bois, auquel de longues plaques de verre sont attachées par des cordes. Comme à son habitude, Marthe veut laisser passer le travailleur ambulant, pour éviter d'être à portée de reflet. Mais une voix interpelle le vitrier depuis une fenêtre, au deuxième étage de l'immeuble où elle se rend justement :

– Par ici ! Le miroir du salon !

Cela risque de durer. Elle va perdre du temps inutilement. Tant pis ! Avant que le vieil homme se dirige vers le bâtiment, elle se précipite, le dépasse, et entre en courant. Elle gagne l'escalier de bois étroit à l'odeur écœurante de cire, et atteint le premier étage avec soulagement. Elle sonne. Chapelain lui ouvre. Marthe entre chez lui avec un mélange d'espoir et d'appréhension, comme si elle venait consulter un médium ou un oracle. Elle craint toujours que cet ami de Gwen, ni détective ni mafieux, mais quelque chose de flou entre les deux, ne lui annonce la fin du monde.

## 115

**Moins d'une heure plus tard,** lorsqu'elle ressort, Marthe est livide. Hermann, pauvre Hermann ! Comment va-t-elle annoncer à sa fille ce que Chapelain vient de lui apprendre ? Elle se faufile dans l'escalier, tandis que le vitrier et deux hommes en bras de chemise descendent un grand miroir de cheminée, heureusement enroulé dans une couverture. Ils avancent lentement, soufflant comme des bœufs. Elle ne veut pas se retrouver bloquée derrière eux. En les doublant, elle bouscule par mégarde un des hommes.

– Hé là, tout doux, mam'zelle ! Gaffe au miroir !

Gaffe aux miroirs ! Ça fait vingt ans qu'elle ne fait que ça ! Lui lançant un regard noir, elle manque de déraper sur les marches cirées. Elle se retient à la rampe. *Attention, Marthe !!!* La voix a crié si fort dans son crâne qu'elle pourrait jurer l'avoir entendue pour de vrai. Marthe fait volte-face, sentant le danger. La couverture de laine s'est coincée entre deux barreaux de la rambarde et glisse, dévoilant le grand miroir. Les hommes cherchent à rattraper leur charge. Les semelles crissent. Un instant, Marthe aperçoit le reflet, derrière elle : le hall, en bas des marches, et une silhouette d'homme, un chapeau sur la tête. Cette silhouette ! La voix ! Le miroir échappe aux porteurs et bascule sur elle. Le temps d'un battement de cils, Marthe croit deviner l'ombre d'une femme, tournée dans l'escalier. C'est bien elle qu'elle voit ? L'énorme plaque de verre teinté s'abat sur elle comme une dalle sur sa tombe. Le choc et le bruit sont d'une violence inouïe. Écrasée, elle est traînée jusqu'en bas des marches qui lui broient tous les os. La dégringolade s'achève sur les tommettes du hall.

Combien de miroirs peuvent encore lui tomber dessus dans sa vie ? Elle n'est pas morte, elle le sait. D'ailleurs, elle pense encore. Elle entend les cris des trois hommes, le craquement du verre pilé sous leurs pieds. Et ce cri, qui résonne encore dans sa tête : *Attention, Marthe !* La voix d'André !

– Attention, m'sieur, z'avez pas une bonne prise si vous l'prenez d'cette façon !

– Doucement !

– Allons-y ! Une, deux…

Les hommes soulèvent lentement le lourd panneau de bois pour la libérer. Du trumeau, il ne reste que des planches assemblées, du mastic et quelques clous rouillés. A-t-elle bien vu son corps se refléter ? Le pacte est-il rompu ? Est-elle délivrée ? Soulagée de la charge, Marthe ne parvient pas tout de suite à bouger. Les débris de verre l'ont tailladée partout.

– Diable ! Elle est vivante !

– Appelez les secours !

Marthe ouvre les yeux. Les hommes la dévisagent, ahuris, le châssis dans les bras. Elle se relève, mue par l'urgence. L'homme au chapeau, elle doit le voir ! Ses mains sont marbrées de coupures, ses vêtements lacérés. Elle se tâte le crâne, le visage, étalant un peu plus le sang dont elle est mouchetée. Elle sait qu'il est absolument anormal qu'elle se remette aussi vite sur ses pieds. Elle essuie rapidement ses plaies dans un coin de couverture, retire un bout de verre de son talon, ramasse sa chaussure sur une marche, puis se tourne vers l'entrée.

Personne. Mais c'était lui, elle en est sûre. Cette silhouette... Elle doit le rattraper.

– Faut pas bouger, mam'zelle, vous êtes pas en état ! lui crie le vitrier, cherchant à la retenir.

Elle se dégage violemment. Elle regagne la rue, courbée et boitillant, lançant des regards éperdus à la ronde. A-t-elle rêvé ? Ou n'était-ce qu'un fantôme, le spectre d'André, venu l'avertir du danger ? Foutaises ! Elle n'a jamais cru à ces sornettes. C'était lui, c'était sa voix, se répète-t-elle en tournant sur elle-même dans la rue, effrayant les passants sans s'en apercevoir. *Où es-tu encore passé ?* Elle se sent flouée, trahie, elle étouffe un sanglot. Une femme recule sur son passage en poussant un grand cri. Marthe réalise qu'elle attire beaucoup trop l'attention. Elle se tourne vers la vitrine du café, espérant y constater ses blessures, mais non. Rien n'a changé. Son image ne se réfléchit nulle part. Elle en tire ses propres conclusions : quelles que soient ses blessures, elles auront disparu d'ici demain. Le pire serait donc qu'on la garde en observation, qu'on la questionne, qu'on enquête sur elle. Il ne faut surtout pas qu'une ambulance ou des secours arrivent. Mais comment rentrer à la maison sans se faire remarquer ? Si seulement elle était venue en voiture avec Benjamin ! Il ne manquerait plus qu'on alerte la presse...

## 116

**Le nez dans le col de son manteau relevé,** elle se faufile sous une porte cochère, et trouve l'escalier qui descend aux caves. Là, cachée sous terre, comme lorsqu'elle avait été ensevelie par l'obus dans la grange, elle se calme. Personne ne l'a suivie. On va l'oublier. À vrai dire, Gwen et Hannah risqueraient de s'inquiéter en la voyant dans un état pareil. Et ce serait trop compliqué de broder des mensonges. Mieux vaut rester ici, au moins jusqu'à la nuit.

Tout son corps lui fait mal, elle se met à trembler. Elle se cale contre le mur humide, désespérée de sa monstruosité, d'être ainsi, immuable, incassable, peut-être même immortelle ? Elle songe avec effroi à ce qui arriverait si, par malheur, elle devait tomber d'un immeuble, passer sous un tram, ou être condamnée à se faire décapiter par la justice. Une fois son corps mutilé, sectionné, serait-elle réduite à vivre en plusieurs morceaux, défigurée, infirme ? Ou bien ses membres se régénéreraient-ils comme ceux des salamandres ?

Pour la première fois, elle maudit André. Elle lui en veut de lui avoir volé sa destinée pour partir jouer au héros. Qu'y a-t-il gagné ? Le reflet de sa bien-aimée près de lui ? Pourquoi se joue-t-il d'elle ainsi ? Pourquoi s'amuse-t-il à la regarder souffrir, seule depuis tant d'années ? L'aurait-il vue avec Hermann ou Gwen ? Serait-il jaloux, voudrait-il se venger ? Mais cela signifierait qu'il ne ressent pas, comme elle, à quel point leurs vies sont liées, combien rien ne peut affaiblir les promesses qui les ont enchaînés l'un à l'autre.

La douleur revient à la charge, empêchant ses pensées de la tourmenter davantage. C'est mieux ainsi. Après ce que Chapelain vient de lui apprendre sur Hermann, elle ne devrait pas pouvoir pleurer sur elle-même. Elle est en vie. Elle va s'en tirer. Demain, elle sera de nouveau celle qu'elle est depuis plus de vingt ans. Elle pourra agir. Les autres n'ont pas cette chance.

## 117

**Aussi facilement que ses blessures s'effacent,** l'année 1939 cède la place à 1940 sans que rien n'ait changé. Ni les disputes entre Hannah et Gwen, qu'ils n'interrompent que pour jouer à quatre mains le *Ma mère l'Oye* de Ravel au piano. Ni la guerre, cette « drôle de guerre », comme on l'appelle, qui ressemble à une pièce de théâtre jouée dans des décors réels. Une pièce ennuyeuse, dont l'action se résume à attendre, sans affrontement. Finalement, entend-on dire, Hitler n'était pas si terrible, il bluffait.

Pourtant, dans le pays, tout le monde ne joue pas. Comme Chapelain l'avait appris à Marthe, Hermann a été interné avec douze mille « indésirables », dont tous ses amis, dans le camp du Vernet, en Ariège. Un camp d'internement en France, c'est donc possible ! On sait, par de rares prisonniers libérés, que les conditions de vie y sont effroyables, mais peu de nouvelles filtrent. Les requêtes et les plaintes sont rejetées, et elles mettent en danger celles et ceux qui s'entêtent. Si jamais Hermann leur écrit, et Marthe va vérifier le courrier chez lui chaque jour, aucune lettre ne leur est parvenue. Par des réseaux clandestins issus des foyers communistes interdits, on arrive à faire passer un peu de nourriture, du courrier, de la lecture, à l'intérieur du camp, mais sans être jamais assuré qu'ils profiteront bien à celui auquel on les destine.

Hannah éprouve une rage qu'elle transforme en force, travaillant toujours plus en cours, multipliant les contacts secrets avec ses anciennes camarades, et planifiant des actions qu'elle dissimule à Marthe. Car depuis la disparition d'Hermann, Marthe veut être une mère exemplaire. Elle veut réussir avec elle tout ce qu'elle a raté avec Albert, dont elle n'a plus de nouvelles. L'époque est dangereuse pour une jeune juive. Marthe s'inquiète sans cesse, et la fait parfois suivre par Benjamin. Elle voudrait la rendre à Hermann telle qu'il l'a quittée, même si elle n'ignore pas que la guerre transforme tous les êtres.

Comme Gwen, qui s'est mis à peindre dans un nouveau style, académique, qu'elle déteste : des Pierrots, des bergères, des lectrices endormies, des Apollons imberbes au glaive dressé... Il prétend qu'il faut aller dans le sens du monde, que le public a besoin de rêver et de ne penser à rien d'important. Hannah lui répond qu'il se met surtout à peindre selon le goût d'Hitler. Le dictateur allemand vient en effet de définir des critères officiels pour différencier « l'art héroïque » de « l'art dégénéré », dont il faut détruire les œuvres. Hannah accuse Gwen de répondre à ces normes, par un opportunisme qu'elle vomit.

La jeune fille est brillante en tout et très attachante. Marthe est fascinée de découvrir chaque jour la femme qui apparaît en elle. Pour qu'Hermann n'en perde rien pendant sa captivité, elle multiplie les portraits photo de sa fille, qu'elle développe elle-même. L'adolescente apprend avec plaisir à réaliser des tirages dans le petit studio aménagé par Marthe. Elles ont même envoyé au Vernet, sans grand espoir, un autoportrait d'elles, côte à côte dans la cour de l'immeuble, et au dos de laquelle Hannah a écrit : « J'ai bien grandi, papa ! Sauras-tu encore dire qui de nous est la plus jeune sur cette image ? Je t'aime. »

Et Marthe aurait voulu pouvoir lui en écrire autant.

# 118

**12 mai 1940**

**Il suffit d'un rien.** D'une phrase à la radio, « Les armées du Troisième Reich envahissent la France ! », pour faire basculer toutes les existences.

Ce matin, pourtant, comme à son habitude, Marthe dépose Hannah devant son école, avant d'aller effectuer sa relève quotidienne du courrier chez Hermann. En entrant dans l'appartement, elle baisse machinalement le regard, à la recherche des enveloppes que la concierge aurait pu glisser sous la porte. Mais elle découvre d'abord une paire de chaussures masculines, et au-dessus, des jambes, un buste, et un visage qu'elle a déjà croisé ici.

– Mademoiselle Kaempfer ? Ravi de vous revoir ! Cela faisait bien longtemps.

Les deux policiers qui avaient emmené Hermann sont dans l'appartement.

– Vos papiers, s'il vous plaît.

– … Je ne les ai pas sur moi, je les ai oubliés.

– Quel dommage ! De mémoire, vous êtes allemande, juive et, d'après certaines personnes, communiste. Avouez que ça fait beaucoup, pour une jeune fille qui n'a rien à se reprocher ! Nous vous laissons le temps de prendre quelques affaires avant de nous suivre ?

Marthe répond d'une voix blanche :

– Je ne loge plus ici. Une amie de mon père m'a accueillie chez elle…

– C'est loin ? Je pourrais vous y accompagner mais nous sommes un peu pressés. Il y a beaucoup de femmes comme vous à… protéger.

– À protéger, vraiment ?

– Mais oui ! s'énerve le flic. Avec les événements, les rues ne sont plus très sûres pour les ressortissantes de pays ennemis. Les bons Français croient voir partout des espionnes de « la cinquième colonne ». Il y a certains accents que tout le monde déteste. Imaginez ce qui pourrait vous arriver, si quelqu'un vous pointait du doigt dans la rue, en criant votre nom allemand !

L'autre s'est avancé, le bras tendu pour lui bloquer la sortie.

– Tout le monde a peur, tout le monde se méfie. On parle d'espions nazis infiltrés, parachutés à Paris, déguisés en nonnes, d'un tas de choses inquiétantes… L'État français a donc choisi de rassembler toutes les étrangères dans un lieu sûr. Ainsi, chacun pourra constater que vous ne représentez aucun danger. Vous voilà rassurée ?

– Maintenant, *Fräulein*, si nous allions chercher vos affaires et vos papiers là où vous logez ?

## 119

**Quand Marthe sort dans la rue,** encadrée par les deux hommes, elle cherche encore comment gagner du temps. Du temps pour réfléchir.

– L'amie de votre père qui vous héberge a été bien aimable de continuer à payer pour lui le loyer de cet appartement, durant tout ce temps ! Mais est-elle au courant que coucher avec un Allemand, un communiste en plus, pourrait lui valoir des ennuis ?

Marthe s'arrête au milieu du trottoir. Que faire ? Gwen sera-t-il chez lui, quand ils vont débarquer ? Pourra-t-il la tirer d'affaire sans faire de gaffe à propos d'Hannah ? Et lui, ne risque-t-il vraiment rien ? N'est-elle pas en train de commettre une erreur en les emmenant là-bas ? Le policier détaille son expression avec un sourire amusé.

Marthe cesse soudain de respirer, terrifiée : Hannah vient de passer le coin de la rue et se dirige vers eux d'un pas pressé ! Que fait-elle ici ? Est-ce qu'on lui aurait refusé l'accès aux cours ? Pourquoi la rejoint-elle chez son père, alors que Marthe le lui a toujours défendu ? Hannah se fige sur place en l'apercevant. Elles pâlissent en même temps.

– Eh bien ? fait le policier, en levant les sourcils.

Marthe secoue très légèrement la tête, espérant que l'adolescente distingue son geste à cette distance, et qu'elle fera demi-tour.

– C'est inutile, dit-elle. J'avais oublié que j'ai perdu mes papiers la semaine dernière. L'amie de papa vient d'ailleurs de me mettre à la porte. Tout le monde se méfie des ressortissants allemands, comme vous le disiez. C'est pour cela que je suis venue ici au lieu de me rendre à l'école. Je n'ai nulle part où aller, ni aucune affaire à prendre.

– Allons bon ! s'exclame le flic. On peut dire qu'on tombe bien pour vous venir en aide ! La Nation va vous fournir un toit et de quoi manger gratis, c'est pas parfait ?

Au bout de la rue, Hannah n'a pas bougé. Elle la fixe, sans comprendre. Marthe fait volte-face pour lui tourner le dos.

– Je vous suis, dit-elle en se dirigeant vers le camion de police, dans l'autre direction. Pourrais-je seulement téléphoner à un ami français qui risque de s'inquiéter ?

– Vous demanderez là-bas. Nous, on ne fait que vous faciliter le transport.

– De quoi est-ce qu'il s'inquiéterait, d'abord, votre ami français ? s'amuse l'autre policier. On vous a dit qu'on allait toutes vous mettre en sécurité !

## 120

**Marthe rejoint trois femmes terrorisées,** d'âge et de style différents, à l'arrière du camion. Elles ont toutes un bagage sur les genoux. Marthe fouille son sac à main : un bâton de rouge à lèvres, les clés de chez elle et celles de chez Hermann, un mouchoir en coton rose pâle, un carnet de tickets d'autobus, cent soixante francs. Elle n'ira pas loin avec cet équipement !

Le véhicule dépasse le coin de la rue où Hannah se tient toujours immobile. Leurs regards se croisent. Marthe sourit vaillamment et lui adresse un petit signe rapide. A-t-elle seulement conscience de ce qu'elle risque ? Elle se sent emportée par un courant trop puissant pour nager. Un courant auquel on ne peut que céder, en espérant ne pas finir noyé. De toute façon, elle risque beaucoup moins qu'Hannah à y plonger. Et surtout, elle vient de comprendre une chose, avec une clarté que seul le danger peut produire. Elle s'aperçoit qu'en lui confiant Hannah, Hermann en a fait un peu sa fille à elle. Et puisqu'elle en a accepté la charge, cette vie doit maintenant primer sur la sienne. Elle a suffisamment vécu pour laisser sa chance à la jeunesse.

Le camion tourne sur l'avenue du Maine. Marthe perd de vue Hannah. Alors, son cœur s'apaise. Elle est certaine d'avoir pris la bonne décision. Quoi qu'il arrive, elle a fait ce qu'elle devait. Pour elle, pour Hermann, pour son humanité.

## 121

**Comme à Roland-Garros,** le périmètre du Vélodrome d'Hiver est bouclé par des barbelés. De longues files de femmes avec valises piétinent devant l'entrée, encadrées par des policiers. Convoquées, la plupart sont venues d'elles-mêmes. Le transport spécial offert à Marthe et ses compagnes semble un luxe. Un flic passe dans les rangs en criant : « Pas de couteau, pas de ciseaux, pas de cigarettes ! » Marthe est la seule à ne pas avoir de bagage. Vont-ils lui prendre son bracelet ? Mais les bijoux ne semblent pas intéresser ceux qui font les fouilles. Pas pour l'instant. Une femme élégante s'indigne :

– Je ne suis même pas allemande, c'est une honte !

– Calmez-vous, madame, on fera le tri à l'intérieur, répond le flic. En attendant, c'est moi qui décide qui est allemand ou pas !

Après des heures, Marthe pénètre « enfin » sous l'impressionnante coupole de verre du « Vél'd'Hiv ». Elles ont de la chance, les hommes ont été internés dans des stades ouverts aux intempéries. Le sol est couvert de paille fraîche, et les nouvelles arrivées éternuent en entrant. Un cri fend la marée de femmes :

– Marthe ! Qu'est-ce que tu fais là ?

C'est Denise ! La jeune fille la serre dans ses bras, comme si elle la croisait devant son lycée.

– Ne m'appelle pas comme ça, réplique Marthe tout bas. Ils me prennent pour Hannah.

– Qu'est-ce que tu racontes ?

– Je les ai laissés croire.

– Mais tu ne te rends pas compte ? Ils ont raflé les hommes avant nous, et maintenant, tu sais où ils sont tous ?

– Oui.

– Je ne comprends pas : ils n'internent pas les filles de moins de dix-sept ans. Hannah en a tout juste quinze. S'ils t'ont prise pour elle, ils auraient dû te laisser partir. C'est absurde.

– Je n'ai pas mes papiers, ni les siens. Écoute, je suis française, je vais m'en sortir.

– Il faudra qu'on t'érige une statue après la guerre ! Je n'en reviens pas que tu aies… Alors, Hannah est libre ?

Marthe hoche la tête. Comment Gwen va-t-il gérer cette situation ? Que lui dira Hannah ? Que décideront-ils ? Il va sûrement activer ses relations pour tenter de la tirer d'ici, une fois la gamine à l'abri des rafles.

– Espérons qu'elle soit réellement plus en sécurité dehors qu'avec nous ! soupire-t-elle.

– Où sont tes affaires ?

– Je n'ai que mon sac à main.

Chaque réponse lui fait un peu plus comprendre qu'elle est dans un véritable pétrin. Sans papiers ni bagages, prétendant être une juive allemande de quinze ans, alors qu'elle a dépassé la quarantaine, mais qu'elle en paraît vingt… Quelle version sera la plus crédible pour sauver sa peau ?

## 122

**Denise l'entraîne dans la cohue** en jouant des coudes. Au pied des gradins les plus éloignés, trois femmes sont assises sur un gros tas de paille, près d'une pile de valises aussi fatiguées qu'elles. Elles sourient pourtant, et accueillent Marthe d'une humeur enjouée.

– Voici Greta, Margot et Ada. Et je vous présente Mar… heu, Hannah ! Une amie du foyer de Vitry. Je n'en dirai pas plus mais c'est une héroïne !

– Bienvenue à l'étable ! plaisante Greta, belle trentenaire potelée, en robe d'été avec chapeau, levant un verre imaginaire pour trinquer.

– Merci. À vrai dire, je suis française. Je ne devrais pas me trouver ici.

Ada s'esclaffe :

– Tu crois que c'est notre place, à nous ?

– Non, je voulais juste dire que…

– Écoute, tu les as vues, ces cohortes de femmes ? Chacune est persuadée qu'on va la laisser partir. Les juives qui, comme Margot, ont fui les nazis mais n'ont, pour la plupart, jamais trempé dans la politique : elles sont certaines de n'avoir rien à se reprocher et n'y comprennent que pouic ! Ensuite, il y a les réfugiées politiques, comme Greta et moi, qui ont connu les traques, la terreur et les tortures nazies. Celles-là sont persuadées qu'on saura qu'elles sont du bon côté et que la police française ne peut pas être aussi dangereuse que les Chemises brunes. Et puis, il y a les sympathisantes nazies, les fanatiques d'Hitler, celles qu'on traitait jusqu'ici en touristes de première classe. Parce qu'on a beau dire, la France préfère les dictateurs au péril rouge de l'Internationale ! Ces Allemandes-là se disent qu'avec leur passeport en règle, on va les libérer. Et le pire, c'est qu'elles ont peut-être raison !

Marthe cherche dans la foule qui pourrait entrer dans les catégories décrites par Ada. L'Allemande reprend, riant toujours :

– Mais ces benêts de Français, tu crois qu'ils nous distinguent les unes des autres, dans ce troupeau ? Qu'ils s'imaginent une seconde que nous puissions être les pires ennemies les unes des autres ? Ils ne voient qu'une horde menaçante de boches qu'il vaut mieux enfermer !

– Il y a aussi celles comme moi, ajoute Denise. Juives, communistes et de père allemand ! Laisse-moi te dire que ce petit club restreint a un avantage sur tous les autres : on ne se fait pas la moindre illusion sur ce qui nous attend !

C'est aussi le cas d'Hannah, songe Marthe en frissonnant. Margot, la vingtaine, rouquine d'allure populaire à l'accent polonais prononcé, lui sourit.

– T'en fais pas, Hannah ! On nous a dit qu'on nous ferait passer une visite médicale, avec un examen au cas par cas de nos situations. Si tu es française, tu seras libérée. Tu as certainement des papiers ou de la famille, pour prouver leur erreur ?

– Désolée de jouer la trouble-fête, rétorque Ada avant que Marthe ait pu répondre, mais je pense qu'à partir du moment où on pose le pied sur cette paille, on se condamne à n'être que du bétail. Enfin, nous verrons bien ! Assieds-toi, Hannah, on en a pour des plombes. Tu peux me croire, mon mari est passé par tous les camps de ce fichu pays. On pourrait publier un guide touristique des centres d'internement français.

## 123

**Et cela dure des jours, effectivement.** Des jours, entassées sur la paille, sans presque rien à manger d'autre que les provisions de celles qui en avaient prévu, et qui acceptent encore de les partager. Des jours à faire la queue devant les trois cabines de toilettes en fonctionnement, pour finalement renoncer et se soulager ailleurs, tant l'attente est longue ou les WC bouchés. Des jours à entendre les rumeurs les plus invraisemblables circuler et se contredire. À ce jeu-là, Marthe a de l'entraînement. Elle retrouve ses réflexes de la première guerre : ne prendre au sérieux aucun ouï-dire, attendre patiemment.

Elle se félicite malgré tout d'avoir trouvé un groupe d'amies gaies et solidaires. *Je crois qu'elles te plairaient, André. Elles te feraient rire.* Denise est toujours d'humeur égale, joyeuse et blagueuse sans être cynique. Elle et ses amies donnent à cette aventure des airs de camping à la ferme. En se souvenant des dernières paroles d'Hermann, alors qu'il montait dans le taxi avec les policiers, Marthe comprend que cet optimisme est la dernière arme de ceux qui ont déjà vécu le pire. Cette compagnie est salutaire pour elle, car de nombreuses femmes pleurent et se lamentent bruyamment, étalant leur détresse avec orgueil, comme si elle était leur plus belle vertu, même si cela ne les aide en rien.

Les cinq jeunes femmes se promènent souvent parmi les autres groupes, reconnaissant parfois le visage d'une voisine ou d'une camarade. Il y a des femmes qui ne parlent pas français, des commerçantes, des bourgeoises, des étudiantes... La seule chose qu'elles ont en commun est de ne pas avoir d'enfant. Dans sa grande clémence, la France a tranché : on n'enfermera ni les mères ni leurs filles de moins de dix-sept ans. Sauf exception, comme Marthe et quelques autres, qui s'étonnent encore d'avoir été arrêtées.

Elle sait que, parmi toutes ces femmes de plus en plus fatiguées et de plus en plus sales, son aspect toujours frais et reposé la rend déjà singulière.

Un des jeunes soldats chargés de les surveiller accepte de lui donner en douce quelques pages d'un journal qu'il lisait. Elle fait la lecture des titres à ses compagnes :

– Les Allemands avancent sur Paris ! Le nord de la France est déjà sous la botte des boches !

Elle se reproche intérieurement sa maladresse. Comme Hermann et Hannah, la plupart des femmes ici sont allemandes. Elle ne doit plus utiliser ce terme insultant. Elle va s'appliquer à ne haïr que les nazis, dont elle ne sait d'ailleurs pas grand-chose.

– Que vont-ils faire de nous, si Hitler prend la capitale? s'inquiète Ada. On n'a tout de même pas réussi à leur échapper là-bas pour leur être offertes sur un plateau d'argent à Paris? Plutôt mourir, je vous le dis!

Et pour une fois, personne n'a le cœur à plaisanter.

## 124

**L'opération triage va enfin débuter** et déclenche une bousculade sans nom dans la population du stade. Affolée, chacune des femmes espère quitter ce dôme de verre qui ressemble à la ménagerie d'un zoo abandonné. Toutes se précipitent pour passer en premier. « J'ai un cancer ! », « Mon mari est parti volontaire pour la Légion étrangère », « J'ai le cœur fragile »...

Mais l'espoir est de courte durée. En fait de visite individuelle, il s'agit d'un défilé collectif au pas de charge, devant deux médecins qui travaillent à la chaîne. Marthe se sent stupide d'avoir réfléchi pendant des jours à la stratégie la plus efficace, aux mensonges les plus crédibles pour sauver sa peau et celle d'Hannah. Car une fois parvenue dans la petite pièce, objet de toutes les espérances, et ayant abandonné leurs papiers officiels à un policier, les femmes sont simplement réparties en deux files d'attente, face aux médecins en blouses blanches dont la seule mission semble être de répéter : « Ouvrez la bouche, respirez... Vous êtes apte. Suivante ! »

Les femmes ont beau avoir toute une vie à raconter, des ordonnances médicales à fournir, le même refrain résonne, à un rythme régulier : «Apte, apte, apte, apte... »

Pourtant, quand Marthe se retrouve face au jeune homme qui doit lui déclarer qu'elle est « apte » elle aussi, la sentence tarde. Troublé, le médecin tourne plusieurs fois la tête vers son collègue, qui récite son couplet sans émotion, puis se penche pour ausculter les oreilles de Marthe de façon étrange. Il inspire plusieurs fois, profondément, le nez dans le cou de Marthe, comme s'il la reniflait. Elle n'ose pas se dégager. Le front de l'homme est perlé de sueur. Il murmure tout bas :

– Mademoiselle Derain ?

Marthe sonde le regard du jeune homme sans le reconnaître. Plus personne ne l'appelle par ce nom.

– C'est impossible... C'est bien vous ? Je suis Gustave Colombe... J'ai été votre élève à l'école de Saint-Chéron.

Elle n'ose pas bouger, contenant sa surprise. Gustave, le petit Gustave, battu sous ses yeux par son père, Gustave le nez enfoui dans son épaule, respirant son parfum. Quel âge a-t-il ? Trente, trente-cinq ans ? C'est bien vrai, après quelques instants, derrière ses traits d'homme, elle distingue vaguement le visage de l'enfant. L'émotion la submerge : le petit Gustave de Saint-Chéron est devenu médecin !

– Vous vous souvenez ? chuchote-t-il en attrapant la fiche d'internée de Marthe.

Il fronce les sourcils en y lisant son nom : Hannah Kaempfer. Il pose sur elle un regard suspicieux. Vient-il de se tromper et de se ridiculiser devant une inconnue qui pourrait en profiter ? Ou bien cette jeune femme, trop jeune d'ailleurs, a-t-elle donné une fausse identité en entrant dans le stade ? D'ailleurs pourquoi Mlle Derain se trouverait-elle ici ? Marthe connaît ce moment où son âge apparent ne correspond pas aux attentes de l'autre, et elle sait que c'est là le début des ennuis, des questions auxquelles elle ne pourra répondre. Elle détourne les yeux en soupirant, d'un ton indifférent :

– Vous vous trompez, docteur. Je suis allemande et je n'ai que quinze ans.

Il la dévisage avec incertitude. L'autre médecin leur jette des regards intrigués. Le cas de Marthe a déjà pris trop longtemps. Gustave saisit un papier posé sur une table, griffonne rapidement quelques mots au stylo et le signe, avant de le lui tendre en déclarant bien fort :

– Exemptée de tous travaux.

Marthe prend la feuille et cède la place à la femme suivante qui s'impatiente. Qu'aurait-il pu faire de plus, si elle lui avait révélé son identité ? Qu'aurait-il pu prouver ? Rien, sans doute

## 125

**Elle regagne le stade,** au milieu de femmes atterrées qui pleurent, ou roulent des yeux en se cognant aux autres. Marthe relit le papier. Si elle pouvait être certaine qu'Hannah est en lieu sûr, elle se satisferait de cette situation. Mais l'absence de nouvelles, de secours, et les bottes d'Hitler qui se rapprochent chaque jour, lui font craindre que son sacrifice ne serve peut-être à rien. Denise lui court après.

– Alors ? demande Marthe.

– Quelle blague ! Apte, évidemment !

– Regarde ce qu'il m'a donné.

– Ben ça ! répond Denise en prenant la dispense. C'était quel toubib ?

– Le plus jeune, à l'air sévère.

– Sévère mais pas insensible à ton charme ! Tu lui as peut-être rappelé un amour de jeunesse, ou bien sa fille. Dans tous les cas, voilà une bonne nouvelle pour la journée !

– Une bonne nouvelle ?

Marthe a le front soucieux. Elle s'arrête à distance du tas de paille sur lequel leurs trois amies discutent, abattues.

– Enfin Denise… « Exemptée de travaux », tu ne te rends pas compte de ce que ça veut dire ?

La jeune Allemande a compris. Et son inaltérable sourire s'est gâté.

– Bon sang, tu as raison ! Les salauds ! Nous aussi, ils vont nous envoyer dans des camps !

## Florin - 12 juin 2016

« Mais pourquoi Marthe n'essaie pas plus d'échapper à ce piège ? »

Marthe lit ma question sans me reprocher de l'avoir écrite au lieu de lui parler. Elle semble exténuée.

– Pour protéger Hannah ! Ça te semble donc si difficile à comprendre ? Les circonstances extrêmes conduisent parfois les humains à faire des choix surprenants. Ne redouter ni la fatigue ni la maladie, ni la mort finalement, me permettait de prendre des chemins que nul n'aurait empruntés. Partager le sort d'Hermann était-il aussi une façon de le soutenir, de rester avec lui ? Je n'avais aucune idée de ce qui m'attendait. Quoi qu'il en soit, le Vél'd'Hiv s'est vidé aussi soudainement qu'il s'était rempli. Il n'allait pas tarder à resservir pour d'autres arrestations, restées dans les mémoires, tu as dû voir ça en cours d'histoire... Après des jours et des nuits de train, sans savoir où on nous emmenait, on nous a fait descendre en file. Tandis que nous marchions jusqu'aux barbelés du camp de Gurs, le pire n'a pas été de découvrir qu'on allait nous y parquer par centaines. Le pire, c'étaient les femmes basques, alignées sur la route, qui nous crachaient dessus et nous lançaient des pierres, aux cris de : « Sales métèques !

Espionnes boches ! » Ces insultes, nous les avions entendues à chaque arrêt du train, dans toutes les gares de France. Qu'avions-nous fait pour mériter tant de haine ? On nous avait désignées comme les ennemies, et cela autorisait à se venger sur nous de tous les malheurs dont on voulait nous faire porter le poids. C'est en étant internée à Gurs que j'ai vraiment compris la comédie de la vie : il suffit que quelqu'un s'arroge le droit de distribuer les rôles – méchant, gentil, prisonnière, soldat, coupable, bon Français... – pour te priver de ta sécurité, pour que d'autres te piétinent sans réfléchir. On le voit encore aujourd'hui, même sur les réseaux sociaux ! Nos vies ne tiennent qu'à ces rôles, qu'on nous force à jouer ou qu'on endosse avec complaisance. Le monde n'est qu'un jeu de masques. Et la laideur des âmes qui se cachent derrière a bien failli me faire perdre ma foi en l'humanité, à cette époque.

Je regarde Marthe sans écrire ni ciller. Elle s'en aperçoit, sortant de son récit, et s'étonne :

– Eh bien, Florin, qu'est-ce que j'ai dit, qui te surprenne tant ?

Je reprends l'ardoise mais la repose aussitôt. Je veux lui répondre avec ma voix. J'articule lentement, mettant en pratique toutes les recommandations de Stéphanie sur les mouvements de lèvres et la respiration :

– C'est la ...remière fois... que tu dis... « je ».

Marthe reste interdite.

– C'est vrai... C'est étrange, tu vois, aujourd'hui, c'est mon anniversaire. Cent ans que j'ai perdu André et mon reflet...

Elle laisse passer un long silence et soupire, résignée :

– Oui, il n'y a qu'une seule Marthe. L'histoire que je te raconte depuis des mois, c'est celle de ma vie.

Nous nous dévisageons sans plus rien ajouter. Je le savais depuis longtemps, bien sûr. Je crois que je l'ai toujours su, même si cela peut sembler inconcevable. Mais pourquoi a-t-elle tant attendu pour me l'avouer ? Peut-elle encore douter que je suis prêt à croire tout ce qu'elle voudra bien me confier ?

## 126

**On aperçoit de loin les Pyrénées,** depuis le camp de Gurs.

C'est un immense terrain plat et humide, divisé en vastes îlots rectangulaires, séparés par des barbelés. Chaque îlot est lui-même composé de rangées de baraques de bois, alignées à perte de vue. Un toit et quatre murs sans fenêtre. Il y en a trois ou quatre cents en tout, pour loger près de dix mille femmes étrangères, amenées de toute la France en train ou en autocar. Soixante femmes par baraque. Des antinazies comme des hitlériennes, qui se haïssent, des malades qu'on est allé tirer de leur lit d'hôpital, des ouvrières, des actrices, des intellectuelles, des prostituées, et même des religieuses ! Mais la plupart sont juives.

– Voyez comme la France nous protège avec soin ! a ironisé Denise. Y a pas à dire, on a du cœur au pays des droits de l'homme. Hitler traque ses propres juifs, mais la France n'enferme que ceux venus d'autres pays !

– Ça, c'est pour le moment ! a rétorqué Ada.

Greta et elle sont logées dans la même baraque, avec d'autres réfugiées politiques. Marthe, que toutes appellent Hannah, est avec Denise et Margot. Elles ont pu s'installer côte à côte, c'est-à-dire les unes contre les autres. Car, de part et d'autre de l'allée centrale, s'entassent soixante paillasses, de soixante-dix centimètres de large. Une unique ampoule opaque pend au plafond, dont les planches nues n'isolent ni de la chaleur estivale, ni probablement de l'hiver à venir. Chaque « Gursienne » conserve précieusement ses affaires dans sa valise, puisqu'il n'y a aucun meuble pour les ranger. Pour Marthe, juste son sac à main et, toujours, son bracelet. Les femmes partagent ces dortoirs avec de nombreux occupants : puces, rats, et d'énormes punaises. « Si les punaises françaises vous déplaisent, allez donc essayer celles des camps de concentration allemands ! » a lancé le commandant du camp à une femme qui avait eu l'audace de se plaindre. Au grand soulagement de Marthe, on ne les a pas tondues à leur arrivée, comme elle le redoutait, à cause des poux. Comment aurait-elle pu expliquer que, dès le lendemain, elle ait retrouvé toute sa longueur de cheveux ?

Le règlement de Gurs est simple : tout y est interdit. Interdit de parler à celles des autres îlots au travers des barbelés, interdit de se procurer des journaux, interdit d'écrire ou de recevoir du courrier. Des interdits qu'une petite armée de soldats et de femmes en uniforme se charge de faire respecter. Ce sont des gardiennes de prison professionnelles, qui font pleuvoir les ordres avec un plaisir sadique : « Debout ! En rang ! À la corvée ! En silence ! Extinction des feux ! Rangez, lavez, respectez la propreté ! » Au moins ici, les reflets sont rares. Mais la solitude n'existe pas et Marthe est toujours sur le qui-vive. Alors que toutes les femmes meurent de faim, va-t-on s'apercevoir qu'elle peut se permettre de ne pas manger, et qu'elle reste propre et saine, comme si de rien n'était ?

Les jours de pluie, la glaise du sol se transforme en une gigantesque ventouse qui aspire les pieds jusqu'aux chevilles et retient les souliers. Mais le plus terrible, ce sont les latrines, perchées à deux mètres de haut, sur une plateforme qu'il faut atteindre après des heures de queue, par un escalier raide et sans rampe. Une fois là-haut, on s'accroupit au-dessus de trous percés dans les planches, sous lesquels ont été placées d'énormes cuves qui dégagent une puanteur abominable. Se soulager face à la longue file d'attente est alors l'ultime humiliation.

On est pourtant bien en France, sous la Troisième République, pas dans l'une de ces dictatures européennes à la mode. En découvrant la réalité des camps, les femmes s'inquiètent pour elles, mais aussi pour les leurs. Les frères, les pères, leurs hommes, comment tiennent-ils, après plus d'un an dans de telles conditions? Sont-ils encore en vie? Ont-ils pu s'évader?

Et les proches qu'on a laissés? Que deviennent Hermann, Hannah, Gwen? Et, au bout de cette chaîne: qu'est devenu André? Il est là, pourtant. Elle le sent «revenu» auprès d'elle, depuis qu'elle a été internée. Là où les autres ne peuvent qu'espérer revoir les leurs, Marthe n'a qu'à presser le médaillon de nacre et se concentrer pour deviner André, au bout du fil invisible, la consolant de paroles sans voix, de caresses sans peau, et lui donnant des forces.

## 127

**Denise partage sa brosse à dents avec elle.** Et elle lui a donné l'une de ses trois robes ainsi qu'une culotte, afin que Marthe puisse alterner entre deux tenues, le temps d'en laver une. Si elles devaient passer l'hiver ici, aucune des femmes n'aurait de quoi se protéger du froid ni de la pluie.

Les Gursiennes peuvent se débarbouiller une fois par jour, grâce à une rangée d'arrivées d'eau, à l'extérieur, surveillée par des soldats qui ne font pas semblant de regarder ailleurs. Marthe en est révoltée. *Je suis là, ne crains rien!* répète André.

– Elle a fière allure, la belle armée française! lance Greta, goguenarde, en se déshabillant entièrement sous leurs yeux, tandis que les autres femmes se contorsionnent pour dissimuler quelques morceaux de peau. Ce serait leur faire trop d'honneur que de les considérer. Le spectacle est gratuit, qu'ils en profitent! Ils auront besoin de jolis souvenirs quand leur conscience viendra les tourmenter en enfer !

– Nos hommes survivent depuis des mois dans ces conditions, renchérit Ada, agacée par les lamentations de certaines internées. Il n'y a pas de raison qu'on y arrive moins bien !

Son père a-t-il vécu dans ce genre de conditions, en Allemagne, avant de mourir ? Marthe a de l'avance sur ses quatre amies, en réalité toutes plus jeunes qu'elle. Car même si certaines ont déjà connu d'autres geôles ou d'autres camps, c'est sa deuxième guerre, sa deuxième captivité dans son propre pays. La faim et l'enfermement dans une ville-prison l'ont bien préparée aux journées monotones et toujours semblables de Gurs. Mais son plus gros atout, elle le sait, c'est qu'elle reste reposée et vaillante, quand ses compagnes luttent pour simplement conserver une forme humaine. Alors, Marthe ne se donne pas le droit de flancher.

On s'occupe comme on peut, quand on a terminé les corvées de ménage, de désherbage et toutes les tâches qui ont le mérite de faire passer le temps. On lave le linge, on aère les paillasses en les posant sur le toit des baraques, on fabrique des outils, des ustensiles, on répare, on discute. On soigne son hygiène et son apparence, on s'épouille mutuellement, certaines proposent des cours d'anglais, de dessin ou de chant. Et on envie celles qui ont eu la chance d'être choisies comme secrétaires d'un service du camp, et qui partent chaque matin travailler comme dans une vie normale. On s'organise aussi pour après. Des camarades communistes tentent d'infiltrer les groupes de nazies, afin de les identifier toutes et de découvrir ce qu'elles complotent.

Le soir, entre deux tours de garde des sentinelles, faciles à minuter, on se rassemble près des barbelés pour parler à mi-voix avec les camarades des îlots d'à côté. En restant vigilantes aux pas des gardiens, qui interrompent régulièrement les discussions, on se donne des nouvelles, on se tient au courant des rumeurs. Une femme prétend que leur enfermement n'est que provisoire, qu'il n'est envisagé que pour la durée de la guerre.

– Oui mais, qui sait combien de temps cette guerre va durer ? fait remarquer Marthe, se souvenant des oracles de 1916.

– Et, surtout, qui va la gagner ! ajoute Denise.

## 128

**C'est un après-midi comme tant d'autres.** Un nouveau convoi déverse son chargement d'arrivantes épouvantées. Mais ce n'est pas un simple convoi de plus.

Cachées derrière les cuves malodorantes des latrines, les amies observent les nouvelles internées, qu'elles surnomment immédiatement « les grandes dames », à cause de leur allure d'aristocrates poudrées et parfumées, et qui découvrent le camp avec encore plus d'horreur que toutes celles qui les ont précédées.

– Ce sont des dames de la Riviera, regroupées à Nice, les informe Judith, une juive antinazie qui s'est spécialisée dans les renseignements depuis son arrivée à Gurs. Certaines ont tenu à venir avec leur bonne, persuadées qu'on allait les loger à l'hôtel ! L'une aurait même glissé un billet à son gardien pour qu'il lui réserve une chambre avec la meilleure vue et une salle de bains !

Les amies pouffent de rire. Il faut bien s'amuser pour passer le temps. Mais Marthe ne rit pas. Elle a les yeux rivés sur l'une de ces femmes, coiffée d'un chignon, qui passe la barrière de l'entrée en hurlant aux soldats :

– Comment osez-vous donc ? Je n'ai jamais été traitée de cette façon ! Mon mari vous fera regretter cet affront ! Nous avons des relations !

Ce visage pâle aux joues rose vif, cette façon ostentatoire de s'habiller en riche sans parvenir à éviter un certain mauvais goût, et cette voix criarde… Le cœur de Marthe se glace, dès qu'elle reconnaît la jeune Mme Fritsch, la fille de Morel et de Sybille Jaouen. Elle la regarde s'avancer vers une baraque vide, attribuée aux nouvelles. *C'est elle, c'est elle, André !*

Dans ce camp, où trouver une raison de vivre est aussi primordial que difficile, la vengeance l'aiguillonne.

– Il faudra se méfier de celle-là, dit-elle aux autres en la pointant du doigt. Je l'ai déjà croisée. Elle déblatérait des horreurs sur les juifs.

## 129

**Embrumée d'un nuage de parfums** qui lui vaut le surnom de « Boxon des cocottes », la baraque des grandes dames se situe à l'autre extrémité de l'îlot de Marthe. Puisqu'elle a été dispensée de corvées par Gustave, elle traîne dans les parages dès qu'elle peut être seule, guettant le meilleur moment d'approcher la fille Morel.

Comme dans tout groupe humain, une hiérarchie économique s'est mise en place à Gurs. Le troc occupe une grande partie du temps des internées. Les repas font l'objet d'âpres tractations et de violentes disputes. Certaines vendent leurs charmes aux soldats. Quant aux plus aisées, elles contribuent à cette économie parallèle en employant d'autres Gursiennes qu'elles paient pour les épouiller, les servir, ou pour effectuer des travaux obligatoires à leur place. Marthe choisit de se présenter au Boxon des cocottes pour se faire « embaucher ». Elle sait que sa bonne mine la fera paraître plus fréquentable que les autres anciennes aux yeux de ces grandes dames déchues.

La fille Morel est assise, seule sur sa paillasse. Elle ne remarque Marthe qu'après que celle-ci l'a longuement fixée, et semble soudain terrorisée, comme si elle avait vu le diable en personne. Elle retrouve son sang-froid, se levant vivement, balbutiante de confusion.

– Ma chère, ne nous sommes-nous pas déjà rencontrées ?

– Ah mais si ! s'écrie Marthe, feignant la surprise. Au bal des Mendl ! Je suis l'épouse du peintre Gwen Novembre. Mais appelez-moi Hannah ! Quelle surprise de vous trouver ici !

– Oui, hélas... ces imbéciles confondent l'Alsace, la Moselle et l'Allemagne nazie ! Les abrutis qui nous ont embarquées ne savaient même pas qu'on parlait le français dans ces régions ! Je suis née dans le Nord et je vis à Nice, mais mon mariage avec un Alsacien a suffi à ce qu'on m'emprisonne !

Elle s'interrompt, réalisant qu'elle ignore les raisons qui ont amené sa compagne jusqu'ici. Marthe lui prend la main, avec un sourire plein de compassion.

– Nous aurions pu rêver de meilleures circonstances pour nous revoir ! Vous êtes donc arrivée avec les femmes de la Riviera ?

– Quelle horreur, quelle horreur ! se désole l'autre, des trémolos dans la voix. Comment peut-on enfermer de vraies Françaises avec des réfugiées, des filles de rien, et même des juives ? Comme je suis soulagée de trouver un visage connu dans cet abîme ! Toutes ces dames ne songent déjà plus qu'à leur propre salut. L'entraide et le partage ont disparu.

– À ce propos, tente Marthe, je me trouve dans une situation des plus difficiles, en charge d'amies sans ressources et de santé fragile. Étant moi-même dispensée de travaux, je suis très disponible. Si vous aviez besoin de mes services, votre prix serait le mien. Je n'oublierai pas de vous rembourser quand nous serons sorties et que j'aurai retrouvé mon mari.

La fille Morel ne parvient pas à cacher sa stupéfaction de voir mendier ainsi une fille qu'elle pensait être du même rang que le sien. Soudain au bord des larmes, elle tombe dans les bras de Marthe en hoquetant :

– Comment avons-nous pu dégringoler si bas ? Le Seigneur nous aurait-il abandonnées ?

Marthe dissimule la répulsion qu'elle éprouve au contact de l'héritière. Tout lui fait détester cette femme. Que Sybille ait trahi les filles Amelin ou qu'elle ait été abusée par Morel, sa fille a connu la belle vie grâce à la fortune qu'on leur a volée et grâce à la disparition de toute la famille. Marthe a souvent pensé que Sybille devait être présente à l'étage, le soir de la chute de Morel dans l'escalier. Et elle se dit soudain que le bébé qu'ils venaient d'avoir, devenu cette jeune femme altière, devait dormir tout près, dans une chambre, tandis que son père essayait de précipiter Marthe du haut des marches…

Elle revient au présent, immobile et glacée. Elle se sent à la fois comme une mante se laissant approcher par sa proie et comme la proie elle-même, dans les bras de cette fille qui lui a tout pris.

– Bien sûr que non, murmure-t-elle. Ne pleurez pas. Vous n'êtes plus seule, vous le voyez bien.

# 130

**14 juin 1940**

– **Les Allemands défilent dans Paris** ! Ils avancent vers le sud !

La nouvelle semble trop incroyable pour se l'imaginer. Elle a pourtant été rapportée par Lisa, une jeune femme dont la formation médicale lui a permis d'être chargée de « l'infirmerie » du camp, en réalité une salle sans matériel ni médicaments. Les femmes continuent de se faire passer les morceaux de pain, équitablement coupés. Cette baraque est l'une des rares dont toutes les occupantes soient restées solidaires. Margot, qui en a été élue la cheffe, prétend que le passé antifasciste de ses résidentes leur a enseigné que la survie du groupe primait sur celle de l'individu. On s'y partage donc sans heurts les portions de l'unique repas, toujours servi vers midi, et toujours le même : une tasse d'eau amère dans laquelle flottent une quinzaine de pois chiches, si durs qu'il faut les avaler sans mâcher, et qui torturent les estomacs le reste de la journée.

– De quelle façon les autres internées réagissent-elles à cette information ? s'enquiert Margot, soucieuse.

Lisa lève les yeux au plafond, exaspérée.

– La plupart se sont précipitées pour voir le commandant et le harceler de lamentations : « Mon commandant, que va-t-on devenir ? Mon commandant, que va-t-il nous arriver ? »

– Comment peuvent-elles être aussi passives ? s'emporte Margot. Ce n'est pas : « Qu'est-ce qui va nous arriver ? », mais : « Que pouvons-nous faire ? » qu'il faut se demander ! Comment sortir d'ici !

– Va donc leur faire entendre ça ! Tu ne connais pas ces petits cœurs craintifs. Elles te répliquent : « Mais où aller ? Nos hommes ne pourront jamais nous retrouver si on s'éloigne du camp. Et comment survivre dehors, sans argent ? »

Margot s'acharne à mastiquer une des billes qui flottait dans son bol, sans pouvoir l'avaler. Elle se fâche :

– Nos hommes, je suis sûre qu'ils tentent tout pour s'enfuir, en ce moment ! Ils seraient consternés d'apprendre que nous avons attendu patiemment qu'ils viennent nous délivrer ! Ces pleureuses veulent rester pour l'amour des pois chiches, voilà tout !

Les femmes acquiescent d'un rire fatigué. Marthe se fait servir deux portions de soupe et de pain, avant de retourner vers sa paillasse, transportant son bol et celui de Denise. Comme chaque midi, en route, elle verse discrètement sa part dans celle de son amie. Elle fait ensuite juste semblant de boire. Car depuis plusieurs jours, la santé de Denise s'est dégradée. Marthe est très inquiète. La jeune fille a de la fièvre, tousse, et a perdu son habituel optimisme. Même si elle se sent affamée, Marthe n'a pas besoin de ce maigre repas. Elle n'a qu'à tenir la journée et endurer la torture de la faim, elle sera de nouveau en forme, au réveil, le matin suivant.

– Comment te sens-tu ? demande-t-elle en lui tendant le bol deux fois plus plein que les autres.

– Je vois trouble. Je n'arrive plus à digérer ce bouillon infâme.

Marthe trempe ses lèvres dans son bol vide, imitant les bruits de bouche de ses camarades.

– Demain, je retournerai voir si Lisa a obtenu la livraison de médicaments à l'infirmerie. Avec ce que me rapporte mon travail au Boxon des cocottes, j'essaierai aussi de trouver de quoi t'alimenter un peu au marché noir.

Denise la couve d'un regard suspicieux. Elle mâche une bouchée de pain et s'éclaircit la voix.

– À propos, comment va ton Alsacienne ?

– Très mal selon elle. Très convenablement selon ce que j'en vois. Elle est toujours aussi épuisante et puérile, et me paie pour des tâches qu'elle pourrait faire elle-même, si elle se retroussait les manches.

– Margot et Lisa ont raison. Si les nazis sont à Paris, ce n'est qu'une question de jours pour qu'ils arrivent ici. Il faut tenter de fuir avant qu'on nous envoie dans des camps en Allemagne.

– C'est bien pour ça que tu dois te forcer à manger et reprendre des forces !

– Est-ce que tu as pu glaner d'autres informations, auprès des grandes dames ?

– Rien. Certaines se réjouissent à l'idée que les Allemands viennent les libérer, mais pas toutes. Je tendrai l'oreille cet après-midi, en allant chercher leur courrier.

Denise est secouée par une longue quinte de toux.

– Prends mon pain, lui dit Marthe. Je n'ai plus faim.

Denise repousse sa main en secouant la tête.

– Ne dis pas de sottises ! Tu crois que je n'ai pas remarqué que tu te prives pour moi ? Toi aussi, tu devras être en forme, si nous devons fuir !

– Je me porte très bien.

Marthe se remet malgré tout à grignoter son quignon, sous le regard de plus en plus pesant de son amie. Se doute-t-elle de quelque chose ? Denise se redresse un peu.

– Tu as quel âge, exactement ? demande-t-elle en fronçant les sourcils.

## 131

**Cela lui déplaît de devoir mentir à son amie.** Mais que peut-elle faire d'autre ? Avouer que son corps a tout juste dix-sept ans, ou bien qu'elle en a déjà vécu quarante et un ? Heureusement, Denise semble avoir surtout besoin de parler d'elle-même.

– Moi j'ai dix-huit ans, et je me dis que je vais peut-être mourir dans ce camp. Tu te rends compte ?

Elle fixe Marthe avec agitation.

– Tu n'y penses pas, toi, que notre vie pourrait s'achever ici, avant d'avoir pu vraiment commencer ? Que la guerre va peut-être nous voler notre vie ?

– Oui. J'y pense aussi.

– Quand je me sens trop faible, et que j'envisage que tout s'arrête, je me dis qu'au moins, j'aurai aimé.

C'est une confidence qu'elle veut lui faire.

– Il s'appelle Grégoire, murmure Denise. C'est un gars de l'usine de bonbons, à la manutention. On se fréquente depuis quelques mois. On est allés ensemble au cinéma. Il est gentil. Communiste, bien sûr ! Je ne sais pas si on aurait fini notre vie ensemble mais, maintenant que je comprends que tout pourrait finir, je regrette qu'on n'ait pas pu aller un peu plus loin. Pour savoir.

– Allons, mange ! Tu ne vas pas mourir.

– Je me demande si lui aussi pense à moi. Parfois, je lui parle, dans ma tête. Je l'imagine près de moi, qui m'aime et me soutient. Ça me rassure. C'est bête, hein ?

*Je suis là, je te soutiens. Fais attention, Marthe, de ne pas t'épuiser.*

– Non, bredouille Marthe. Je... je comprends. Mange, je t'en prie...

Denise repousse le bol qu'elle lui tend.

– Et toi ?

– Quoi donc ?

– Eh bien, est-ce que tu as déjà connu un garçon ?

Marthe se sent percée à jour comme si Denise avait entendu la voix d'André. Elle est écartelée entre son affection pour la jeune fille et l'impossibilité de lui raconter sa vie. Pourtant, si elle pouvait se confier à quelqu'un, c'est sans doute à elle qu'elle le ferait. Les mots de Denise font écho en elle. Pour la première fois, elle se fait la remarque que son amie lui rappelle sa sœur Blanche. Elles n'ont pourtant pas grand-chose en commun. Peut-être un port de tête, ou bien leur expression butée et volontaire. Des petits riens qui ont sans doute contribué à ce qu'elle s'attache si vite à elle. Elle lui sourit en s'accoudant près d'elle.

– Oui… Il y a un garçon. Il s'appelle André. Il travaille aussi en usine, figure-toi ! Je ne crois pas qu'il soit communiste, par contre. Nous n'en avons jamais parlé. Mais il est très gentil. Et très beau ! On a les mêmes secrets, tu vois.

– C'est marrant ! Et vous êtes allés au cinéma, aussi ?

Marthe manque de s'esclaffer. On n'allait pas au cinéma en 1916, dans la France occupée.

– Oh non ! On n'a pas fait grand-chose ensemble. Comme tu dis, la guerre… la guerre a tout empêché. Je ne sais même pas où il est, en ce moment.

Elle se redresse, raffermissant sa voix.

– Même les guerres ont une fin. On les retrouvera, nos gars, et on vivra encore plein de choses. Sauf si tu décides d'abandonner !

– Abandonner, moi ? sourit Denise en toussant. Décidément, tu ne sais pas de quel bois sont faites les communistes !

Elles rient ensemble. Le regard de Denise se voile étrangement. Elle hésite, et ajoute à mi-voix, avec pudeur :

– Je vais te mettre mal à l'aise mais, dès le premier jour, quand je t'ai vue passer près de la confiserie, tu te souviens ? Eh bien, tu m'as rappelé ma mère ! Je ne peux pas m'expliquer pourquoi. Tu ne ressembles pas aux souvenirs que j'ai d'elle, tu ne parles pas allemand… C'est juste une impression, ta voix, ta façon de te tenir, ou de sourire tout le temps, quelles que soient les épreuves. C'est pour ça que je t'ai demandé ton âge, c'est idiot de ma part… Mais c'est vrai aussi que, parfois, tu parles comme une vieille !

Elle rit seule de sa plaisanterie. Marthe se sent trop émue. Denise est orpheline. Ses parents ont été tués par les nazis. Albert, Hannah, Denise… Pourquoi se retrouve-t-elle en charge de tant d'enfants, elle qui n'en aura peut-être jamais ? Marthe lui ébouriffe les cheveux, comme on le fait à un petit chenapan.

– Alors, la vieille te demande de finir tes pois chiches et de guérir très vite, si tu veux pouvoir nous ramener ton Grégoire à la maison, un jour.

– Bien, maman, plaisante à son tour Denise. C'est promis !

## 132

**À l'approche du Boxon,** Marthe aperçoit les grandes dames, assises en cercle, en compagnie d'une Allemande qu'elle avait déjà remarquée. Ses amies la surnomment « la chancelière ». Elle appartient au groupe des nazies. Marthe ralentit le pas. Elle a juste le temps d'attraper quelques bribes de phrases, avant que les voix se taisent à son approche. Mme Fritsch quitte l'assemblée pour la rejoindre.

– Avez-vous du courrier ? l'interroge Marthe d'un ton innocent.

– Bien sûr, bien sûr ! Il est à l'intérieur. Un instant, mesdames ! Notre factrice ne saurait attendre !

Dès qu'elle entre dans la baraque, Fritsch file se recoiffer. Elle est traumatisée par la repousse des racines brunes dans ses cheveux blonds décolorés. Marthe en suit la progression mieux que n'importe qui, puisqu'elle se charge de l'épouiller. Comme la plupart des internées, la coquette devra bientôt se résoudre à porter un mouchoir de couleur, noué autour de la tête, pour tenter d'imiter les turbans à la mode. La jeune femme rapporte à Marthe un tas d'enveloppes, toutes laissées ouvertes, selon le règlement.

– Voici nos appels au secours de la journée. Nous passons un temps à rédiger ces courriers, si vous saviez ! Mme d'Alibert a bien voulu me confier l'adresse d'un de ses frères, haut placé dans l'armée. Je ne peux pas croire qu'on nous laissera ici longtemps, une fois que nous aurons fait éclater la vérité sur notre sort.

– Je l'espère de tout cœur pour vous, ment Marthe. Mais je ne vais pas vous déranger davantage, vous aviez de la visite…

– Oh, c'est une hitlérienne ! Je ne sais pas pourquoi certaines daignent la recevoir. Je crains que sa présence ne fasse peser sur nous des soupçons compromettants.

– L'avancée des soldats nazis pousse des internées à se rapprocher de ces Allemandes-là ! Vous aurait-elle appris des nouvelles d'importance ?

L'Alsacienne hésite. Elles ont beau se faire des mondanités, depuis que l'une emploie l'autre, une réserve s'est instaurée entre elles. Certains signes ne trompent pas : Mme Fritsch la connaît sous son prénom d'Hannah, alors que Marthe en est réduite à lui servir du « madame », marquant son infériorité sociale.

– Hilda ne sait rien que nous ne sachions déjà ! répond finalement Fritsch. Toutes ces rumeurs sur Paris, sur la venue des boches…

L'usage du mot « boche » en dit plus qu'elle n'en a conscience sur son hostilité envers les Allemands. Marthe se félicite d'avoir pu se lier avec une créature aussi incapable de tenir sa langue. Fritsch se reprend, puis se laisse de nouveau aller à quelques confidences.

– Pour tout vous dire, je ne suis pas certaine que l'arrivée des Allemands soit une si bonne nouvelle. Je suis née dans le Nord. Ma famille a beaucoup souffert par leur faute, durant la Grande Guerre. J'ai grandi, bercée par les récits de leurs atrocités. Hitler a beau avoir eu le courage de s'attaquer au problème juif, c'est un peuple barbare !

Elle décoche un regard au cercle de femmes assises à l'extérieur, et ajoute plus bas, d'un ton mauvais :

– Cette Fräulein Hilda est si persuadée de la supériorité de son peuple qu'elle vient nous proposer sa protection, comme si nous avions déjà perdu la guerre !

– Sa protection ?

– Oui… explique Mme Fritsch, un peu honteuse. C'est qu'il y a parmi nous deux dames… israélites, qui redoutent la victoire d'Hitler. Or, les amies d'Hilda ont commencé à dresser en secret la liste des juives du camp, pour pouvoir les livrer aux nazis, dès qu'ils seront ici. Elles veulent empêcher qu'une seule de ces youpines ne leur échappe. Hilda propose de ne pas inscrire les juives de notre baraque sur cette liste, si nous les aidons à identifier toutes les autres. C'est très aimable à elle mais, enfin, n'a-t-elle pas mieux à faire ? Je vous le dis, c'est un peuple barbare !

– Je crois que nous avons passé trop de temps seules ! Vos amies risquent de nous soupçonner de comploter ensemble…

Le cœur à cent à l'heure, Marthe s'empare des enveloppes et quitte le Boxon d'un pas précipité.

## 133

**Livrer les juives du camp aux nazis**! Denise figure-t-elle sur cette liste? Et Margot, Lisa et tant d'autres? Et elle-même? Car la vraie Hannah est juive… Marthe doit s'empêcher de courir prévenir ses amies. Elle marche au contraire lentement, sans dépasser le soldat qui l'escorte.

Pour aller jusqu'au bureau de poste récemment installé à Gurs, elle doit traverser tout le camp, accompagnée d'une sentinelle. Pourtant, depuis l'annonce de la prise de Paris par les Allemands, la discipline s'est beaucoup relâchée, à Gurs. Avec dix mille femmes sur les bras et une guerre qui tourne à la débâcle, le commandant semble de plus en plus dépassé par la situation. Pendant la journée, les internées ont même obtenu le droit de se rendre dans les autres îlots.

Flanquée du soldat muet, la promenade est monotone, mais elle permet à Marthe de passer un moment sans devoir supporter les voix des autres femmes, ni les jérémiades de Fritsch. La solitude et le silence sont devenus des trésors inaccessibles! L'Alsacienne lui confie chaque jour une liasse de lettres, certaine que « son Alexandre » et ses relations vont la sauver et la venger sévèrement. Elle ignore que Marthe prend soin de séparer ses missives des autres. Elle les cache dans son corsage avant d'être arrivée, et ne les dépose jamais à la poste. Les dizaines d'autres lettres qu'elle apporte ne parviendront pas non plus à leurs destinataires. Elles ne seront lues que par la censure. Mais cela lui semblerait injuste de voir Fritsch quitter le camp grâce à ses relations, elle qui n'a pas grand-chose à craindre des Allemands, alors que les amies de Marthe peuvent y laisser leur vie. En retardant sa libération, elle remet seulement à égalité le destin des Gursiennes.

Marthe frappe à la porte et entre dans le bâtiment, laissant la sentinelle dehors. La volontaire qui tient ordinairement le bureau ne s'y trouve pas. Elle appelle, puis patiente, regardant distraitement les lettres et télégrammes entassés sur la table de bois. Une pile de formulaires imprimés attire son attention. Elle parcourt le texte. L'excitation monte progressivement en elle. Lorsqu'elle entend des claquements de talons s'approcher dans la pièce voisine, elle ne réfléchit pas. S'emparant du paquet de feuilles, elle le roule et le glisse dans son corsage à la place des lettres de l'Alsacienne. Elle sort, ajustant sa robe à la va-vite, les joues en feu. La sentinelle la suit quand elle repart vers les baraquements. Le souffle court, Marthe caresse nerveusement son bracelet, persuadée à chaque pas qu'on va la rattraper. Pourtant, aucune voix ne crie son nom, aucune main de soldat ne se pose sur son épaule. Quand elle arrive dans sa baraque, Marthe ne revient toujours pas de ce qu'elle vient de faire.

# 134

**- Ce sont des attestations de mise en liberté** ! Hannah les a volées dans le bureau de poste. Leur disparition ne semble pas avoir été remarquée mais on pourrait rapidement être inquiétées, dès que ce sera fait.

– Personne ne m'a vue, ajoute Marthe pour compléter l'information de Margot.

Les femmes sont groupées de part et d'autre de la séparation entre les deux îlots, chuchotant autant que possible. La nuit ferait presque oublier les barbelés, si le garde ne recommençait pas sa ronde aussi régulièrement, forçant tout le monde à rentrer dans les baraques.

– Ces documents sont vierges mais tamponnés, reprend Margot. Il n'y manque que la signature du commandant pour pouvoir quitter le camp par la grande porte.

– Si on me trouve un modèle, ça pourrait s'arranger, souffle une voix que Marthe attribue à Judith. Sous Hitler, en Allemagne, je m'étais spécialisée dans la fabrication de faux papiers. Cette signature doit être possible à imiter.

– Combien avez-vous d'exemplaires ? demande une femme, de l'autre côté de la nuit.

– Cinquante-deux.

– Avant tout, il faudra faire sortir celles qui seront le plus en danger quand les nazis arriveront.

– Cinquante-deux femmes sur dix mille ! s'inquiète Marthe. Mais selon quels critères ?

– Les antinazies et les juives en priorité.

– C'est la plupart d'entre elles !

– Parlez plus fort, on ne vous comprend pas !

– Hannah dit qu'on est quasiment toutes concernées par ces critères ! répète Margot.

Il y a un long silence, durant lequel chacune guette les pas de la sentinelle.

– Les candidates à l'évasion sont peu nombreuses, reprend finalement la voix. Jusqu'ici, les rares évadées ont été ramenées au camp et placées à l'isolement. Le plus dur n'est pas de sortir, mais de ne pas se faire repérer une fois dehors, sans argent ni papiers et, pour certaines, sans maîtriser la langue française. C'est ce qui explique que beaucoup d'internées préfèrent rester.

– Et l'amour des pois chiches ! glisse Margot à Marthe, en riant.

La voix de Judith retentit de nouveau derrière les barbelés, autoritaire :

– Dressez rapidement une liste de prioritaires dans votre îlot et dans celui d'après. Nous ferons de même. Mais gardez en tête qu'il faudra être en forme, une fois dehors. Privilégiez les jeunes en bonne santé. Et attention à ne pas éveiller les soupçons des hitlériennes ni de leurs alliées.

Les pas du garde font déguerpir l'assemblée comme une volée de moineaux. Marthe et Margot regagnent leurs paillasses, essoufflées. Denise dort pesamment. Elles vont avoir du mal à trouver le sommeil. Voilà qu'on leur demande de choisir qui mérite une chance d'échapper à Hitler !

## 135

**La discipline se relâche toujours plus,** la surveillance se délite. Mais au lieu d'en être rassurées, les Gursiennes s'interrogent. On sent le commandement au bord de la panique, comme si on entendait déjà le bruit des bottes nazies. Dans ce contexte, s'évader devient de plus en plus facile. Mais les faux certificats de mise en liberté seront pourtant utiles, une fois à l'extérieur, pour ne pas avoir d'ennui face à la police française ou à la population soupçonneuse. Margot, qui s'active à interroger les internées dignes de confiance de son îlot, est confrontée à un problème imprévu : elle manque de candidates ! La peur d'être rattrapée, ou de se retrouver nez à nez avec l'armée allemande, tétanise la plupart des femmes, quand elles ne sont pas résignées à leur sort, incapables de comprendre ce qui se passe dehors, ou préférant l'insalubrité de Gurs à une errance sans but.

Margot, qui n'envisageait pourtant pas de privilégier ses propres amies, vient d'inscrire Greta sur sa liste. Car la jeune femme risque gros. Poussée par les autres, elle a aussi fini par ajouter son propre nom. Mais Ada refuse d'être exfiltrée, tant qu'il restera des internées plus jeunes prêtes à s'y risquer. À trente-cinq ans, elle se dit trop âgée, et préfère laisser une chance aux gamines.

– Mais, des jeunes qui veulent s'évader, nous n'en trouvons pas ! insiste Marthe.

– Et toi, Hannah ? s'indigne-t-elle. Et Denise ? Selon vos directives, vous êtes prioritaires.

– Denise est au plus mal, explique Margot. Marthe l'a fait admettre à l'infirmerie, où Lisa tente de la soigner sans médicaments. Nous sommes très inquiètes pour elle, mais une bonne forme physique reste le critère premier pour tenter l'évasion, alors… Quant à Hannah, je l'ai effectivement mise sur notre liste, mais…

– Je refuse de partir sans Denise !

– Enfin, Hannah ! Denise est incapable de tenir debout. Tu auras beau redoubler d'efforts pour qu'elle se rétablisse, nous ne pouvons plus attendre. On ne sacrifie pas tout un groupe pour une vie. Crois bien que, moi aussi, ça me rend folle de faire un tel choix !

Comment leur faire comprendre ? Comment pourraient-elles se douter que Marthe est leur aînée, qu'elle est française et qu'elle ne craint pas la faim ? Elle ne peut pas décemment prendre la place d'une adolescente qu'on jettera dans le premier convoi pour les camps allemands ! Refuser de sauver certaines femmes et en forcer d'autres à s'évader, quel étrange dilemme !

– Combien vous reste-t-il encore de formulaires ? demande Ada à Margot.

– Je ne connais pas le nombre de volontaires dans les autres îlots.

– Alors, attends de savoir. Et selon les places qu'il te reste, tu devras décider. Tu es cheffe de baraque, que ça te serve à quelque chose !

Puis elle se tourne vers Marthe.

– Je suis navrée, ma belle, mais tu dois te plier à la règle du groupe. Il ne faut jamais laisser les émotions brouiller ton jugement. Denise comprendrait.

## 136

**Lorsqu'il fait sec et beau,** l'allée centrale du camp, à présent autorisée aux Gursiennes, pourrait ressembler à une promenade du dimanche. À cela près que les marcheuses y avancent courbées par la faim, la soif et la fatigue, donnant à l'endroit une atmosphère de Cour des Miracles.

Marthe prend soin, chaque matin, de brouiller son teint avec un peu de terre et de se décoiffer. Elle doit aussi régler son pas sur celui de Mme Fritsch, de plus en plus lent et bancal. Pourtant, il y a urgence et elle doit se retenir pour ne pas la secouer.

– Aucune réponse à tant de lettres ! se lamente l'héritière Morel. Comment est-ce possible ? Mon mari et ses amis devraient pourtant être en train de remuer ciel et terre !

– C'est désespérant, répond Marthe, laconique.

– Dites-moi, êtes-vous certaine que ce soldat…

Fritsch a baissé la voix pour évoquer le mystérieux soldat que Marthe prétend avoir comme allié. Depuis plusieurs jours, elle a en effet convaincu l'Alsacienne de lui confier des cachets d'aspirine, que celle-ci possède en quantité. Marthe prétend les utiliser pour soudoyer un soldat migraineux, qui lui aurait promis de garantir l'acheminement de son courrier. La vérité est que ce soldat n'existe pas, et qu'elle continue de jeter les lettres de l'Alsacienne dans les cuves des latrines. L'aspirine, c'est à Denise qu'elle l'apporte. Sa camarade est toujours à l'infirmerie, une baraque sans médicaments ni véritables soins, mais calme, loin de l'incessant bourdonnement du camp qui écrase tant l'âme.

L'une des craintes de Marthe, si la santé de Denise continuait à se détériorer, est qu'elle finisse par être envoyée à l'hôpital du camp, qui n'est qu'un mouroir. Certaines parlent d'une zone, derrière le bâtiment, où on enterrerait les cadavres en secret.

– Hélas, se désole-t-elle faussement, le transit des correspondances est compliqué par l'avancée allemande. Mais mon intermédiaire a eu une autre idée : il m'a proposé de faire remettre l'une de vos lettres en main propre au destinataire de votre choix, à Paris ou à Strasbourg. Il ne m'a fourni aucune preuve de ce qu'il avançait, mais il prétend posséder un tel moyen. Cela pourrait être votre dernière chance…

Fritsch ne mord pas à l'hameçon autant qu'elle l'espérait.

– Entendez-vous ça ? Et bien sûr, cela me coûterait encore plus cher !

– Euh… Effectivement. Combien vous reste-t-il de boîtes de médicaments ?

– Quelle importance ? Moi aussi, j'ai des migraines ! Que ce filou aille au diable, avec tous les autres ! Vous vous êtes fait rouler dans la farine, ma pauvre Hannah, voilà tout ! Je ne lui donnerai plus rien.

– Bien sûr. Vous devez avoir raison…

Une tension palpable s'est installée entre elles. Fritsch la tient responsable du racket de ses médicaments et de la perte de ses missives. Mais Marthe a besoin d'aspirine pour sauver Denise, et tout de suite ! Le plan qu'elle a échafaudé seule en dépend. Comment convaincre cette femme, qui a même refusé de lui vendre ses précieux cachets ?

– Regardez-nous, regardez-nous toutes ! s'emballe l'Alsacienne. Des poules derrière un grillage, des rats dans un piège ! Si j'étais un soldat venu pour libérer ce camp, je refuserais d'en ouvrir les portes, en y découvrant de tels déchets humains, rongés par la vermine ! Parfois, la mort me semblerait moins cruelle que cette déchéance ! Si j'avais le pouvoir de faire s'envoler ces barbelés comme un fétu de paille…

Marthe laisse un silence qu'elle juge nécessaire, avant de tendre son dernier appât.

– Il y a bien un moyen, si vous voulez sortir.

Rien, dans le rythme de sa marche ni dans son expression, ne suggère que Fritsch l'a entendue. Pourtant, elle murmure :

– Vous voulez dire, s'évader ?

Hochement de tête.

– Comment ?

– Je ne peux pas vous le dire. Ce serait risqué, mais le plus dur resterait sans doute de ne pas se faire dénoncer par la population, une fois dehors…

– Pensez-vous donc que j'aie l'air d'une boche ou d'une juive ?

La question a claqué comme un fouet. Marthe encaisse. Elle doit se retenir de lui faire ravaler ses propos haineux. Le teint rouge, l'Alsacienne vocifère :

– Croyez-vous vraiment que d'honnêtes Français, des chrétiens, ne seraient pas fichus de reconnaître l'une des leurs ? Qu'ils n'accourraient pas à mon secours, en me voyant dans la détresse qui est la mienne ?

Sa très haute estime d'elle-même étonne toujours Marthe.

– Certainement. Alors... Vous seriez prête à tenter l'évasion ?

– Fuiriez-vous, vous aussi ?

– Oui, dit Marthe. J'avais ce projet.

Une ombre passe sur le visage de Fritsch.

– Et vous envisagiez de me laisser ? Vous pensiez partir seule ?

– Vous voyez bien que non ! s'exclame Marthe un peu fort. Je craignais seulement que vous ne soyez...

– Trop fragile ?

Nouveau silence. Un mot mal choisi, et Marthe verra s'envoler les cachets d'aspirine. Fritsch se tourne vers elle, renfrognée.

– Ne répondez pas, vous seriez blessante ou hypocrite ! Vous me connaissez mal, Hannah. Je veux quitter cette prison, quel que soit le danger. Je n'ai rien à craindre du monde extérieur. J'y serai de nouveau celle que j'étais avant. Alors : où et quand ?

– Comme toujours, c'est davantage une question de prix que d'ordre pratique. Il faudrait en effet acheter le silence d'une sentinelle...

Sans un mot, Fritsch tire de sa jupe plusieurs étuis d'« Aspirine du Rhône », qu'elle glisse dans la main de Marthe.

– C'est cela que vous voulez ? Est-ce que ce serait assez ?

Marthe a l'impression d'avoir été percée à jour. Qu'importe, elle a les cachets !

– Oui. Je crois que oui.

– Bien. Je ne veux pas savoir ce que vous faites de tous ces médicaments. Ouvrez une pharmacie clandestine ou suicidez-vous avec. Mais ne me prenez pas pour une imbécile, et ne cherchez plus à me tromper, Hannah, ou je vous poursuivrai jusqu'en enfer pour vous le faire payer. Vous ne partirez pas sans moi, vous m'en faites la promesse ?

– Eh bien, mais… Oui, c'est promis.

– Alors : où et quand ?

# 137

**17 juin 1940**

**– Allons, mets-toi debout, Denise.** Comment te sens-tu ?

– Mieux. Ces cachets me font de l'effet, mais jamais très longtemps.

– Il faudra pourtant qu'ils durent les prochaines heures. J'ai mis dans ta besace le dernier étui. Ça va aller, n'est-ce pas ?

Denise opine d'un menton volontaire, réprimant un frisson.

– Bien sûr, je pars avec toi !

– Bien, dit Marthe. Hâtons-nous.

Au fond d'une allée transversale proche de l'entrée du camp, elles rejoignent l'attroupement de cinquante et une femmes, dans le petit matin. Margot, Greta et Ada en font partie. Même celles qui ont hésité jusqu'à la dernière minute sont venues. Chacune possède l'une des attestations de mise en liberté, sur lesquelles Judith a passé ses nuits à contrefaire la signature du commandant. Dans la pagaille ambiante, la troupe se met en marche sans se faire remarquer. À l'approche du portail, elles se scindent en petits groupes de deux ou trois. Cinquante-deux sur dix mille, ce n'est qu'une goutte d'eau dans l'océan, mais se présenter au portail toutes en même temps serait suspect.

Margot, qui se tenait en tête, se laisse dépasser, comptant ses camarades. Il manque une internée ! Elle aperçoit enfin Marthe, qui arrive en dernier, et s'affole de découvrir Denise à son bras. Elle court vers elles, catastrophée.

– Bon sang, Hannah, mais tu es folle ?

– Attends ! répond calmement Marthe. Regarde : Denise marche bien, elle est quasiment guérie. Elle ne sera un problème pour personne.

– Mais enfin ! Nous n'avons pas de formulaire pour elle !

– Que se passe-t-il ? s'inquiète Denise, perturbée.

Elle ne comprend pas. Marthe ne lui a parlé ni des formulaires ni d'aucune restriction.

– Je suis désolée, Denise, lui explique Margot. Je ne sais pas ce qu'Hannah t'a raconté, mais tu ne fais pas partie de cette opération. Les consignes sont strictes. Avec autant de vies en jeu… Hannah a simplement perdu la tête.

– Tout va bien, les rassure Marthe. Voici ton formulaire de sortie, Denise. C'est moi qui le gardais.

Margot s'empare du papier d'un geste sec. Il est libellé au nom d'Hannah Kaempfer.

– Ça t'amuse, de te moquer de tes amies ? Ce papier, c'est le tien !

– Pas du tout.

– Qu'est-ce qui te prend, Hannah? se fâche Margot. Tu vas toutes nous faire prendre !

– Je m'appelle Marthe Amelin, épouse Coriou, et j'ai quarante et un ans.

Ses deux camarades la dévisagent, incrédules. Marthe se tourne vers Denise.

– À présent, Hannah Kaempfer, c'est toi !

– Mais... Tu es folle ? Tu devais venir...

– Je reste, décrète Marthe avec assurance.

Margot se prend la tête à deux mains. Elle lance un regard fébrile vers le portail.

Un premier trio de femmes est en train de se présenter au soldat posté à l'entrée. Il réclame leur certificat, qu'il examine longuement, sans savoir que le cœur de cinquante femmes, qui l'observent de loin, s'arrête en même temps, suspendu à son verdict. Finalement, le soldat rend les papiers aux trois internées qui sortent, sans plus de formalités. Cela paraît si simple !

Margot observe Denise, qui continue de fixer Marthe, hébétée. Il faut prendre une décision tout de suite, sous peine de tout faire capoter.

– Dans ce cas, Denise, tu passeras avec moi. Nous serons les dernières. Mais il va falloir tenir la route, ensuite !

Denise se ressaisit.

– Je tiendrai.

– C'est mon choix, la rassure Marthe. Tu n'y peux rien. Je ne le regretterai pas.

– Je l'avais déjà dit, au Vél'd'Hiv, que tu étais héroïque !

*Pardonne-moi André, je n'avais pas le choix. Tu comprends, n'est-ce pas ?*

Margot a repris son sang-froid. Pour elle, tout est réglé. Pas le temps de s'émouvoir du sacrifice de Marthe ni du bouleversement de Denise. La prochaine étape est de sortir. Elle regarde quatre groupes passer successivement, sans encombre. Ada et Greta quittent à leur tour le camp, en même temps qu'une troisième internée. Puis un autre groupe, encore un autre... La sentinelle ne jette plus qu'un œil distrait aux attestations.

– Commençons à nous approcher doucement, glisse-t-elle à Denise en lui prenant le bras.

Elle lance un regard sévère à Marthe qui lui sourit, hochant la tête. Denise se dégage pour serrer son amie dans ses bras. Marthe frissonne en sentant la fièvre à travers les vêtements de la jeune fille. Aura-t-elle assez de forces pour ne pas mettre Margot en danger ?

– Tu dois tenir jusqu'au village de Pontacq. C'est le point de rendez-vous avec trois autres groupes. Tu tiendras, je le sais. Tu es la plus forte d'entre nous.

– Mais toi ? s'étrangle Denise au creux de son oreille.

– Je serai la même demain et tous les jours qui suivent, quoi qu'il arrive !

Elles se regardent dans les yeux, et Marthe est certaine que, sans le comprendre tout à fait, Denise a deviné une part de son secret. La jeune fille se force à sourire.

– Alors, à bientôt, Marthe Amelin, épouse Coriou ! fait-elle, presque joyeusement. Ne perds pas ma brosse à dents !

– Et toi, n'oublie pas de venir me présenter Grégoire ! plaisante Marthe. Tu sauras me reconnaître, je ne changerai jamais.

Elles se séparent avec toute la légèreté dont elles sont capables. Une légèreté qui pèse lourd dans leur poitrine.

Debout au milieu de l'allée, Marthe observe ses deux camarades s'avancer peu à peu vers le portail, laissant à la sentinelle de courtes pauses entre deux groupes d'évadées. Elle presse machinalement dans son poing le médaillon contenant le ruban, comme d'autres un crucifix ou une patte de lapin, et se répète en boucle : « Faites qu'elles passent, faites qu'elles passent… »

Les deux silhouettes – elles semblent si petites – se présentent à leur tour devant le garde, tendant leurs faux papiers. Le soldat soupire sans même les consulter et, quelques pas plus loin, Margot et Denise se retrouvent hors du camp.

Aussitôt, Marthe tourne les talons pour s'enfuir, remplie d'encore plus de joie que de déchirement.

## 138

**18 juin 1940**

**La nuit est calme sur le camp.** Malgré l'interdiction de circuler à partir de 22 heures, on croise des femmes qui discutent ou se promènent seules, profitant de la fraîcheur nocturne. Gurs n'a jamais été aussi peu surveillé. De quelles informations sur l'avancée des troupes allemandes prive-t-on les internées ?

Dépassant une forêt de cordes à linge ployant sous les vêtements, Marthe se faufile prudemment vers le Boxon. Son sac en bandoulière, elle emporte encore moins de choses que lors de son départ pour le Vél'd'Hiv : les trousseaux de clés de Gwen et d'Hermann, son mouchoir usé à force d'être lavé, la brosse à dents de

Denise, et trente-deux francs. Les tickets d'autobus ont été rongés par les souris.

Une forme fond sur elle, à l'angle du bâtiment. Elle sursaute.

– Vous n'avez pas idée de me faire aussi peur, alors qu'on doit rester discrètes ! J'ai failli crier.

– Il vous faudra un cœur mieux accroché pour ce qui nous attend ! lui répond sèchement Fritsch.

Marthe est rassurée de la voir légèrement équipée. Elle ne transporte qu'une musette contenant une gourde, des portions de pain rassis et quelques sous-vêtements.

– Suivez-moi, chuchote-t-elle en longeant la baraque.

Guidées par les effluves des latrines, elles atteignent la zone des barbelés la mieux dissimulée.

– Votre complice a dit vrai : aucune sentinelle !

Marthe n'a aucun complice qui lui ait donné de telles garanties. C'est encore un mensonge qu'elle a servi à Fritsch. Elle a seulement bien observé le parcours des gardes, chaque nuit, et sait qu'à cet endroit, elles disposent d'environ dix minutes, voire d'un bon quart d'heure si les soldats sont aussi peu zélés qu'ils l'étaient ces temps-ci. Pour suivre son plan, elles doivent être au moins deux. Si elle a choisi Fritsch plutôt qu'une autre, c'est qu'elle lui en a fait la promesse. Et Marthe croit aux promesses, depuis cette fameuse nuit de 1916, la nuit du reflet. En ne tenant pas celle-ci, elle craindrait que toutes les autres ne soient rompues en même temps, y compris celles qu'elle a échangées avec André.

Marthe se penche sous une des cuves puantes. Montées sur roues, elles reposent sur une voie ferrée, permettant l'évacuation quotidienne des excréments. À tâtons, elle trouve la traverse fendue qu'elle est parvenue à détacher du rail, au prix de longs efforts, durant les nuits précédentes.

– Aidez-moi donc !

Fritsch saisit une des extrémités de la pièce de bois. Elle a beau y mettre du sien, elle ne porte pas grand-chose. Contrairement à Marthe, elle est terriblement affaiblie par son séjour au camp. Lentement, les deux femmes transportent la traverse jusqu'aux barbelés. Là, elles s'en servent pour soulever les dangereuses spirales métalliques et dégager un espace en dessous. Une fois la poutrelle calée dans la terre, elles tombent assises ensemble, à bout de souffle.

– Pressons ! siffle l'Alsacienne, se relevant la première.

Persuadée qu'aucun garde ne passera, elle est débarrassée de toute appréhension, alors que Marthe se crispe de plus en plus, le ventre noué. *André, j'ai peur !* Et André lui répond : *Courage. Je suis là. Avec toi…* si distinctement qu'elle se retourne, le cherchant des yeux. Mais il n'y a personne.

Fritsch s'est couchée sur le ventre, et se faufile dans le passage. Des bruits de déchirures indiquent que sa robe ne restera pas intacte. Elle s'immobilise, les talons d'un côté de la barrière, les avant-bras de l'autre, hors d'haleine.

– Vous êtes coincée ? demande Marthe en lançant un regard angoissé alentour.

– Je crois que je me suis un peu blessée. Rien de grave.

Rampant par à-coups, elle finit par passer. Tandis qu'elle s'éloigne à quatre pattes, haletante, Marthe s'élance à son tour. Mais une main la tire brusquement en arrière par le pied, lui faisant mordre la poussière à pleines dents.

## 139

- ***Du, Jüdin, hiergeblieben!***

C'est Hilda qui l'insulte. Elle reconnaît son visage à la lumière des étoiles. L'Allemande la traîne à reculons, lui tordant la cheville. Marthe tente de se relever. Elle saisit une pierre qu'elle lui lance à la figure. Hilda lâche prise, poussant un juron. Elle se met à crier :

– Alerte ! Soldat, soldat ! Alerte !

Marthe bondit sur elle, complètement paniquée. Elle lui saisit la tête, tente de la faire taire. Les deux femmes tombent à terre, dans l'ombre des latrines. L'Allemande lui envoie une gifle si puissante que Marthe roule contre les rails. Hilda lui tombe dessus, grimaçante de haine. Elle la roue de coups. Marthe est écartelée entre la pulsion de se défendre, et l'impérieuse nécessité de ne pas faire de bruit. Elle parvient à agripper le col de la chemise de l'Allemande, et la secoue très fort. *Aide-moi, André !* Hilda a une sorte de petit rire dément. Elle est plus forte que Marthe et se croit d'une race supérieure, elle a la certitude qu'elle va l'écraser comme une blatte. Mais un choc violent dévie soudain sa nuque. Le visage déformé, elle s'effondre de tout son poids sur Marthe.

– André ?

– Qu'est-ce que vous racontez ? Levez-vous !

Fumante de sueur, Fritsch se tient debout, les jambes flageolantes sous sa robe déchirée.

– Allez, levez-vous, vite ! Aidez-moi à remettre ça en place !

Se dégageant du corps inanimé, Marthe comprend pourquoi il était si lourd : Fritsch a assommé l'Allemande avec l'énorme traverse de bois, qu'elle a laissée tomber sur elles. Où a-t-elle trouvé la force de la dégager des barbelés et de la porter seule ? Marthe se penche pour l'aider à récupérer la poutrelle, mais l'Alsacienne a suspendu son geste. Elle regarde froidement Hilda, allongée sur le sol. Puis, sans crier gare, comme prise d'une folie meurtrière, Fritsch saute sur le corps qu'elle piétine avec hargne, comme si elle cherchait à le faire disparaître dans la poussière.

– Saleté ! Saleté de boche !!!

Marthe est horrifiée par sa transfiguration. Elle parvient à la saisir par les épaules.

– Ça suffit ! Arrêtez ! Arrêtez ça tout de suite !

Fritsch la dévisage, comme tirée d'une transe. Sans un mot de plus, elles ramassent la traverse, qu'elles vont replacer sous les barbelés. L'Alsacienne se glisse à nouveau dans l'ouverture. Marthe la suit très vite. Elle sent les griffes de fer se planter dans ses fesses et ses épaules. Ne t'arrête pas ! se dit-elle. Continue ! Demain, tes blessures auront disparu, tu le sais ! Mais le cerveau humain n'est pas fait pour ignorer la douleur. Son corps est bientôt à vif. Elle est plus grande et moins maigre que Fritsch. Elle va rester coincée !

Une voix d'homme s'approche, en chantonnant *Le Soleil a rendez-vous avec la Lune* de Charles Trenet. L'air joyeux semble terriblement ironique. Par réflexe, Marthe a voulu regarder d'où venait la voix, et elle s'est accroché les cheveux dans les piques. Totalement désorientée, elle ne voit plus rien, ne sait plus où aller. Tout est perdu ! Une forme blanche s'agite soudain sur sa gauche, lui indiquant le bout du tunnel meurtrier. C'est la main de Fritsch, tendue vers elle, toute proche !

– Dépêchons, la sentinelle s'est arrêtée pour uriner !

Au prix de déchirures supplémentaires, Marthe s'extirpe des barbelés. Elle se relève et suit l'Alsacienne en courant vers l'ombre des grands arbres. Arrivée à couvert, elle s'effondre près d'elle, le cœur prêt à lâcher. Quelle folie !

Marthe a-t-elle sous-estimé sa complice ? Elle la croyait juste stupide, mais la violence pure dont elle vient de se montrer capable lui a glacé le sang. Voilà qu'elle lui doit la vie, maintenant !

– Nous avons réussi, madame Fritsch ! souffle-t-elle en laissant échapper un éclat de rire involontaire, stupéfaite d'être libre. Nous sommes sorties de Gurs !

– Mais pas au bout de nos peines, tempère l'autre. Enfin, puisque nous pouvons désormais vraiment nous faire confiance, appelez-moi Geneviève.

## Florin - 2 juillet 2016

– Quatre jours plus tard, à l'annonce de l'armistice du 22 juin, le commandant de Gurs prit seul la décision de libérer la plupart des internées. La région s'est trouvée confrontée à un afflux massif de femmes errantes. La plupart ont été rattrapées par les Allemands. Pour celles qui s'étaient évadées comme pour les autres, survivre fut l'exception et mourir fut la règle. Les termes de l'armistice stipulaient leur extradition pure et simple. La Gestapo avait immédiatement commencé sa tournée des camps français. Le gouvernement français du maréchal Pétain lui avait préparé la marchandise, elle n'avait plus qu'à se servir parmi les dizaines de milliers de réfugiés allemands et autrichiens, leurs femmes et leurs enfants. Chassés d'un pays d'Europe à l'autre depuis des années, c'était pour tous la fin d'un long voyage. Là où notre évasion pourrait donc sembler avoir été inutile, nous étions en fait parties juste à temps. Quand j'ai revu Hermann, bien des années plus tard, lors d'un vernissage d'exposition, il m'a fait le décompte macabre de ses anciens collègues et amis, disparus au cours de ces quelques petites semaines. Tel romancier s'était suicidé avec du Véronal à l'annonce de la capitulation, tel dramaturge s'était ouvert les veines dans un camp français, tel éditorialiste avait avalé de la strychnine dans un autre, tel leader d'opinion avait été retrouvé pendu dans une forêt...

– Mais que sont devenues Denise et les autres ? Et Hannah ?

Marthe ferme les yeux et, malgré sa jeunesse apparente, j'ai soudain l'impression de voir sur son visage le poids de toutes ces années. Je pose l'ordinateur, me lève et m'approche du bord de la fenêtre où elle s'est installée. Elle se tourne vers moi, un sourire las sur la bouche.

– Nous nous étions arrêtés en juin 1940. Inutile de nous précipiter.

Elle me fait signe de retourner m'asseoir derrière mon écran, puis reprend d'un ton plus calme :

– Geneviève et moi nous sommes retrouvées en plein exode. Tu as sûrement dû étudier cet épisode aussi, en cours d'histoire. La moitié nord de la France était occupée. Les populations de ces régions fuyaient vers le sud par dizaines de milliers. Nous errions sur les routes, dans une cacophonie d'autos, de camions, de chevaux, de véhicules militaires en déroute, et de sanglots d'enfants. Nous croisions parfois quelques Gursiennes perdues. La plupart d'entre elles envoyaient des télégrammes dans tous les camps de concentration français pour retrouver leur mari, espérant qu'il ne se trouve pas dans la zone occupée. Aucune d'elles n'avait revu Denise, Margot, Ada ni Greta. Nous ne restions jamais longtemps ensemble. Les grands groupes se fondent trop difficilement dans la population. Les réfugiés du Nord étaient mal vus, du fait de leur nombre hallucinant. La majorité des fermiers nous étaient hostiles. Ils voulaient nous faire travailler aux champs sans nous payer, nous traitaient de tire-au-flanc et, comme en 14, nous appelaient les « boches du Nord ». Que ce terme mélange des Belges, des

Luxembourgeois, des évadées ou des Français pourchassés par l'ennemi n'avait pas d'importance à leurs yeux. La politique xénophobe et antisémite du gouvernement avait contaminé les bourgs les plus reculés. L'amour de son prochain n'est pas dans la nature humaine. Du moins, pas tous les jours.

Son désenchantement est si profond que je me sens, par contraste, encore plein d'espoir envers mes semblables, et cela me surprend. Ce que je vis dans ma chair, depuis des mois, aurait pu me rendre misanthrope, ou plein de haine. Mais ce n'est pas le cas. Et grâce à elle, sans doute.

Marthe se tait un instant, admirant un vol de martinets au-dessus de la coupole dorée des Invalides. J'observe son profil que je connais parfaitement. Elle est toujours si semblable, la copie conforme d'elle-même, de jour en jour.

– Enfin, reprend-elle sans prévenir, il fallait trouver où aller ! Une ouvrière parisienne a accepté de nous faire monter sur le marchepied de sa voiture, pour nous emmener plus au sud. C'est depuis ce perchoir que j'ai aperçu, sous des trombes de pluie, un panneau indiquant la direction de Saint-Jean-Pied-de-Port. J'ai pensé à Thérèse, notre bonne, retournée y vivre un quart de siècle plus tôt. Et c'est là-bas que j'ai proposé à Geneviève d'aller nous réfugier.

– Malgré t-t-tout, vous êt-t-tes restées ensemble ?

– Bien sûr ! L'armistice venait de livrer la moitié du pays aux nazis : tout le Nord, au-dessus de Bourges, mais aussi la façade atlantique, jusqu'à l'Espagne. Le pays était coupé en deux, les communications entre les zones interrompues. Nous nous trouvions juste à la limite de la ligne de démarcation, heureusement du bon côté. Nous étions deux Gursiennes évadées, sans autorisation ni papiers d'identité. J'étais toujours en forme, je savais me débrouiller, dénicher dans les potagers abandonnés des carottes ou des oignons que nous dévorions crus. Je n'avais pas honte de mendier, de faire de l'autostop, ni de demander ma route… Geneviève avait besoin de moi. Moi, je ne sais pas bien ce que j'espérais d'elle. Mais, sur ce long chemin, je la faisais parler.

# 140

**26 juin 1940**

**Avant de repartir dans sa Ford fatiguée,** l'ouvrière les a déposées à Pagolle. La ville est à une journée de marche de Saint-Jean-Pied-de-Port. Une route toute en lacets, en montées et descentes, qui met à rude épreuve ce qu'il leur reste de souliers.

Avant cela, au cours d'une halte à Oloron-Sainte-Marie, Marthe a pu acheter du savon et un peigne, mais la plupart des magasins étaient vides. La faute aux six millions de réfugiés du Nord qui ont envahi la zone libre, leur a dit l'épicier.

À présent, la pluie a cédé la place à une chaleur trop moite pour les sécher. Elles marchent vite, poussées par la peur d'être rattrapées par les nazis. *Et toi André, es-tu à l'abri de leurs griffes ?*

– Cette Thérèse, êtes-vous seulement certaine qu'elle se souviendra de vous ? demande Geneviève, en s'épongeant le front.

– Bien évidemment ! Si elle est en vie, elle nous aidera. C'était plus que notre bonne. Pour moi, elle a été une seconde maman.

L'autre soupire avec fatalisme :

– Les véritables mères ne font hélas pas toujours les meilleures mamans !

– La mienne est morte avant mes quinze ans. Quel genre de reproches avez-vous donc à faire à la vôtre ?

L'occasion est trop belle. Fritsch aime tant parler d'elle. Marthe n'a jamais besoin de la forcer.

– Je suis fille unique. Maman avait perdu un fils d'un premier mariage, pendant la Grande Guerre. Elle ne s'en est jamais vraiment remise. Je n'ai pas connu mon père. Il avait acquis un certain prestige dans notre ville, grâce à son comportement exemplaire durant l'occupation. Saviez-vous que le nord de la France avait été déjà occupé par les Allemands, à l'époque ? La plupart des Français l'ont oublié. Maman m'a pourtant toujours raconté qu'ils avaient souffert plus que tous les autres.

– Je l'ignorais, prétend Marthe, sourire en coin. Et quelle était la profession de votre père ?

– C'était le fondateur des filatures et des draperies Morel, de grandes industries textiles du Nord, dont vous avez peut-être déjà entendu parler ?

– Ma foi, non. Je ne connais rien à cette région.

Geneviève se retourne pour la dévisager en plissant les paupières, à cause de la lumière.

– Vous en avez pourtant un peu l'accent !

– L'accent du Nord ? Vraiment ? Mais je... Nous vivions, avec mon mari, entourés de gens de tant de nationalités, que j'ai dû me fabriquer un accent mêlé de toutes ces influences, sans même m'en rendre compte !

## 141

**Elles marchent en silence.** Fritsch est très diminuée par son séjour au camp. Elle doit compenser une fragilité de la cheville droite par un mouvement d'épaule, à chaque pas qu'elle fait. Marthe observe leurs ombres s'étirer devant elles.

– Mais votre mère, alors ? tente-t-elle d'une voix intéressée.

– Cela va vous surprendre, mais je ne lui ai pas envoyé la moindre lettre de Gurs ! Mendier son aide ou son affection m'est insupportable. Je dois être trop fière, elle a tant porté de choses sur ses épaules. C'est à papa que nous devons le prestige de notre famille, mais c'est maman qui a dû faire tenir ensuite tout ce qu'il avait construit avant sa mort. Elle l'a fait d'une main de fer. Ma mère est une femme d'une force morale peu commune. Physique aussi, d'ailleurs !

Fritsch s'arrête un instant pour masser sa cheville. Un voile passe dans son regard.

– Ma naissance s'est mal déroulée. Il s'en est fallu de peu que je naisse orpheline. Maman était déjà un peu âgée, et l'accouchement l'a laissée lourdement handicapée. Elle n'a plus jamais pu se servir de ses jambes. À la mort de papa, elle a dû assumer la gestion de ses entreprises et mon éducation dans un fauteuil roulant. Il m'est donc difficile de la blâmer. Elle a tant fait !

– Mais vous la blâmez, pourtant.

– J'ai toujours pensé qu'elle m'en voulait de l'avoir privée de ses jambes, d'avoir pris la place de son fils tué par les boches, et de lui rappeler, par ma présence, son mari mort trop tôt... Elle répétait sans cesse que sa vie n'avait été qu'une série de malheurs. Je crois qu'elle m'incluait dans le lot ! En tout cas, elle ne m'a jamais témoigné que beaucoup de froideur. C'est près de mon mari que j'ai enfin trouvé de la considération. Et puis, il m'a permis de quitter ces régions lugubres du Nord pour le soleil de la Méditerranée, où il me rejoignait dès que ses affaires le lui permettaient. Ma vie n'a commencé que lorsque je l'ai épousé. Et je suis certaine que mon père et lui se seraient entendus.

– Comment pouvez-vous en être sûre, si vous ne l'avez jamais connu ?

– Eh bien... une intuition. Je me suis souvent imaginé papa. Je sais qu'il a été héroïque durant la guerre. Je ne doute pas que mon Alexandre le soit, en ce moment. Comme mon mari, mon père était un entrepreneur, il a su faire fructifier ses affaires malgré l'invasion et les destructions, ne pas se laisser abattre...

– Quelqu'un m'a dit un jour que ceux qui se comportaient en héros durant les guerres étaient souvent les voyous et les gens les plus malhonnêtes. Ceux qui étaient à leur aise dans les jungles sans foi ni loi, et qui n'avaient rien à perdre.

– ... C'est vraiment très aimable à vous de m'en faire part !

Elle l'a encore vexée, forcément. Mais c'est leur fonctionnement, depuis qu'elles se sont trouvées à Gurs : Fritsch se lamente et Marthe écoute, en lui lançant quelques piques. Dès qu'elle sent naître en elle un peu de sympathie pour l'Alsacienne, elle l'étouffe, comme si elle trahissait la mémoire des siens. Cette gamine qui croit avoir souffert n'a d'ailleurs, elle-même, aucune aptitude à la compassion. Geneviève est comme une plante qui aurait poussé sur la tombe d'Albert et de Blanche, se nourrissant de leurs restes sans s'en rendre compte. Bien sûr, elle n'y est pour rien. Mais l'entendre faire un portrait idyllique de son père, dont elle ne sait pas grand-chose, est douloureux pour Marthe, elle qui a tout perdu à cause de cet homme. Et la légèreté avec laquelle l'héritière s'accommode de contre-vérités, de trahisons et de mensonges, tout cela la hérisse. D'une certaine façon, le destin s'est déjà vengé de Sybille, en la clouant dans un fauteuil, à pleurer toute une « vie de malheurs ».

## 142

**Le jour baisse.** Cela fait un moment qu'elles n'ont croisé personne. Elles profitent qu'elles parviennent au sommet d'une petite colline pour tenter d'estimer la distance qu'il leur reste à parcourir. Les arbustes empêchent de voir au loin. Marthe escalade le mur d'une ruine sans toiture, juchée sur un petit tertre. Elle monte lestement, de plus en plus agacée par les soupirs essoufflés de sa compagne qui la suit comme une ombre, gravissant avec peine les pierres éboulées. Les bras en balancier, elle s'avance sur le faîte, jusqu'à l'angle du bâtiment. En contrebas, une rivière légèrement encaissée passe sous un pont de bois. Marthe maîtrise un léger vertige, se découvrant plus haut qu'elle ne l'imaginait, puis observe l'horizon.

– Nous ne sommes pas loin d'un village important. Que ce soit Saint-Jean ou pas, nous y dénicherons sans doute une chambre. Je propose que nous y passions la nuit. Nous trouverons Thérèse demain.

– Dites-moi, votre bonne, ce n'est pas une juive au moins ?

Marthe fait volte-face, piquée au vif. Elle a bien fait d'éviter de se laisser émouvoir par cette fille. Elle ferait une parfaite apprentie nazie ! L'héritière est perchée à l'autre extrémité du mur, lui tournant le dos, regard dans le lointain. Comment ne pas ressentir de la détestation pour elle ? Geneviève est si proche du vide… Il suffirait de s'approcher silencieusement et de la bousculer pour lui faire ravaler définitivement les horreurs qu'elle débite d'une voix de sainte. Soudain, Marthe se fait peur. Serait-elle capable de tuer de sang-froid ? La fille, après le père, même si c'était un accident ? Non. Pourtant, elle continue de progresser lentement vers elle, fascinée par l'effroi de ce qu'elle pourrait, malgré tout, faire. Elle avance en silence, en retenant son souffle, comme poussée en avant par les cris vengeurs de fantômes qui se soulèvent en elle.

Geneviève n'a pas bougé d'un pouce, perdue dans ses pensées. Marthe contracte ses muscles pour se retenir de franchir la minuscule ligne rouge qui la sépare du mal, pour s'empêcher de tendre le bras en avant. En serait-elle capable ? Oui. Oui, elle le croit, maintenant ! *Non, Marthe, ne fais pas ça !* Une seule petite seconde pourrait tout faire basculer. Elle serre les poings très fort, dans un sursaut ultime contre la folie qui prend possession d'elle. Alors, sans se retourner, Fritsch se met à parler, d'une voix lasse :

– Aussi loin que je me souvienne, j'ai toujours eu le vertige. Et j'ai toujours imaginé que je mourrais d'une chute. Il suffirait d'un rien…

Marthe s'est figée. L'Alsacienne tremble de tous ses membres, mais si légèrement, comme une feuille dans le vent, que c'est imperceptible.

– C'est comme cela que papa est mort. On me l'a raconté des centaines de fois, toute mon enfance. Si bien que j'ai développé la terreur des hauteurs, des escaliers, des échelles…

Une mèche de ses cheveux volette près de son oreille de façon hypnotique.

– Il a été assassiné, peu après ma naissance, poussé du haut des marches de notre maison par une jeune fille que la guerre, la misère ou l'appât du gain avaient dû rendre folle. Elle s'appelait Marthe Amelin. Ce nom a hanté toutes les nuits de ma vie. Je l'ai imaginée mille fois, pénétrant dans ma chambre pour me tuer, à mon tour. Mille fois, elle m'a étranglée, poussée par la fenêtre, poursuivie dans la nuit, sans que je puisse savoir ce qu'elle me reprochait. Peut-être, comme ma mère, simplement d'être née !

Elles sont comme deux statues, dont le soleil couchant dessine les frêles silhouettes, au bord du vide. Marthe a desserré ses poings, relâché ses épaules. Elle respire à nouveau, au rythme saccadé des paroles de Geneviève.

– Les articles de presse que maman conservait comme des reliques contribuaient à me terroriser. Comme l'avis de recherche de la jeune meurtrière, qu'elle avait épinglé au-dessus de son bureau. Marthe Amelin était une menace invisible, qui planait constamment au-dessus de moi. Ou plutôt, dans mon dos. Sa photo avait été publiée à la une des journaux de la région, reproduite en dessins, en gravures… C'était toujours la même : un portrait de famille sur lequel elle se tenait assise, au milieu d'une assemblée de fantômes d'une autre époque. Elle semblait me sourire, comme pour me dire qu'elle me retrouverait un jour. Son nom et son visage me poursuivent encore…

Geneviève se tourne lentement, les joues luisantes de larmes. Elle plante un regard plein d'effroi résigné dans les yeux de Marthe, avant de chuchoter :

– Est-ce le Seigneur ou le diable qui vous a mise sur ma route, Hannah ? Cette Marthe avait votre visage. Et pourtant… c'est vous qui m'avez sauvée !

# 143

**Comme dans un drame antique,** Thérèse est la première personne qu'elles croisent, en approchant de Saint-Jean endormi. Revenant d'une ferme éloignée, l'ancienne bonne voit arriver deux jeunes femmes épuisées. Elle reconnaît Marthe malgré la nuit, et pleure de joie avec elle. Elle ne s'étonne pas un instant de retrouver inchangée celle qui fut presque sa fille, comme un parent ne voit jamais vraiment vieillir ses enfants.

Thérèse vit en bordure de la ville, dans une petite maison où elle offre une chambre aux deux réfugiées. Dans un premier temps, Geneviève a besoin de repos et de se remplumer. Mais dès qu'elle commence à reprendre des forces, elle parvient à échanger des télégrammes avec son mari, dont elle a retrouvé la trace grâce à ses relations. Alexandre Fritsch a été libéré d'un camp de prisonniers et attend d'être renvoyé, chez lui ou ailleurs, l'Alsace étant devenue allemande.

Trois jours plus tard, Geneviève monte dans un train pour rejoindre Vichy, *via* Pau puis Toulouse, chez de proches amis qui viennent d'y suivre le nouveau gouvernement en zone libre. Les deux femmes se séparent avec un mélange de froideur et d'émotion, à l'image de leur relation. Mais Marthe sait que l'héritière Morel lui a permis de faire un choix crucial : celui d'agir conformément aux derniers conseils de son père et de ne pas céder à la sauvagerie. On prétend que la vengeance est un plat qui se mange froid. Marthe se dit qu'il doit davantage torturer la conscience que l'estomac.

Geneviève n'a pas bronché, lorsqu'elle a entendu Thérèse appeler Marthe par son véritable prénom. Elle n'a posé aucune question. Pas plus qu'elle ne dit un mot, en se hissant dans le wagon qui va les séparer. Quelle étrange femme ! Qui sait ce qu'elle imagine et ce qu'elle a compris ? Pourquoi Geneviève a-t-elle accepté de suivre Marthe, alors qu'elle avait le visage de ses pires cauchemars ? Qu'espérait-elle ? Que cherchait-elle ? Avant de refermer la portière de son compartiment, elle se tourne vers Marthe et conclut posément :

– Nous ne serons pas amies. Mais nous avons au moins conquis le droit de ne pas être ennemies non plus, il me semble.

Marthe hoche la tête, sans animosité. Et lorsque le train quitte la petite gare sous un soleil de plomb, elle se sent soulagée. Geneviève se remettra vite des épreuves endurées, et n'en tirera sans doute aucun enseignement. En deux guerres, Marthe en a connu tant, des fausses oies blanches à l'âme d'hyène ! Dans une France hitlérienne,

Geneviève virera fasciste sans même s'en rendre compte. Elle dansera bientôt avec insouciance sur les tombes des Gursiennes, ses remords et ses blessures enfouies toutes ensemble dans un déni sans fond.

## 144

**Les tickets de rationnement,** les colombages colorés des maisons basques, les ruelles avec des montagnes pour seul horizon, protectrices ou oppressantes selon l'humeur... Marthe ne gardera pas beaucoup plus de souvenirs de son séjour à Saint-Jean-Pied-de-Port.

Thérèse espère chaque jour des nouvelles de son mari et de ses deux fils, capturés par les Allemands sur le front, et qui devraient être bientôt libérés. Contacter Gwen est désormais impossible, mais Marthe tente par tous les moyens de joindre Hermann. Le camp du Vernet se situe en zone libre. S'il a échappé aux rafles des nazis, il se cache peut-être quelque part, comme elle. Le seul nom dont elle retrouve la trace, dans ses démarches, c'est celui d'Albert Amelin junior, son neveu adopté, le fils de Blanche, sur la liste des soldats français morts pour la France. Marthe est effondrée. Plus qu'une vie volée par la guerre, cette mort solitaire, loin de toute famille, lui semble être le plus cuisant échec de son existence.

Marthe doit rattraper le monde en marche. Elle écoute les radios étrangères, parle avec le plus de monde possible, et lit tous les journaux. Beaucoup de gens pensent que le pays restera coupé en deux pour toujours. Mais la France qu'elle découvre semble amnésique. C'est une France qui ne parle ni des camps, ni du sort de tous ceux qu'elle a livrés à Hitler, et encore moins de défaite. La presse se concentre sur la mise en œuvre d'une « révolution nationale » de redressement des mœurs, proclamant la fin d'un « esprit de jouissance », qui serait responsable de tous les malheurs des Français. Après les étrangers, évidemment !

Dans *Paris-Soir*, elle apprend que le général de Gaulle est condamné à mort pour trahison, et qu'on envisage de punir l'avortement par la peine capitale. Un nouveau décret fixe désormais la longueur des costumes de bain : « Plus de shorts, plus de Françaises déguisées en hommes ! » se réjouit le journaliste. L'homosexualité sera bientôt punie par la loi. Des articles relatent avec enthousiasme la grande réforme de l'enseignement : les instituteurs devront former de futurs paysans, et non des bacheliers inutiles à la Patrie, et les jeunes filles françaises apprendront à coudre et à cuisiner, au lieu de perdre leur temps avec le latin et les mathématiques. Enfin, on parle de rendre la carte d'identité obligatoire, non plus seulement pour les étrangers, mais pour chaque Français. Cela paraît inimaginable ! Chaque citoyen devrait prouver qui il est, comme sous l'occupation allemande en 14 ! *Tu te souviens, André ? Le monde devient-il fou ?*

Thérèse ne mâche pas ses mots, à propos de cette nouvelle France et de Pétain, qu'elle surnomme « le vieux gaga nuisible ». Marthe rit en écoutant la Basque maudire les « politicards » qui ont, selon ses mots, vendu la France aux boches. Ensemble, elles parlent aussi du passé, de ses parents, de Blanche. Et Marthe lui confie ce qu'elle a appris, au sujet de son véritable père, de sa mère et d'Albert Amelin.

## Florin - 7 juillet 2016

– Comme partout en zone libre, la ville était envahie par les réfugiés descendant vers le sud. J'échangeais des informations avec beaucoup d'entre eux, cherchant des nouvelles du camp du Vernet et de ses internés, espérant rencontrer quelqu'un qui aurait croisé Gwen et Hannah sur les routes de l'exode. Je redoutais de me retrouver prisonnière de Saint-Jean comme je l'avais été du Nord, de Paris ou de Saint-Chéron. Alors, quand un couple d'intellectuels polonais réfugié m'a expliqué qu'un passeur allait leur faire franchir la frontière espagnole pour 15 000 francs chacun, j'ai commencé à réfléchir. Nous avions sympathisé très vite, et ils m'avaient proposé de les accompagner. Je devais tout de même rassembler cette somme astronomique pour acheter ma « place ». Une fois en Espagne, le passeur leur promettait un trajet sécurisé en auto jusqu'à Gibraltar. De là, ils comptaient rejoindre le Maroc, puis l'Algérie où ils étaient attendus. L'Algérie française ! Cette colonie ne m'évoquait pas grand-chose mais j'ai pensé à Pauline, la sœur jumelle d'André, partie vivre là-bas, et l'aventure m'a paru envisageable. Thérèse m'a immédiatement mise en garde : « Ces passeurs sont des trafiquants d'humains qui ne connaissent rien à la montagne. Méfie-toi de ces racailles ! Ce qu'ils veulent, c'est votre argent ! »

Je lève la tête de mon cahier, surpris par le silence soudain de Marthe. Elle s'est interrompue en voyant Gérard s'avancer vers nous, dans l'allée du jardin où nous sommes installés, elle et moi. Ses pas traînants crissent sur le gravier. Je rebouche mon stylo, mécontent d'être dérangé.

– Bien le bonjour, mademoiselle ! lance le vieil homme, de son habituel ton jovial. Ravi de vous croiser de nouveau. Votre sourire ensoleille notre quotidien à tous, depuis que vous venez nous voir si souvent ! Oh, je ne vous dérange pas longtemps, rassurez-vous, mais ce jeune garçon devait passer me voir, pour que je le fasse parler un peu plus que vous ne le faites. Quand on vous voit ensemble, il ne fait qu'écrire ! Faut-il que je prenne un rendez-vous pour que vous me rendiez visite, cher Florin ? Ou devrai-je avertir votre kiné que vous prenez votre rééducation à la légère ?

Je grimace, vexé de me faire sermonner devant Marthe. Elle se tourne vers Gérard, s'alignant sur son humour :

– S'il vous plaît, ne dites rien à sa kiné, elle va le torturer !

J'en veux un peu à Marthe d'avoir répondu à ma place. Je sais pourtant que c'est moi qui lui ai laissé prendre cette habitude. Gérard ne réagit pas à sa plaisanterie. Il ne regarde que moi.

– La semaine prochaine, sans faute, jeune homme ! gronde-t-il. C'est entendu ?

– Oui.

Il s'éloigne lentement.

– Quelle santé ! s'étonne Marthe. Quel âge a-t-il ?

Je hausse les épaules en rouvrant mon carnet, froissé qu'ils m'aient tous deux infantilisé de la sorte. Les pages sont noircies de tant de notes que j'ai peur de ne pas réussir à m'y retrouver plus tard.

– On ret-t-tourne en 40 ? je lui dis sans répondre.

Mais Marthe y est déjà. Je le vois à son regard, tourné vers ce passé intérieur qu'elle ne livre qu'à moi. Elle reprend, comme si elle ne s'était pas interrompue :

– Thérèse avait raison ! Le couple de Polonais est parti sans moi, malgré mes avertissements. Dès qu'ils se sont trouvés suffisamment loin dans les montagnes, les passeurs les ont détroussés, avant de les abandonner à leur sort, sans argent ni papiers. Ils y sont morts d'une chute dans le vide, en voulant échapper à la *Guardia Civil*. Mais mon idée avait fait réfléchir Thérèse. Elle connaissait un ancien sentier de contrebande, presque oublié de tous, et elle m'a proposé de me faire passer la frontière espagnole elle-même. Je voulais absolument quitter la France. Nous étions certaines que les nazis n'allaient pas longtemps se contenter d'une moitié de pays. Nous savions bien ce que valaient les promesses d'Hitler. Avant de tenter cette nouvelle évasion, il a fallu préparer tant de choses : me faire faire de nouveaux faux papiers, apprendre le chemin par cœur sur une carte, m'habituer à marcher en montagne, planifier la suite de mon parcours...

Elle va trop vite ! Mes notes sont illisibles. Je suis bien plus efficace avec un clavier.

– La montagne n'était pas mon élément ! poursuit-elle sans remarquer mon désarroi. La route était difficile. Nous marchions de nuit, dans des éboulis de plus en plus raides, sans nous parler. Quand nous sommes arrivées en Espagne, le soleil était en train de se lever. Je n'oublierai jamais la vue sur la vallée. Les ombres, les couleurs, le sentiment de liberté...

– L'Es... L'Es... agne, c'était F-F-Franco ! je lui fais remarquer.

– À l'époque, cela me semblait moins terrible. Je n'avais pas peur. Le bracelet à mon poignet semblait conjurer le danger. Et puis, je ne comptais pas rester. L'Algérie avait allumé en moi un nouveau rêve. Même si je n'avais pas conservé l'adresse de la sœur d'André, je m'imaginais pouvoir la retrouver et boucler la boucle. Mais n'allons pas trop vite ! Il y a autre chose que je voulais te raconter. Avant de faire demi-tour et de me laisser continuer seule vers les douanes espagnoles, Thérèse s'est assise avec moi sur un rocher. Nous regardions le soleil se lever sur ce paysage à couper le souffle, et elle m'a dit très doucement : « Tu sais, moi je l'ai connu, ton père. » J'ai su qu'elle ne parlait pas de son patron, Albert Amelin, mais de l'autre, du « vrai ».

– Elle a rien d... dit avant ?

– Non. Elle avait semblé désapprouver ma version de l'histoire, en m'écoutant répéter les mots de ma tante, mais elle s'était tue. Et ce n'est qu'au moment de nous séparer pour toujours qu'elle m'a livré la sienne : « Il avait tout tenté. Il était monté jusque dans le Nord pour retrouver ta mère, malgré tous les efforts de sa famille pour les séparer. J'étais au service de tes parents depuis peu quand il est arrivé. Il venait la chercher, il voulait l'emmener. C'était un domestique. Un très bel homme, très doux, très grand. Et ils s'aimaient tant ! C'était de la passion, ça crevait les yeux quand on les voyait tous les deux, ta mère et lui. Le pauvre M. Amelin ne faisait pas le poids, avec sa gentillesse. Son cœur était brisé ! Ce soir-là, tes parents ont eu une terrible dispute à ce sujet. Même en me bouchant les oreilles, je pouvais les entendre. Monsieur a fini par déclarer à ta mère qu'il la laissait choisir : elle pouvait rester ou partir avec l'autre homme, dès le lendemain. Mais il lui a interdit de t'emmener. Il a dit à ta mère que, si elle choisissait de vivre une vie d'amoureux clandestins, lui garderait ses deux filles. Ça n'était pas négociable. Il m'a demandé de dormir avec ta sœur et toi, et il a passé cette dernière nuit posté devant ma chambre comme une sentinelle. Au matin, ta mère était toujours là, et l'autre était parti. Elle semblait avoir perdu son âme, le bonheur de sa vie, mais elle était restée. Ils n'en ont jamais reparlé devant moi, mais je pense qu'après cela, ta mère n'a plus jamais été vraiment parmi nous. »

J'ai arrêté de prendre des notes. Je retiendrai mieux en l'écoutant.

– Tu comprends, m'explique-t-elle en souriant, ça a été comme une délivrance, malgré tant de tristesse. Je n'étais pas née d'un viol, mais d'un amour fou, interdit. Ni ma mère ni mon père n'avaient voulu me perdre. Et le bonheur que maman m'avait sacrifié, son unique amour véritable, je pouvais le comprendre, je pouvais l'accepter. Car j'avais moi aussi, sans le savoir, suivi un chemin étrangement semblable. J'avais aimé un orphelin, un ouvrier, que mon père, en l'accueillant chez nous, semblait avoir été prêt à me laisser aimer ! Si la version de Thérèse était aussi malheureuse que celle de ma tante, elle ne contenait par contre ni haine, ni malveillance. Moi qui m'étais toujours sentie mal-aimée par mes parents, j'avais en réalité été doublement désirée !

Son sourire me touche. Elle me regarde, émue.

– C'est à ce soulagement que j'associerai toujours mon passage de la frontière espagnole. Avec le souvenir de la silhouette de Thérèse, s'éloignant sur la crête rougeoyante. Et puis aussi, ces phrases, que je me répétais : *Je m'en vais, André. Je pars, mais je ne serai pas loin.*

## Florin - 14 juillet 2016

Gérard a entièrement personnalisé sa chambre, jusqu'à en effacer l'atmosphère d'hôpital. Ce que la décoration me raconte de lui, c'est qu'il s'agit d'un vieux monsieur aux goûts démodés, porté sur les meubles sinistres en bois sombre, et les livres d'histoire ou de géopolitique. Installé dans son fauteuil roulant, il a retiré sa prothèse. Il me fait signe de m'asseoir face à lui.

– Alors comme ça, tu écris un livre ?

– J... j'essaie. Je ne sais ...as encore où ça ira. Ça fait ...asser le temps !

Bien que les « p » continuent de me poser problème, je ne suis pas mécontent de l'articulation de ma phrase. J'ai travaillé avec acharnement toute la semaine. On se sourit d'un air entendu. Il tapote son moignon de cuisse. Je connais la routine. C'est une habitude entre pensionnaires, de commencer par présenter à l'autre les blessures qui l'ont amené ici.

– Ça, c'est l'Algérie, dit-il d'un ton sentencieux. À l'époque, un service militaire d'un an et demi était obligatoire pour tous les jeunes hommes français, dès vingt ans. Je n'ai été appelé qu'à mes vingt-sept, car les étudiants en médecine bénéficiaient d'un sursis pour finir leur formation. Mauvaise pioche ! Mon service est tombé pendant la guerre. Vingt-huit mois de ma vie ! Et j'y serais peut-être resté plus longtemps, si je n'avais pas foutu le pied sur une mine...

Il fouille un tiroir de son bureau, chausse de gros verres de lunettes, et pianote lentement sur une calculatrice.

– Le mois prochain, je soufflerai mes quatre-vingt-trois bougies. Si je ne casse pas ma pipe d'ici là, j'aurai donc vécu... neuf cent quatre-vingt-seize mois ! Alors vingt-huit, ça semble n'être qu'une goutte d'eau. Mais à l'époque, je peux te dire que ça m'a paru interminable.

Par habitude, lorsque je dois exprimer quelque chose de complexe, je m'apprête à écrire sur mon ardoise. Mais Gérard secoue la main avec sévérité.

– Ah non, mon garçon ! J'ai promis à ta kiné que je te ferai parler. Range ça tout de suite !

– Je ne sa...ais ...as que le service durait si longtemps.

– Bien sûr, que tu l'ignorais ! s'agace-t-il. Les jeunes d'aujourd'hui croient que la vie a toujours été facile et se lamentent pour un rien. On voit bien que vous n'avez jamais connu la guerre...

Il s'interrompt de lui-même, fixant bêtement mon visage greffé et recousu. Gérard joint les mains en signe de contrition.

– Eh bien, voilà ! Je viens de te faire la démonstration, s'il en était besoin, qu'il n'y a pas d'âge pour dire des conneries.

Ces excuses détournées me suffisent amplement. Depuis que je vis entre ces murs, j'ai appris à comprendre les hommes et les quelques femmes qui cohabitent avec moi. Nos douleurs nous rapprochent. Je n'avais encore jamais vraiment discuté avec un pensionnaire aussi âgé que Gérard, et je me sens avide de ce qu'il peut m'apprendre sur la résilience, sur l'acceptation de nos blessures.

Des explosions retentissent soudain par la fenêtre. Nous sursautons tous deux, saisis par une terreur animale. Gérard fait pivoter son fauteuil pour claquer le battant. Il reste un moment le dos tourné à moi. Nos rythmes cardiaques domptés, il commente, d'une voix oppressée :

– Plus de cinquante ans que cette guerre est terminée, et je n'arrive toujours pas à supporter ces maudits feux d'artifice !

Cinquante ans ! Est-ce que je suis, moi aussi, marqué pour si longtemps ? Est-ce qu'à son âge, je tressaillirai encore au moindre pétard, au moindre ballon qui éclate, ou au fracas des applaudissements d'une salle de spectacle ? Nous sommes définitivement abîmés, dehors comme dedans. On se regarde en coin, tels deux condamnés à la peine maximale partageant la même cellule.

– Là-b-b-bas, c'était terri... terri-b-b-ble ?

Je rougis de fierté d'avoir quasiment réussi mes deux « b ». Normalement, j'évite le plus possible les mots contenant des labiales.

– J'étais médecin, pas combattant. Mais j'ai été confronté aux atrocités des deux camps. Les copains qu'on te ramène égorgés, la bite entre les dents. Et les prisonniers, torturés jusqu'à perdre forme humaine, qu'on te demande de réparer pour qu'ils tiennent, avant de recommencer à les cuisiner... À l'époque, on n'appelait pas ça une guerre. On parlait d'« opération spéciale », d'« événements »...

Il sourit et ses yeux pétillent. Ici, la politesse impose de paraître joyeux. Ce devrait être mon tour de me dévoiler, au moins un peu. Mais Gérard soupire :

– C'est moi qui t'ai parlé de guerre le premier, je le sais. Mais si ce sujet t'intéresse, il y a dans ce couloir quelques pensionnaires permanents, dont certains ont même vécu 39-45 ! Ceux-là n'aiment rien mieux que de radoter leurs souvenirs, tu trouveras ton bonheur ! Pour ma part, il me reste trop peu de temps à vivre pour que j'aie envie de ressasser les heures sombres. Je me sens fatigué. Reviens donc me parler de sujets plus légers. Ta jolie fiancée, par exemple ! Comment s'appelle-t-elle ?

– M... M-m-ma... Marthe. C'est pas m-m-ma f-f-fiancée.

– Vraiment ? plaisante Gérard. J'ai pourtant cru t'entendre dire « ma Marthe » !

Non, ce n'est pas *ma* Marthe. Et articuler cette phrase m'a épuisé. Je ne trouve sa blague ni drôle, ni délicate. Mais, dans le ciel de Paris, le feu d'artifice du 14 Juillet fait son bouquet final, mettant nos nerfs à vif. Ce n'était pas vraiment le bon moment pour lui rendre visite. Je me lève, tressaillant à chaque détonation, et le salue d'un hochement de tête.

Je suis si éprouvé que je manque de me tromper de direction dans le couloir. J'ignore que je viens de passer à côté de mon destin.

J'y reviendrai.

## Florin - 15 juillet 2016

Aujourd'hui, Marthe est venue avec une sacoche ancienne, en cuir, qu'elle garde entre ses pieds, tandis qu'elle poursuit son récit :

– En réalité, je ne suis jamais allée jusqu'en Algérie ! Au prix d'un long voyage, j'ai rejoint le Portugal depuis la frontière espagnole. De là, j'ai finalement gagné les États-Unis par des moyens de fortune. J'y dois mon salut à Esther Berman, la chroniqueuse mondaine que j'avais rencontrée à Versailles en 39, avec qui j'ai réussi à entrer en contact, après quelques semaines. Esther avait beaucoup changé, jusqu'à la structure de son visage, sculptée au bistouri.

J'ai beau avoir un respect infini pour les professionnels qui m'ont reconstruit un semblant de mâchoire et de bouche, j'ai du mal à comprendre que des gens bien portants aient recours à cette médecine de guerre. J'ignorais qu'elle avait déjà ses adeptes à l'époque.

– La première chose qu'elle m'a demandée, s'amuse Marthe, c'est l'adresse du chirurgien esthétique qui avait si parfaitement préservé ma jeunesse ! Mais sous son cynisme, Esther était généreuse. Elle m'a introduite dans ses clubs d'amies, dont la francophilie m'ouvrait les portes et les bourses. Ces femmes fortunées revendiquaient d'avoir un travail et des revenus propres. Dans ce petit milieu, aussi progressiste que conservateur selon les sujets, l'oisiveté et la dépendance à un mari étaient bannies. À cette période, certaines de ces dames partaient grossir les rangs des troupes d'Anne Morgan, comme en 17, volant au secours des Français du Nord, touchés par les combats. Ambulancières, infirmières ou collectrices de fonds internationaux, elles quittaient leur cocon doré pour se transformer en super-héroïnes. Je n'ai pas suivi leur exemple. Je n'avais pas leur aisance financière. Je devais me consacrer à sortir ma propre tête de l'eau. Et surtout... je n'avais pas de reflet ! Ce qui avait été compliqué, jusque-là, est devenu cauchemardesque. Aux États-Unis, les baies vitrées et les vitrines étaient toujours plus grandes, les miroirs omniprésents : miroirs d'ascenseur, miroirs de poche, miroirs panoramiques à l'angle des rues, façades de miroirs, et bientôt gratte-ciel de verre réfléchissant ! La situation la plus banale me donnait des sueurs froides. Mon espace de liberté se réduisait lentement. J'ai su que j'allais devoir me fondre dans le décor, devenir invisible. J'ai appris à parler l'anglais et à conduire une auto. Et je me souviens encore du jour où j'ai pu me racheter un appareil photo ! Un Argus C3, un vrai bijou avec lequel j'ai fait des milliers de clichés. Je l'utilise encore aujourd'hui. Regarde, je te l'ai apporté ! On le surnommait « the Brick ».

Elle tire de sa sacoche un vieil appareil en métal recouvert de cuir noir usé. Il pèse un bon kilo et sa forme fait effectivement penser à une brique.

– J'ai l'im-p-pression d-d-d'en avoir d-déjà vu...

– C'est parce qu'il a été utilisé dans un film de *Harry Potter* ! Ça l'a remis au goût du jour, depuis une petite quinzaine d'années.

Quand ils me voient avec dans la rue, des fans viennent encore me proposer de me l'acheter !

– Alors, en Am-mérique, t-t-tu es d-d-devenue pho... t-t...

– Photographe ? Amatrice, seulement ! Mais la photographie est un bon moyen pour disparaître : cachée derrière mon appareil, j'étais comme soustraite au regard des gens. Je prenais la place de témoin, qui me convenait bien. Afin de gagner ma vie, j'ai aussi pris des cours de dactylo. Cela permettait d'exercer les métiers de l'ombre. J'ai été la secrétaire de plusieurs de mes bienfaitrices. Je me suis découvert des qualités de gestionnaire et d'organisatrice que j'avais toujours crues réservées à Blanche. J'ai aimé ces années. J'ai appris tant de choses, avec une curiosité insatiable. Peu à peu, j'ai même retrouvé un confort financier que je n'avais plus connu depuis mon enfance, ou ma vie avec Gwen. À un détail près : cet argent, c'est moi qui le gagnais, sans plus avoir de comptes à rendre à personne !

– En France, on a at-ttendu 1965 avant qu'une f... f-f-femme ait le droit de t-travailler ou d'avoir un compt-te en banque sans l'accord de son mari !

– C'est vrai. Mais les États-Unis ont attendu 1965 pour mettre fin à la ségrégation raciale. Aucun pays n'est champion toutes catégories ! Cela dit, la vie et les idées étaient effectivement très différentes là-bas. La France me semblait loin.

Elle marque un long silence, perdue dans ses pensées. J'en profite pour mettre de l'ordre dans mes notes, de plus en plus denses. Ce projet de roman me semble parfois devenir beaucoup trop grand pour moi. Marthe est encore songeuse lorsque je reviens à elle. Elle paraît se réveiller, m'adressant un regard plein de mélancolie.

– Le pire dans la vieillesse, tu sais, ce n'est pas de vieillir. Sinon j'aurais été la plus heureuse des femmes ! Non, le pire, c'est de voir vieillir, puis mourir, une à une, les figures de ta vie : tes amis, leurs enfants, les artistes qui t'ont émue, et même les politiciens qui ont contrôlé un temps nos destinées... Tous me laissaient sur le bord de la route, à jamais jeune et vieille, et à jamais sans âge. Je regardais, impuissante, mon monde disparaître jusqu'au dernier témoin. Jusqu'à me retrouver seule dans un univers devenu étranger. Cachée dans un corps adolescent, mon âme se sentait pourtant de moins en moins adaptée, de moins en moins capable de saisir les changements du monde, trop rapides, et surtout, incomprise.

– Incom-p-p-prise ?

– Oui, Florin. Je ne croiserai plus jamais personne qui ait connu le monde qui a été le mien. Un monde dans lequel on pouvait être riche sans avoir ni baignoire, ni WC, ni gazinière, ni réfrigérateur. Personne qui se souvienne qu'on n'avait pas de téléphone à la maison, avant même de n'avoir pas d'écran. Qu'on buvait du vin rouge comme on boit du Coca. Qu'on se perdait pour toujours, en se perdant de vue. Qu'on ne connaissait pas grand-chose au sexe ni à l'amour, mais qu'on avait déjà vu des proches sur leur lit de mort, des cadavres, des animaux de boucherie se faire tuer. Qu'on a traversé des guerres. Que les foules ont adoré, puis haï, puis adoré encore, les mêmes discours prononcés par de nouveaux héros et de futurs tyrans... Ma vie en ferait rêver plus d'un, et pourtant ! Je suis entourée d'adultes qui me considèrent comme une gamine sans expérience, et de gamins qui méprisent les vieux dont je fais aussi partie. Comme eux, je tourne de plus en plus souvent mon regard vers le passé, non pas par amertume ni par conservatisme, mais parce qu'il était peuplé de visages aimés, qui m'avaient vue grandir, et que la mort a effacés de toutes les mémoires. Vivre sans eux est difficile. Même s'il me reste André.

Pour la première fois, je mesure le gouffre qui me sépare de Marthe, tout ce que je n'ai pas encore vécu. Entendre cette jeune fille se ranger parmi « les vieillards » est déstabilisant. Que pouvait-elle donc faire, de tous ses souvenirs... à part un livre ? Cette tâche pour laquelle elle est venue me trouver, bien que je ne sache toujours pas pourquoi elle m'a choisi. Elle hoche la tête en souriant, comme si elle devinait mes pensées.

– Tu as fait de gros progrès, ce mois-ci ! me dit-elle. Ton médecin m'a confié que tu pourrais bientôt rentrer chez toi, et réapprendre à vivre.

– Oui.

– Cela fait longtemps que tu patientes. Je sais que je peux te faire confiance. Mais je ne suis pas certaine que ce sera encore réciproque, lorsque tu sauras tout. Voilà pourquoi j'ai tant tardé. Je tenais à te présenter mes excuses pour ça et... pour le reste. Venons-y ! Tu as compris le cycle qui m'était imposé : tous les quinze ou vingt ans, mon apparence me forçait à changer d'existence. En 1962, j'avais vécu plus de vingt années aux États-Unis, soixante-trois sur cette Terre, et le temps courait toujours plus vite. Pour donner un sens à leur existence, certains ont un dieu, d'autres des idéaux, moi j'avais André et nos promesses. C'est lui qui m'a soutenue et donné le courage d'avancer, par sa présence, lointaine et diffuse. Je continuais de lui parler en silence, un peu comme on monologue avec soi-même, sans y prêter attention.

Il était une part de moi. Puis, au fur et à mesure que mon monde disparaissait, il est devenu ma seule raison de vivre. Son amour avait tenu le fil de toute ma vie, mais combien de temps cela durerait-il encore ? Étais-je immortelle ? Et lui ? Que m'arriverait-il, s'il mourait sans m'avoir rendu mon reflet ? Il fallait que je reprenne ma quête, avant qu'il ne soit trop tard. Car plus j'attendais, plus le retrouver deviendrait improbable.

J'ai déjà fait le calcul. J'ai même créé un tableur Excel, pour ne pas me perdre dans les époques du roman que j'écris. Si tout est exact dans son récit, la jeune fille qui me rend visite depuis plus de six mois vient de souffler ses cent dix-sept bougies ! À moins qu'il n'ait pas changé lui non plus, son André, elle ne le retrouvera jamais.

Le visage de Marthe se crispe soudain, comme pour anticiper un douloureux impact.

– Je vais survoler vite les dernières décennies. Je te dois la vérité...

# 145

**Août 1962**

**C'est lui. Quel choc !** Il s'avance parmi les tables du petit bar-tabac, et la repère aussitôt. Elle presse entre ses mains le café serré qu'elle vient de commander, pour ne pas flancher. Il passe près du flipper, sa démarche militaire en décalage avec la musique de *Twist à Saint-Tropez* qui passe sur le juke-box. D'un hochement de tête, elle lui confirme qu'il peut s'asseoir face à elle. La ressemblance est frappante. C'est son André, ou presque. Il a la quarantaine, plus âgé que ne l'était le jeune ouvrier en 1916, moins qu'il ne l'est sans doute aujourd'hui, et transposé dans une autre époque. Il est bien plus costaud, mais c'est le même visage. Le charme est rompu par sa voix, rauque et atone.

– Mademoiselle Tress ?

– Bonjour, monsieur Dubois. Vous n'avez pas eu trop de mal à trouver ?

– Non, je suis hébergé dans le quartier, ça tombait bien ! Drôle d'endroit pour se rencontrer ! Vous paraissez bien jeunette…

Il allume une cigarette sans lui demander si la fumée l'incommode. *Si tu voyais comme il te ressemble !* Sa voix est différente, et ses manières aussi. D'André, il n'a que les traits. Ni la délicatesse, ni la sincérité, ni le regard amoureux… ni le reflet de Marthe. Mais elle est fascinée.

– Vous êtes arrivé à Paris le mois dernier ? demande-t-elle en évitant de trop le dévorer des yeux.

– C'est ça. D'abord Marseille, avec tous les autres. Puis j'ai fait une semaine dans les baraquements minables que la France nous réservait, comme si on était des Français de seconde classe. Et puis mon père a bien voulu m'accueillir quelque temps chez lui, à Paris.

– Votre père vit ici ?

– Oui, mais je ne le connaissais pas avant de venir frapper à sa porte, il y a quelques semaines. Je ne vais pas vous embêter avec ça. C'est une longue histoire.

Il ne lui fait pas très bonne impression. Elle ne l'écoute d'ailleurs que d'une oreille. De cet homme, François, elle connaît déjà presque tout. Elle l'a traqué des mois durant, depuis les États-Unis. Tout avait commencé par un journal français, lu à la bibliothèque, qui relatait le massacre de plusieurs familles de pieds-noirs par le FLN, en Algérie. Des représailles. Tous les membres de la famille Flandin avaient été tués : le frère de François, sa jeune sœur, son beau-père, et sa mère. Sa mère, Pauline Guéno, épouse Flandin, sœur jumelle d'André. À travers eux, c'est pourtant François qui était visé, car il avait servi l'armée française pendant tout le conflit, prenant du galon à chaque nouvel acte de bravoure. Le voilà seul survivant du massacre, parce qu'il n'était pas rentré chez lui dès l'annonce de sa démobilisation. François a ensuite suivi le flot de Français d'Algérie réfugiés à Marseille, découvrant avec eux que la France ne leur ouvrait les bras qu'à moitié et en se pinçant le nez. Placés dans des camps sordides, il n'était pas prévu qu'ils puissent s'intégrer. François avait vite choisi de rejoindre Paris, avec en poche l'adresse de celui qui les avait abandonnés, sa mère et lui, quand il n'avait que quelques semaines. Vieux marginal alcoolique, rendu moins violent par le grand âge, Martial Dubois était tombé des nues en voyant arriver chez lui le rejeton de sa première compagne, dont il avait oublié l'existence. François était pourtant le seul de sa fratrie à porter son nom, Dubois, enregistré à sa naissance.

Son frère et sa sœur, eux, s'appelaient Flandin, patronyme du mari de Pauline.

Le vieux Martial n'avait pas eu d'autre choix que d'accueillir son fils dans son meublé parisien. François avait le coup de poing facile et une carrure qui en imposait. Mieux valait se montrer arrangeant avec lui. Au moins, ce rejeton encombrant n'était pas venu venger sa mère ! Dès qu'il aurait trouvé du boulot, il s'en irait.

## 146

**– Pour tout dire, mademoiselle,** reprend François, je n'ai pas bien compris l'objet de votre appel, l'autre jour. Qu'est-ce que vous me voulez ?

Marthe sonde le regard dur de l'homme face à elle. Devrait-elle abandonner son projet sur-le-champ ? Mais que ferait-elle d'autre, maintenant qu'elle est revenue vivre à Paris pour lui ?

– Il se trouve, dit-elle, que je suis quasiment votre nièce !

– Vous vous fichez de moi ?

– Votre mère avait un frère jumeau, abandonné comme elle, à l'Assistance.

– Effectivement, confirme François, interloqué. Nous n'avons jamais retrouvé sa trace.

– Moi non plus. Cependant, avant de la quitter, en 1917, il avait laissé ma grand-mère enceinte. Et sa fille est ma mère.

– Vous me perdez…

– Je suis la petite-fille de votre oncle, André Novembre !

Elle a beau avoir appris à mentir, elle a toujours du mal quand il s'agit de raconter une nouvelle fable pour la première fois. Elle n'est jamais sûre de sa crédibilité. C'est pour cela aussi qu'elle conserve toujours son prénom lorsqu'elle change de vie, sans quoi elle risquerait de se mélanger les pinceaux. Le visage de François Dubois s'illumine et se trouble en même temps. Il semble hésiter entre se réjouir, se méfier ou ne pas la croire. Il choisit finalement de rester de marbre.

– Et donc ?

Cet homme est décidément bien différent d'André ! Marthe regretterait presque ce qu'elle s'apprête à faire.

– Je crois que vous cherchez un emploi ?

– Oui, mademoiselle. Mais les Français d'ici n'aiment pas...

– Vous savez, je ne connais rien à l'histoire coloniale, j'ai vécu toute ma vie aux États-Unis. Quel genre de poste cherchez-vous ?

– Eh bien, n'importe lequel ! En Algérie, nous possédions des terres, que ma mère et mon beau-père avaient rendues prospères, à la sueur de leur front. On était considérés, on employait des gens. Mais, dans ma situation, je ne peux plus faire le difficile !

– J'imagine pourtant qu'il doit y avoir des emplois qui vous font rêver plus que d'autres ?

– Rêver ? Eh bien, oui, certainement. Ce que j'aimerais, plus tard, c'est monter mon affaire. Bâtir quelque chose que je pourrais laisser à mes futurs enfants, puisque j'ai tout perdu. Le mieux, ce serait peut-être d'abord un petit commerce...

– Un commerce, très bien ! Je peux vous y aider !

François reste bouche bée, guettant une entourloupe.

– Pourquoi vous feriez ça ? Vous êtes riche ?

– Pas riche, non, mais j'ai hérité d'un peu d'argent et j'aimerais vous soutenir. Vous êtes la seule famille qu'il me reste, à moi aussi !

– Mais... comment dire ? Je vous remercie de votre offre, mais je ne comprends pas ce que vous y gagneriez !

– J'aurais des intérêts dans votre entreprise. Nous pourrons discuter de cela quand votre projet se sera précisé.

François serre la main qu'elle lui tend en souriant. Il est abasourdi par cette gamine tombée de nulle part qui prétend vouloir l'aider à s'en sortir. Marthe n'est pas certaine qu'elle s'entendra avec lui. Elle flaire un homme au caractère difficile. Mais, près de lui, elle aura l'illusion de regarder vieillir André. Et, qui sait, peut-être même de le retrouver.

# 147

**2 novembre 1972**

- **Là, regarde** ! «André Novembre, mort pour la France – 1918».

François s'approche avec émotion du monument aux morts de la Première Guerre mondiale.

– C'est triste, dit-il en soufflant sa fumée de cigarette dans l'air glacé. Heureusement pour lui qu'il avait quand même retrouvé sa sœur, juste avant de mourir. Ça s'est fini trop tôt.

Marthe ne ressent aucun émoi. Elle n'a jamais cru à la mort d'André dans les clôtures électrifiées de la frontière hollandaise en 16, ni dans les tranchées de 1918. *Toi et moi, on sait qu'il n'en est rien !* Mais comme elle est supposée être sa petite-fille, elle garde pour elle toutes ces réflexions, et dissimule son regard derrière les longs poils blancs de sa toque de fourrure. Dix ans qu'ils se côtoient et font affaire ensemble. Et jamais François n'a vraiment cherché à la connaître. Par indifférence et égoïsme sans doute, mais aussi par une discrétion qui est chez lui une seconde nature.

Les premiers flocons d'un hiver précoce volettent sur les tombes. Le cimetière est encore tout fleuri par la Toussaint. Elle guide François jusqu'à un caveau pompeux, croulant sous les gerbes fraîches de chrysanthèmes. Des dates et des noms sont gravés dans le marbre. À côté de celui de Maurice Morel figure celui de sa fille, Geneviève, qui l'a rejoint sous terre en 1962 ! Marthe ignorait que Geneviève était morte. Et si jeune.

– C'est la tombe de la patronne ? interroge François en mâchant un chewing-gum.

Marthe ne l'a presque jamais vu sourire. Pas même le jour de son mariage, en 63, ni celui de la naissance de sa fille, l'année suivante. La petite Catherine, dont il a tenu à ce que Marthe soit la marraine. Une gamine qu'elle aime bien, même si elle a longtemps été déçue de ne trouver sur son visage que les traits de sa mère, et rien d'André.

– Non, ce sont le mari et la fille de Sybille Morel qui sont enterrés là, répond-elle calmement. Elle est encore en vie. Mais elle a plus de quatre-vingt-dix ans, et n'est plus en état de diriger l'empire industriel Morel. C'est à son gendre que tu auras affaire. Ne t'en fais pas, il est pressé de vendre.

## 148

**L'ancienne maison des Morel,** rue de Cambrai, a été entièrement rasée pendant la Deuxième Guerre. Une banque s'est installée à sa place. La grande demeure dans laquelle Alexandre Fritsch les reçoit est la réplique de la maison des Amelin, reconstruite quasiment à l'identique en 1923, et au même endroit, avenue de Remicourt. Elle a été agrémentée de tourelles et de dépendances qui lui confèrent une prétention ridicule. Marthe a l'impression de revenir en pèlerinage, même si plus rien n'est vraiment comme avant. Elle a un léger pincement au cœur.

*Notre banc se trouvait là ! Tu te souviens ? Il n'y a plus de remise, ni de potager…*

Le jardin n'est qu'une cour de gravier, avec balustrades à la française, abritant deux garages à auto. Si Blanche et papa voyaient ça ! pense Marthe, avant de suivre François dans l'entrée. Elle le laisse aller seul dans le bureau du vieil industriel alsacien. Elle a bien fait la leçon à son poulain. Il n'en avait d'ailleurs pas vraiment besoin. Non seulement François s'est révélé un excellent homme d'affaires, réussissant en moins de dix ans dans tout ce qu'il entreprenait, jamais rassasié par ses succès, mais en plus de cela, Fritsch veut vendre au plus vite l'encombrant héritage que sa belle-mère va lui laisser sur les bras.

Les usines textiles se portent mal. Le fleuron Morel bat de l'aile depuis quelques années. François l'a bien fait remarquer à Marthe : c'est un achat risqué, qui peut leur apporter plus d'ennuis que de profits. Mais elle veut qu'il rachète ces entreprises à n'importe quel prix. À tous ses arguments, elle a simplement rétorqué : « Je ne t'ai jamais rien demandé, tu as toujours pu tracer ta propre route. Alors fais ça pour moi. Ces biens ont une valeur sentimentale. » Ils ont beau être fréquemment en désaccord, et François a beau ne jamais mêler affaires et sentiments, il lui doit d'être là où il est aujourd'hui. Et de ça, elle sait qu'il se rappellera toujours. C'est un homme fiable.

– Si mademoiselle veut bien me suivre au salon, pendant que ces messieurs font affaire… l'interpelle une domestique.

La vingtaine, cheveux mi-longs, col roulé synthétique rentré dans un pantalon pattes d'éléphant, un jeune homme est affalé sur la table, la joue collée à un petit transistor portatif qui serine *Le lundi au soleil*.

– Henri, s'il te plaît, lui demande la bonne, pourrais-tu aller écouter ta radio dans ta chambre, pour ne pas déranger les hôtes de ton papa ?

– Laisse, mon petit, ça ne me dérange guère, bien que je n'aie jamais rien compris aux yéyés.

Le garçon lui adresse un regard goguenard. Qui est cette invitée qui paraît si jeune mais se permet de l'appeler « mon petit », et qui confond le dernier tube de Cloclo avec les yéyés ? Il se lève, éteignant le transistor, et l'emporte, sans lui répondre. Marthe ignore délibérément les canapés que la domestique lui a indiqués. Elle file vers le seul coin de la pièce à distance des miroirs et fenêtres. S'asseyant sur une bergère Louis XV fanée, elle entend, dans le couloir, le gamin lancer en riant à la bonne :

– Nan mais c'est qui, celle-là, fringuée comme une mamie ! T'as entendu comme elle m'a parlé ?

Marthe a conscience que son corps d'adolescente semble aujourd'hui rigide, à côté de ces gamins immenses, rendus élastiques par la pratique du sport et des musiques de jeunes, qu'on danse en gigotant tout seul. Depuis que les adolescents prennent deux centimètres à chaque génération, Marthe est aussi moins grande. Elle s'en fiche. Elle ne cherche plus à suivre le mouvement. Il n'y a pas que les visages qui se rident. Vieille, elle l'est d'avoir vécu soixante-treize ans. Que son âme n'en porte pas l'empreinte serait bien anormal. Elle se sent même heureuse que le fils Fritsch s'en soit rendu compte. Elle se souvient que c'était cela, être jeune :

rire des autres sans raison, pour le simple plaisir de se moquer des vieux. Pour se sentir jeunes et différents d'eux.

Profitant que la bonne est partie lui préparer un thé, Marthe se lève et se glisse sans bruit dans l'escalier, à la suite du garçon.

## 149

**Les pièces sont disposées comme dans l'ancienne maison.**

*Tout a tellement changé, si tu pouvais voir ça !*

Ces papiers peints démodés, typiques des années 1960, ces lustres... Les décibels du transistor indiquent que le fils cadet des Fritsch s'est réfugié au deuxième étage. Marthe reste au premier.

*Notre étage.*

Elle pousse doucement la porte de la chambre qui fut celle de sa mère, avant d'être la sienne. Quelle déception ! La pièce a été transformée en salle de bains, avec baignoire, bidet ocre et mur recouvert de dalles de miroirs. Marthe interroge le reflet vide, tente de reproduire celui qu'elle a perdu dans cette même pièce, en inclinant sa tête, se figurant l'épaule d'André sous sa joue. Mais rien ne se produit.

*Je ne t'entends pas, ici. Il n'y reste rien de nous.*

Elle poursuit sa visite, sur la pointe des pieds, jusqu'à la chambre qui avait été celle d'Albert. Cette chambre dans laquelle Ferrand avait caché des fusils, et où Sybille avait pris ses quartiers, ensuite. Elle entre...

*J'ai peur, André !*

Il fait sombre. La lumière est éteinte et les volets entrebâillés. Les motifs floraux orange et bruns qui recouvrent les murs donnent presque la nausée. Devant un lit défait, sur un fauteuil roulant deux fois plus gros qu'elle, une silhouette bossue se balance dans la pénombre.

Ça y est, Marthe l'a face à elle. Sybille va-t-elle la reconnaître ? À vrai dire, elle n'attend plus grand-chose de cette confrontation, si longtemps espérée. Les années ont émoussé sa haine. Mais elle se sent le trac d'une comédienne entrant sur scène, en franchissant le seuil.

– Qui va là ? demande la forme, tressaillant sur le siège.

La vieille femme semble incapable de redresser suffisamment la tête pour la regarder. Marthe s'agenouille près d'elle.

– Bonjour Sybille, c'est moi.

Son sourire un peu tendu, elle plonge ses yeux dans ceux de Sybille, qui la regarde par en dessous, en plissant les paupières. La vieille dame marque un long temps d'arrêt, elle hausse les sourcils, la mâchoire agitée de soubresauts séniles. Elle s'écrie d'une voix stridente :

– Où est passé ce chenapan ?

– Pardon ? Quel chenapan ? Sybille, vous me reconnaissez ?

Elle s'était souvent représenté la scène, s'imaginant dressée face à une veuve Morel ahurie de la revoir inchangée, la suppliant de lui accorder son pardon, s'inventant des excuses, ou bien voulant la tuer... Mais la Sybille Jaouen qu'elle connaissait a quitté ce corps depuis longtemps. Il n'y subsiste qu'un résidu de ce qu'elle a été. Marthe craint soudain de la faire mourir d'une crise cardiaque, en se montrant à elle. La vieille femme agite sa main avec une frénésie autoritaire.

– Je ne veux pas vous parler ! Allez me chercher Jean !

Jean, son premier fils, mort au front avec son père, en 16. Marthe insiste.

– Sybille, je suis Marthe. Vous vous souvenez ?

Sa voix s'étrangle. Elle ressent une peine inattendue devant cette femme diminuée, dernier témoin sur Terre de son passé. Sybille se fâche, elle se met à hurler :

– Jean ! Jean ! Je veux Jean !

Des pas dévalent l'escalier, s'approchant rapidement dans le couloir ! Marthe file dans le cabinet de toilette, alors que la porte s'ouvre. Le fils Fritsch entre en courant, allumant la lumière.

– Qu'est-ce qu'il y a encore, grand-mère ?

– Non, non, pas toi ! Jean ! Je veux Jean !

– Bordel, tu vas nous emmerder longtemps avec ton Jean ? Tu sais qui je suis, au moins ?

Le jeune homme a crié si fort qu'il a fait aussi peur à Marthe qu'à la vieille.

– Henri, ça te dit quelque chose ? Et ma mère, Geneviève, tu t'en souviens au moins ? Ta propre fille ? Non, tête de bique, tu t'en fous de tout le monde. Y a jamais eu que Jean, Jean, Jean…

Sybille marmonne quelque chose d'inaudible, interrompue par un cri encore plus violent de son petit-fils.

– Il est mort ! Il est mort ton Jean, depuis longtemps ! Alors, fous-nous la paix !

Il claque la porte et s'éloigne en pestant :

– 'tain, quand est-ce qu'on se casse de cette baraque ? J'veux rentrer à la maison. Y en a marre de c'te vioque !

Marthe revient dans la chambre, aveuglée par la lumière du plafonnier. Sybille tord le cou pour la regarder. Elle pleure comme une enfant.

– C'est vrai ça, qu'il est mort ?

Marthe n'en revient pas de se retrouver dans cette situation. Jamais elle n'avait imaginé ses retrouvailles avec la veuve Morel sous cette forme. Elle dévisage la vieille femme, ratatinée sur elle-même, et se demande : « Qu'est-ce que je voudrais qu'on me dise, si j'étais à sa place ? » Elle s'accroupit près du fauteuil, soupire, et répond gentiment :

– Oui. Il est mort à la guerre, avec son père. Tu t'en souviens ? Il y a eu une grande et belle messe ! Tout le monde est venu. Le sermon de l'abbé était très éloquent. C'était un beau moment d'unité. Leurs noms à tous les deux sont maintenant gravés sur le monument aux morts pour la France.

La vieille dame secoue le menton, les yeux grands ouverts sur le vide.

– Non… Non, je ne m'en souviens pas. Et toi, qui es-tu, ma jolie ?

– Marthe. Je m'appelle Marthe.

– Ha, ha, c'est très démodé !

– Oui, s'amuse Marthe. Qui sait, peut-être que ça reviendra ? Cela arrive parfois avec les vieux prénoms !

– Oh, non, Marthe, je ne crois pas. C'est vraiment trop vilain !

Marthe rit avec elle. L'atmosphère est soudain devenue paisible, leurs voix sont presque tendres. Elles se parlent en souriant, sans se quitter des yeux.

– Tu sais, Marthe, je vais partir.

– Ah bon ?

– Oui, ils vont me mettre à l'hospice.

– Est-ce que ça te fait peur ?

Sybille semble se poser plusieurs fois la question.

– Non. Je n'ai jamais aimé cette maison. Ce n'est pas chez moi, ici.

Une lueur dans ses yeux lui donne soudain l'air d'une gamine qui a l'idée d'un jeu.

– Si tu veux, tu peux t'y installer ! Moi je vais partir. Ils vont me mettre à l'hospice.

Marthe s'est levée. Elle se sent calme, maintenant. Elle marche vers la porte et éteint la lumière.

– Merci, c'est gentil. Mais, moi non plus, ce n'est pas chez moi, ici. Au revoir, Sybille.

Elle se glisse dans le couloir, puis rouvre la porte, en entendant la vieille dame la rappeler.

– Tu veux me dire autre chose ?

– Jean ! Je voulais Jean. Où est encore passé ce chenapan ?

En redescendant les marches d'un pas léger, Marthe tombe sur la bonne qui porte le plateau du thé.

– J'ai cru que vous étiez partie ! Vous cherchiez les commodités ?

– Oui, je me suis un peu perdue. Mais je vais prendre l'air. Il fait beau, autant en profiter.

– Vous connaissez la ville ?

– Je l'ai bien connue, oui. Je crois que je n'y reviendrai plus.

Dans la vie comme dans les livres, certains chapitres s'achèvent sans réponses ni grandes explications. Juste avec l'évidence que le moment est venu de tourner la page.

# 150

**Septembre 1984**

– **« Ce ne sont plus de simples tableaux,** mais des témoignages psychiques anti-figuratifs auxquels le *all-over* confère une intensité inégalée. » Oh là là, t'y comprends quelque chose, toi ? Nan mais quelle blague, cette expo !

Catherine se marre en survolant le texte d'un panneau résumant la carrière du peintre. Elle fait quand même un peu la tête. Elle avait préféré l'exposition Bonnard.

– Tu me rappelleras de ne plus jamais t'emmener voir leur « nouvel expressionnisme abstrait radical », promis ? glousse-t-elle à sa marraine en quittant la pièce.

Marthe suit sa filleule vers les escaliers roulants suspendus à la façade, dans leurs tubes transparents futuristes. Elle adore le Centre Pompidou, si joyeux, si novateur. Rien à voir avec le projet mégalo de pyramide que le président Mitterrand croit pouvoir faire surgir en plein milieu du Louvre. Pourquoi pas un sphinx !

– On monte jeter un œil aux créations des jeunes artistes sur la science-fiction ? propose-t-elle à Catherine, au moment de s'engager dans les Escalator. Ça pourrait être chouette…

– T'en as jamais assez ? Allez, t'as raison, y a peut-être des trucs marrants !

Le soleil dans les vitres éblouit suffisamment pour que Marthe n'ait pas à craindre les reflets. De toute façon, l'omniprésence des vitrines et des miroirs a rendu les gens moins attentifs. L'époque est narcissique. Chacun ne regarde plus que lui-même. À plusieurs occasions, personne n'a remarqué son absence dans une glace pourtant bien visible. Et même ceux qui perçoivent comme « une anomalie » ne parviennent souvent pas à vraiment la comprendre.

De là-haut, les cracheurs de feu et les danseurs de breakdance ressemblent à des fourmis, au milieu de la foule du parvis. Marthe regarde Catherine, une marche au-dessus d'elle. Ses parents ont divorcé il y a deux ans. De plus en plus proche des milieux d'extrême droite, François a fini par se brouiller avec sa fille. Étudiante en art, Catherine a vingt ans, et elle emmène chaque mois sa marraine dans une expo parisienne. Elles ont beau ne pas être de la même génération, Catherine s'amuse toujours de ce qu'on les prenne pour deux copines.

– Oh, ça craint, ils ont bouclé la moitié de l'étage !

– Ah oui, c'est écrit sur la pancarte : « Montage d'exposition en cours », fait Marthe.

– Ouah, regarde ! Dire qu'on s'est farci les horreurs d'en bas, alors qu'on aurait pu monter voir ça !

La jeune femme s'est penchée entre deux grands panneaux qui occultent des salles interdites aux visiteurs. Marthe se hisse sur la pointe des pieds pour observer par-dessus son épaule. Une foule d'employés s'active dans le bruit des outils.

– La vache ! siffle Catherine. C'est trop beau !

Une femme en salopette descend d'un escabeau.

– C'est fermé, mesdemoiselles !

– On sait, répond Catherine avec son aplomb naturel. Je voulais juste regarder. Je suis en troisième année aux Arts déco. J'ai carrément craqué pour le grand tableau de droite !

– *La Mort !*

Un homme dégarni, la cinquantaine, chemise noire froissée et barbe blonde, s'est approché d'elles. Il répète :

– *La Mort*, c'est son titre.

– J'adore !

– Allez voir de plus près si vous voulez, mais pour les autres salles, il faudra revenir. L'expo ouvre dans dix jours.

L'homme regarde en souriant Catherine s'avancer vers les œuvres, comme une petite fille dans un magasin de bonbons. Il décoche un clin d'œil à Marthe, restée médusée face aux tableaux en cours d'accrochage.

# 151

**– Ce sont des œuvres de Gwen Novembre ?**

– Eh ben, vous avez l'œil, jeune demoiselle ! s'étonne le quinquagénaire dégingandé. Ces toiles n'ont jamais été montrées ! Ce sont des inédits, des œuvres de jeunesse que le maître gardait cachées. On a réussi à le convaincre qu'il fallait absolument les présenter au public.

Elle les reconnaît toutes, ces eaux-fortes qu'elle avait découvertes dans l'atelier de Gwen, et qui lui avaient déjà coupé le souffle. Des scènes d'horreur de la guerre des tranchées, encore plus modernes et révolutionnaires qu'à l'époque. Catherine est allée discuter avec un jeune homme coiffé d'un casque, qui semble la draguer gentiment, au fond de la salle.

– Tenez, c'est cadeau ! déclare le barbu, en tendant un dépliant à Marthe. Je suis le commissaire de cette exposition. Ça me réjouit que des gamines soient touchées par un artiste aussi déconsidéré. Si vous aimez Novembre, venez au vernissage !

Marthe déplie l'invitation grand format, imprimée sur papier de luxe. Elle y découvre la photo couleur d'un très vieux monsieur, devant un grand tableau, au-dessus d'une courte interview titrée: «Novembre, retour en grâce». Elle sourit, amusée. Gwen, tel un phénix, de nouveau sur le devant de la scène ! Cent fois conspué puis réhabilité, toujours debout. Depuis la guerre, elle n'a jamais pu lui remettre la main dessus.

– Il avait disparu, non ?

– Nous l'avons retrouvé, non sans mal, se félicite le commissaire de l'expo. Il vivait en ermite, fuyant tous les médias. Vous savez que vous ressemblez un peu à l'une de ses premières muses ? Quelque chose dans votre profil, ce nez si particulier...

Marthe perd instantanément son sourire narquois. Elle parvient à rester calme, malgré son trouble.

– On me l'a déjà dit, mais je ne connais pas cette période de sa carrière.

– La plus intéressante ! Nous allons consacrer une salle entière à ses portraits de Marthe Derain, l'unique femme qui ait marqué son œuvre. Il l'avait même épousée. Elle aussi a disparu, du jour au lendemain. C'est un personnage romanesque. On raconte que Novembre l'aurait sauvée d'une affaire criminelle, mais le peu d'informations qu'on a sur elle rend les recherches difficiles.

– Il y a vraiment des gens qui n'ont rien de mieux à faire que d'enquêter sur les épouses des peintres ? ironise Marthe, la gorge nouée.

– Heureusement ! Nous sommes nombreux à considérer Novembre comme l'un des plus grands de ce siècle. J'espère que cette expo contribuera à le réhabiliter, et à montrer à quel point son œuvre est in-con-tour-na-ble. Maintenant, allez prévenir votre amie de la bonne nouvelle, mademoiselle, et laissez-nous terminer. Vous verrez beaucoup mieux quand tout sera accroché, et vous pourrez même boire une coupe de champagne avec le gratin parisien.

## 152

– **Novembre facho ! Nazi ! Collabo !**

Ils ne sont que quelques dizaines mais ils sont bruyants. En les voyant massés sur l'esplanade, Marthe est saisie par une peur ancienne. Les meutes déchaînées la terrorisent encore. Catherine la tire par le bras, fonçant d'un pas décidé vers l'entrée de Beaubourg, sans craindre les huées.

– Purée, tu aurais dû me prévenir, se marre-t-elle, j'aurais mis un casque et des genouillères ! Si papa savait que tu m'emmènes dans des endroits aussi mal fréquentés !

Avec ses cheveux crêpés, son casque de Walkman autour du cou et son jupon de tulle noir par-dessus son jean, elle a l'air sortie d'un clip. Les deux femmes courent vers les endimanchés qui présentent leur carton d'invitation à l'entrée du musée.

– Quelle bande d'idiots ! se moque Catherine en jetant un regard en arrière aux manifestants.

– On peut comprendre que cette expo dérange, la corrige Marthe.

– Pfff ! Quand il s'agit de se pâmer devant un cube ou une chaise retournée, y a plus personne pour questionner la moralité du créateur. Ce qui les dérange avec Novembre, c'est qu'il s'agit vraiment d'art !

Ce que Marthe aime chez sa filleule, c'est qu'elle la surprend toujours, ce qui est rare. Qu'elle soit d'accord ou pas avec elle, Catherine n'est jamais là où elle l'attend. Sa pensée est très affirmée, pour une fille de son âge, et elle ne se soucie pas des opinions en vogue. Marthe se demande quelle femme elle deviendra, tout en regrettant de savoir qu'elle sera déjà loin. Le chapitre « Marthe Tress » de sa vie touche à sa fin.

Elles montent jusqu'au hall où se tient l'exposition.

– La vache, y a que des yuppies ! Regarde-moi ces gens. On dirait tous des présentateurs télé.

– Et Novembre, il est là ?

– Il n'a pas voulu venir. T'as pas lu ? C'est écrit à l'entrée : il dit qu'il souhaite disparaître derrière son œuvre. Quelle modestie ! Reconnaître que ce qui reste, c'est l'art, pas les scandales ou la célébrité !

Marthe pince les lèvres. Gwen a toujours su transformer ses apparitions comme ses absences en événements artistiques. Mais elle a aussi entendu dire qu'il était en mauvaise santé. Il aurait attrapé cette nouvelle maladie, un peu honteuse, qu'on n'évoque qu'à mi-mot, et dont on dit qu'elle ne toucherait que les homosexuels.

Catherine s'absorbe dans la contemplation admirative des tableaux, regroupés par périodes, dans six grandes salles. Marthe se sent mal à l'aise. Elle traverse la série des « Mademoiselle Derain » au pas de charge, la main sur le visage, encore plus angoissée que devant un mur de miroirs. Elle en finit par perdre sa filleule.

## 153

**Se glissant derrière un rideau,** elle pénètre dans une alcôve sombre. Des sièges cubiques sont disposés devant une télé. Prudente, elle s'assied tout au fond, derrière cinq ou six spectateurs attentifs. Au moins ici, personne ne la regardera. Même si elle ne doit pas négliger le danger de ce nouvel ennemi, présent partout : les écrans, qui peuvent refléter toute une pièce. À l'image, le vieux peintre trapu, drapé dans son manteau, sur un fauteuil de rotin usé, dégage un mélange d'arrogance et de sincérité. Elle a presque du mal à le reconnaître tant il est diminué. La journaliste interroge Gwen sur son rapport au monde moderne :

– Vous qui avez dû vivre votre homosexualité dans le secret, que vous inspirent les jeunes d'aujourd'hui, qui affichent leur orientation et leurs différences avec plus de liberté ?

– Je ne les envie pas ! se vante le peintre, au cynisme intact. Ils ne connaîtront jamais le plaisir de vivre dans la clandestinité, la jouissance d'être considéré comme un déviant par les moutons, ni la jubilation de les mépriser tous !

La réponse déstabilise l'intervieweuse. Marthe sourit malgré elle. Même si elle n'approuve rien de ce qu'il dit, les gens qui osent déplaire sont si rares ! Un vieil homme vient d'entrer dans l'alcôve. Il s'assied à côté d'elle, respirant bruyamment.

– Vous vivez aujourd'hui dans cette minuscule chambre de bonne, poursuit la journaliste, tandis que la caméra dévoile la pièce en un plan circulaire. La douche et les toilettes communes se trouvent sur le palier, et je peux assurer les téléspectateurs que la température est bien fraîche sous les toits, en ce début d'automne. Pourtant, vous dites que cette vie est un choix ?

– Oui. Je revendique de vivre en paria. C'est ma manière de rester un artiste, de rejeter cette société de consommation triomphante que j'exècre, et qui dénature toute la création.

Le voisin de siège de Marthe s'amuse, d'un petit rire sonore :

– Quel provocateur, n'est-ce pas ?

Elle hausse les sourcils, répondant à voix basse :

– C'est un beau parleur, mais il n'a pas toujours craché dans la soupe !

Le vieil homme hoche la tête. Dans la pénombre, la lumière de l'écran fait ressortir ses verres de lunettes, à l'intérieur desquels ne se reflète que le mur derrière Marthe.

– Beaucoup l'accusent d'avoir agi en collabo, sous l'Occupation, admet-il d'une voix rauque. On peut lui reprocher toutes ses compromissions, mais avez-vous vu ces eaux-fortes inédites ? De purs chefs-d'œuvre ! Personne n'avait traité de l'horreur des tranchées avec autant de crudité et de poésie à la fois.

Une femme se tourne en faisant « Chut ! ». Le vieil homme ne lui prête pas la moindre attention. Il fixe Marthe.

– Ne sommes-nous pas tous pétris d'ambiguïtés et de contradictions ? Pour ma part, je refuse de juger le peintre.

– On peut quand même juger l'homme !

Marthe a enduré le caractère problématique de Gwen au quotidien pendant des années, et elle connaît les nombreuses accusations de collaboration qui l'ont fait disparaître de la circulation, après la Deuxième Guerre.

– J'ai rencontré Novembre plusieurs fois, lui répond son voisin. En ce qui me concerne, ce que je sais de lui suffit à le racheter de toutes ses autres fautes. Mais toi, sans doute as-tu des reproches plus personnels à lui faire ?

Elle n'a pas le temps de comprendre ce qui la trouble le plus dans cette dernière phrase. Le vieillard la regarde par-dessus ses lunettes, éclaircissant sa voix :

– Bonjour, Marthe. Tu n'as décidément toujours pas changé, ça devient vexant !

– Silence, s’il vous plaît ! s’exaspère la spectatrice. On n’est pas dans un salon de thé !

– Pardonnez-moi, madame. Mon amie et moi allons vous laisser. Tu viens, Marthe ? Si tu veux bien m’aider à me relever… Tiens, ce bracelet, tu le portes encore !

# 154

**Enthousiasmée par les eaux-fortes inédites,** Catherine découvre Marthe, assise sur une banquette du hall d’entrée avec un très vieil homme. En s’approchant, elle s’aperçoit qu’ils ont les yeux embués de larmes.

– Ah, Hermann ! Voici ma filleule, Catherine.

– Ta filleule ? Enchanté, mademoiselle.

– Bonjour.

– Vous avez aimé l’exposition ?

– Ça dépend des salles.

Marthe hésite un court instant.

– Hermann est un de mes anciens professeurs de… ma période américaine. Il était en train de m’apprendre que c’est lui qui a poussé Gwen Novembre à exposer ses œuvres de jeunesse ! La série sur les tranchées.

– Nan ?

– C’est exact.

– Vous êtes un ami à lui ?

– Pas tout à fait. J’expliquais justement à Marthe comment je l’ai rencontré, alors qu’il s’était retiré du monde, après tous ces procès dont on le menaçait à la Libération…

Tandis qu'il parle, Marthe observe Hermann avec attention. Son crâne presque chauve est tacheté de brun, ses yeux jouent à cache-cache derrière des verres de lunettes épais comme des culs de bouteille, et ses lèvres autrefois fines ont disparu. Il a vécu quatre-vingt-onze ans, elle quatre-vingt-cinq. Il a tant changé qu'elle ne l'a pas reconnu tout de suite. Et elle, n'a pas changé du tout. Mais Hermann n'en a rien dit d'autre qu'une petite plaisanterie : « Dis-moi, tu n'es tout de même pas un vampire ? »

Il lui a avoué qu'il espérait la rencontrer à cette exposition. Il la guettait. Et il est aussi ému qu'elle, c'est-à-dire immensément, de la revoir après tant d'années. Elle a eu besoin d'un peu de temps pour s'habituer à son aspect. Elle a pourtant appris à aimer les marques du temps sur les autres, même leur déchéance, comme des signes de leur humanité. Elle a souvent cherché à imaginer comment la vieillesse aurait dû la transformer, elle aussi. Elle a fini par désirer les rides, les taches, dont sa peau aurait dû se couvrir. Changer fait peur à tout le monde, mais plus à elle, maintenant.

Auprès d'Hermann, elle se sent revenue dans le lieu immatériel des vieilles amitiés, mélange de toutes les époques qu'ils ont vécues ensemble. Hermann s'assure d'un regard qu'elle écoute ce qu'il n'avait pas encore eu le temps de lui raconter, et qu'il résume pour Catherine :

– Quand j'ai été interné en 39, en tant que réfugié allemand, c'est Novembre qui a caché ma fille, restée seule à Paris. Elle avait été sauvée d'une rafle par une de mes amies, dont j'ai perdu la trace. Je l'ignorais à l'époque, et j'ai mis bien longtemps à le découvrir. C'est une longue histoire qui vous ennuierait certainement, mademoiselle. J'ai recherché ma fille pendant deux années, après la guerre. En vain. Puis, je suis reparti en Allemagne, et la vie m'a remporté dans son tourbillon.

Catherine écoute poliment, sans forcément tout comprendre.

– Ce n'est qu'il y a dix ans, à mon retour en France après un long exil, alors que j'avais tout à fait perdu espoir, que j'ai reconnu mon amie disparue sur des tableaux, dans une galerie d'art du Quartier latin. Le peintre était toujours vivant, j'ai voulu le rencontrer mais personne ne savait ce qu'il était devenu. Jusqu'au jour où j'ai reçu un appel d'un mystérieux Casimir…

– Casimir? s'esclaffe Catherine, pour qui le prénom est celui d'un dinosaure orange dans une émission télé pour enfants.

Marthe a posé sa main sur l'avant-bras d'Hermann, retenant son souffle. Il opine du chef en la fixant gravement.

– Oui, Casimir Quesnoy. Un garçon que j'avais croisé dans le nord de la France, lorsque j'étais soldat de l'armée d'occupation, pendant la Première Guerre.

– Vous avez fait les deux guerres! s'étonne la jeune fille, calculant mentalement l'âge possible d'Hermann.

– Hélas, oui! Je ne sais pas comment ce Casimir avait pu me trouver, ni comment il était au courant pour Novembre et ma fille. Mais c'est lui qui m'a indiqué où trouver Gwen. Le peintre vivait caché dans un petit village, au sud de Paris…

– Saint-Chéron? demande Marthe.

– Tout à fait. Mon informateur a ensuite raccroché, sans me laisser le temps d'exiger des explications.

– Et donc, synthétise Catherine, vous avez retrouvé Gwen Novembre, que presque tout le monde avait oublié, et vous l'avez convaincu d'exposer à nouveau?

– Je crois que j'ai été le premier à voir ces fameuses eaux-fortes, quand je lui ai rendu visite. Il avait accepté de me les montrer parce que j'avais, moi aussi, connu l'horreur des combats. J'avoue avoir été soufflé. Alors oui, je l'ai encouragé à ne pas les garder pour lui-même. Je l'ai mis en relation avec une amie, critique d'art, qui a fait le lien avec d'autres personnes, et… nous voilà ici !

– Top ! approuve Catherine, comme devant une fiction.

Marthe n'a pas lâché Hermann des yeux. Elle voit bien qu'à présent, il évite de croiser son regard. Elle lui demande tout bas :

– Novembre a-t-il pu t'apprendre ce qu'était devenue Hannah ?

Le vieil homme se met à tousser bruyamment. Il tire un mouchoir de sa poche, puis cherche ses cigarettes, confus et oppressé.

– Hermann, tu vas me le dire ?

– Ma petite Marthe, je ne suis pas certain que ma vie passionne ta filleule. Passe donc me rendre visite, puisque nous nous sommes retrouvés. Nous parlerons du passé sans ennuyer la jeunesse, qui n'a rien demandé !

Elle sait reconnaître l'ombre tragique que les drames laissent derrière les masques. Lui répondre ici serait sans doute au-dessus des forces d'Hermann.

– Tu vis à Paris ? Donne-moi ton adresse ou ton téléphone. Je passerai. Peut-être ce soir ?

– Non, pas ce soir, je suis fatigué. Tu es encore trop jeune pour te rendre compte, ma petite Marthe, qu'à mon âge, on se couche avec les poules !

– Ça c'est vrai ! approuve Catherine, à qui la gravité du moment échappe totalement. Marthe a une santé de jeune fille ! Jamais crevée, jamais à se plaindre ! Et toujours son sourire contagieux, même quand elle a le blues ! J'espère que je vieillirai comme elle !

– Ne le souhaite pas trop fort, on ne sait jamais ! réplique Marthe sombrement.

# 155

**Octobre 1984**

**Dans le salon enfumé,** il y a des livres, un Minitel, des journaux empilés, des plantes en pot obstruant la lumière du jour devant la minuscule fenêtre, et une télé, face à un canapé clic-clac recouvert d'un plaid. Hermann se sert une bière et en tend une à Marthe. Il traîne sa lourde carcasse jusqu'au fauteuil en Skaï, et retire ses lunettes pour se frotter longuement les paupières.

– Je me sens de plus en plus dépassé ! avoue-t-il. J'ai beau m'accrocher, ce monde n'est plus le mien. Toutes ces nouvelles musiques, ces modes qui se succèdent…

– La mode a toujours été ridicule ! s'esclaffe Marthe. C'est sa raison d'être. Tu te souviens de ces trucs, dont on n'imaginait pas pouvoir se passer et qui ont disparu ? Tous ces chapeaux, ces casquettes, ces corsets… Quel homme oserait encore porter la moustache, à part quelques artistes excentriques ?

– Et les monocles !

– Même le tabac ! On parle d'interdire de fumer dans les transports et les lieux publics, tu imagines ?

– Peut-être aux États-Unis mais pas en France, ça ne passerait jamais !

Ils rient de bon cœur.

– C'était un autre temps !

– Oui, un autre monde, vraiment…

Il y a un long silence. Leur rire retombe. Marthe sait qu'il faut laisser un peu de temps à Hermann pour aborder le sujet d'Hannah, mais elle n'en peut plus d'attendre.

– Tu veux me raconter? demande-t-elle simplement. Elle a un peu été ma fille, tu sais. Moi aussi, j'avais perdu votre trace, à elle et toi.

– Comment aurais-tu pu me trouver? Je m'étais évadé du Vernet, juste avant l'arrivée des nazis, pour rejoindre le maquis et la Résistance. Après la guerre, j'ai vécu de longues années en Allemagne de l'Est. J'y faisais partie des cadres du Parti communiste au pouvoir. Je me suis lancé de toutes mes forces dans la lutte anticapitaliste et anti-impérialiste. Les nazis m'avaient pris mon pays, ma femme, ma vie. Tu ne peux pas imaginer comme j'avais besoin d'une cause à défendre… Je croyais être dans le camp de ceux qui empêcheraient de telles horreurs de se reproduire. J'avais besoin d'être utile, de servir… Je me suis jeté dans le communisme comme d'autres dans l'alcool.

Elle ne lui dit rien, mais il sait qu'elle a senti la peine immense, cachée derrière ses mots. Un sourire triste passe sur le visage d'Hermann.

– Toute ma vie, je n'ai fait que me tromper! La même histoire s'est répétée sans cesse. Quand nous luttions contre les nazis, dans la France de 39, c'est la France qui nous a trahis. Et quand j'ai voulu me consacrer à un idéal plus grand que ma vie, c'est de mon propre camp qu'est venu le coup de poignard. Le pouvoir rend les communistes aussi paranos que les autres. Et les paranos se protègent de ceux qui les entourent. Ils veulent que des têtes tombent, n'importe lesquelles, même celles des plus fidèles. As-tu remarqué qu'on s'imagine les dictateurs comme des êtres forts, alors qu'ils sont toujours des froussards, des médiocres, qui exigent des autres ce qu'ils sont incapables de s'imposer à eux-mêmes ? Quel insondable mystère que l'âme humaine !

Il frappe dans ses mains, comme pour se ressaisir.

– En tout cas, je peux te dire que les chambres de torture de la Stasi valaient celles des nazis ! J'ai été condamné à mort à l'issue d'un faux procès, dénoncé par des camarades qui voulaient prendre ma place, et qui ont connu le même sort, après moi. J'ai pu m'en sortir grâce à l'aide d'un espion américain infiltré dans nos rangs. Ma liberté avait un prix, bien sûr ! Pendant des années, j'ai dû jouer l'agent double, sous de multiples identités. Tu pouvais toujours me chercher, même les services secrets ne savaient plus où j'étais !

– Ça a vraiment dû être terrible. Tu devais te sentir bien seul. Et toujours en danger, j'imagine ?

– J'ai manqué des dizaines de fois d'être tué. C'est peut-être parce que je n'y tenais plus, que la vie s'est autant accrochée à moi...

– C'est étrange, dit Marthe, frappée par cette remarque. C'est aussi ce que je me dis, parfois.

– Toi, tu n'as rien à te reprocher ! Tes mains sont propres. Je pense que beaucoup de gens sont morts par ma faute, même indirectement. Aujourd'hui, je me suis rangé des voitures. Je vis ici, à Paris, comme un gentil petit vieux qui n'aurait jamais fait de vagues... Mais, assez de lamentations ! Tiens, laisse-moi te montrer ce qui me remonte le moral...

## 156

**Il s'est baissé pour fouiller le tiroir** du meuble télé et se redresse, brandissant une cassette VHS qu'il glisse dans le magnétoscope. Il reste une seconde immobile, apercevant le reflet du canapé vide, dans la télé éteinte. Les coussins sont légèrement enfoncés à l'endroit où Marthe devrait être visible. Il hésite, troublé, mais ne demande rien. Il vient s'asseoir près d'elle. L'écran grésille. Un présentateur du journal de 20 heures apparaît, déformé par des zigzags inopinés. « L'image de ce 22 septembre restera sans doute dans l'histoire », nasille le journaliste, tandis que l'on découvre le chancelier allemand Kohl et le président français Mitterrand, côte à côte, près de Verdun, devant un cercueil recouvert par les drapeaux des deux anciens pays ennemis. La voix off rappelle le nombre vertigineux d'hommes mobilisés tués durant les deux guerres mondiales. Hermann lève l'index pour signaler le moment important. Le président français lance un regard hésitant à son homologue allemand, puis il lui tend la main. L'air de *La Marseillaise* plane sur le tableau figé des deux hommes, debout main dans la main, unis au-dessus des morts des conflits du passé. Hermann renifle en écrasant une larme, le regard pudiquement rivé à la télé.

– Chaque fois que je revois cette image, dit-il d'une voix chevrotante, j'ai envie de chialer ! La France, l'Allemagne, l'Europe soudée contre la guerre ! Ça a quand même de la gueule, non ?

– Tu t'es déjà trouvé une nouvelle utopie ! lui dit gentiment Marthe.

Hermann fait la moue.

– Une utopie ? Mais enfin, le pacifisme n'est pas discutable ! C'est la seule voie ! Tu n'es quand même pas contre ?

– Je n'ai pas dit ça. Je ne sais pas... Tu as toujours été plein de convictions. Pourtant, en 17, on a reproché aux pacifistes de vouloir livrer la France aux Allemands. En 39, il me semble que tu jugeais plus sévèrement ceux qui voulaient la paix. D'ailleurs, certains d'entre eux se sont révélés être de parfaits collabos, par la suite! Il y a des gens qui disent que les bombes atomiques lâchées sur Hiroshima et Nagasaki ont permis d'épargner plus de vies humaines qu'elles n'en ont coûté...

Soudain furieux, Hermann proteste:

– Tu te rends compte que tu me récites les arguments des pires va-t-en-guerre? Tu vas me dire que tu penses comme eux?

– Je n'ai pas dit ça non plus! Bien sûr que je hais la guerre! Je dis seulement que je trouve compliqué d'avoir des certitudes, de toujours choisir un camp, de voir tout noir ou tout blanc...

– C'est trop facile d'hésiter, de rester tiède, de ne rien y comprendre! ricane Hermann d'un ton condescendant. Il faut sortir de ta bulle. Si tu ne t'impliques pas, tu es aussi responsable des guerres que ceux qui nous les ont imposées!

Marthe se lève d'un bond, faisant sursauter le vieil homme, prise d'une colère noire.

– Parce que tu as fait quoi, toi, avec tes maîtres à penser successifs et leurs grands idéaux, qui t'ont mené en prison et pris toute ta famille? Dis-moi combien de guerres tu as pu empêcher, avec ton pacifisme? L'Indochine, le Vietnam, l'Algérie? La guerre du Kippour, du Liban? En Croatie, au Kosovo, en Yougoslavie, en Bosnie, en Tchétchénie? Les guerres sino-indienne, indo-pakistanaise, polono-ukrainienne, ougando-tanzanienne, israélo-arabe, peut-être? En Irak, en Iran, en Libye, en Irlande? Ou la guerre des Malouines, du Koweït, de Corée, d'Afghanistan?

Hermann est écarlate, mais Marthe ne le laisse pas l'interrompre.

– Même les guerres civiles, on ne les a pas évitées ! Et malgré la découverte des camps d'extermination nazis en 45, on n'a pas arrêté non plus les génocides : cambodgien, arménien, ukrainien, rwandais, birman… Tu vois, je ne suis pas restée sagement dans ma bulle. Ces guerres, je les connais toutes ! Je les ai étudiées, j'ai lu des historiens, j'ai tenté de comprendre quelles en étaient les causes, ce qui poussait les humains à s'entre-tuer toujours. Eh bien, je vais te dire qui sont les responsables. Ce ne sont pas ceux qui doutent. Ce sont toujours des gens gonflés de certitudes, sûrs de détenir la vérité unique, échafaudant des doctrines, des systèmes et des dogmes pour contrôler les autres : la « bonne » religion, la race « pure », la pensée « supérieure » et même toi, à présent, avec ton pacifisme « indiscutable » ! Ne vois-tu pas que ton désir de perfection contient en lui-même tous les échecs de ta vie, Hermann ?

– Comment oses-tu ? hurle-t-il, violet de rage. Il ne suffit pas d'étudier dans les livres ! Il faut vivre, Marthe ! Il faut s'engager, s'impliquer corps et âme ! Si tu évites toujours de mouiller ta chemise, oui, c'est que tu laisses faire ! Ce sont les gens comme toi qui ont permis Hitler et tout le reste !

– À moi ! suffoque Marthe. C'est à moi que tu dis ça ? Après ce que j'ai fait pour toi et ta fille ?

Elle a pris son manteau et se rue vers la porte. Hermann se lève comme un ressort, mais s'affaisse aussitôt, retombant d'un coup contre le dossier, une main crispée sur le cœur. Marthe revient sur ses pas, en entendant la respiration rauque et saccadée qui monte du canapé. Elle s'approche en courant et s'agenouille près de lui, prise de panique. Elle aurait dû garder son sang-froid, ne rien répondre ! Hermann est si âgé !

– Ça va aller… Ça va aller ! halète-t-il faiblement.

– On ne va pas se disputer… Pardonne-moi, Hermann ! Je ne sais pas ce qui m'a pris. Nous sommes d'accord sur le fond, je le sais bien… Ces débats ne mènent à rien !

– Non, c'est moi qui te présente des excuses. J'ai été stupide ! Tu viens même de me rappeler une chose essentielle : l'intelligence n'est rien sans l'humilité.

Il lui prend la main et, au fond de son regard franc, Marthe aperçoit brièvement le jeune sous-officier, qui lui faisait aussi peur qu'il l'attirait. Celui qui mangeait dans sa chambre, qui dormait dans son lit, et qui tenait la main de sa sœur, sous les bombardements. Elle revoit aussi l'homme mûr, le père, le journaliste. Celui qui ne lui a jamais demandé d'expliquer sa jeunesse éternelle ni son reflet absent. L'ennemi devenu allié, puis amant, puis véritable ami.

Elle va lui chercher un verre d'eau et les médicaments qu'il range dans le vieux buffet Bauhaus en tubes d'acier. Une photo noir et blanc y a été posée, sans doute à son intention. C'est son autoportrait avec Hannah, pris en 40, qu'elles avaient envoyé à Hermann, interné au Vernet. Hannah qui la regarde, depuis le fond des temps, lui comprimant le cœur. Dos à lui, elle murmure :

– Tu sais, Hermann, j'ai compris que cette histoire n'avait pas une fin heureuse. Mais il va quand même falloir me la raconter.

## 157

**Dehors, un nuage passe,** obscurcissant encore un peu la pièce. Le vieil homme boit plusieurs gorgées, avale ses cachets, et tousse.

– Ce sera la seule fois, mais pour toi, je vais la dire… Pendant près de trente ans, je n'ai rien su de ce qu'elle était devenue.

C'est le pire, ne rien savoir. Quand je l'ai rencontré à Saint-Chéron, Gwen a pu tout m'expliquer. Ça ne m'a pas libéré mais... au moins, c'était la vérité. Gwen avait longuement recherché Hannah. Il avait patiemment remonté sa piste, pendant plusieurs années. Il avait, dès le départ, bien plus d'informations que toi ou moi sur sa disparition, puisqu'elle avait été sous sa responsabilité, tandis que nous étions internés dans des camps. Il nous avait cherchés aussi, toi et moi, tu le sais? Mais il semble que tu étais devenue aussi impossible à saisir qu'une espionne du temps de la guerre froide!

– J'ai dû changer plusieurs fois de pays, d'identité...

Hermann opine du chef. Sa voix tremble un peu.

– Après ton arrestation chez moi par la police, Hannah avait filé rejoindre Gwen. Il avait décidé de la cacher en lieu sûr. Il s'était installé avec elle, et quelques amis, je crois, dans cette maison de famille, où je l'ai retrouvé seul, bien des années après...

– J'y ai vécu aussi, après la Première Guerre. Hannah n'était pas née.

– Quand les nazis ont commencé à occuper la France, Gwen a craint pour sa peau. Il figurait sur la liste des artistes dégénérés. Et même s'il a, par la suite, souvent retourné sa veste, on ne doit pas oublier qu'il a subi, à cette époque, les interrogatoires de la Gestapo. Avant de juger, soyons honnêtes: combien d'entre nous seraient restés droits dans leurs bottes s'ils avaient dû endurer cette épreuve? Les nazis ont arrêté Gwen au volant de sa voiture, sur une route de campagne, alors qu'il tentait de rejoindre la zone libre. Hannah était cachée dans le double fond du coffre. Les soldats ont embarqué Gwen sans la découvrir, et abandonné l'auto. Hannah est restée là sans bouger, jusqu'à ne plus tenir. Ensuite, elle a erré un peu, puis trouvé un village. Là, de « bonnes âmes » se sont chargées d'avertir la police de la présence de cette terrifiante juive allemande de seize ans. Hannah a été internée dans un camp français, comme nous l'avons été. Elle y est restée jusqu'à ce que les nazis décident d'y faire… un tri. Et qu'on perde sa trace.

Hermann bute sur les mots, mais se force à poursuivre :

– Quand il a finalement découvert ce qui s'était passé, Gwen m'a confié que ça l'avait détruit, lui aussi. C'est cet anéantissement qui nous lie, désormais. Même si on ne se voit plus que de temps en temps. Nos santés sont fragiles.

– Tu as parlé d'un… tri ?

Hermann se lève lentement. Il va s'ouvrir une bière, malgré son état inquiétant, et s'accoude à la fenêtre, aussi opaque que ses verres de lunettes.

– Les nazis avaient sélectionné là-bas les corps les plus jeunes et les moins endommagés, parmi leurs prisonniers. On n'a longtemps rien su du sort de ces « élus », dont Hannah faisait partie. Ils s'étaient volatilisés.

Sa gorge s'est progressivement serrée, au point que sa voix semble avoir du mal à passer au travers. Hermann prend une grande inspiration, retrouve un ton plus neutre, et achève d'un trait, comme on boit la ciguë, pour en finir :

– À moins de cinquante bornes de Strasbourg, dans le camp du Struthof, des médecins avaient eu carte blanche pour créer une collection de squelettes « typiquement juifs », afin de pouvoir étudier « l'infériorité raciale » de ce peuple, quand il aurait été exterminé. Ce projet secret n'a pas eu le temps d'aboutir. Les corps ont été retrouvés dans de grandes cuves d'alcool, où on les conservait.

Elle pensait avoir déjà entendu les pires atrocités. Elle croyait ne plus pouvoir s'émouvoir de rien. Et pourtant. Les mots ne servent plus. Le sourire mutin d'Hannah, en noir et blanc, lui devient insupportable. Marthe retourne la photo pour ne plus la voir. Au dos, elle lit ces lignes : « J'ai bien grandi, papa ! Sauras-tu encore dire qui de nous est la plus jeune sur cette image ? Je t'aime. »

Alors elle va serrer Hermann dans ses bras très longtemps.

## Florin - 28 juillet 2016

Le cliquetis des touches de mon clavier crépite dans le silence. J'assouplis mes poignets pour chasser les crampes, observant avec anxiété Marthe se noyer dans ses souvenirs.

– Notre petite Hannah... Hermann est mort en 1989, presque centenaire, sans que je l'aie revu. Mais notre dispute n'a cessé de résonner en moi. Est-ce qu'il n'avait pas raison, malgré tout ? Ne suis-je pas restée à l'écart de la Grande Histoire, la regardant passer avec méfiance, par la fenêtre du train ? Est-ce que je n'ai pas laissé faire ?

– Tu ne crois pas que c'est le cas de la plupart des gens ? je lui fais remarquer. Est-ce que tu n'as pas simplement fait ce que tu as pu ? Tout le monde ne peut pas en dire autant...

Elle hausse les épaules, pleine d'une tristesse sans drame, mais infinie, inconsolable. Son absence de reflet et sa jeunesse sans fin l'ont peut-être aussi empêchée d'agir. C'est de cela qu'elle souffre et qu'elle se sent coupable.

– Je suis persuadé qu'on est tous faits pour une chose en p-p-pa... en particulier !

Je m'interromps, mécontent d'avoir bégayé mon dernier p, alors que j'ai tant progressé ces dernières semaines. Je m'applique à articuler la suite :

– Et si le but de notre vie était de découvrir cette simple chose, qu'on doit réaliser au cours de notre vie ?

– Le seul précepte que j'ai tenté de suivre, répond Marthe en secouant la tête, c'est : « Ne fais pas aux autres ce que tu ne voudrais pas qu'on te fasse », en y ajoutant peut-être une suite : « Et comporte-toi avec les autres comme tu voudrais qu'ils se comportent avec toi. » Crois-tu que c'est avec ça qu'on change la face du monde ? Je n'ai sauvé ni mon père, ni Blanche, ni son fils, ni Hannah. La seule chose pour laquelle j'étais faite, c'était peut-être aimer. Même ça, j'y ai sans doute échoué ! Une vie à attendre un fantôme. Une vie à n'être utile à rien, ni à personne.

– Ce n'est pas vrai, Marthe. Tu ne peux pas dire ça, tu le sais bien ! Écoute... Je ne sais pas trop ce que tu vas en penser, mais je voulais justement te montrer quelque chose...

J'ouvre un dossier de mon ordinateur, et je clique sur le document. Je crois que c'est le moment.

– J'ai fait pas mal de recherches. Ça ne va p-p-pas te plaire, mais je voulais enrichir le roman d'autres éléments que ceux de ton récit. J'avais besoin de connaître les faits historiques, ou certains événements que tu as traversés, autrement qu'à travers ton seul regard.

Je lui présente l'écran, continuant d'expliquer :

– J'ai découvert l'existence d'une association : l'Amicale des anciens de Gurs. Tu connais ?

– Non. Je suis nulle avec tous ces outils modernes !

Son physique de jeune fille fait paraître ridicule ce handicap informatique. Pour moi qui suis né dans une maison connectée, Internet n'est pas moderne, c'est un outil de base. Elle n'a sans doute pas essayé de s'y mettre, par paresse, comme ma grand-mère ! J'adopte malgré moi une voix plus lente, comme si je m'adressais à une vieille femme qui n'a plus toute sa tête.

– Cette association édite une brochure trimestrielle. Une vraie mine d'or. Dans le numéro de juillet 1999, que je t'ai ouvert ici en PDF, il y a un témoignage. Attends, passe-moi l'ordi... Ah, oui, voilà la p-p-p... voilà la page ! C'est la transcription d'un e-mail envoyé à l'association depuis les États-Unis. Je te laisse le lire ?

Marthe s'empare de l'ordinateur, pleine d'appréhension. Je me sentais fier de ma trouvaille, mais je redoute maintenant sa réaction.

**COURRIER DES ADHÉRENTS**

**Jeffrey Ackerman**, qui vit en Californie, nous a envoyé le message suivant, à la suite du décès de sa mère :

Maman, Denise Ackerman, née Meyer, fut arrêtée le 12 mai 1940 à Vitry. Elle fut d'abord internée au Vélodrome d'Hiver, puis dans le camp de Gurs. Avant l'armistice du 22 juin, elle a pu s'évader avec une cinquantaine de ses camarades. Grâce, disait-elle, au sacrifice d'une amie restée prisonnière à sa place, et qu'on n'a jamais pu retrouver par la suite.

Denise a pu fuir l'Europe pour Cuba, où elle a fondé une famille. Nous n'avons obtenu un visa pour les États-Unis qu'en 1962, le jour de mes dix ans.

Denise était consciente qu'elle avait échappé au sort terrible de beaucoup d'autres. Mais elle a toujours conservé le regret de n'avoir pu remercier son ancienne camarade. Maman répétait souvent, en riant, qu'elle aurait voulu pouvoir lui présenter «son Grégoire». Phrase que nous n'avons jamais comprise: mon père s'appelle Elias, et aucun de mes trois frères ne porte ce prénom. La seule information, aussi énigmatique, dont je dispose sur son amie de Gurs, c'est qu'en quittant ma mère, elle lui aurait promis: «Tu sauras me reconnaître, je ne changerai jamais.»

La mort de Denise, heureuse et entourée des siens, vient remuer en moi ces souvenirs anciens. J'ai découvert votre site qui m'a beaucoup appris sur la vie dans ce camp. Accepteriez-vous de publier mon témoignage? Si cette Marthe, qui a été internée sous le nom d'Hannah Kaempfer, pouvait le lire, et si elle souhaitait se manifester, nous serions tous heureux d'échanger avec elle. Nous lui devons la vie, mes frères et moi, mais aussi nos dix enfants, dont toutes les filles portent Marthe en deuxième prénom.

Je vous envoie cet e-mail un peu comme une bouteille à la mer, sans grand espoir qu'il parvienne à sa destinataire, après tant d'années. Mais je tiens à remercier votre association pour son incroyable travail.

Il est bon de continuer à instruire les jeunes générations sur les malheurs monstrueux

**qui ont été commis dans le siècle passé, et qui continuent aujourd'hui dans d'autres parties du monde. Cela ne finit jamais.**

C'est la première fois que je vois Marthe pleurer. Je ne suis plus très doué pour consoler les gens. Je garde les yeux dans le vague, attendant d'elle un mot ou un signal.

– Merci beaucoup, Florin.

Le silence dure et se fait pesant. Je ne peux cacher la frustration qui bouillonne en moi, de plus en plus fort, depuis plusieurs jours.

– Je continue de raconter ? me demande-t-elle.

– Je crois que je peux le faire moi-même, arrivés où nous sommes.

Elle me dévisage, d'un regard mêlé de peur et d'étonnement. Je lève la tête vers la coupole dorée qui resplendit dans la nuit, par la fenêtre, et je prends fermement les rênes de son récit.

– Ta filleule Catherine s'est mariée en 1990. Elle avait vingt-six ans. Tu n'as sans doute pas pu assister à la cérémonie, civile et sans prétention, car tu étais déjà repartie de zéro, ailleurs, coupant tous les ponts, obligée de changer à nouveau le décor de ta vie. Catherine et son mari ont longtemps essayé d'avoir un enfant. Et ce n'est que lorsqu'ils y avaient finalement renoncé, qu'elle est tombée enceinte. Installée en banlieue parisienne, près de Meaux, elle a donné naissance à un garçon en 96. Selon la légende familiale, une faute d'orthographe de la sage-femme sur le bracelet du nouveau-né a décidé de son prénom. « Oh pardon ! s'est-elle écriée. J'ai oublié le A ! », « Laissez, lui a répondu Catherine en prenant le bébé. C'est très joli, Florin ! »

*

Ça fait un moment que j'ai compris. Quand elle a commencé à parler de François Dubois. Puis de Catherine, le premier personnage de cette histoire dont je connaisse personnellement le visage aujourd'hui : ma mère, âgée de cinquante-deux ans, brouillée avec son père bien avant ma naissance, et qui ne m'avait jamais parlé de sa marraine Marthe.

Nous nous regardons longuement.

– Je t'ai imposé beaucoup d'attente, je le sais. J'aurais peut-être pu commencer par là. Mais tu n'aurais plus voulu écouter le reste. Et tu ne te serais sans doute pas non plus accroché à la vie avec autant de courage.

Je sais que j'ai l'air en colère. Peut-être le suis-je un peu.

– J'ai retracé seul le fil de ces derniers événements jusqu'à ma naissance, lui dis-je posément. Mais j'aurais besoin que tu m'expliques ce qui nous a réunis tous les deux dans cette chambre.

– Je comptais y venir. Cette histoire devient aussi la tienne. Voilà pourquoi elle t'appartient.

On frappe à la porte. Déjà 18 heures ! D'un signe, j'indique la salle de bains à Marthe. Elle s'y précipite. L'infirmière passe la tête dans ma chambre, souriante.

– Bonsoir, Florin, c'est la fin des visites !

– Marthe est déjà p-p-partie. J'espère qu'elle n'a pas oublié de rendre son badge à l'accueil !

– J'irai vérifier. Bon appétit et bonne soirée.

– Merci, à toi aussi.

J'attends que ses pas aient fini de résonner dans le couloir pour aller ouvrir à Marthe. Accoudée au lavabo, elle fixe un point droit devant elle, à l'intérieur du miroir mural, qui ne reflète que la pièce vide et ma silhouette, dans l'encadrement de la porte. J'ai beau me l'être imaginée cent fois, l'image est déroutante.

– À quelle heure dois-tu dîner ? me demande-t-elle.

– J'ai soixante-quinze minutes.

– Alors... est-ce que tu es prêt ?

Bien sûr que je le suis.

# 158

**En 1986, Marthe Tress** avait disparu de la vie de Catherine et du monde, comme elle le faisait toujours : du jour au lendemain. Elle avait connu, bien sûr, une période de manque, un blues terrible, qu'elle savait passagers. Elle avait préparé sa nouvelle vie très en avance, ne laissant rien au hasard. Le processus était rodé.

Pas question de rester en France, ni de retourner aux États-Unis. Grâce à ses actions dans les entreprises de François Dubois, elle avait amassé une somme suffisante pour s'enfuir loin. Son doigt était tombé au hasard sur le globe : ce serait le Vietnam. Elle ne connaissait rien à ce pays, elle n'aurait jamais pensé s'y rendre un jour. Mais après tout, pourquoi pas ? « Il faut agir », lui avait dit Hermann. À ne pas changer, à vivre sans reflet, à ne même pas avoir besoin de boire ni de manger, Marthe avait souvent l'impression angoissante de ne pas exister. Et contre cette angoisse, elle n'avait trouvé que l'action. Ce n'était peut-être qu'une fuite en avant mais, après tout, c'est ce que nous faisons plus ou moins tous pour oublier la mort !

Quelques mois plus tard, elle s'était rendue là-bas, sous une nouvelle identité. Elle était désormais Marthe Parr. Comme Tress, le précédent, elle avait emprunté ce nom à un jeune photographe anglais dont elle admirait le travail.

Le climat tropical ne lui convenait guère, mais elle avait vite compris qu'elle pourrait, dans ces contrées inconnues d'elle, étancher sa curiosité de nouvelles rencontres, de nouveaux modes de vie… et de nouvelles photos !

Après avoir visité le pays, et séjourné dans plusieurs régions, elle avait préféré la douceur relative du Nord, et fini par ouvrir un minuscule restaurant dans la banlieue d'Hanoï, en 1995. Elle employait, en cuisine, de jeunes Vietnamiens en réinsertion, qui ne restaient jamais assez longtemps pour constater son étrangeté. Elle se plaisait à agrémenter leurs recettes de légumes européens qu'elle cultivait elle-même avec passion, dans son grand potager.

Composée de rares touristes étrangers égarés dans ce quartier loin de tout, sa clientèle ne comportait aucun habitué. Marthe avait élu domicile à l'étage de l'établissement, où elle faisait parfois monter des clients sympathiques pour les photographier, tout en les écoutant parler de leur pays. C'étaient presque toujours des gens intéressants, souvent admiratifs de cette si jeune aventurière originale.

Marthe avait gardé la ferme résolution de ne pas posséder de téléphone portable. Cet objet indiscret ne permettait pas de disparaître des radars. Elle s'en méfiait. Or, en 2007, un couple de jeunes Français avait tenu à lui montrer des photos de famille, afin d'illustrer le récit de leur vie à Angers. Ils n'étaient pas les premiers à faire défiler pour elle des clichés numériques sur leur portable. Quasiment plus personne ne conservait de photos papier, et Marthe s'en désolait, elle qui continuait à réaliser elle-même ses tirages argentiques. Mais les deux jeunes touristes angevins avaient été les premiers à aller chercher ces images, non pas sur leur carte SIM, mais sur leurs comptes Facebook et ceux de leurs amis !

– Je ne comprends pas, avait avoué Marthe, confuse. Vous pouvez accéder aux photos personnelles d'autres gens que vous ?

– Oui, puisqu'on est "amis" et que l'album n'est pas privé !

Marthe avait froncé les sourcils, faisant s'esclaffer le garçon :

– Attends, tu n'es pas sur les réseaux ?

Amusés qu'elle soit si étrangère au monde moderne, ils s'étaient fièrement empressés de lui démontrer combien la notion d'intimité était dépassée.

– Mais, on peut chercher qui on veut? avait demandé Marthe.

– Oui, tant qu'il est sur Facebook!

– Et vous pouvez tout voir de sa vie?

– De ce qu'il poste. Si tu crées un profil et que le sien est public! Essaie avec le mien. Qui tu voudrais chercher, par exemple?

En trois clics, Marthe avait découvert le visage d'une Catherine Dubois-Martin quadragénaire, de son mari qu'elle ne connaissait pas, et d'un fils de onze ans qui ressemblait à une version enfantine d'André, tel qu'elle se l'était représenté jeune orphelin placé.

– Mazette, c'est incroyable ce qu'on peut faire avec ces trucs! s'était-elle écriée, faisant glisser les photos du garçon: en sorties scolaires, le jour de son anniversaire, en vacances, et dans toutes les situations que seuls les intimes pouvaient jusque-là connaître de vous.

– *Mazette?* avait explosé de rire la touriste connectée. Tu es née au dix-neuvième siècle ou quoi?

# 159

**Catherine ne postait quasiment** que des photos de lui. Marthe l'a regardé vivre, de loin, cachée derrière son écran. Le voir devenir peu à peu un jeune homme, et ressembler à une déclinaison moderne de son André, l'a fascinée. Après des années d'abstinence numérique volontaire, elle est tombée dans l'addiction la plus commune de l'époque: épier les vies virtuelles des autres jusqu'à l'overdose. Jusqu'à ce que Catherine, apprenant dans un reportage qu'exposer la vie de son enfant sur Internet n'était pas une bonne chose, ne décide de rendre son profil privé, laissant Marthe et le monde entier sans nouvelles de Florin.

Le plus dur dans la drogue, c'est le sevrage. Marthe a essayé de tourner la page, mais le mal du pays s'en mêlait. L'ennui de la vie d'expatriée aussi.

En 2013, Facebook allait bientôt être déserté par la jeunesse quand le fils de Catherine s'est créé un compte Instagram, afin d'y partager ses lectures. Dès qu'elle l'a découvert, Marthe a replongé, tête la première. Elle s'est créé un profil à son tour, sous le pseudonyme de Denise d'Hanoï. Elle y prétendait être une élève de terminale du lycée français Alexandre Yersin, temporairement expatriée au Vietnam avec ses parents. Abonnée fidèle du compte @florindansleslivres, elle a *liké*, puis commenté les chroniques de romans jeunesse, puis de littérature générale que postait le jeune homme, suivi par une petite communauté de lectrices. *Qu'il est beau, André, si tu le voyais !* Marthe s'est mise à commander les livres qu'elle ne connaissait pas à la toute nouvelle Librairie française, découvrant des auteurs grâce aux critiques de Florin, apprenant à le connaître au travers de ses goûts littéraires.

Quand elle a finalement commencé à dialoguer avec lui, elle s'est promis de le faire avec modération. Elle ne lui a jamais donné son véritable nom, elle n'a pas posté de photo de profil ni aucune autre. Mais, comme tout le monde, elle s'est laissé piéger par la facilité des échanges virtuels. De la lecture, les sujets de leurs échanges privés ont glissé vers la photographie, la culture en général, sur un ton de plus en plus léger, complice, avec un humour plein d'émojis et de GIF. Ils évoquaient de plus en plus leur vie, surtout celle du jeune homme. Florin rêvait de devenir écrivain sans oser se lancer, peinait à se faire des amis à la fac, et se sentait oppressé par l'actualité : les attentats, les guerres, le réchauffement climatique... Il avait conscience de se protéger dans les livres, incapable de leur préférer un monde de plus en plus radical et violent. Il se confiait à elle de façon si touchante, que Marthe croyait lire des lettres d'André. Elle revivait avec lui cet âge de porcelaine, où tout est si nouveau, si beau et délicat, si fragile aussi.

Alors, quand Florin a finalement proposé qu'ils se voient, si jamais elle devait passer à Paris, elle n'a pas résisté. Avant même qu'elle ait acheté ses billets d'avion, le rendez-vous était pris.

## 160

**13 novembre 2015**

**Le café s'appelle « Le Hanoï du Canal ».** C'est lui qui l'a choisi, comme un clin d'œil. Elle y arrive en avance. Tout la rend nerveuse. Tout semble si propre, ordonné, policé. Elle a perdu l'habitude de ces rues illuminées par des réverbères, qui créent des reflets jusque sur l'asphalte humide. Les tables de l'intérieur sont toutes occupées, alors elle s'assied en terrasse, malgré le temps frais. Elle est nerveuse. Elle sait qu'elle n'a pas été sincère avec Florin, alors que lui l'a été entièrement depuis le début. Qu'attend-il de ce rendez-vous ? Que va-t-il penser d'elle ? Marthe a toujours refusé de lui envoyer des photos.

Quand elle l'aperçoit, de loin, marchant vers elle, elle est surprise de le trouver si grand. Ce n'est pas André, bien sûr, elle ne doit pas l'oublier. Il semble un peu perdu, nez en l'air, cherchant le nom du café. Chaque balancement de ses épaules, de son long cou de cygne, l'émeut au plus haut point. C'est contempler André, enfin, après toutes ces années ! Les autres tables sont occupées par des couples. Va-t-il la reconnaître sans l'avoir jamais vue ? Le soir est doux, l'air limpide. Des phares éclairent violemment le visage du garçon. Des silhouettes noires surgissent entre eux. Des cris. Ceux, graves, des silhouettes, et ceux, plus aigus, des clients en terrasse. Des claquements d'armes à feu, des étincelles. Marthe tombe en arrière, dans une pluie de verre qui s'abat autour d'elle. Sa chute est amortie par un corps, aussi immobile qu'un matelas sous son poids.

La guerre, encore ? Les Allemands ? Tout s'embrouille, tout s'effondre. La joue collée au carrelage poisseux, de sang ou de bière renversée, dans les débris de vitrine, elle n'ose plus bouger. Elle se crispe pour ne pas sursauter à chaque rafale. Elle sent qu'elle n'a rien de grave. Elle devrait fuir, vite. Il ne faut surtout pas qu'on l'emmène, qu'on l'ausculte, qu'on la démasque. Mais, de son œil gauche, elle a aperçu Florin, allongé sur la route, parmi des corps, des chaises, des tables renversées. Elle pourrait voir son visage, tourné vers elle, si celui-ci n'avait pas été avalé par un grand trou, une bouillie de sang et de ténèbres, s'étalant de son nez jusque sous son menton. L'image est aberrante, impossible à comprendre. Les cris des hommes sont remplacés par d'autres, couverts par des sirènes et des crachotements de talkies-walkies. Elle entend des sanglots. On parle d'attentats. Elle a plutôt l'impression d'être revenue sous les bombardements de sa jeunesse.

Une pensée assourdissante se met à tournoyer dans son crâne, insupportable, dont elle se dit qu'elle ne la quittera plus jamais : c'est sa faute à elle ! C'est elle qui a causé la mort de Florin ! Pour le simple caprice de revivre un instant sa jeunesse avortée.

**Florin - 28 juillet 2016**

– Mais tu n'étais pas mort. Aussi fou que cela puisse sembler. Tu avais survécu à ton visage ! Alors, j'ai décidé de rester à tes côtés. D'accompagner les souffrances de ta reconstruction. De t'aider jusqu'au bout, quoi qu'il puisse m'en coûter. Être là pour toi, Florin, sans attendre en retour ni pardon ni gratitude. Je n'avais pas prévu que ton courage et ta détermination allaient être pour moi une vraie leçon de vie. Florin ?... Je t'en prie, dis-moi quelque chose...

– Tu veux b-b-bien me laisser ? Je crois que j'ai b-b-besoin d'être un peu seul.

## Florin - 1er septembre 2016

Cette fois, ça y est. Je vais devoir quitter ce refuge. Il va bientôt falloir affronter la brutalité du monde, m'habituer aux regards, aux chuchotements. Je sais que je ne peux plus retarder l'échéance. Cela signifie qu'on m'a retapé aussi bien que possible. On m'a reconstruit un visage auquel je vais devoir m'identifier. Mais j'ai si peur d'être un monstre, au milieu des humains.

Je n'ai pas revu Marthe depuis qu'elle m'a avoué ce qui l'avait menée jusqu'à moi. Ses mensonges. Sa responsabilité dans... tout ça. J'avais besoin de temps. Je me suis attelé sans relâche à la rédaction de mon manuscrit. Même quand ils ont semblé un siècle, neuf mois, c'est bien peu pour renaître, et bien peu pour écrire un roman. Je tiens à l'achever avant d'être sorti. Comme les chirurgiens avec ma chair, j'ai repris le texte, je l'ai tordu, tailladé, et cent fois recousu. Pourtant, quelque chose me résistait, encore et toujours. Tant et si bien que j'ai fini par me résoudre à attendre un signe de ce qu'il faut appeler le destin. Celui dont les caprices avaient guidé la vie impensable de Marthe, celui qui a fait se croiser nos chemins dans la fourmilière géante du monde. Le destin, le hasard ou bien la chance allaient sûrement me guider une fois de plus. Rien ne pouvait me surprendre.

J'ai laissé le texte reposer, et j'ai entrepris de préparer ma nouvelle vie, aidé par mes parents. Mais quand je regardais ma mère, j'avais envie de lui parler de Marthe, et qu'elle me parle de cette marraine perdue, qui l'avait tant aimée. Qu'elles se revoient, peut-être. Pourtant, c'est impossible.

Que pensera maman de ce que j'ai écrit ?

J'ai commencé à faire mes adieux à ceux qui avaient été ma bouée, mes anges gardiens, mon horizon : les équipes soignantes, ma psy, les kinés, et tous les pensionnaires : Denis, Agathe, Léger... et puis Gérard.

Dans le couloir qui menait à sa chambre, j'ai été arrêté par des cris sourds, des râles, qui provenaient d'une porte entrebâillée, un peu plus loin. Je me suis approché. J'allais frapper, quand un soignant a surgi, m'écartant gentiment.

– Je m'en occupe, merci.

J'aurais pu repartir. Mon regard aurait aussi bien pu se poser sur le sol, le plafond, ou sur les reproductions d'œuvres d'art ornant les murs. Mais, quand le soignant m'a doucement fermé la porte au nez, c'est sur cette étiquette que mes yeux se sont fixés. Celle qui mentionnait le numéro de chambre et le nom du patient.

*

J'ai téléphoné à Marthe. Il fallait qu'elle vienne, vite ! Je me suis bien sûr senti un peu coupable, comprenant qu'elle avait attendu avec angoisse un appel de moi, comme une absolution de ses fautes. Je n'avais, pour ma part, pas vraiment pensé à elle. Ou plutôt, j'y avais pensé tout le temps, mais en tant que personnage de mon roman. Et lorsqu'elle est entrée dans ma chambre meublée de bagages, chargée d'un sac imposant, j'étais follement impatient et fébrile.

– Tu ne vas pas me croire ! Il y a, dans l'hôpital, une aile réservée à quelques pensionnaires permanents. Leur doyen a même connu les deux guerres mondiales. Il s'appelle Casimir. Casimir Quesnoy !

*

Elle s'avance dans le couloir et je lui tiens la main. Nous avons sans doute l'air d'un jeune couple, perdu dans un hôtel, mais j'ai plutôt l'impression de soutenir une très vieille dame, dont je crains qu'elle ne tombe à chacun de ses pas.

Marthe frappe à la porte, qu'elle pousse doucement, sans attendre de réponse. Et moi je reste là, seul dans le couloir. Car ce n'est pas ma place.

Ce qui va se dérouler dans cette chambre, je ne pourrai que l'imaginer, sans l'avoir vécu. Cela sera-t-il moins vrai pour autant ? La vie de Marthe lui appartient, mais ce roman est le mien. Je ne crois pas la trahir en racontant ce qui suit.

# 161

**1er septembre 2016**

**La chambre est vaste.** Presque pas décorée. Une banquette au tissu démodé, sous une fenêtre qui donne sur le même jardin que celle de Gérard. *Les Tournesols* de Van Gogh affichés dans l'entrée, sans doute bien avant l'arrivée du patient. Un lit médicalisé massif, au matelas incliné à quarante-cinq degrés, qui donne l'impression de visiter la momie exposée d'un monarque.

Allongé sur le dos, l'homme a tourné la tête en l'entendant entrer. Un «Ah!» étiré, sans timbre, s'échappe de sa bouche entrouverte. Il est si vieux qu'il semble minéral, ou fait d'écorce. Un animal chiffonné.

Mais, même presque chauve, sans rien de très identifiable, et même en l'absence de toute une partie de son visage, qui paraît avoir été effacée à la gomme, Marthe sait tout de suite que ce n'est pas Casimir.

C'est lui.

*C'est toi!*

C'est André.

Comme souvent, cela ne se passe d'aucune des manières qu'elle avait imaginées. Ses jambes se mettent à trembler, et l'émotion qui domine toutes les autres est une peur vertigineuse. Une moitié du visage d'André la regarde fixement, animée par une respiration courte et sifflante. L'autre moitié ne peut rien regarder. Son front est cabossé comme une vieille marmite et, à la place de l'œil droit, de la pommette, et d'un morceau du nez, il n'y a qu'un grand aplat, une cicatrice énorme, couverte d'une peau luisante, qui ressemble au modelage préparatoire d'un sculpteur psychopathe. Elle se dit qu'à eux deux, Florin et lui pourraient avoir un visage complet. Mais la blessure du jeune homme a été bien mieux restaurée que celle d'André.

L'être parcheminé tend une très lente main vers la table de nuit, y saisit un carré de tissu blanc, pourvu d'un long élastique, qu'il place sur son visage, camouflant la zone dérangeante, pour que le regard de Marthe se focalise sur son œil gauche, sa bouche et son menton.

C'est bien lui, pourtant. Celui qui l'accompagne, celui à qui elle parle en silence, et qui confie au vent des caresses pour elle. Cette présence familière avec qui elle a passé toute sa vie, à distance. Elle hésite. Elle vient s'asseoir maladroitement d'une fesse sur les tubes de métal qui encadrent le lit. Il actionne une télécommande pour abaisser le matelas à l'horizontale et lui permettre de s'installer plus confortablement.

Ils s'observent, cherchent à se retrouver, l'un méconnaissable, l'autre bien trop semblable, après cent ans. C'est à se demander lequel des deux, de ce très vieil homme et de cette très jeune femme, est le plus immortel.

Personne ne l'avait crue, pas même Florin, elle en est consciente, quand elle se disait sûre qu'André était en vie. *Pourtant, je le savais.*

La voix d'André grésille, quand il commence à parler, en fixant Marthe de son œil unique. Un grésillement apaisant, comme un bruissement de feuilles.

Marthe s'étonne de se retrouver dans le rôle que Florin a tenu auprès d'elle, depuis plusieurs mois : celui d'écouter une vie se raconter.

## 162

**Qui sait ce qui serait arrivé,** s'il n'était pas parti sous les bombes, cette nuit de juin 1916 ?

Arriver en Belgique n'avait pas été si compliqué. C'est dans une ferme abandonnée où ils se reposaient, lui et Casimir, qu'André a découvert pour la première fois la silhouette de Marthe, à côté de la sienne, dans le reflet d'une vitre. Il a cru avoir perdu la tête. Puis il a eu peur que d'autres ne la voient.

– Une longue partie de cache-cache commençait, qui a duré toute ma vie, à éviter la moindre surface réfléchissante, dès lors que je n'étais pas seul. J'ai dû, sans cesse, rester sur mes gardes afin que personne ne découvre, à côté de mon reflet, le tien, posé sur mon épaule. Ça n'a pas été simple. Mais, à moi qui n'avais pas eu de famille, qui ne m'étais jamais senti nulle part à ma place, tu avais fait le plus beau des cadeaux. Car j'étais à présent à ma place partout où j'allais. À partir de ce jour, je me suis toujours senti accompagné. Ta présence inconditionnée m'a permis de tenir. Sans elle, j'aurais renoncé cent fois, j'aurais cessé de lutter pour ma vie. Je *devais* te rendre ce reflet, je te l'avais promis.

Arrivés à Fouron-Saint-Pierre, le dernier village belge, à moins de cinq cents mètres des fils électrifiés, les gars qui devaient accompagner André et Casimir jusqu'en Hollande s'étaient dégonflés. Les deux jeunes hommes se sont retrouvés comme deux gosses, perchés dans un arbre, sous des déluges de pluie, à guetter la relève des sentinelles allemandes, postées tous les cents mètres, le long de la frontière.

– On n'en menait pas large ! On n'avait rien mangé ni bu depuis des jours. Personne ne voulait prendre le risque d'aider des évadés. À la nuit tombée, on a rampé dans les orties et les ronces, lentement, des heures pour quelques mètres. Quand on a été tout proches, la sentinelle est passée sans nous voir. On a couru vers les clôtures comme des dératés. On n'avait qu'un couteau, s'il avait fallu se battre, et un grand bâton de bois, avec lequel on a soulevé les fils pour passer en dessous. Casimir m'a laissé aller en premier, parce que j'étais le plus jeune. Je me suis avancé. Je sentais des petits chocs électriques dans mon échine, en effleurant les câbles, mais j'ai pu passer sans trop de mal. Casimir s'est penché à son tour, pour me suivre. Je n'ai pas compris tout de suite, quand il s'est effondré dans la boue, en tressautant. La sentinelle n'était pas en vue, je n'avais entendu aucun coup de feu, et pourtant Casimir était mort. En vérité, je ne devais la vie qu'à mes mauvaises chaussures, fournies par le ravitaillement américain. Leurs semelles de caoutchouc m'avaient sauvé ! Avec la pluie et les flaques, l'électricité aurait dû me traverser, me griller la cervelle et le reste. Casimir, lui, avait de bonnes chaussures de cuir, qui lui avaient permis de moins souffrir que moi de notre longue marche. Mais il est tombé mort au premier contact avec les câbles, la moitié de son corps en Hollande, l'autre restée en Belgique.

Le cri et l'horreur qu'André a dû retenir, en voyant son ami inanimé, sont restés coincés des années dans sa gorge comme une énorme épine. Mais il devait faire vite, exposé aux gardes du côté hollandais. Il a voulu traîner Casimir par le bras, mais le cadavre s'était embourbé.

– J'ai saisi sa besace, que j'ai passée en bandoulière par-dessus la mienne, et j'ai filé, sans parvenir à croire que je n'allais plus jamais le revoir. Qu'il m'avait lui aussi abandonné. Ce que je ne savais pas, c'est qu'il m'accompagnerait pour le restant de mes jours, que j'allais devenir lui.

# 163

**Il a atteint Maastricht,** tombant d'inanition. Un agent en civil l'a aussitôt accosté, exigeant ses papiers.

– J'étais coincé. Je ne pouvais pas finir en prison après tous ces efforts ! Je l'ai bousculé et j'ai pris la fuite, comme un robot, presque sans connaissance. Après quelques rues seulement, je me suis écroulé sur le pavé.

André s'est réveillé au consulat français. Ceux qui l'avaient ramassé avaient trouvé des papiers dans sa sacoche. Les papiers de Casimir !

– Où était passée ma propre besace ? Aucune idée. J'ai donné ma véritable identité, bien sûr, mais le type du consulat m'a expliqué : « Si c'est les seuls papiers que t'as, mon gars, faut t'en servir. Ils ne seront plus utiles à leur propriétaire, là où il repose. Mais ils peuvent nous permettre de t'établir une fiche de signalement et une identité, pour te faire passer en Angleterre sous son nom. » Entre un nom et une vie, crois-moi, on choisit vite !

On l'a félicité pour son patriotisme, on lui a offert un café, à manger et un peu d'argent. Puis on lui a expliqué comment rejoindre un groupe de poilus évadés d'Allemagne, qui s'apprêtait à partir à bord d'un navire de transport anglais.

– La seule chose que j'aie demandée avant de m'y rendre, ça a été d'envoyer une carte postale en France occupée, pour te prévenir que j'étais toujours en vie. On m'a averti que je ne devais surtout pas y inscrire mon nom, ni aucune indication du lieu où je me trouvais.

Quelques heures plus tard, André était à fond de cale, avec un mal de mer qu'il découvrait pour la première fois, mais pas pour la dernière. Car, après quatre jours seulement en Angleterre, il rembarquait déjà dans l'autre sens, pour Boulogne-sur-Mer, où ses compagnons et lui furent mis à disposition des autorités militaires françaises. Mission accomplie.

## 164

**En attendant son affectation, il** était libre. André a poursuivi sa route jusqu'à Paris. Comme Marthe le sait déjà, il n'a pas été bien reçu par la tante Huguette. La vieille baronne ne l'a pas laissé entrer, refusant même de transmettre le moindre message, malgré les supplications du garçon.

Puis, André s'était rendu à l'usine d'Ivry. Il croyait pouvoir y rencontrer sa mère. À la place, il y avait trouvé sa sœur Pauline, dont il ignorait l'existence. Ce fut une émotion incroyable, ils se ressemblaient tant ! Ils s'étaient espérés sans même le savoir. C'est elle qui lui a appris la mort de leur mère, en 1914. Ils se sont racontés l'un à l'autre. Mais malgré l'émotion, ils n'avaient pas grand-chose de plus en commun qu'un abandon et une enfance rudoyée. Elle était pourtant sa seule famille, et il lui avait confié une lettre pour Marthe, avant d'aller offrir sa vie à la Patrie, espérant qu'on l'enverrait se battre dans le Nord, au plus près d'elle.

– Je voulais te revenir auréolé de prestige. On m'a fait signer mon engagement au nom de Casimir Quesnoy, et je me suis retrouvé, simple numéro d'une nuée de cloportes, pris dans une marée boueuse d'hommes et de machines.

Aucun homme n'avait été préparé à cette usine à tuer. Personne ne peut imaginer ce qu'ils ont traversé, dit André.

– Les autres recevaient des lettres ou des colis, qui leur redonnaient de l'espoir quelques minutes, avant de replonger dans la désespérance. Moi, j'avais ton reflet, ton image vivante, toujours à mes côtés, à qui je me confiais.

Dès qu'il pouvait se contempler dans une flaque, une bouteille ou même une lame, André retrouvait sa bien-aimée, appuyée contre lui, tête sur son épaule, légèrement en retrait, lui souriant avec tant d'amour qu'il en restait chaque fois bouleversé.

– Et puis, un jour, ton reflet a changé ! Il y avait sur ton front une plaie sanglante.

Le train bombardé, l'obus, la grange. Les mois passés sous terre.

– Tu étais pourtant toujours là, dit-il en désignant son épaule. Dans la même position. Mais tu semblais dormir. Ton teint avait jauni. Pour nous, les combats s'enchaînaient sans trêve, on nous déplaçait comme des pions sur un échiquier, sans nous dire dans quel coin de France on était. J'étais mort d'inquiétude. Que t'était-il arrivé, de ce côté-ci du miroir, dans ce Nord que nous voulions libérer ? Ça me rendait fou. Je tuais sans plus voir que je tuais, j'échappais à la mort sans m'en apercevoir, obnubilé par ton sort, ton visage meurtri. C'était terrible de comprendre : j'allais être le témoin impuissant de tout ce que tu vivrais ! Ce reflet serait aussi une source d'inquiétude constante. Je risquais chaque jour de te découvrir malade, ou de te voir mourir, en étant loin de toi, incapable de t'aider. Alors je lui parlais, à cette image. Je venais à son chevet comme si tu pouvais m'entendre à travers elle.

– Tu sais, je t'entendais. Pas comme de vrais mots, mais comme une vibration, à travers une paroi…

André ne sait plus exactement comment la suite est arrivée. Un obus qui explose. Un fragment qui le trouve sur sa trajectoire, et qui choisit au hasard d'emporter la moitié de son visage, plutôt qu'une jambe, un bras, ou sa vie tout entière.

– Je n'étais pas mort, mais je n'ai pas survécu. Celui qui est resté vivant n'est plus la même personne. Et d'abord, quand j'ai repris connaissance, je n'ai longtemps été qu'une machine à souffrir.

Un Prométhée moderne, supplicié dans sa chair pour toute l'éternité, avec un trou béant, et des fragments d'obus et d'os, à la place de son œil droit et du haut de sa joue.

– C'est là que je t'ai perdu, comprend Marthe. Pendant plusieurs années, je ne savais pas où tu étais passé. Tu avais disparu.

## 165

**La médecine réparatrice** en était à ses balbutiements. Les adeptes de la chirurgie esthétique d'aujourd'hui, et les blessés comme Florin, doivent beaucoup à ceux qu'on a appelés « les gueules cassées » de 14-18, qui ont été les cobayes de cette spécialité naissante.

– À tâtons, les médecins inventaient des techniques pour reconstruire des êtres humains, à partir de morceaux de viande de boucherie encore en vie. Cela a pris du temps. Suffisamment pour que la guerre s'achève, et qu'on s'apitoie tout juste sur notre sort, avant de nous demander gentiment de nous faire oublier. Notre visage donnait mauvaise conscience aux fêtards de ces années, pas si folles qu'on les a racontées.

Dès qu'il l'a pu, André est retourné dans le Nord. C'était au début de l'année 1920. Il voulait s'assurer que Marthe était en vie, en bonne santé. Mais pas qu'elle le revoie défiguré. Il avait aussi le projet flou de lui rendre son reflet. De quelle façon, il l'ignorait.

– Et je l'ignore encore ! À l'hôpital militaire, les miroirs avaient été bannis de ma chambre, pour éviter qu'en découvrant mon visage, j'aie l'envie de me tuer. J'avais été un cas passionnant. On m'aimait bien dans le service. On m'a ramené en voiture. Il fallait seulement que je donne une adresse. Puisque je portais son nom, j'ai donné celle de Casimir. Je ne sais pas vraiment ce que j'imaginais. Je crois que je pensais informer Mme Quesnoy des conditions de la mort de son fils, avant de lui demander, peut-être, de m'héberger un temps. Je ne voulais pas me montrer sous cet aspect à toi et ta famille. Mais lorsque la veuve nous a ouvert sa porte, mon chauffeur lui a annoncé d'un ton patriotique que son fils lui était rendu ! La pauvre femme a failli tomber sur place. Elle s'est approchée de moi, ses mains tremblantes tendues vers mon visage, sur lequel elle a passé ses doigts. Elle était devenue aveugle ! J'étais terrifié. Je ne parvenais plus à dire un mot, j'attendais sa sentence. Ses mains ne pouvaient pas se tromper. Même sans mes cicatrices, Casimir et moi n'avions aucun trait en commun. Après m'avoir longuement palpé, la bouche de la vieille femme s'est fendue d'un sourire résigné. Elle a versé une larme, en disant amèrement : « C'est bien. Bienvenue chez toi, mon fils. »

André n'avait ni logis, ni famille, et même plus de visage. Pourquoi aurait-il brisé davantage le cœur de cette mère ?

Elle et lui n'ont jamais abordé ce sujet par la suite. Ils ne parlaient que très peu, et plutôt de rien. Mais André est certain que la vieille femme savait, qu'elle l'avait reconnu. Et qu'elle l'avait choisi, plutôt que de tout perdre. C'est elle qui lui a appris le sort de la famille Amelin, décimée par la guerre.

– Ton reflet ne m'avait pas quitté, mais où pouvais-je te chercher ? soupire-t-il.

– Moi, je t'ai cherché, André !

– Oh oui, je le sais ! Et je n'ai jamais cru que tu puisses être morte, comme on me l'affirmait. J'avais bien vu mon nom sur le monument aux morts de la ville, pourtant j'étais vivant ! Toi aussi, tu devais l'être, malgré les rumeurs, puisque je pouvais contempler ton reflet, guéri et de nouveau souriant. Mais, pour admirer ce sourire et ce regard aimant posé sur moi, il me fallait désormais aussi affronter le masque d'épouvante qu'était devenu mon visage. Notre reflet contenait à la fois le remède et le poison, le bonheur et la désespérance. M'y apercevoir était une souffrance sans cesse renouvelée.

Mme Quesnoy n'attendait que son fils pour quitter cette ville. André et elle sont allés s'installer dans un petit appartement de Lille, pas loin de l'hôpital. Même rétabli, André y faisait encore des séjours réguliers. Les douleurs de ses cicatrices pouvaient le rendre fou, et il était la proie de dépressions terribles.

## 166

**Jusqu'à sa mort, en janvier 22,** la veuve a joué le rôle de sa mère. Et lui, qui n'en avait jamais eu, a été son fils, du mieux qu'il le pouvait. De nouveau orphelin, et son seul héritier, il avait décidé de reprendre le cours de sa vie là où la guerre l'avait arrêté, et de retrouver Marthe. Car avant de mourir, Mme Quesnoy lui avait parlé d'elle. Elle n'était effectivement pas morte dans le bombardement d'un train, ni en Allemagne. La veuve ne l'avait encore jamais dit à personne, mais elle avait vu Marthe, revenue dans le Nord en mai 1919, pour tuer le père Morel.

– Je ne l'ai pas tué, se défend Marthe. C'était un accident !

– Ne crains rien, l'apaise André, je ne vais pas te juger. Quand tu auras entendu la suite… Grâce à l'enquête de police et aux archives de presse de cette époque, j'ai pu découvrir ta dernière adresse connue. C'était à Paris. Comment aurais-je osé promener ma face de monstre aussi loin ?

André avait voulu revoir son tuteur de l'Assistance publique, M. Dargent, toujours en poste à l'agence de Lille. Celui qui avait été pour lui un père de substitution l'avait reçu froidement. Il lui avait prodigué quelques conseils moraux, qu'André avait jugés déplacés. Devenu adulte, et défiguré en défendant son pays, il avait espéré pouvoir échanger d'homme à homme, et non de supérieur à subalterne. Dargent avait refusé net les demandes d'André d'accéder à son dossier de pupille.

– Il disait m'en avoir déjà trop révélé et n'avoir rien d'autre à m'apprendre. Je suis parti furieux. J'étais majeur, je pouvais prétendre à connaître la vérité, même à reprendre le nom de mes géniteurs, s'il était connu par l'administration. Ce que Dargent n'avait pas voulu me donner, j'ai décidé de l'obtenir moi-même. Plus grand-chose n'arrête un gars qui a traversé la guerre et passé les frontières clandestinement. Je suis entré une nuit par la fenêtre d'un bureau, en grimpant le long d'une gouttière. C'était assez facile. Tout était dans mon dossier : le nom de ma mère, ses lettres de suppliques envoyées à Dargent, et les échanges moqueurs de mon tuteur avec l'Agence nationale de Paris. J'ai vu rouge. La haine m'a submergé. Cet homme, qui avait toute ma confiance, m'avait trompé ! Il m'avait empêché de retrouver ma mère, désormais décédée. Il avait joué avec ma vie. Tout devenait sa faute : la perte de ma mère, de toi, de mon visage…

André l'avait attendu, caché dans le bâtiment. Le lendemain soir, quand il s'était trouvé seul en sa présence, il l'avait attaqué avec un coupe-papier. Ce n'est que par malchance, d'abord, que la pointe s'était plantée dans la joue du tuteur. La rage avait fait le reste. Avant de pousser Dargent par la fenêtre, il avait ressenti une extase jubilatoire à lui taillader le visage, comme le sien avait été lacéré.

– Je me suis retrouvé dans une ruelle d'un quartier inconnu. Je ne savais ni comment j'y étais arrivé, ni quelle folie s'était emparée de moi. Je découvrais que la guerre n'avait pas abîmé que ma chair, mais qu'elle avait laissé sa marque sur mon âme. Un inconnu instable et inquiétant s'était glissé en moi, tapi dans les replis de mes cicatrices, menaçant de surgir sans prévenir et de prendre le contrôle de pulsions destructrices. À l'époque, aucun psychologue ne suivait les traumatisés de guerre. On continuait à vivre avec, mutique ou violent, l'alcool comme seul remède. Comme tu l'as sans doute constaté toi aussi, disparaître était par contre bien plus facile, en ce temps-là ! J'allais devoir me cacher. Alors, pourquoi pas Paris, pour commencer ?

## 167

**- Il m'a fallu un peu moins** d'une année pour trouver un tout petit indice. La première à m'avoir mis sur ta route, c'est une employée de l'usine où tu avais travaillé.

– Jeannette.

– Peut-être, je ne sais plus bien. Elle m'a parlé de ce peintre, qui savait probablement ce que tu étais devenue. C'était, selon elle, un ingrat que tout le monde avait aidé dans l'immeuble, avant qu'il devienne une vedette, et qu'il parte mener la grande vie, sans se soucier de ceux qui avaient partagé ses années de misère. Ce peintre se faisait appeler Novembre. Tu imagines le choc, pour moi, d'apprendre ça ! Il était facile à trouver. On le voyait dans tous les lieux à la mode : aux Folies, à la Rotonde... Quel sacré personnage !

– Tu... tu as connu Gwen ? Tu l'as rencontré ?

Marthe est troublée. Les pièces ne s'accordent plus ensemble, le puzzle est cassé. André boit un grand verre d'eau et respire lentement pendant un long moment.

– Oui. Je crois que c'était vers la fin de 1922. Gwen est le seul type que j'aie croisé qui n'ait pas été repoussé un seul instant par mon visage. Je crois qu'il l'intéressait, esthétiquement. On avait tous les deux vécu l'enfer des tranchées. On n'y avait pas laissé les mêmes morceaux, mais ça nous rapprochait. Je crois qu'il voyait dans mes blessures la traduction concrète de celles, invisibles, que nous avions gardées au-dedans. Et puis, il y avait autre chose : bien avant de me rencontrer, il avait projeté sur moi une sorte d'idéal masculin fantasmé, qui me rendait admirable à ses yeux. Il m'avait rêvé à travers tes mots, il me connaissait à travers ton regard. J'ai été bouleversé d'apprendre par sa bouche combien tu m'avais aimé, combien tu m'avais attendu et m'attendais encore. Gwen m'a aussi appris l'existence du fils de Blanche, que tu élevais. Il voulait m'emmener vous voir à Saint-Chéron. « Ça serait épatant, comme surprise ! » il disait. Je l'en ai empêché. Je voulais te revoir au moins une fois, et te rendre le reflet. Mais je n'avais pas le courage d'affronter ton regard.

– Enfin, pourquoi ? Tu te rends compte que j'ai...

– J'avais peur de te dégoûter, Marthe. Ton dégoût m'aurait tué. Vraiment ! J'aurais voulu que tu saches que je ne t'avais ni trahie ni oubliée, et combien je t'avais aimée. Mais je préférais que tu me croies mort, car ton André l'était ! J'étais devenu étranger à moi-même, un monstre sans visage, duquel pouvait surgir un autre monstre, dangereux pour les autres. J'ai fait promettre à Gwen de ne pas te parler de notre rencontre, et de te décourager de continuer à m'attendre. Il a tenu parole. Mais il a, par la suite, mené une enquête détaillée sur ma famille et mon passé. Il était décidé à trouver quelque chose à te rapporter, en guise de consolation. Quelque chose qui t'aurait permis, comme on dirait aujourd'hui, de faire ton deuil et de recommencer à vivre.

Marthe, qui retrace son histoire pour Florin depuis de très longs mois, s'y déplace mentalement bien plus vite que le récit d'André. Des vérités ignorées lui apparaissent, évidentes, avant qu'il les révèle. Elle a déjà compris la suite logique de son récit, elle l'a toujours pressentie : André est venu à Saint-Chéron. Et elle en déduit ce qu'elle redoutait.

– C'était toi, n'est-ce pas ? dit-elle d'une voix blanche. Toi qui as tué Justin.

## 168

**Il avait d'abord ressenti une jalousie** et un désespoir terribles, en la découvrant dans les bras d'un autre. Mais ces sentiments étaient mêlés au soulagement de la voir heureuse, d'un bonheur qu'André pensait ne plus pouvoir lui offrir. Sa maison était isolée, facile à épier, et André avait presque vécu par procuration les baisers du directeur d'école et de Marthe. Mais il avait été intensément troublé de la retrouver aussi semblable à la jeune fille qu'il avait laissée, six ans plus tôt. Il ne s'y attendait pas du tout. Car le reflet de la jeune femme vieillissait, lui. Ce visage qui lui souriait, penché sur son épaule, ne ressemblait plus vraiment à celle dont il espionnait la vie. La Marthe du miroir était plus grave, et ses traits amincis, moins enfantins, marqués par les épreuves.

Comment André allait-il tenir sa promesse de lui rendre son image ? Il ne pouvait pas simplement la déposer sur le pas de la porte, avec un beau ruban, et frapper avant de s'enfuir. Se débarrasser du reflet n'était pas quelque chose qu'il pouvait décider. André se serait peut-être résigné à une vie solitaire, en face à face avec un miroir, s'il n'avait pas été témoin d'une gifle donnée par Justin. Une gifle si violente que le nez de Marthe s'était mis à saigner. Les cris et les disputes qui s'étaient ensuivis lui avaient tordu les entrailles. La retrouver heureuse ne lui avait pas fait que du bien, mais la voir souffrir lui était insupportable. André était resté à surveiller le couple, décidé à protéger Marthe. Jusqu'à cette nuit, où il avait vu Justin tenter de défoncer la porte, ivre mort. Il attendait depuis des semaines, sans savoir comment intervenir, et n'avait pas eu à réfléchir. Le monstre vengeur de sa folie avait de nouveau surgi, faisant sauter les vannes.

– Quand j'ai bondi sur lui, c'est son regard qui m'a le plus enragé : son regard d'horreur en voyant mon visage. Il a tiré un petit couteau de poche pour se défendre. Je m'en suis emparé. Il était tellement ivre qu'il était comme une marionnette. Je me sentais possédé. J'ai frappé, plus de fois que nécessaire, sans pouvoir m'arrêter. Et lorsque j'ai pris conscience de ce que je venais de faire, pour la seconde fois... alors, j'ai eu plus peur de moi que de la police. J'avais tué par deux fois, atrocement, comme on tue à la guerre : hors de soi, sans frein, sans morale ni inhibition. J'ai compris que je devenais de plus en plus dangereux, que je devais me protéger de moi-même et protéger les autres.

Marthe se réentend crier à la nuit sourde: «Montre-toi! Pourquoi tu m'abandonnes?» Il aurait suffi de quelques minutes, de quelques mètres, pour changer le cours des décennies suivantes.

– Dans la longue fuite qui a suivi, ajoute André, ma chance a été de croiser la route d'un gars comme moi, une gueule cassée de 14, qui n'était pas un déchet aviné ni un désespéré. César Bienaimé, c'était son nom. Et il le portait bien! Jusque-là, j'avais évité tout contact avec mes frères de misère. La plupart avaient perdu leur emploi. Leur visage déchiqueté n'étant pas considéré comme une infirmité, ils n'avaient droit à aucune pension. La plupart du temps, leur famille s'était détournée d'eux. Autant te dire quelle chance Mme Quesnoy m'avait offerte, en me prenant pour fils! Les autres défigurés ne faisaient que survivre, dans un abîme de détresse et de honte. Et donc, Bienaimé m'a parlé de l'Union des blessés de la face, que lui et ses camarades venaient de créer pour nous défendre, et nous rendre à tous notre dignité. C'est elle qui m'a sauvé. J'y ai trouvé des amis, des frères, des humanistes. Et j'ai pu m'impliquer, agir. Penser d'abord aux autres, plutôt qu'à ma souffrance. Accepter mon reflet, et accepter le tien. En un mot, revivre. Entouré d'hommes encore plus mutilés que moi, dans ces lieux où les miroirs n'étaient pas bienvenus, je me sentais libre. Je n'avais plus à cacher ma monstruosité, ni à fuir les reflets. César était mon aîné de dix ans, c'est devenu mon frère de cœur et d'âme, dans cette nouvelle famille. Il était d'ailleurs à mes côtés, quand ma route a de nouveau croisé la tienne, plus de quinze ans après.

– Quinze ans… Mais quand?

# 169

**André avait tout de même revu Marthe** un peu plus tôt, mais seulement en peinture. Il ne ratait aucune exposition, visitait toutes les galeries où Gwen était exposé. Il n'aimait pas tout, de ses différents styles. Ce qu'il cherchait, obsessionnellement, c'était les portraits que le peintre avait faits de Marthe, quand elle était sa muse, entre 1925 et 1932.

– Admirer ces portraits était un déchirement que je ne parvenais pas à cesser de m'infliger. Cela me permettait de te voir à travers lui. Lui, qui te voyait chaque jour, tandis que je ne pouvais que contempler ton reflet ! Lui qui pouvait te toucher, t'entendre, te regarder vivre et bouger. Je ne lui en voulais pas de m'avoir pris la femme que j'aimais, après m'avoir volé mon nom. Finalement, il avait fait ce que je lui avais demandé, en te poussant à reprendre ta vie ! Ses peintures de toi, surtout sa période fauve, ma préférée, semblaient en mouvement, plus vivantes que l'image qui me souriait dans la glace. Un beau jour, j'ai fini par reprendre contact avec Gwen. Je voulais le revoir, mais en tant que client.

Plus fébrile que jamais, André s'était rendu chez le peintre, accompagné par César, comme par un chaperon. Ils avaient convenu d'un rendez-vous nocturne à son domicile, car Gwen voulait leur montrer des toiles que seuls d'anciens combattants seraient, disait-il, capables de comprendre. C'était une série d'eaux-fortes, qu'il gardait pour lui seul, nées des cauchemars de tranchées qui tourmentaient son sommeil depuis vingt ans.

Les trois hommes avaient contemplé les œuvres dans un silence quasi mystique, revivant l'indicible. Gwen buvait comme un trou, décidé à se soûler au plus vite, à défaut de pouvoir soûler ses deux hôtes, qui refusaient chaque verre poliment. Contrairement à leur première rencontre, dix-sept ans plus tôt, la venue d'André ne réjouissait pas Gwen. Le peintre semblait hostile et paniqué. André était venu dans un but précis : lui acheter un tableau. Pas des scènes de guerre. Ce qu'il voulait, c'était un portrait de Marthe, *La Femme au kimono*. Passablement ivre, Gwen s'était fâché, refusant brusquement de lui vendre la moindre de ses œuvres.

– « C'est Marthe que tu veux ? il m'a gueulé dessus, si fort que j'ai cru qu'il allait me tuer. Eh bien, va la chercher dans sa chambre. Réveille-la, montre-lui ta gueule de démon, et demande-lui de te suivre. Qu'elle me débarrasse le plancher ! » Ou quelque chose dans ce genre.

La voix d'André se remplit d'air, comme s'il partait très loin, dans une zone ensoleillée de sa mémoire.

– Je n'ai pas résisté. Avant de quitter l'appartement, je suis entré dans ta chambre, pendant que César surveillait le couloir. Je me disais qu'en t'approchant vraiment, je mettrais peut-être fin à cette malédiction qui nous retenait prisonniers l'un de l'autre. Tu dormais, agitée par un rêve…

Marthe se souvient de cette nuit. L'odeur de coton mouillé, de pluie, la respiration…

– Tu n'avais toujours pas changé, alors que le reflet qui me tenait compagnie vieillissait avec moi. Quel était ce prodige ? J'en suis resté soufflé. Tu as ouvert les yeux et mon cœur a cessé de battre. Tu étais couchée sur le flanc, face au mur. J'ai pensé : « Si elle se tourne vers moi, cette fois, je lui ferai face. Elle verra mon visage. Peut-être qu'elle criera, qu'elle voudra me repousser, mais j'aurai cessé de fuir ! » Tu restais immobile. Pourtant, j'étais certain que tu avais senti ma présence.

– Une goutte de pluie était tombée sur ma tempe, ajoute Marthe, emportée avec lui à l'intérieur du même souvenir.

– C'était une larme. Je m'en souviens. Je n'avais plus pleuré depuis la guerre. Elle m'a échappé.

– J'ai refermé les yeux.

– Oui. Tu les as fermés. Et c'était comme un signal : tu ne devais pas me voir. Je ne devais pas gâcher ce que tu avais réussi à construire, pour un amour ancien qu'il te faudrait alors traîner jusqu'à la fin de tes jours. Je te devais ta liberté. J'ai eu l'impression de m'éveiller d'un coup. Je me suis précipité dans le couloir, j'ai rejoint César, et je l'ai entraîné dehors, sans une explication.

## 170

**– Mais te revoir pour de vrai** avait rouvert la plaie. Le reflet que je pouvais contempler dans les miroirs, toujours auprès de moi, devenait oppressant. Je voulais me débarrasser de cette encombrante compagne de verre pour être, moi aussi, à nouveau libre. Je me suis mis en quête d'un moyen de te rendre ton reflet. J'ai recommencé à te suivre partout, sans jamais me faire voir.

– Pendant toutes ces années ?

– Pendant un moment... J'ai découvert ta double vie : ton amant, dont j'ai appris avec stupéfaction qu'il s'agissait du lieutenant Kaempfer.

– Hermann ? Nous nous étions retrouvés par un étrange hasard. Si l'on peut encore croire au hasard...

– Lui, au moins, semblait te rendre heureuse. C'était moins pénible.

– Excuse-moi si je vais trop vite mais, alors, c'est toi qui as contacté Hermann pour lui indiquer où se trouvait Gwen? Nous nous sommes revus, au début des années 1980. Hermann m'a raconté que, longtemps avant, Casimir Quesnoy lui avait indiqué par téléphone où se cachait la seule personne qui sache ce qu'était devenue sa fille : le peintre Gwen Novembre.

– Oui. Oui, c'était moi. J'ai continué à voir Gwen, de temps en temps, après la Deuxième Guerre, quand il était devenu infréquentable. Une fraternité nous unissait, malgré ses excès et toutes nos divergences. Je crois avoir fait partie de ses rares intimes. Ceux à qui il révélait, parfois, ses démons intérieurs, pas ceux, beaucoup plus nombreux, qu'il mettait dans son lit ! Pendant cette longue période de vaches maigres, où il avait souvent besoin d'argent, je lui ai parfois servi d'intermédiaire avec des galeries d'art, pour vendre quelques œuvres. Et c'est par un de ces galeristes que j'ai su qu'un Allemand le recherchait, à propos de sa fille, disparue depuis longtemps. Cet Allemand, c'était Kaempfer ! Gwen était intraitable, il gardait son adresse secrète et ne voulait voir personne. Mais, cette fois, je ne lui ai pas laissé le choix. Je ne pouvais pas laisser ce type ignorer le sort de sa gamine. Je l'ai appelé et je lui ai donné l'adresse de Saint-Chéron. Ça a mis Gwen dans une de ces colères contre moi ! Nous ne nous sommes plus revus. Mais il a reçu l'Allemand, et je suis content d'avoir pu faire ce lien.

Marthe hoche la tête. Il a eu raison, bien sûr. Elle cherche une position plus confortable, incline le buste, et pose doucement sa tête sur le matelas, près d'André, les jambes pendant de l'autre côté du cadre. Elle contemple les dalles du plafond, un sourire sur les lèvres. André a tourné vers elle son demi-visage, profondément ému. Marthe prend doucement sa main dans la sienne. Le regard d'André se pose lui aussi sur le plafond, et son unique œil s'embue soudain de larmes.

Marthe entrouvre la bouche, sidérée par la révélation qui la frappe brutalement, dans cette position. Ce contact de leurs doigts ! Elle serre plus fort la main d'André, pour se convaincre qu'elle ne s'est pas trompée. *C'était toi ? Combien de fois sommes-nous passés ainsi tout près de l'autre ? Combien de fois nous sommes-nous ratés ?* André déglutit avec effort et soupire, bouleversé :

– Oui. Cette fois-là aussi, c'était moi. Et je crois que ce voyage a été le pire de ma vie. Tu t'en souviens ?

## 171

**Il ne sait plus exactement** comment c'est arrivé. La cohue, la peur et la haine de milliers d'hommes, mêlées dans un tonnerre de feu et de fumée, sous une pluie de terre, de pierrailles et de membres humains. Un obus qui explose parmi tant d'autres. Un fragment qui le trouve sur sa trajectoire. Et qui choisit, au hasard, d'emporter la moitié de son visage, plutôt qu'une jambe, un bras, ou sa vie tout entière.

Il voit son corps se tordre, depuis des limbes où son âme se consume. La douleur l'emporte sur tout. Il n'est plus ni acteur ni spectateur de ce qui se joue, il n'est que le véhicule de la souffrance, transporté, ballotté, pendant l'éternité d'une seconde d'horreur, qui s'étire à l'infini. Son visage arraché a été recouvert d'un bandage qui pue la sueur, le sang et la mort, sous lequel il suffoque et ne distingue rien. On lui dit qu'il part pour Paris, en ambulance. On cherche à le rassurer, mais il sait, au ton des voix, que ce sont les autres que son départ rassure. L'abomination qu'il incarne désormais n'est supportable pour personne. Il sera toujours seul.

Les cahots du moteur et de la route sont un nouveau supplice. Chaque choc attise un peu plus le feu qui le dévore, lui tirant des gémissements, qu'il entend comme s'ils provenaient d'un autre. Le trajet est interminable, dans un noir complet. Il devine d'autres toux, d'autres plaintes que les siennes. Il voudrait mourir tout de suite pour échapper à cette torture. Il ne peut plus penser à rien ni à personne. Pas même à Marthe.

Et pourtant, elle est là, soudain. Comme un ange souriant, audessus de lui. Elle lui a pris la main, hésitante. Elle caresse doucement sa paume de ses doigts. Elle lui murmure qu'elle l'aime, qu'elle l'attendra toujours. Mais, lorsqu'elle se penche pour lui déposer un baiser, ses lèvres s'enfoncent dans un trou sans fond de chair et de sang, dans lequel elle se noie, en poussant un cri rauque !

André ouvre son œil. Bien sûr, il délirait ! La douleur est réelle, mais Marthe n'est heureusement pas témoin de son calvaire. Du fond d'un long tunnel de gaze et de coton, il ne distingue qu'une obscurité gluante. Pourtant, l'hallucination persiste : il croit encore sentir une main dans la sienne. Abruti de fatigue, il tourne un peu la tête. À l'autre extrémité de l'ouverture ménagée pour son œil dans le bandage, des formes se dessinent dans les rais de lumière en mouvement. Au bout de cette main qu'il tient vraiment, il y a quelqu'un, allongé comme lui sur une civière, secouée par le camion. D'un geste, la silhouette abaisse la couverture qui couvre son visage. Et, malgré l'obscurité, malgré l'impossible, ce visage a les traits de Marthe ! Comme dans le rêve délirant, Marthe est couchée près de lui, lui caressant la paume. Mais avec, dans les yeux, une peur et un dégoût qui sont mille fois pires que de l'avoir perdue. Il voudrait lui crier de partir, de ne pas le regarder. Mais rien d'autre qu'un hurlement absurde et guttural ne sort de sa gorge, alors que tout son corps se brise de sanglots.

Comment est-elle ici ? Quel dieu sadique s'amuse à le narguer ainsi ? Et à quoi sert de vivre, puisqu'elle ne pourra jamais le reconnaître, plus jamais l'aimer ?

## 172

- **C'était la première fois** que je te revoyais, après mon départ de ta chambre, la nuit des bombes. Ça a été la plus terrible. Plus encore qu'à Belleville...

*Belleville ? L'escalier, le miroir... Ce jour-là, je le savais !*

– J'ai su que tu étais là, s'écrie Marthe. Parce que j'ai entendu ton cri et que, pendant une seconde, j'ai pu apercevoir mon propre reflet dans la glace, avant qu'elle tombe. On s'était retrouvés.

– Ça a été la dernière fois que nous nous sommes croisés. Et c'est ce jour-là que j'ai vraiment compris.

En octobre 39, depuis qu'il avait recommencé à la suivre, André se demandait par quel stratagème il pourrait lui rendre ce reflet qu'il n'avait jamais vraiment pris, mais qui s'était plutôt attaché à lui. À quel moment et de quelle façon ce prodige s'était-il donc produit ?

– J'en étais arrivé à penser que j'allais t'aborder et te dire : voilà, c'est moi, je suis défiguré, pardon de t'avoir fait attendre, je te rends ton reflet et je te laisse vivre ! Je guettais le moment. Tu parcourais Paris, te démenant pour retrouver ton Allemand...

– Hermann, s'il te plaît. Appelle-le Hermann, pas « l'Allemand ».

– Pardon. Je t'ai vue rentrer dans cet immeuble. Tu y es restée si longtemps que j'ai failli partir. J'attendais dans le hall, essayant de trouver le courage de te regarder en face, de te parler sans honte. Quand tu es descendue, tu semblais abattue. Dans l'escalier, derrière toi, des hommes transportaient un objet énorme, enveloppé dans une couverture. J'ai vu la couverture glisser, le miroir basculer. Un cri m'a échappé.

– «Attention, Marthe ! », c'était bien ta voix.

– Je n'ai pas été assez rapide. Je t'ai vue, écrasée par le cadre de bois, traînée sur les marches comme une poupée, dans un bruit effarant. Avant de te croire morte, j'ai pensé : la boucle serait-elle bouclée ? Un second miroir s'est brisé sur elle, le reflet va lui être rendu. Quand ils t'ont dégagée, tu étais tailladée de partout, couverte d'ecchymoses. Personne n'aurait pu supporter un tel accident sans être, au moins, grièvement blessé. Toi si. Tu as bougé, et tu t'es relevée. C'était de la sorcellerie ! J'ai été pris de panique. J'ai filé, j'ai couru, terrifié à l'idée que tu puisses me rattraper. Je me suis arrêté alors qu'il faisait nuit, sonné, à bout de souffle, mourant de soif. J'avais compris, enfin.

## 173

### - Compris ?

André la regarde d'un air désolé. Comme s'il cherchait à la rassurer, il lui explique que, toutes ces années, il l'a regardée vivre, jour après jour, à travers le reflet qu'elle lui avait confié. Ce reflet qui lui souriait toujours avec le même amour, et vieillissait avec lui. Jour après jour, André guettait sur ce visage aimé les signes de fatigue, les nouvelles rides, les chagrins, les bonheurs… Il lui semblait partager les moindres émotions qu'elle vivait, loin de lui. Il s'inquiétait quand elle paraissait fiévreuse, il était heureux lorsqu'il la voyait rayonner de bonheur. Le temps passait sur elle, comme autant de saisons. Lorsqu'elle avait été internée à Gurs, André l'avait vue devenir un fantôme, maigre et pâle à faire peur. Tout ce qu'elle traversait s'inscrivait dans son reflet comme dans des archives. Bien des années plus tard, alors qu'elle avait disparu du pays, elle lui avait semblé auréolée d'une sagesse apaisée et confiante, incroyablement belle, malgré ses cheveux gris et sa peau plus ridée.

– Oui, j'ai aimé le Vietnam. Je m'y suis réinventée. Et j'avais ce potager…

Il avait été fier d'elle. Fier de la voir trouver son chemin et devenir elle-même, semblable mais différente, et chaque jour changée.

– Ta vie, lui dit-il tendrement, je l'ai vécue avec toi, de cette façon. Je t'ai parlé, aimée, encouragée, et le reflet me regardait vivre et vieillir avec lui. Je te demande pardon de ne pas avoir pu t'offrir la même chance.

– Moi aussi, je te parlais. J'étais seule, c'est vrai. Je ne pouvais pas voir tout ce que tu voyais, mais je sentais des choses. Peut-être qu'après tout, cela m'a permis d'être plus libre que tu ne l'étais…

Elle se lève doucement et cherche quelque chose du regard dans la chambre.

– Tu peux me le montrer ?

André marque quelques secondes d'incertitude. D'un geste un peu inquiet, il lui désigne l'angle, au fond de la pièce. Marthe va tirer un rideau, pendu contre le mur. Elle découvre une psyché moderne, chromée, sur roulettes, dans laquelle elle ne voit rien d'autre que le reflet du mur opposé.

– Viens ! lui dit-il, actionnant son sommier avec la télécommande. Rapproche-le de moi.

Tandis qu'elle fait rouler le miroir vers lui, il cherche à se lever. Marthe vient le soutenir. Il est si léger qu'elle craint de le casser en le tenant trop fort. Elle lui fait faire deux pas, et se place à côté de lui, devant le grand miroir. Elle interroge, déçue, le reflet du vieil homme, debout et solitaire face à eux. Puis, soudain, elle cesse de respirer.

De dos, dans la psyché, la silhouette d'une très vieille femme se décale peu à peu derrière André, comme une ombre qui se détacherait lentement de lui. La femme tourne sur elle-même, jusqu'à leur faire face, un pas derrière le reflet d'André. Elle vient poser sa main sur l'épaule du vieil homme. Ses mouvements sont raides et un peu maladroits. Elle penche doucement sa tête, pour la poser au creux du cou d'André. Et pendant tout ce temps, elle ne regarde que lui. Et son visage semble irradier d'amour.

Marthe reste bouche bée. Son cœur bat à tout rompre. Cette femme qui se tient à la place de son reflet à elle, si vieille que ses traits semblent floutés, ne ressemble à aucun des visages qu'elle s'était imaginés, depuis un siècle. C'est une parfaite inconnue. Mais elle sait que c'est elle, qu'elle se tient face à sa propre vieillesse, avec la même peur que si elle avait pu la contempler à dix-sept ans.

– J'aimerais que tu puisses me voir tel que tu m'as connu, tel que je suis toujours à l'intérieur, dit tristement André. On vieillit du dehors mais on ne change pas, tu sais. Ce sont les autres qui ne peuvent plus voir ce que tu es.

– On vieillit aussi un peu dedans. Les événements de la vie ne peuvent pas te passer dessus sans te laisser des marques, sans te changer. Toi non plus, tu ne me vois pas non plus telle que je me sens être. D'ailleurs… De ces deux Marthe, laquelle suis-je vraiment ?

Elle se tourne vers lui, certaine qu'il détient la réponse à cette énigme :

– Pourquoi vieillit-elle à ma place ? Pourquoi ce que je vis s'imprime-t-il sur elle, tandis que je reste figée ?

Il a peur de lui apprendre ce qu'elle veut savoir. Il a pourtant répété cette scène des milliers de fois. André secoue la tête, navré, comme on annonce une mauvaise nouvelle à un proche qu'on voudrait ménager.

– Parce que, dit-il, parce que… c'est toi, le reflet.

Il faut du temps à Marthe pour que ces mots germent en elle, qu'elle les entende vraiment. Mais, oui, c'est évident : la vraie Marthe c'est l'autre, celle dont ce long siècle a marqué les chairs, tandis qu'elle-même restait irrémédiablement bloquée à l'heure où la psyché s'était brisée, la nuit des bombes. Cette heure à laquelle elle revenait toujours, quoi qu'il puisse arriver. Parce qu'elle est le reflet, et non la femme.

– Pardonne-moi, je… Je suis si fatigué.

André s'assied au bord du lit, épuisé, et le reflet de la vieille femme s'y assied avec lui, tête sur son épaule. Marthe reste debout, bras ballants, assommée.

– Je ne savais pas comment échanger vos places, souffle André. Comment rompre notre pacte. J'ai fini par me dire que je devais te laisser vivre en paix, et je me suis peu à peu retiré du monde avec elle.

– Alors… Je ne suis qu'un reflet ?

– Pourquoi *qu'un* reflet ? C'est toi qui as vécu. Et tu as bien vécu.

C'est vrai. Si elle se fie au visage ridé, devant elle, elle a eu une belle vie.

– J'ai fait ce que j'ai pu.

Elle s'assied à son tour près de lui, et ouvre le fermoir du médaillon de jade qu'elle porte à son bracelet. Elle déroule le ruban brodé avec application et le rend à André.

– Mon Dieu, qu'il est usé ! On dirait une relique…

Marthe lui sourit et, délicatement, se rapproche de lui, tentant de reproduire la position exacte du reflet en face d'eux. Elle passe doucement son bras autour de lui, puis se penche très lentement. André est si petit à côté d'elle, maintenant. Elle pose avec précaution sa tête sur son épaule, aussi légèrement qu'un oiseau sur une branche. Voilà, dans cette position, elle peut s'imaginer que l'autre est son reflet, et que c'est elle qu'André regarde dans la glace.

– On a aimé ! murmure-t-il d'une voix presque étonnée, contemplant face à lui la plus belle des images à nouveau reformée. On s'est aimés, vraiment !

Marthe ferme les yeux et sourit, en disant :

– Oui, on s'est aimés. Et moi aussi, tu sais, je me sens fatiguée.

# 174

**Lorsque les deux soignants** sont entrés dans la chambre d'André, avertis par Florin, leurs semelles ont crissé sur d'innombrables éclats de miroir. Allongé sur le lit, ils ont découvert un couple de vieillards, tendrement enlacé dans la poussière de verre. L'un était leur patient le plus âgé, Casimir Quesnoy, qui venait de s'éteindre. L'autre, une femme au moins aussi âgée que lui, dont personne n'a pu découvrir l'identité.

Et malgré leur longue expérience des défunts, les professionnels furent tous deux frappés par le sourire paisible qui flottait encore sur leur visage. Comme si la vie avait gentiment chatouillé les vieux amoureux, avant de s'évanouir de leurs corps épuisés.

# ÉPILOGUE

## Florin - septembre 2024

– Elles sont vraiment superbes !

Julia passe en revue la pile de clichés, émerveillée.

Je l'observe, tandis qu'elle découvre ces photos que Marthe m'avait apportées dans un grand sac, lors de sa dernière visite, il y a huit ans déjà. Il contenait aussi son Argus C3, dont je n'ai jamais appris à me servir, et la brosse à dents de Denise, à manche en bois et poils de sanglier jaunis.

– Elle avait un vrai sens du cadrage, tu ne trouves pas, Florin ? s'extasie Julia. Ça me fait penser à cette photographe américaine dont on a découvert des milliers de photos incroyables, dans des malles, des années après sa mort...

– Vivian Maier ?

– C'est ça !

Elle trie avec méthode les clichés par genre, faisant des piles : les rues, les vitrines, les photos de passants, énormément de portraits d'enfants, et les autoportraits qui sont, de loin, les plus troublants. Marthe y a toujours le même âge, la même pose, le même regard inquiet, rivé sur l'objectif. Seul le décor change. Le décor et l'époque. Le Paris et ses banlieues des années 1930, 70, 80. Des villes américaines entre 1945 et 1960.

Le Vietnam des années 1990 à 2000. Aucune photo du nord de la France.

– T'as vu ça ? C'est dingue ! s'écrie soudain Julia en me tendant un cliché.

C'est une photo prise vers la fin des années 1930. On y voit un jeune couple, de dos, se tenant par la taille, contemplant des portraits encadrés sur la devanture d'un photographe. Julia pointe pour moi un détail que je n'avais pas vu, dans la vitrine : le reflet un peu flou d'un appareil photo, un petit LeCoultre Compass en train de capturer ce cliché, suspendu dans les airs comme s'il lévitait !

– Tu devrais proposer à ton éditrice de l'insérer dans le roman, avant que le texte parte à l'impression !

– Tu crois ? Je ne sais pas.

Je glisse un baiser dans son cou, après avoir enfilé un pull et des baskets.

– Je file chercher Mélina.

Dehors, le ciel est pur et le soleil clément. Je trottine pour rattraper mon léger retard et j'arrive finalement en avance à la crèche. Mélina saute dans mes bras avec un air boudeur. Dès que nous sommes sortis, elle se met à pleurer, le nez dans mon cou.

– Eh, qu'est-ce qui se passe, la douce ?

Elle sanglote sans oser me regarder en face :

– Ryan, il dit que mon papa est moche. Il a dit que ton visage était tout de traviole.

J'essuie doucement ses larmes.

– Il a dit ça, Ryan ?

Je m'arrête pour la hisser par-dessus ma tête et l'asseoir sur mes épaules. Nos regards se croisent dans la vitrine de la boulangerie. Elle m'y dévisage un moment. Elle semble attendre de moi une réponse appropriée. Avoir une réponse à tous les maux du monde, c'est une lourde charge. Je vais devoir m'y faire.

– Tu te souviens de l'endroit où tu m'as accompagné, pour rendre visite à ces amis, qui avaient comme moi le visage de travers ?

– Ceux qui faisaient un peu peur ?

– Voilà.

– Même qu'ils s'appelaient des « gueules cassées » !

– Oui. Et est-ce que tu te souviens de leur devise ? Tu sais, la phrase que je t'avais lue, écrite sur le mur...

Mélina fronce les narines, son regard se perd dans les nuages. Puis son visage s'illumine. Elle vient de se rappeler. Elle comprend. Et elle répond, radieuse, à mon reflet, qui se superpose aux viennoiseries dorées :

– Je sais ! C'était : « Sourire quand même ».

*« Grandir consiste à refuser de succomber*
*au dogmatisme comme au désespoir.*
*Agir selon ses moyens pour que son fragment de monde*
*se rapproche de ce qu'il devrait être, sans perdre de vue*
*ce qu'il est, voilà une bonne définition de l'âge adulte. »*

***Grandir. Éloge de l'âge adulte à une époque***
***qui nous infantilise***
Susan Neiman

*« Au fond, la question est peut-être la même*
*pour chacun d'entre nous : Pourquoi je vis ? […]*
*Lorsque tout a été vu, pensé, jugé, dit et écrit, c'est l'humilité*
*qui devrait seule subsister. Elle est à la fois ce qu'il y a*
*de plus difficile et rare à atteindre, et ce qui, je crois,*
*ouvre le plus complètement les voies de l'amour. »*

***Mémoires de Pierre de Menthon,***
ambassadeur de France au Chili en 1973

## QUELQUES MOTS DE L'AUTEUR

Cette histoire relate de nombreux faits historiques vérifiables et évoque quelques personnages ayant existé, mais elle reste, vous vous en doutez, une pure fiction.

**À roman-fleuve, flots de remerciements !**

Se lancer dans un projet plus grand que soi, c'est entrer dans un tunnel sans en connaître la profondeur. Je n'imaginais pas que le voyage serait si long. Il aurait été impossible sans des guides secourables :

Merci infiniment à **Stéphane Amélineau**, professeur documentaliste, historien, et bêta-lecteur de ce roman, pour son enthousiasme, ses conseils historiques, ses recherches expresses et son hyper-efficacité. Même lorsqu'il était cloué au lit, Stéphane est venu à bout des défis que je lui soumettais. Vous pouvez découvrir une partie de son travail de mémoire sur son site www.itinerairesdememoire.com. Pour l'anecdote, c'est son patronyme qui a inspiré celui de Marthe : Amelin !

Merci, au moins autant, à **Frédéric Pillet**, chargé d'études documentaires à la Direction du patrimoine de la ville de Saint-Quentin, qui a été le premier spécialiste – et très longtemps le seul – à répondre à mes nombreux appels au secours, concernant l'occupation du nord de la France durant la Première Guerre mondiale. Qu'un écrivain estampillé « jeunesse » n'ait pas été pour lui un objet de dédain est la preuve d'une rare ouverture d'esprit. La première partie du roman n'aurait pas été possible à écrire sans son aide. Certains événements m'ont été inspirés par son très bel ouvrage, *Saint-Quentin 1914-1918, une ville occupée*, et par le manuscrit du *Journal d'évasion de M. Leroy*, qu'il m'a fait lire. Grâce à lui, la ville natale de Marthe, mélange de plusieurs villes réelles, tient beaucoup de Saint-Quentin.

Merci à **Corentin Lahu**, archiviste du Parti communiste français, pour ses précisions sur l'Union des jeunes filles de France, organisation très peu documentée.

Merci à **Priska** pour les phrases en allemand d'époque, à **Suzie** pour les dialogues américains, et à mes collègues **Muriel**, **David**, **Flore**, et **Sandrine** pour leur soutien amical face au doute et à l'épuisement.

Le nombre d'ouvrages dont la lecture a nourri ce roman est tel qu'il me serait impossible d'en dresser une liste, mais il me semble indispensable de rendre hommage à quelques-uns :

Les idées humanistes de Marthe et de son père m'ont été évoquées par la lecture de Romain Rolland, du journal *Vivre à Valenciennes sous l'occupation allemande 1914-1918*, de Maurice Bauchond, et du *Journal d'un officier-brasseur dans la France occupée de la Grande Guerre*, de Pabert.

J'ai partiellement construit le parcours d'André et de sa mère en m'appuyant sur le passionnant ouvrage de référence *Ni père ni mère. Histoire des enfants de l'Assistance publique (1874-1939)*, d'Ivan Jablonka.

Le parcours d'Hermann, en particulier son arrestation par la police française avec les hommes étrangers, est librement inspiré par le récit d'Arthur Koestler, dans son incroyable livre, *La Lie de la terre*.

Celle de Marthe, lors de la méconnue première rafle du Vél'd'Hiv, son internement au camp de Gurs et sa fuite vers l'Espagne, ont été nourris, entre autres, par le récit de Lisa Fittko, *Le Chemin des Pyrénées*, non moins impressionnant.

L'Amicale du Camp de Gurs, association découverte par Florin, existe bien. Ses bulletins trimestriels sur ce camp d'internement français, publiés depuis 1980, sont consultables sur le site Internet www.campgurs.com. Les dernières phrases de la lettre du fils de Denise, dans le roman, m'ont été évoquées par celle d'Ingrid Atlman, parue dans le bulletin n° 144 de septembre 2016.

Pour finir, les étapes de la convalescence de Florin s'inspirent du douloureux mais indispensable livre de Philippe Lançon, *Le Lambeau*, ainsi que de plusieurs films documentaires sur les « gueules cassées » d'aujourd'hui, qui m'ont marqué.

Cerveaux de l'ombre, qui œuvrent pour vous transmettre mes histoires, je remercie sincèrement toute l'équipe Nathan, chacun et chacune dans son domaine : **Franck Henry** et **Mélanie Decourt, Marianne Durand, Quentin Gaultier, Christian Delépine, Karinne Dechâtre, Marianne Franconie, Anaïs Lukenda, Gaëlle Benhemma, Marlène Normand, Laurence Bascle, Isabelle Macé**, et la *team* **Nancy-Sandrine-Isabelle-Marie-Hélène**… Je ne peux qu'en oublier !

Merci au **CNL** pour l'aide à la création qu'il m'a accordée, nécessaire aux deux longues années d'écriture que ce roman m'aura demandées.

**Enfin, je voudrais terminer par une petite histoire :** le 23 février 2022, en cours d'écriture de ce roman, j'ai imaginé ces phrases de Marthe, que je n'avais pas encore placées dans le premier chapitre : « On a seize, dix-sept ans, et puis tout bascule. L'impensable s'est produit, là, maintenant. La guerre vient de surgir dans la réalité. » Le lendemain, alors que je rencontrais une classe de lycéens, l'invasion de l'Ukraine par la Russie était déclenchée. Je me souviens d'avoir ressenti un vertige, devant ces adolescents de seize ans, fébriles, qui voyaient avec incrédulité la guerre débouler sur notre continent. Une guerre qui dure encore, à l'heure où je rédige ces lignes, tandis que, partout, d'autres s'enflamment.

Mes derniers mots, avant de quitter pour de bon Marthe, André et Florin, seront donc pour toutes les vies humaines malmenées, emportées par des conflits, et les jeunesses volées qui auraient pu, qui pourraient être les nôtres, si quelques individus devaient nous l'imposer.

Pour toutes celles et tous ceux qui n'ont pas toujours pu être héroïques, mais qui ont réussi à garder le cap de leur humanité… et fait ce qu'ils ont pu.

## DU MÊME AUTEUR

*Aux éditions Nathan*

Une nuit de mon enfance

Grim, fils du marais

Silent Boy (coll. « Court toujours »)

Et ta vie m'appartiendra

La planète des 7 dormants

*Chez d'autres éditeurs*

Ma réputation

L'apprenti-conteur

Mon âme frère

Oublier Camille

Golden Valley

Les héros oubliés (2 tomes)

Cet ouvrage a été composé par IGS-CP
à L'Isle-d'Espagnac (16)

Ce livre est imprimé sur du papier
issu de forêts gérées durablement.

N° d'éditeur : 374622/10296667
Achevé d'imprimer sur Roto-Page en août 2024
par l'Imprimerie Floch à Mayenne
N° d'impression : 105226
Imprimé en France